白棉花 红棉花

刘鉴 著

人民东方出版传媒
東方出版社

图书在版编目(CIP)数据

白棉花，红棉花 / 刘鉴著 . — 北京 : 东方出版社，2015
ISBN 978-7-5060-8458-1

Ⅰ. ①白…　Ⅱ. ①刘…　Ⅲ. ①纪实小说-中国-当代
Ⅳ. ① I247.5

中国版本图书馆 CIP 数据核字 (2015) 第 229801 号

白棉花，红棉花

BAIMIANHUA HONGMIANHUA

刘　鉴　著

策划编辑: 李　斌
责任编辑: 梁　欣
出　　版: 東方出版社
发　　行: 人民东方出版传媒有限公司
地　　址: 北京市东城区朝阳门内大街 192 号
邮政编码: 100010
印　　刷: 石家庄继文印刷有限公司
版　　次: 2015 年 12 月第 1 版
印　　次: 2019 年 5 月第 3 次印刷
开　　本: 710 毫米 ×1000 毫米　1/16
印　　张: 24.25
字　　数: 431 千字
书　　号: ISBN 978-7-5060-8458-1
定　　价: 58.00 元

自 序

1

在文学作品中描述家族的兴衰演变、描述人的悲欢离合，是记住家庭历史最直接最现实的方式。

看着母亲苍老的面容，想起母亲、爹爹和其他长辈讲过的他们的故事，便萌发出把他们的故事写下来的念头。

他们的故事里有很多人物。在这些人物中，有一个最恰当的人物——母亲——把这些故事完整地链接起来了。

母亲的经历是丰富和厚重的。母亲是殷实人家的千金，日军入侵击碎了她的大学梦。她的父亲是清华大学毕业生，她的堂兄是广州黄埔陆军军官学校第六期学员。出身富裕的母亲却历经了人世间的种种磨难：童年丧父，青年接连丧母、丧女、丧公婆、丧子、丧夫，老年再度丧子、丧夫；一度无米下锅，只能帮人洗衣带孩子，几近乞讨；也曾病痛缠身，险入阴曹。母亲目睹了日寇入侵、内战纷争及解放后三年困难、十年动乱、改革开放等各个时期各种大的历史变故。

母亲的经历链接了三个不同姓氏的家族故事。

钟姓家族，母亲的娘家。在这个家族里，母亲的祖父钟厚载从经商起家走向富贵，外公学成回湘英年早逝，外婆守寡二十载最后投池自尽，母亲的堂兄钟发湘从广州回家入仕后被枪毙。这个家族的历史里，有抗日游击队的呐喊，有日寇的铁蹄声，还有私塾里抑扬顿挫的读书声。母亲带着丰厚的嫁妆，带着少女的希冀与梦想从这个家族出嫁。

曾姓家族，母亲的第一个夫家。曾姓家族在汉寿太子庙康家山盛极一时，最后却家破人亡。母亲前夫的两位哥哥曾庆云、曾庆德被枪毙后成为“七人六墓”的“拓荒者”，瞎子奶奶、金姑娘郁郁而终，繁纯、饱饱相继夭折，母亲的前夫曾章甫含恨上吊身亡。这里有血雨腥风，有饥肠辘辘，还有“人有多大胆地有多大产”的愚昧与盲动。母亲带着儿子毛坨，带着常人难以承受的痛楚离开这个家族——母亲改嫁后，它已空无一人，不能再叫作“家族”了。

刘姓家族，母亲的第二个夫家，也就是我的家族。爹爹的叔祖父、反清革命义士刘楷东从老家走出去，跟随黄兴从事革命，最后在广州逝世。爹爹的堂叔刘龙舫毕业于西南联大，曾任南京国民政府官员，后来却沦落为放牛、捡牛屎的农民。爹爹和母亲生下清波、乐怡和我。我的家族见证了一个接一个的饿殍，见证了红卫兵、红小兵的折腾，见证了“四类分子”挨批受斗，也见证了在改革开放的春风里，村里人有的跑到广州、深圳、东莞打工，有的留在本土发家致富。母亲带着大包小包，也带着深深的眷恋和不舍跟着女儿、儿子走向城市，并把刘姓家族的大部分人引到广州扎下根来。

2

孝心和责任心是我写这部作品的动力。

说孝心，是我想把母亲经历的坎坷一生，以及她身处逆境不屈不挠的精神记录下来，以教育和激励后人。

说责任心，是我想写一部记录家族兴衰的口述史、一部反映父老乡亲从困顿走向幸福的奋斗史、一部展示故乡风土人情和发展变迁的地方史、一部描述中国南方近现代百年风云的记忆史。我不愿无情的时光之河让这些历史消失到无影无踪的远方。

我要搜集的家族的故事，无法源于书本。除了族谱，没有其他任何直接的文字资料。我只能请知情者来讲述。最主要的讲述者当然是母亲。

为了帮助我完成这部作品，母亲克服了很大的困难。

母亲已 85 岁高龄，患有严重的冠心病，心血管堵塞面较大，要时刻注意避免情绪波动。我写这个漫长的故事，首先要请母亲讲述故事，这势必会让她陷入回忆的痛苦之中。母亲也曾表示她害怕伤心难过。

我劝慰她，开导她，教她努力做到平静叙事，讲与自己有关的经历如同讲别人的经历，就像跟我讲孟姜女哭长城、姜太公钓鱼一样。母亲答应了我。她认为，把她所经历的事情和岁月记下来，让子孙后代多了解一些历史，是有必要的。

2013 年年底，母亲开始讲述。女儿非常支持我，很懂事地帮我腾出时间，让我多采访她最亲爱的奶奶，以便我把故事写得更丰富一点儿。

母亲是坚强的。在讲述的过程中，母亲数次忍不住落泪。每次母亲落泪，我就陪着她，静静地坐着，彼此都不言语，让冠心病的恶魔从母亲身边溜走后，才敢继续。

我一边听母亲讲述，一边记录，晚上待母亲入睡后，便伏案疾书。我常在疾书时感慨：母亲所经历的百年故事，不就是一部微观的中国近现代史吗？作为个体的母亲是渺小的，但母亲的精神是伟大的。家族的历史是微小的，但民族的历史是宏大的。小村庄的故事或许是微不足道的，但中国近现代轰轰烈烈的发展历程是值得大书特书的。

半年后，这部由母亲痛彻心扉并伴随大悲大喜地讲述、由我执笔的作品，终于脱稿了。它严肃认真地回忆了个人、家族的悲欢离合，回忆了国家、社会的兴衰变迁，希望它能成为一幅展示中国农村与城市百年历史的长卷。

是为序。

刘　鉴

2015 年秋于广州

白棉花红棉花
張泽明画
涛鹤题

CONTENTS

目　录

主要人物表

母　亲——出身富裕地主家庭。幼丧父，少聪慧。因日寇入侵停学。初嫁汉寿县曾家，后带子改嫁桃江。一生历经两度丧夫、三度丧子等人间苦难。现居广州。

钟厚载——母亲的祖父。因商致富，为人仗义。对母亲百般疼爱。

钟秩如——母亲的爹。青年时毕业于清华大学，因病早逝。

外　婆——母亲的娘。青年丧夫。守寡二十年。解放后投池溺水而死。

钟伯涛——外婆的养子，母亲的弟。解放后曾暂时收留毛坨、帮助母亲建新屋及乐怡带徒，在很多方面给我家提供过诸多帮助。

钟发湘——母亲的堂兄。广州黄埔陆军军官学校第六期学员。曾任三堂街乡乡长、兰溪乡保障所所长等职。解放初被枪毙。

周凝华——钟发湘的大老婆。曾就读于湖南私立周南女子学校。解放后与外婆一起投池溺水而死。

贺佑宾——钟发湘的小老婆。是周凝华在湖南私立周南女子学校的同学。少求学北平，曾与刘少奇夫人王光美是同窗好友。钟发湘死后改嫁。

舅外婆——母亲的舅妈。青年丧夫，守寡八十余年。对母亲多有照顾，为母亲改嫁桃江提供了很大的帮助。

曾章甫——母亲的前夫。少负笈求学广州。解放后遭当地农协短暂关押。后当货郎、樵夫，三年困难时期患水肿病。后上吊身亡。

曾浩之——曾章甫的爹。富裕地主，土改期间未遭受批斗。后因儿女早亡抑郁而终。

曾庆云——曾章甫的大哥。曾任太子庙乡乡长。解放初被枪毙。

曾庆德——曾章甫的二哥。曾任解放军军官。解放初从广州部队提前退伍返乡，随即和其兄曾庆云一起被枪毙。

毛　坨——母亲与曾章甫之子。母亲改嫁时随母亲到桃江，后改名刘式农。收购废品致富。中年病故。

爹　爹（刘孟良）——母亲改嫁后的丈夫，我的生身父亲。青年时入伍赴湘西剿匪。后长期担任乡村教师。家规严厉，曾阻挠清波恋爱及制止乐怡从事演唱事业。

刘龙舫——爹爹的堂叔。反清革命义士刘楷东的遗腹子。毕业于西南联大，曾供职于南京国民政府文化部门。解放后在桃江农村务农，穷困潦倒。

刘吉高——贫农。毛坨的篾工师父。毛坨与刘放云成婚的媒人。后帮助毛坨打理废品收购站，是毛坨致富的重要见证人。

刘道任——爹爹与其前妻之幼子。务农，会木工。

清　波——母亲与爹爹的长女。教师。服从爹爹与母亲之命结婚，后离异。在广州遇初恋情人徐令军后与之结婚。现居广州。

乐　怡——母亲与爹爹的幼女。因穷辍学，后当缝纫师傅，是家庭致富的头号功臣。出嫁后在粮站工作，后下岗。现居广州。

刘达宇——毛坨的幼子，曾家血脉的延续者。生长在桃江荷塘，后遵母亲即其奶奶之命赴汉寿太子庙寻根成功。现居广州。

第一章
财狗进我家

湖南中部偏北，有一个桃江县。

桃江县因一条蜿蜒的桃花江而得名。桃花江则由一曲曾经唱响东南亚的《桃花江是美人窝》而闻名。近百年前，著名作曲家黎锦晖先生因为他与桃花江畔一位女子[①]的美丽爱情而创作了这首歌，歌里有句“桃花江是美人窝，桃花千万朵比不上美人多”。

在桃江县境内的最高峰浮邱山与资江之间，离县城约二十里地的丘陵地带，有个荷塘公社。荷塘这个名字，比桃江还美。

沿公社中学旁的港往高处走三四里地，便是张目桥大队。“港”，在桃江话里是比小溪流更大的溪流。港里的水清澈见底，常年不结冰。到了冬天田野萧瑟，但港底的水藻却是绿油油的，把终年储存的绿色全部奉献出来。天越晴，水藻越绿。绿油油的水藻间常有三五成群的小鱼钻来游去。

听老人们说，“张目桥”之名源于清乾隆年间的一个和尚。那和尚从外地云游至此，赞叹港边桃林娇艳，美不胜收。他过桥时见港边洗衣濯足的大姑娘小媳妇比桃花还美，不禁在桥上驻足，张开双目美美欣赏。他给这座桥取名为“张目桥”。人民公社时期，这个大队就叫张目桥大队。

大队里有一个叫庄子湾的偏僻小村庄，那时候叫庄子湾生产队。

这是一块以岗地、丘陵、山地居多的土地。高低不一的青翠山林把一个叫庄子湾的村庄围了个圈儿，好像把这个村庄放在一个温暖的摇窝[②]里。

---

① 这位女子名叫梁惠方，家住桃花江畔，后成为黎锦晖先生的夫人。

② 摇窝是指摇篮，一般是用篾编的，也有木制的。

我家住在庄子湾生产队里一处有路、有丘、有水的地方，路是大队里连接各个生产队的路。路虽然泥泞，但毕竟可以走手扶拖拉机，算是张目桥大队里一条主干路了。这条路与我家之间，有一条一年四季蓄水的狭长小池塘。水从上端的棉田流下，经过池塘，流向下端的棉田。因此，宏观地看这池塘，它仿佛是生产队弯弯曲曲的灌水渠中一处被撑开的胃袋子。池塘长十来米，宽宽窄窄不规则，最宽处不过四五米，最窄处只有三米左右。

这池塘是我童年时期的乐园。池塘虽小，但在我们那样的丘陵区，家旁边有个小池塘，是令人羡慕的。除了不能下塘游泳，它给我带来过无尽的乐趣。我在池塘边钓鱼、钓泥鳅，也钓过青蛙。我还喜欢跟着大人们往池塘里泼洒茶油渣饼[①]煮过的水，然后守在旁边看鱼、虾、泥鳅、鳝鱼渐次浮上来，看它们越游越慢直至晕死过去，成为我的美食。

池塘一边靠路，路边斜向池塘有一些树和映山红之类的灌木。令我印象最深的是其中的一棵柳树。我原是不曾在意这棵柳树的，它甚至不如漫山遍野的竹子那么显眼。后来读了丰子恺的《杨柳》，我才深深地迷恋上它婀娜多姿、如醉如舞的美。

池塘的另一边是一块大约两分地的土丘。土丘上集中地挺立着几棵成年杉树，佝偻着几棵香樟树，还有稀稀拉拉的十几株小楠竹。这座土丘靠近我家地坪的一角，一株香椿树高高耸立。除了池塘边的这座小土丘，还有一座正正规规的丘在我家屋后，算是我家的靠山。说它正正规规，是因为它大致是一个长方体。它高约三米，上面长了一些参差不齐的乔木和灌木，有酸枣树、苦栗树、母亲种植的茶树以及一些野生植物。

1973 年春节刚过一个星期，农历正月初八。

这天早上，天还朗朗地晴，村庄依然像个温暖的摇窝。过了中午，便成了阴湿天气，让四面环山的村庄似乎变成了一个湿漉漉的瓜瓢[②]。难怪桃江人常嗔怪地说“春天孩儿像，一日三个样”。

最终，寒冷的空气终于再也包不住越来越浓的湿度，冬雨便从冷寂的天

---

① 茶油渣饼是用油茶籽榨油后的渣挤压成的饼。旧时湘地女人用它煮的水洗发和洗衣裳。茶油渣饼煮的水能毒死鱼虾。

② 瓜瓢是农家舀水的容器，一般是用半只葫芦做的，也有用一截楠竹的半边做成的。

空中飘下来，轻轻地密密地飘落在人间。雨不太大，但随风打在窗户上用米汤糊贴的米黄色窗纸上，砰砰的响声非常清晰。

其实日历上已是初春了。这年的春天来得早。春节前就立了春，天也渐渐转暖。但是，天气湿冷，加上饥肠辘辘，更会让人觉得衣不蔽寒。

路上行人稀少。在这样的阴雨天，如果没有什么要紧的事，人们宁愿足不出户：工匠们在家做活，家庭主妇们缝缝补补或纳鞋底，老人家守在炉前剥棉桃①，有的懒孩子干脆在被窝里猫着。

我家的木窗几乎是紧闭的，窗下只余一条细细的缝，让新鲜的空气混着寒风吹进来，透进来的光也使窗下的书桌稍稍明亮一些。

我爹爹在窗下练习毛笔字。爹爹这年 55 岁，一顶棉冬帽下露出银白的头发。身上一件厚厚的蓝布面棉衣已洗得发白。棉袖外露出来两只干干瘦瘦的手，手上皮包着骨头，整个人消瘦得让人一望便知其虚弱。爹爹书写用的是黄草纸，墨汁有刺鼻的臭气味。爹爹却称这气味是墨香。所以，在姐姐哥哥们与我的童年里，墨香必须是臭的。这使我们兄弟姐妹若干年之后认识“长沙臭豆腐”时能比一般人更快地接受香就是臭。爹爹是个饱读诗书的教书先生，性情温和宽厚，却教子极严。毛笔字爹爹常练颜体，练了几十年，从来都是一丝不苟的，极少写草书与行书。

这天下午，爹爹练毛笔字，前面的时间里他是潜心的，像平常一样进入了忘我的境界。后面的时间里发生了一桩突发事件：爹爹写字时，一只豺狗叼走了我家唯一的小母鸡。这让爹爹无法平静，握笔的手因为心情起伏而微微颤抖。他一边写，一边想，一会儿堂客②回来，不知该伤心成什么样，更不知堂客这个月能吃什么了。

小母鸡扑扑扑地叫腾，引起我两个姐姐清波和乐怡连哭带叫的追赶。待爹爹闻声放下毛笔操起他的长烟杆赶出去时，只看到我家屋后土丘上豺狗仓皇逃遁时丑陋的背影和几片散落在地上的鸡毛。爹爹冒着雨费力地追到土丘上，早已找不到豺狗和鸡的踪影。清波和乐怡不甘心地从地坪跑到池塘边，

---

① 棉桃是指结棉花的果子。因为是桃形的，所以被叫作棉桃。一般在棉花树上就已裂开吐棉了，也有不裂的。

② 堂客在湘方言中是妻子的意思。

再钻进杉树林四处寻找，结果还是一无所获。爹爹抖抖衣帽上的雨水，放下长烟杆，又回到书桌前。

我家的书桌不是放在书房里，而是放在卧室里。

我家的房子虽然破旧寒碜，却总算是一组“建筑群”。中间的“主体建筑”共四间：三间正房、一间偏房。三间正房都是用泥砖与木板混合作为墙壁。房上都是灰黑色的瓦盖顶。当时大哥刘道任已与我们分家。靠西即靠近池塘的两间正房是大哥家。靠东的一间正房是我家的卧室。卧室里摆着农村流行的“丁字铺”。除丁字形的两张床之外，房里还有点儿空间，所以就在窗下摆了一张半圆形木桌——这就是书桌。两张床各靠一面墙。农村说的“丁”字，严格地说，应该是“横折”。因为两张床的床尾是拼在一起的，这样是为了节省空间。卧室里靠北墙的床并不是紧贴着墙的，母亲在床与墙之间，留了她与姐姐们洗身的地方。靠东墙的床是两个姐姐的。门后藏着洗身的木盆。床上的灰黑色的粗麻纱蚊帐，发挥了像墙体一样障眼的作用。

正房外靠东边，就着卧室的墙，搭建了一间偏房。偏房由泥砖、木板和茅草组成，显得很简陋。偏房里，靠外是灶，灶往里是餐桌、食柜。再往里，撑着一人高的竹篾席，弄出一间房。这实在算不得房，只是摆着一张竹床。这房是小哥刘式农的卧室，这竹床自然就是小哥无论春夏还是秋冬的床了。

除主体建筑之外，其东西还各有一座游离于主体建筑之外的建筑物。靠东的茅屋，是我家的茅厕和杂物间。靠西的茅屋，是大哥家的茅厕和猪圈。我家没有养猪，所以猪圈改作了杂物间，主要堆放作柴用的树枝和干稻草。

在爹爹练毛笔字及豺狗叼走我家唯一一只小母鸡的时候，母亲挺着大肚子，正在马圈子盖上的悦会计家。

马圈子盖是一块圆形屋场，从古到今，大家都这么叫它。马圈子盖上有两家人：一家姓刘，地主成分；另一家也姓刘，贫农成分。当时那两个刘家的家境与成分是完全相反的——贫农成分的刘家较富，住着瓦房；地主成分的刘家家徒四壁，穷得只剩下地主成分。较富的贫农家的男主人叫刘悦琨，是大队会计。大队的人都尊称他为“悦会计”。

旁边较穷的地主家的男主人叫刘建仁，年纪轻，跟我小哥同岁，也与小哥同辈。

悦会计家原已有三个儿子，春节前刚得了一个女婴。女婴是我母亲接生的。这天，女婴才半月大。悦会计的堂客黎胡玲在房里坐月子，由悦会计的母亲打点[①]月子。

悦会计的母亲个子很矮，人很善良，人们一般叫她“大翁妈”。

母亲坐在悦会计家的产房里烤火，跟大翁妈婆媳俩闲聊，手却不停地在纳鞋底。麻绳穿过鞋底的呲呲声是令人心地踏实的动人乐曲。

产房里的火很旺。大翁妈戴着一双黑布手套在炉边剥棉桃，她把剥出来的白白的棉花丢进身旁的篾筐里，把干枯的桃壳一瓣一瓣地扔进炉里。

母亲没在意屋外是雨落还是雨歇，她午饭后就来了这里，有几层收获：一是来看看她接生的女婴；二是来闲扯打发时光；三是免费享受这里火炉的热气。天近傍晚，雨不知何时已停歇。母亲准备回家做饭了。因为爹爹不会做饭，两个姐姐只能当帮手，还不能完整地弄饭菜。母亲收好针线，反手在背后系紧围裙，穿上木屐，拿着鞋底，挺着大肚子，从悦会计家出来。

母亲出来后，悦会计家旁边较穷的地主家的女主人建嫂子问道：“良伯娘，几时生啊？”

建嫂子喊母亲“良伯娘”，是因为爹爹的名字叫刘孟良，生产队里比爹爹小一辈的人中，不少人习惯喊爹爹“良伯伯”，喊母亲“良伯娘”。建嫂子的丈夫刘建仁，从小到大一直像爹爹的亲侄儿一样，所以他们两口子叫“良伯伯”“良伯娘”，比其他人叫得更亲。

母亲笑着回答：“不晓得几时生呢，反正是临产的近边了。”

当时农村没有医院，人们不知道预产期，根本不知道几时生。孕妇都凭感觉自己估。估不准的，就可能在路上、山里、田间，也可能在别人家，或在茅房等地发作[②]。

母亲挺着大肚子，穿着木屐往家走。

马圈子盖与我家之间只有两丘田。农闲季节，田里干涸着，齐齐地立着脚踝高的枯稻草桩子。几堆码得老高的稻草垛，像蹲在田边解手的妇女。不知谁家的几只鸡和几条狗，埋头在田里找吃的。

---

① 打点是桃江土话，服侍、细心照料的意思。

② 发作是指孕妇破羊水或快要破羊水。

不消一袋烟工夫，母亲就不急不缓地回到了家。

爹爹把豺狗叼走小母鸡的突发事件告诉了母亲。两个姐姐也急于补充说明，说冒着雨追到杉树林里也没找到小母鸡。母亲一听着了急。这只唯一的小母鸡，是去年中秋节前开始养的，养了快五个月了。因为没有米吃，它只能以草和虫为主食，偶尔能吃点儿糠或在干稻草中找些谷壳子充饥。这只总是处于饥饿状态的小母鸡，最后却成了饥饿的豺狗的美食。小母鸡的失去，使临近生产的母亲失去了月子中唯一的"补品"。母亲却没说什么，只是伤心地摇了摇头，长长地叹了一口气。

那只豺狗是跟母亲抢食，也是跟我抢食。因为，在母亲肚子里待着的是我。

母亲比爹爹小 12 岁，这年她 43 岁，将再一次成为高龄产妇。

母亲生我是一件非常冒险的事情。

从年龄上说，母亲 43 岁。从生育设施与医疗保健上说，只能请左邻右舍年长一些的阿婆充当接生婆。从饮食上说，小母鸡没了，只剩下母亲买回来准备坐月子吃的 50 斤稻谷及地窖里的一些红薯了。自古以来，农村人生孩子都是冒险的事。顺产还好说，如果是难产，基本上就只能等待死神无情的判决了。又老又穷的母亲，就更危难了。

在那时候的农村，如果出现难产，只能保母子中的一个，往往是保婴儿而舍弃产妇。如果保住的是男婴，人们就觉得那产妇死得值。如果保住的是女婴，人们就会骂她命硬克死娘，并自然而然地说她是克夫的命。这样的女孩的人生往往不会幸福。我们村庄里甚至发生过产妇自己动手或请接生婆代劳直接拿剪刀剪破产妇肚皮取出婴儿的惨烈故事。

生孩子的事在我们那里自古如此。对于母亲舍命保子的伟大，农村人谁都不会唏嘘不已，谁都觉得理所当然。所以，农村人生养一个女孩不容易。这个女孩的一生，将面临无数的劫难。她将来长大，嫁人，生子，头胎顺产难保二胎顺产，二胎顺产难保三胎顺产。而农村女人，却不会因此畏首畏尾。她们从容不迫地在生命中行走。她们说，遇灾遇祸，是命中早已注定的。

这天晚上，我家一家人简单地吃了晚饭。其实，那时候一日三餐都是简单地吃，因为没有什么东西可吃。饭是以红薯或红米为主、白米为辅。这几样一起煮在饭锅里，就是一家人的饭。爹爹和母亲都会以吃红薯或红米饭为主，从而多留一些白米饭给干十分工的小哥和两个正在长身体的姐姐。小哥和姐姐们则会抢着把白米饭多留一些给爹爹和母亲。菜是盐菜干和青菜。自家人一般只有素菜吃，只有过年过节或有客人来时，自家人才可能跟客人一起吃到荤菜。哪怕是一颗鸡蛋，也要等到有客人来了才吃。再说，如果不是为母亲坐月子做准备，我家哪能养得起鸡呢？即便是红薯、红米饭搭配着白米饭，也别想吃饱。每个人都只能吃个半饱，或更少一些。因为如果哥哥姐姐们吃饱了，爹爹和母亲就会挨饿；如果爹爹和母亲吃饱了，哥哥姐姐们就会挨饿。一家人非常恩爱，每个人无时无刻不替这个家庭的其他成员的饥寒着想。

吃了饭，天已全黑。全黑以后，我家里才点灯——煤油灯。那时候，农村人把煤油叫洋油，但一直习惯地叫煤油灯，并不是叫洋油灯。一家人只点一盏灯，因为洋油金贵。

村里家用的煤油灯一般分为两种。两种类型的煤油灯，我家各有一盏。一盏是用于走路照明的，叫提灯。它大体是个正方体，四面都是透明玻璃，其中一面是门，可开闭。玻璃门中间的底部卡着一瓶洋油。洋油瓶上有盖，盖上有小孔，一根棉线从瓶里伸出一点儿线头。棉线在瓶里吸食洋油，线头就可点着了。这种灯的上面是铁皮，有个提口，用手提着，在外走路，风吹不灭，所以它又名“气死风”；一盏用于在家照明，它无须在四面装玻璃。它就是一个瓶，瓶盖上的小孔也钻出棉线的线头，线头点着就亮了。它往往放在桌上，如果放在饭桌上，灯光摇曳是无关紧要的；但如果放在书桌上，摇曳的灯光会影响看书写字做家庭作业。所以，一般人家也会在它上方固定一个细长的圆柱形的玻璃罩。农村人不讲究，玻璃灯罩和玻璃灯门常被洋油的浓烟熏黑着。但我家的玻璃灯罩和玻璃灯门经常被母亲擦得通亮通亮的。母亲常会对着玻璃哈一口热气，然后用干布搓擦干净。生产队里的人都说，晚上只要看那盏提灯，就知道是先生娘在路上走。因为整个庄子湾，只有先生娘的提灯玻璃明洁如无。

“先生娘”就是我母亲。因为爹爹是教书先生，所以不少人这样称呼母亲。

第二章

老年得子

我就是在那个正月初八的夜晚出生的。

在可恶的豺狗叼走我家唯一的小母鸡的那天晚上，在那盏明净的煤油灯下，在我家“丁字铺”靠北墙的父母的床上，冒着挨饿甚至饿死的危险，我勇敢地降临到了这个世界上。

那天入夜，我家罩着圆柱形玻璃罩的那盏煤油灯微弱地亮着。为了节省金贵的洋油，我家习惯把灯线拧到最小。哪怕是姐姐们复习功课或做家庭作业，都不会把灯线拧大。

围着这盏煤油灯，爹爹认真地看着残破不齐的古文书，两个姐姐在学习，母亲在做针线活。母亲缝补好一家人的衣裤和鞋袜，又开始纳鞋底。

小哥刘式农为生产队的事还在队上没回来，他从早到晚都在忙碌着。分了家的大哥家在隔壁。大哥刘道任在煤油灯下砍木头、刨木头，大嫂在洗碗、洗衣、喂猪，一岁多的侄子刘耀拿着他爸爸刨下的木花卷玩耍。

夜渐深。两个姐姐和隔壁的侄子都已入睡。除小哥还在队里忙碌外，我家和大哥家的大人们，都还在各忙各的事。

大约九点钟，经验丰富的母亲感觉到肚子疼痛，对爹爹说：“良哥！恭喜你今夜夕[1]又要当爹了！”

母亲叫爹爹快穿上木屐去请对面官冲的吉高叔翁妈来接生。在等吉高叔翁妈来我家的空隙里，母亲在紧张有序地跟时间赛跑。她先去灶前烧了一锅

---

① 今夜夕是桃江土话，今晚的意思。

开水，然后艰难地挪到床上，铺好棉布包之类的物件，平静地躺下，耐心而积极地等待着。

吉高叔翁妈是吉高叔爹的堂客。吉高叔爹也姓刘，贫农成分。吉高叔爹的辈分很高，是我爹爹的叔辈，但吉高叔爹比我爹爹小十岁，吉高叔翁妈比我母亲小六岁。

爹爹到吉高叔爹家里时，吉高叔爹和吉高叔翁妈两口子正围着火炉剥棉桃。

一听说母亲快要发作，吉高叔翁妈就立即带了一件她小女儿刘友云穿过的旧棉衣，和我爹爹一道匆匆赶往我家。

吉高叔翁妈来得正及时。她进我家后不久，母亲的羊水就破了。一阵按部就班、忙而不乱的程序后，我带着清脆响亮的啼哭声，从母亲的腹中来到饥寒交迫的人世间。

“恭喜你们咧！”吉高叔翁妈累得气喘吁吁，脸上带着胜利的笑，满心喜悦地告诉我爹爹和母亲，“一个好乖的伢子哦！”

伢子是桃江话，男孩的意思。整个湘方言都称男孩为伢子。乖，在桃江话里是漂亮、健康的意思。

母亲一听，疲惫地抿着嘴笑了。

吉高叔翁妈在迅速完成剪断脐带、热水棉布擦拭等程序后，熟练地用一团烂棉絮将我包住，并用棉绳捆在我的胸前和腰间，然后给我穿上刘友云穿过的旧棉衣。

“大概是五斤半重。”吉高叔翁妈抱着我，轻轻地一上一下掂量着说。

农村说婴儿的重量，没有秤，就是靠手感。一般就是接生婆的手感。当然也会靠眼睛。看着胖，甚至不抱也能说个大概的重量出来。没有人在意这个误差，反正胖也是养，瘦也是养。接生婆一般会故意把婴儿的重量说大一些，因为农村人把“胖伢子”看作吉祥物。如果生下个“瘦猴”，总认为不太好。

吉高叔翁妈隔着墙喊隔壁的大哥：“道任！道任睡了吗？恭喜你又得了一个弟弟呢！”

隔壁没有声音，砍木头刨木头的声音早就停歇了，大哥应该早已进入了梦乡。

“不晓得几点钟生的啊，只有道任有手表。”

爹爹和母亲没有钟表。整个生产队只有三四块表。因为队长要喊出工、散工，所以必须有表。除队长外，大概只有悦会计、退伍军人殷古仪和大哥家有表了。大哥为什么能有表？因为大哥有外面的几个姐姐鼎力帮扶——后文对此会有详细解答。

大哥分家后的一个时期里，因前柴后茬[①]的缘故，与我家来往较少，只是偶尔会跟爹爹讲几句必要的话。这种状态直到侄子刘耀和我都长大成家后才慢慢改变。

那个夜里，大哥睡着了，就没人帮着看表读表了。

我出生的时间就成了一个永远的谜。

后来，有人给我算命，要母亲报我的出生时辰。母亲会说：“亥时！”

我长大后问母亲，能肯定生我的时候是亥时吗？

母亲说：“算不准，但估计没过 11 点，不到子时。”

能基本断定我是亥时出生，这已让我很知足了。我们那时候，农村很多孩子别说出生时辰，就是几月初几都不记得。有的人家甚至连孩子哪年出生都搞不准。

吉高叔翁妈把包着厚厚棉絮的我抱给母亲看，母亲苍白的脸上笑开了花。

爹爹迫不及待地凑过来看我。他呆呆地看着，老泪纵横。

关于爹爹流泪这件事，我在少年时，多次听亲戚讲起。

有亲戚说：“你家里穷得揭不开锅，你爹爹和你妈商量着要把你摁进尿桶，淹死你，丢掉！”

母亲说，那是他们瞎讲，观音菩萨和祖宗给我们送来一个乖儿子，再穷也要养大，就是砸锅卖铁，就是给人做女工，就是外出讨米，也要把你养大。

爹爹却只淡淡地告诉我，老年得子，得到一颗掌上明珠，高兴，但家里穷，怕养不好，喜忧参半，所以不自觉地流泪了。

直到 2015 年 8 月，母亲 85 岁高龄了，而我也快四十二岁了，我决定用

---

① 前柴后茬是桃江土话，指再婚中前妻后妻及其子女们的复杂关系。

文字记录小村故事的时候，我又一次问母亲：“为何我的出世，带给爹爹一眶热泪？”

时过42年，母亲仍掩不住激动。她向我透露了她对爹爹当年流泪的理解。

我出生的那年，爹爹55岁了。不仅满头银发显得苍老，爹爹的身体也确实老弱了。爹爹自知体弱多病，经济状况又如此不堪，两个姐姐都还小，家里负担原本就已经很重。

1972年初秋，新的学期即将开学时，张目桥大队通知爹爹下放，不再教书，必须跟生产队出工，但生产队说学校以后可能会给我爹补发工资，所以出工不能拿生产队的工分，吃饭由自家解决。这等于多费了一个成人的口粮。爹爹当了几十年的教书先生，从没有在农村劳作过，而且农村劳动表现必须好，否则就要挨批斗。

爹爹出工的任务：冬天是每天去割牛草，山里、田埂上，到处找新鲜的牛草；春夏两季是收牛屎，或捡生产队集体收割之后的稻穗、油籽之类；秋天跟着大伙儿一起摘茶籽、摘棉花。爹爹不知道这次下放劳动后，何时能返回讲台，或许一年半载，或许三五年，也或许到死的那天。

母亲说，爹爹是极爱我这个小儿子的，也肯定极想守护着我长大成人，看着我学有所成，看着我娶妻生子。但他担心他没能力抚育我，没时间守护我。如果养不好，教不好，则对不起我，还不如不生我。爹爹着了急，一急便流了泪。

爹爹把我放在两个姐姐脚头的被子里，给吉高叔翁妈打下手，整理产床上的床单被褥。

可能是我拳打脚踢不愿停歇，可能是我哭着闹着不肯安睡，也可能是大人们窸窸窣窣地制造了噪声，总之，当时近十岁的清波、八岁半的乐怡两个人在半夜都醒了。她俩发现脚头有一堆棉花包，便一齐用脚去踹，一边踹一边问母亲脚头是什么东西。

爹爹和母亲告诉姐姐们：“是你们的弟弟，刚出生的弟弟。”

两个姐姐一下子兴奋起来，一骨碌爬起来，挤到我这头，看我的模样。左看右看，不觉得这红皮老鼠模样的我有啥好看的，再加上寒冷难耐，于是很快便钻回她们的被窝。

两个姐姐不肯再睡。她俩合力帮我取名字。

“叫刘信辉好不好？”两个姐姐满怀希望地大声问。

“不好！”爹爹说。

“那叫刘玉科好不好？”受了打击的两个姐姐不甘心地问。

“也不好！”爹爹回答。

“那叫刘雪莲好不好？”两个姐姐取名根本不去细想。

“也不好！”

“那叫刘放明呢？”

“不好！”

……

两个姐姐帮我取的这些名字，来自生产队上姓刘的男人的名字。她们以为可以用别人的名字，只要她们觉得这名字好听，就拿过来送给弟弟。

自然，她们“取”的这些名字，全部被爹爹否定了。

爹爹说，55岁生的儿，五又重复一个五，这伢子上学前就叫“重五”吧。

于是，我就有了最初的名字：刘重五。几年后，爹爹给我取名“刘鉴”，他希望像看镜子一样看护着我，也希望我以后能时刻正视自己，完善自我。

吉高叔翁妈提着灯盏回去后，小哥刘式农黑麻咕咚地[①]一身热气地从生产队回了家。小哥回家时，肯定已到子时了。小哥听说母亲生了个男婴，高兴地大声嚷：“好啊！好啊！”他用一双长满茧子的大手把我抱起来，送到嘴边就亲，仿佛是他老来当爹，而这个刚出世的弟弟是他求神拜佛渴望已久好不容易得来的宝贝儿子一样兴奋。

那个夜晚，兴奋、喜悦、忧虑、感伤等复杂的情绪交织着，弥漫在我家破旧的屋子里。

① 黑麻咕咚地是桃江土话，摸黑、走夜路的意思。

第三章
米汤喂养我

生我这次，母亲这个43岁的高龄产妇，还是像以往生我的两个姐姐一样没能完整地坐完月子。

我出生后的第二天，雨过天晴。

一大早，东边天际呈现出若有若无的乳白色时，小哥便起床了。他打开偏房的门，看了看天。地坪虽然是湿的，但雨完全停了，云层也变薄变淡了，看来天气不差。小哥虎虎地洗把脸，从他卧室的墙角抱出一个南瓜，放进单边背的竹篓里，再从墙根的竹凳上拿起他的篾刀，也丢进竹篓，便出了家门。出门时，顺便把门拉上，防止野猫子钻进去偷食。

母亲在正房里喊："毛伢子，你姑翁妈要是不方便，你切记莫勉强！"

"好咧，我晓得的！"小哥一边往外走，一边爽声应答。

小哥背着竹篓，去三十多里外的常德地区汉寿县三和公社白家铺大队。小哥此行的目的，一是向住在白家铺大队的亲戚们报喜，二是把姑翁妈接过来打点母亲。

小哥走到马圈子盖上时，把那户较穷的地主家的男主人刘建仁喊醒，请刘建仁帮他跟队上说明一声。

姑翁妈是我爹爹过继在白家的姑姑。这位姑翁妈在她的娘家排行老大。她原本还有一个弟弟，但她的弟弟长到十个月大时就夭折了。姑翁妈的娘家与我家是远房亲戚。她家唯一的男婴夭折后，她的父母也去世了。这家人不能无后。征得我爷爷奶奶同意，姑翁妈的爷爷及伯伯叔叔们便让我爹爹过继给这个已夭折的男婴，做了这个男婴的儿子。所以，我爹爹就是这位姑翁妈过继的侄子，母亲就是这位姑翁妈的侄媳妇。

去姑翁妈家，当然不能空着手去。这个南瓜是在地窖里存放了一个冬天的。农村的瓜菜，还有红薯、土豆等，都储放在地窖里过冬。只有将要吃时，主人才会从地窖里搬些出来。地窖一般都挖在自家附近的土丘边，或地势稍高的田埂上，当然也有个别人家把地窖挖在卧室里的。冬天，地窖里连着地气，温度比较稳定，可以有效防止瓜菜被冻烂。但地窖经常会伤人命。许多农民不知道地窖里有沼气，或者虽听说过沼气毒死人的道理却未引起足够的重视，往往便被沼气毒死在地窖里。

小哥不像是饥饿岁月中长出来的小伙子。或者说，饥饿岁月竟也能长出小哥这样壮实高大的小伙子。小哥高一米七六，英俊健硕，身材魁梧，脸上经常带着善意的笑，讲起话来脆蹦蹦，走起路来踏得地面啪啪响。

小哥大名叫刘式农，小名叫毛坨，爹爹和母亲叫他毛伢子。他这年快 21 岁了。他 16 岁那年，母亲跟爹爹商量后，请吉高叔爹收小哥为徒，学当篾工。

吉高叔爹是个有名的篾匠，贫农成分，为人厚道，诚实守信，人品声誉极佳。吉高叔爹不到十岁便开始学这门手艺，技术在荷塘公社数一数二，做出来的成品件件式样精巧，纹丝细腻，好看且格外经久耐用。

母亲让小哥学当篾匠是有道理的。大哥是木匠，小哥是篾匠。这样分工起来，且不说能帮自家做生活用具、劳动用具，出门揽活也容易。

桃江农村竹子多，有的公社漫山遍野都是竹子。农家盛谷用竹筐，晒谷用竹簟，背杂物用竹篓，扫地用竹帚，上山抓柴屑用竹耙，家里坐的是竹椅竹凳，菜园、猪圈、鸡笼用竹栅栏，甚至很多人家床也是用竹子做的。当然，一辈子也不走出桃江的农村人不知道竹子是桃江的特产，以为天下所有农村的山里都长笋长竹。直到 1992 年，北京来的大领导温家宝到桃江视察竹山，题字命名桃江为“楠竹之乡”后，很多人才恍然大悟，原来竹子偏爱桃江，原来竹子这么值得桃江人民重视和骄傲。

靠山吃山，靠竹吃竹，学当篾工不愁没饭碗。吉高叔爹教得好，小哥人勤奋天赋也高，不出两年，小哥就跟着吉高叔爹，被张目桥大队甚至周边几个公社的这家那家请去，当上门篾匠了。

跟木匠相比，篾匠的手艺更富有表演性。不仅清波、乐怡喜欢围着小哥看，母亲也很喜欢欣赏小哥的手艺活。母亲和姐姐们经常看着小哥把竹子锯成竹节，制成竹片，再编制成竹制用品。在小哥那双布满硬茧的大手下，篾刀犹如一把魔刀，轻快如飞，竹节抽丝破茧，让她们眼花缭乱。篾刀粗大而厚实，但是在小哥手里却显得灵巧锋利。小哥右手持刀，刀口朝左。小哥一边往左方面用暗劲，一边不停地抖动刀口，左手拿着篾片配合着往刀口送。只见篾刀每抖一下，篾片便往右边伸展出去老远。

编织的场面也很好看。只见小哥熟练地起底、拉经动纬、锁口，各种各样结实耐用的生产生活用具在他的巧手下很快就成型了。拉经动纬时，旁观者根本看不清小哥的手，也看不清经纬的具体变化。十根手指头刷刷刷刷地忽左忽右忽上忽下，篾片哗哗哗哗地响着，经线便从左边到了右边，再从右边到了左边。不一会儿工夫，纬线便噔噔噔地上了顶。

小哥在自家常挨饿，但跟着吉高叔爹上门做篾匠，经常能吃饱，有时还能抽上烟。所以小哥的个头这么高大壮实，要感谢吉高叔爹，要感谢篾工这门手艺，要感谢那些请他们上门做工的人家。

小哥带上他心爱的篾刀，倒不是模仿书家笔不离手、武家剑不离身，他也不是怕在路上被狗咬。小哥即使赤手空拳，几只大狗也休想近他的身。小哥带着篾刀，随时预备着——如果碰上汉寿县三和公社姑翁妈家或她家邻里有需要他篾匠手艺的地方，他的篾刀就会派上用场。小哥是个热心人，他在生产队就经常帮人修修补补，从不收钱。他带篾刀还有另一个愿望：打猎。从稻田边走，他想用篾刀逮住偷吃稻谷的黄竹笼[1]；进山时，他想用篾刀砍到野猪、豺狗、野兔、野鸡。爹爹和母亲没把小哥打猎的愿望当回事。但小哥的愿望勾起清波、乐怡无限的遐思和口水。但直到小哥 38 岁病死那年，他也没用篾刀逮到过任何野味。

踩着田垄的泥泞，一会儿工夫，小哥就到了担水坝。再从担水坝往里拐进去，爬越万霄垅。他爬上一百多米高的万霄垅，天才算是亮了。早春的清晨，小鸟在树丛中发出欢愉的啁啾。阳光抓住机会从云层的空隙中投射下来，照到小哥刚毅的脸上。虽然是大冷天，但小哥敞开着棉袄，身上甚至还出了汗。他从万霄垅小跑着下山，不一会儿就到了资江边上。

① 黄竹笼是指黄鼠狼。稻谷成熟季节，它们经常出来偷食稻谷。

在等木筏过来时，太阳从资江下游一点点拱出来。阳光像切豆腐一样把河雾分割开，水面像鱼鳞一样反射着刺眼的光芒。

真是一个好晴天。

常德地区是北方方言区。益阳地区是湘方言区。两地的语言差异很大。人们百说不厌的一个事实是，桃江、汉寿两县交界处的农家，上屋挨下屋的邻舍，地坪与地坪连在一块儿，上家在桃江地界，下家在汉寿地界，口音竟然大大的不同：桃江喊母亲是“妈妈”，汉寿喊“翁娘”；桃江喊爸爸是“呀呀”，汉寿喊“爹爹”；桃江的男人喊妻子是“堂客”，汉寿的男人喊“媳妇儿”。

小哥会说汉寿话。虽然很久未说，难免有些生疏，但跟姑翁妈及姑翁妈的儿子白汉文叔叔聊了短短一会儿后，他就能把汉寿话说得很流利了。

汉寿话是小哥的母语。这是后话，这里不细说。

小哥在姑翁妈家吃了早饭，然后就带着姑翁妈踏上回荷塘公社的路。

姑翁妈的准时到来，给爹爹和母亲带来了一块稳心坨。

爹爹在姑翁妈到来的当天晚上转移到“丁字铺”靠东墙的床上，睡在清波、乐怡的脚头。姑翁妈陪着母亲，带着我睡靠北墙的床。

打点母亲坐月子不太复杂，虽然辛苦，但对勤劳能干的姑翁妈来说，这是小事一桩。煮饭炒菜有爹爹和姐姐们当帮手。爹爹一般只会在灶下烧柴，姐姐们可以摘菜、洗菜。洗垫包云及帮全家人洗衣裤的事则由姑翁妈一个人做。垫包云就是可重复使用的“尿不湿”。农村的婴儿拉了屎、撒了尿在垫包云里，洗掉屎尿，晾干又可以使用。垫包云是用棉布剪成的，只要棉布没烂，就可以一直用下去。农村人家的垫包云一般不送人。哥哥姐姐用过后，数年甚至数十年后，弟弟妹妹甚至下一辈还用。农村人认为，旧的垫包云远胜于新的。旧的垫抱云经无数次搓洗，变得软软的，可以让婴儿的小屁股更舒服。

弄饭菜也是件简单的事。没有好的原料，也就没有复杂的饭菜。姑翁妈从白家铺随身带来的六颗鸡蛋，一天一颗地煮给母亲吃了。除了这宝贵的六颗鸡蛋外，每天的饭菜和母亲生我之前是一样的。饭依然是红薯煮红米和白米饭，菜依然是盐菜干加青菜。只是，姑翁妈会让母亲以吃白米饭为主。姑翁妈和我家其他成员都自觉地多吃红薯。

前文说过，我家准备的母亲生下我后坐月子及哺养我的全部粮食就是前些天买来的50斤稻谷、一只已落入豺狗肠胃里的小母鸡，另外还有家里原有的一些盐菜干，以及地窖里的一些红薯和所剩无几的南瓜。

红薯因为存放久了，大多有霉味，从内部开始腐烂，有的干脆连外皮也烂掉了。烂了的红薯也不能丢，因为它们或多或少还可以提供营养。至于霉烂的红薯有细菌、有病毒、吃了不利于健康之类的问题，在食不饱腹的时期，是不构成问题的。但两个姐姐还年幼，还不完全懂事，经常在吃这些又苦又涩的红薯时，总是忍不住露出难以下咽的表情。

姑翁妈在我家打点母亲一个星期后，迎来了正月十五元宵节。那是我度过的第一个元宵节。

那时候的桃江农村，几乎可以断定，没有人家能吃到汤圆，能不饿肚子过一个填饱肚子的元宵节就算得上好家景了。那时候，桃江的农村，和中国绝大多数地方的农村一样，还在温饱线以下煎熬着。真难以想象，800年前的南宋词人辛弃疾的笔下，竟能描绘出“宝马雕车香满路”“蛾儿雪柳黄金缕”的富足繁华景象。

在那时的桃江农村，元宵节根本不算个节日。它只是提醒各生产队，过了正月十五，集体又要开工了。爹爹又开始出去割牛草。小哥也开始跟队员们一起准备春耕和春播。清波、乐怡又开始上学了。母亲坐在床上纳鞋底、缝缝补补，有时候也绣花，偶尔下床来做些家务事。姑翁妈继续照顾母亲，看着我一点一点地长大。两个姐姐放学回来，爹爹和小哥散工回来，都会迫不及待地进来看我。

又过了三天，正月十八。白家铺白汉文叔叔步行三十多里，到了我家。白汉文叔叔说，姑翁妈的大女儿即白汉文叔叔的大姐，从河南省南阳市写信来，要接姑翁妈去南阳享福。因为要避免走夜路，姑翁妈当天下午就跟着白汉文叔叔回了白家铺，来不及跟爹爹打个招呼。爹爹、小哥和两个姐姐回家时，姑翁妈已经跟白汉文叔叔一起离开了。母亲只能自己洗垫包云、为全家人洗衣袜、给全家做饭菜了。

母亲这次坐月子，变成了“坐旬子”。因为姑翁妈在我家只打点了一旬。姑翁妈回去后，母亲便变回家庭主妇。

母亲生下我后没有奶水。

我生命开始的头一个月，吃的是什么呢？

米汤。

我是喝米汤长大的，家里只能弄到米汤。

母亲把一只沙罐子放在灶火侧，罐子里放一点点米，慢慢煨。我太小了，还喝不得粥，哪怕是稀粥也不行，只能喝米汤。一天大概几十颗米。总之，一把米能煨几个星期。

我刚生下来就知道向母亲提米汤颜色上的要求，我不喜欢喝白米汤。母亲想了一个办法。大人们吃的盐菜干，常常会蒸出黑色水。母亲把这些黑色的水倒一点儿到我的米汤里，米汤就“色香味俱全”了。

母亲在月子里就变回家庭主妇，不可能时时抱着我、守着我。吉高叔翁妈把她小女儿刘友云用过的摇窝借给我用。摇窝底是弯弯的，可以左右摇晃。摇窝里放了很多旧棉衣和烂棉絮，很暖和。母亲洗衣、做饭、缝补的时候，就把摇窝放在身边。如果我哭，母亲就会用手摇几下摇窝，也可以用脚踩踩摇窝的底板，这样我的哭声就会减轻或停住。

摇我，也成了两个姐姐的任务。大姐刘清波后来向我表示歉意，她说她在灶下烧火时，还要负责摇我。因为控制不好摇摆的幅度，她好几次把我从摇窝里摇出来摔到地上，或摔到柴堆里。

就这样，我喝着色香味俱全的米汤，到后来喝着色香味俱全的稀粥，慢慢地长大。

第四章
艰难的头胎

母亲这辈子共生了六个孩子。

1960年，母亲嫁给爹爹，在庄子湾相继生下清波、乐怡和我。在这之前，母亲在一个叫康家山的村庄生育过一个女儿和两个儿子。

令母亲伤心的是，她在康家山生育的一个女儿和两个儿子现在都已不在世了。

康家山在汉寿县太子庙乡（1958年后改叫太子庙公社）。母亲曾经嫁到康家山一个姓曾的人家。母亲在那里生儿育女，经历了汉寿县农村那些年极不平静的岁月。

母亲的前夫叫曾章甫，是太子庙乡康家山一个地主子弟。曾章甫家有四姐弟。章甫最小，排行老四。曾章甫的姐姐曾莲英，嫁到离太子庙乡三十里外的毛家滩乡。当时毛家滩有很多回族和维吾尔族同胞。曾章甫的大哥曾庆云，当时是太子庙乡的乡长。曾庆云当乡长之前，为争得乡长的位子，与同村一个叫曾宪鼎的地主打了一场旷日持久的官司。曾庆云输了银子赢了官司，如愿当上了乡长。曾章甫的二哥曾庆德是解放军军官，那阵子在广州的部队上，很少回家。

1947年，母亲从益阳县①修山乡麻竹垸村嫁到康家山村曾家。1949年农历四月初一，母亲生下了她的头胎，一个健康漂亮的女婴。

母亲生下这个女婴时，还不满十九岁。

---

① 1952年之前，桃江县还未从益阳县划出去。

如果那个女婴能健康地活下来，今年该65岁了。回忆起65年前的那次分娩，母亲心有余悸。

那一年的暮春，谷雨刚过。农历三月二十七晚上，曾家的伙夫曾国治跟母亲说："少奶奶！明天我家里有点儿事，早上会迟些来，请你早点儿起来，去伙房帮个手。"

伙夫曾国治在家排行老四，他是曾章甫家的同宗亲戚，是曾章甫的叔辈，曾章甫三兄弟喊曾国治为"四叔"。曾国治的父亲在曾章甫家当了几十年长工，干内务的活。冬天裱窗户，夏天晒被褥，平时买油盐之类的事，都是由曾国治的父亲负责。曾国治打少年起，就随他父亲进了曾家，在伙房当伙夫。伙房就是厨房。伙夫就是厨房里的佣人，负责打柴、烧柴、买菜、洗菜、切菜及洗碗筷的事。伙夫不干炒菜的事。炒菜是曾家大大小小的厨师们的专利。

曾家几十号人，老爷少爷们自然不懂伙房的事，女眷们大都也做不来。只有母亲——曾家的少奶奶，展示过切菜的绝技，切得砧板咔咔响，切得瓜菜一扎齐[①]。母亲勤劳，没有架子，常去伙房当帮手。1949年开春后，地主们的生活质量和心理优势在逐渐往下滑。和其他地主家的情况一样，曾家的佣人们也开始谋划着以后的路。部分人干脆辞了工，他们有的报名参加革命，有的自己另外找事做。因此曾家的伙房里，人手渐渐不够。母亲挺着大肚子不时去伙房当帮手，不仅是体验生活，而且逐渐变得必要。曾国治遇到自家有事时，会请母亲去当帮手。

这次，母亲像以往一样爽快地答应了曾国治："放心吧，四叔！你明天只管去忙你的事！"

次日即农历二十八清晨，天刚蒙蒙亮，母亲就醒了，用火柴点亮灯芯片，再用灯芯片点燃床头柜上的煤油灯。

灯芯片是极薄的篾片，一般长约半尺，宽约半寸。灯芯片必须尽可能地薄，所以很考验篾匠的功夫。篾匠把它们做出来后，主人得把它们浸泡在水里三天三夜，再捞起来阴干。母亲出嫁的嫁妆里，有两捆一扎齐的灯芯片，

① 一扎齐是汉寿土话，齐整整的意思。

够母亲用十年八年。除了上等人家，一般人家不用灯芯片，而是直接用火柴点灯，或用燃着的竹枝、木棍点灯。

点亮灯后，母亲准备上厕所。突然，她感觉肚子异样地疼痛。母亲没有生育经验，但警觉得很。她立即推醒丈夫，让他快去喊婆婆。母亲没有忘记曾国治的托付，叫曾章甫去喊婆婆的同时告诉伙房，说她不能去当帮手了。

母亲的婆婆金姑娘慌张起床，匆匆忙忙穿上衣服，进母亲的房间察看了一下，说马上使人去叫喜婆[①]来，叫母亲不要慌，安稳躺着。

只一会儿工夫，喜婆就来了。

现在，母亲还清晰地记得当年那个喜婆的样子：个子矮小，一身黑衣服，精瘦精瘦的，六七十岁，牙齿掉光了，瘪口瘪嘴的，特别多话。从进来到完工的四天时间里，这喜婆一张嘴巴呱啦呱啦地没停过，吵得母亲不胜烦躁。

喜婆一进来，就把母亲的门窗关得紧紧的。喜婆把曾章甫赶出门，只留下母亲、喜婆和金姑娘。房间昏暗，母亲什么也看不清。

喜婆还没来得及张罗，羊水就在床上破了，被褥湿透。喜婆放了一把木椅子在床头，椅背靠着床架。喜婆叫金姑娘一起扶着母亲挪下床，让母亲端坐到木椅子上，张开双腿待产。

然后，喜婆吩咐金姑娘使人去屋后的山下挖一簸箕生土来。喜婆对金姑娘说："你儿子和儿媳妇是在常德怀肚的，得借土。借土才能顺畅生！"

不一会儿，曾家的佣人就把生土挖来了，放在房门外。

喜婆打开门，把一簸箕生土提进屋里，然后煞有介事地把生土倒在椅子下。

喜婆蛮有把握地对母亲嚷："你不要慌，不要急，只管放一百二十个心！使劲！你心都不晓得[②]就生下来了！"

结果，母亲连生了四天，折腾得脱了人形。

母亲被困坐在木椅上，不能动，不能躺，不分昼夜。房间里备有一只木马桶，母亲方便时，就被扶到这个木马桶上。其他时间，包括吃喝，母亲都必须一直坐在木椅上，听着喜婆永不停歇地呱啦呱啦。

那四天，母亲连睡觉也是在木椅上坐着睡的。喜婆有些轻战，以为可

① 喜婆是汉寿方言，即接生婆。

② 不晓得是汉寿方言，即一不留神。

以速战速决，不允许母亲闭眼休息。一天过去了，两天过去了，喜婆自己也累了，便叫金姑娘和金姑娘的婆婆即曾章甫的瞎子奶奶一起守护着母亲。三个老妇人轮流睡，轮流守。到了第二天，母亲支撑不住了，开始在木椅上打盹儿。

从三月二十八，一直熬到四月初一。母亲喜房[1]的门始终紧闭着。除了曾章甫、公婆、瞎子奶奶等少数人外，母亲正在生孩子的消息一直被封锁着。

随着时间的推移，阴云开始笼罩着喜房。曾章甫在门外急得发慌，但他很少有机会进入喜房看看。母亲感觉死神在一步步逼近，她很努力地用劲，乖乖地配合着喜婆，她宁愿自己死掉，也要竭力让腹中的孩子平安出来。

初一这天上午，母亲听到大哥曾庆云在门外朝屋内很大声地喊："翁娘，这样搞要不得！你们赶快去汉寿城里找医院！亲娘只有这一个女儿，死了何得了！"

"翁娘"是他喊他自己的母亲即我母亲的婆婆金姑娘。"亲娘"是他称呼母亲的母亲即我的外婆。对弟弟的岳母，桃江人称呼"亲家娘"，汉寿人却称呼为"亲娘"。

大哥曾庆云的这几句话，母亲到今天都还记得很清晰。因为当时母亲顿时感到很温暖。但那时，就是去医院，母亲也感觉自己可能活不了了。

曾庆云是乡长，平时说话很有权威。但农村的喜房是男人无法涉足的禁区，别说乡长，县长的话也不顶用。

喜婆在房内硬硬地回应："要死，去医院生崽也是死。要活，茅厕坑里生崽也能活——再使劲，就要生下来了！"

这天黄昏时分，母亲顺产下一个女婴。

女婴命大，和母亲一起受了四天大难，终于从娘肚里顺产下来。

喜婆如释重负，也扬扬自得。她的表情似乎是在不容置疑地告诉母亲和母亲的婆婆：有我接生，别说生四天，就是生十天八天也不用担心。去医院？笑话！

喜婆一张嘴巴呱啦呱啦地向曾章甫的爹爹曾浩之讨喜钱："恭喜浩老

① 喜房是汉寿方言，即产房。

爷！恭喜金姑娘！恭喜三少爷和三少奶奶！喜得一个细皮嫩肉胖手胖脚如花似玉的千金小姐！祝她易长成人长命百岁！”

“这小孩子生在浩老爷家，就是掉在福窝里啊！”喜婆拿着浩老爷和金姑娘分别给她的喜钱，羡慕地呱啦呱啦。

曾浩之给母亲和曾章甫的女儿取名“繁纯”。

第二天，曾章甫坐着轿子去益阳县修山乡麻竹垸，向外婆报喜。外婆带着八竹篮红鸡蛋，另坐一台轿子跟曾章甫来到康家山打点母亲坐月子。

母亲临产前一个月，外婆就使人提前送来一鸡屋的母鸡。鸡屋是竹制的，分上下两层，每层都有精致的小窗。每层 16 只，共 32 只鸡。

那时候，条件较好的娘家会给产妇送去 32 只母鸡，以示坐月子一天吃娘家的一只鸡还绰绰有余。32 只母鸡中，有一只六龄的母鸡王，是外婆在修山乡一位高姓郎中家换来的。据说，吃一只六龄以上的母鸡王，产后能康复得更快更好。

母亲产后根本吃不了鸡。被折磨了四天，如同死过一回。她躺在床上，动弹不得，外婆一勺一勺地喂点粥和汤，半个月后才缓过劲儿来。那些炖好却吃不了的鸡，完完整整地端进来又完完整整地端出去，大都被曾章甫的大哥曾庆云及曾庆云的小老婆张佩纯吃掉了。

母亲告诉我，她坐完一个月子，张佩纯重了六斤半。

第五章

汉寿解放

母亲坐月子的前后，天气逐渐转热，汉寿境内的政治热潮也空前高涨。

生孩子前，母亲听曾章甫说，他在汉寿县城的几个同学成立了汉寿人民反饥饿、反迫害同盟，还组织了上千名学生及工人、农民参加的示威游行，声援南京、岳阳学生反蒋爱国运动。

母亲坐完月子不久，常德各县尤其是汉寿又经历了一次严重的洪灾。这次洪灾将汉寿县的革命运动推上一个新高潮。

那年6月，湖南省内湘、资、沅、澧四条河流同发大水，长江水倒灌进洞庭湖，湖区水位急剧上升，常德各县遭遇洪灾，汉寿尤为严重。汉寿县被淹耕地和棉田达五十七万多亩，占全县耕地和棉田的70%以上。紧接着，母亲从曾庆云那里听说附近的东岳庙、丰家铺、团山坪等地都发生了抗粮斗争。

那一年灾后，汉寿县县长无视灾情，派人到各地调粮补给军饷，农民有组织地集体抗粮。县里调粮的人一到，农民们就敲锣喊嗓，成百上千的农民手持扁担锄头，有的保粮护仓，有的拦路设障。结果县里一粒粮食也未能运走，几百石粮食反而全被当地遭受了洪灾的农民“借”走了。

抗粮斗争胜利后，当地农民又集聚起来抗税、抗丁。县、乡颓势愈浓，镇压乏力。曾庆云乡长只能装聋作哑，无心无力与全乡的农民作对。那些平时挎着长枪走村串道耀武扬威的“乌鸦兵”，宁愿关在乡土楼上抽大烟、搓麻将。

曾家倒没有发生大的动荡。他们依然住着地主大屋，仓库里依然有堆积如山的稻谷和茶油。只是各种消息像风中乌云一样不断飘来。曾家的内务开始出现明显的漏洞，佣人不断减少，但伙房每天食油、米饭和肉食的消耗量却在增加。

曾浩之叹息说，家里内务有内盗。

至于是哪些人所为，曾家已无力去查管了。

又过了没几天，曾庆云乡长到县里开会，接到县里的紧急命令：要求在各保甲广泛宣传，号召“有钱的出钱，有力的出力”，全力对付共“匪”南下。确切的消息是，7月上旬，国民党第二十四兵团司令宋希濂来常德召开湘西数十县六百多名党政军要员参加的绥靖会议，策划对抗解放军南下的“总体战”。国防部长兼华中军政长官白崇禧到会鼓动。

回太子庙后，曾庆云及同僚们感到既无动力，也无压力。有钱的人家在忙着收藏或转移钱财，有力的青壮年心已向着共产党和解放军。曾庆云乡长决定以一边拖延一边观望为应对之策。经他打探，附近各乡也都不见动静，县上也并不催促。

白崇禧被称为“小诸葛”，足智多谋且勇猛，毛泽东、林彪和罗荣桓与之作战都要多三分谨慎。但那时候的汉寿人已懒得搭理他。母亲和曾章甫完全蔑视他的到来和他的存在。

曾庆云乡长渐渐地基本不去上班了。他躲在家里陪两个老婆，哄孩子。有时候，他也串到三弟曾章甫的屋子里来，偶尔会从母亲手里抱过两个月大的小侄女繁纯。

“世事马上要变了！”曾庆云对曾章甫和母亲说，“原来骂姓蒋的，现在都不用骂了。姓蒋的黄土已埋过肩胛骨了，朝代眼看就要换了！”

7月下旬的宜（昌）沙（市）战役，以解放军胜利而结束。解放军以摧枯拉朽之势分左右两路纵队向南推进。

7月底，常德解放。

太子庙的民兵比以往明显增多了。缸儿口那边的大路上，经常可以看到解放军的骑兵骑着高头大马，威风凛凛地飞驰而过。

一天黄昏，吃过晚饭，曾浩之叫马夫把曾家的两匹骏马拉到缸儿口的大路上。晚上，马夫回来说：“两匹马跟在解放军的骑兵后边，一路嘶鸣着跑了。”

8月4日，汉寿县和平解放。

10月1日，毛泽东主席在天安门城楼上向全世界庄严宣告："中华人民共和国中央人民政府今天成立了！"

世事真的变了，而且是改天换地，人民翻身做了主人。

解放后的汉寿县，从常德剥离出来，划归益阳专区管辖。

太子庙旧的乡政府名存实亡。解放后，曾庆云乡长知趣地把乡长的乌纱帽丢弃一边，再也不去乡政府了。

曾浩之对家里人说："五星红旗实在了不起！五颗星，金木水火土全包了！"

这年秋末，由于洪灾，稻谷大面积歉收，棉田里的棉花被水一浸全都成了废物，农民的生产生活面临严重困难。年底，太子庙各地的树上、土墙上一夜之间张贴出许多"减租退押""清匪反霸"等标语。随后，不时召开"减租退押"斗争大会。农民们在斗争大会上拿着恶霸地主的"收租簿"算剥削账。解放军和公安机关也正抓紧清剿残余的土匪，组织农民控诉土匪、恶霸并向他们讨还血债。这场运动在汉寿县持续了差不多半年时间，一直到1950年的4月才结束。

在这场被视为轰轰烈烈的土地改革运动的前奏的"减租退押"运动中，汉寿县一百多个乡，每个乡都成立了农民协会，加入农民协会的会员达总人口的30%，发展了青年团员近千名，发展民兵25000人，全县共获得"减租退押"稻谷近五百万斤、棉花20万斤。

曾章甫的瞎子奶奶、爹爹曾浩之、翁娘金姑娘，还有曾家三兄弟及其家属们，依靠平时善良公正，从不欺压雇工和邻里，以及乐善好施积下的德，在这场"减租退押""清匪反霸"运动中，没有受到任何的打压。

小繁纯吃着母亲充裕的奶水，健康地成长着，白白胖胖，漂亮得像年画上的宝宝。

正值汉寿及全国的"减租退押"运动如火如荼之际，1950年春节前的一个晴朗的下午，曾章甫的二哥曾庆德带着妻儿和行李从广州的解放军部队回康家山过年。

那年的春立得特别早，在春节前半个月就立春了。天气也暖得早。那天，母亲抱着小繁纯在曾家屋门口宽阔的跑马坪上晒太阳。曾庆德一行四人，两大两小，乘坐吉普车回来了。

曾庆德穿着解放军大衣，戴着军帽，风尘仆仆，神采奕奕。

母亲从来没见过这个二哥。她和曾章甫的婚礼，二哥也没到场。母亲发现，曾庆德和曾庆云、曾章甫一样高大英武，举手投足之间显得干练老到。

曾庆德满面春风地说："我们这次回来前已办好手续，再也不用回部队了！"

随曾庆德一起回来的老婆叫刘凤枝，她穿着跟时局和身份并不称合的天蓝色旗袍、肉色厚绒连裤袜和绣花高跟鞋，显得美丽时尚。可惜她的左眼珠子白了一小块。用汉寿话来说，刘凤枝是个"萝卜花"。

刘凤枝其实是曾庆德的小老婆，也是曾庆德的小姨子，因为她是曾庆德的大老婆刘凤毛的亲妹妹。

母亲此前曾听曾章甫说，曾庆德原本跟他爹爹保证不会纳妾的。但在刘凤枝还是个高中生时，她崇拜革命军人，爱上了俊朗威武的姐夫，千里追寻军营，几次虎口脱险寻到军营，都碰上曾庆德的部队刚刚开拔撤离。美丽执着任性的刘凤枝演绎了一场令人感动艳羡的爱情故事，在广州的部队营地如愿嫁给姐夫，成为曾庆德的小老婆。据说，广州解放军的首长和战友们并不知道曾庆德在老家汉寿还有一个大老婆。

随行回来的两个四五岁的儿子，大的叫阿得，小的叫阿弟，都是曾庆德与刘凤枝所生。

有人说，曾庆德后来遭遇杀身之祸，是安化农村的一个男人告发的。这个安化男人与刘凤枝由双方父母包办早已订下婚约，所以他认为曾庆德与他有夺妻之仇。

母亲很羡慕曾庆德能投身革命。当时，解放军军官是最令人敬重和羡慕的。母亲很好奇曾庆德为什么过完年不再回广州部队。母亲想，难道曾庆德是担心家人在"减租退押"运动中挨批斗，特意赶回来保护家人的？或者是担心田土被分掉，赶回来守住属于他的家业的？不论怎么理解，母亲都觉得曾庆德返家不归部队的决定不够明智，她隐约感到曾庆德不够大气，从刘凤枝的装扮和性格中母亲猜测曾庆德离开军营可能是刘凤枝拿的主意。

曾庆德回乡过年，特别是他回来时的一身军装，给曾家带来了巨大的荣耀。但这荣耀像刚拉下的牛屎的热气，没多久就自然消失了。

元宵节过后就到了春分。人民政府为了防范洪涝灾害，春分一到就组织农民兴修水利，集中修塘、修堤、修坝、修水库。不能出工的家庭以粮代工。曾庆云虽然土生土长，虎背熊腰，但当了几年乡长，变得四体不勤。曾庆德洋学堂学生出身，后来虽说在部队锻炼，但其实是个拿笔杆不使枪的文官，还是细皮嫩肉的。

曾浩之考虑一家老小，全部交粮交钱了事，但不满二十岁稚气还未脱尽的曾章甫一腔热情，积极报名参加到新中国政府的水利工程中。这项工程每逢冬春开工，为期三年，到 1952 年冬天才结束。但曾章甫因为后来发生的未曾预料的事情，无奈只参加了第一年春季的水利工程。

曾庆云越来越关心政治，越来越爱听收音机。

有一次，他在收音机里听到，全国即将开始土地改革运动。收音机里说，这场即将开展的运动是要没收地主阶级的土地，分配给无地少地的农民，把封建剥削的土地所有制转变为农民的土地所有制。

令曾庆云感到害怕的风声越传越紧。他还听说近边乡有地主被农民杀了头。一部分像曾家一样从未作恶欺人的地主家庭也开始不得安宁了。

曾浩之一再吩咐一家老小，穿衣戴帽要更加简朴，在家、在外说话做事都要谨慎小心，遇事要忍让再忍让，万万不可张扬，不可意气用事。曾浩之警告家人说：“一个字说错，一个字说重，都可能导致杀身之祸，甚至殃及全家！”

在不祥之感愈逼愈近和混乱的同时，曾浩之努力作出应对之策：处乱不乱。他家不偷不抢，不嫖不赌，都是忠厚老实人，难道连他家这样的本分家庭的命也要革吗？他说什么也不相信。

曾家的人感到窒息难耐，郁郁寡欢，死气沉沉。女眷们提出各自回娘家避一避，吸两口新鲜空气，顺便也看看娘家人是否安生。曾浩之认为在理，同意大家分不同线路出去避避。

清明节前的一个夜晚，天空中飘着蒙蒙细雨。母亲抱着小繁纯，跟婆婆金姑娘合坐一台普通人家的旧轿子去金姑娘的娘家。金姑娘的娘家是贫雇农，在益阳县油草村，较偏远。金姑娘说：“如果路上有人盘问，咱们就说是回去扫墓的。”

第二天晚上，曾庆云的大老婆刘凤钦带着两个儿子和两个女儿步行回了娘家。曾庆德的大老婆刘凤毛带着一个儿子、一个女儿，小老婆刘凤枝带着两个儿子各坐一台旧轿子，一起回了她们共同的娘家。

留在家里的，是曾家四父子、曾章甫的瞎子奶奶以及曾庆云的小老婆张佩纯。

那时候，轿子不只是地主、富农家才有的。轿子有高档、低档之分。普通农民家也常有轿子。老年人或重病人走不了，就用轿子抬。这在农村和城市都很常见。所以，曾家的女眷们坐旧轿子出行并不招眼。

但母亲却很紧张。她那时未满二十岁，经历的事还不多，她的心怦怦乱跳，她感觉自己是在“潜逃”。

母亲和金姑娘的运气特别好。清明前，也是农忙时节，田里、路上、山上，晚上也常有人。如果遇到农民、民兵盘问还是小事，就怕被扣留。如果遇到土匪，劫财劫色杀孩子，那就更可怕了。她们的轿子走了几十里路，居然没遇到一个人，无惊也无险。深夜，她们顺利到达油草村，住进了金姑娘娘家的侄女家。

金姑娘娘家的侄女叫“妹姐”。妹姐是贫农，嫁的丈夫也是个贫农。妹姐的家是一个小吊脚楼，黑不溜秋地立在油草村的山坡上。妹姐家有公公、婆婆，还有一个七八岁的儿子。

妹姐家的房虽小，床虽挤，但安全。

妹姐比母亲大四五岁，是曾章甫的表姐。长期的体力劳动，让她显得壮实健康。她和夫家人都很好客。在这个特殊的时期，这个贫困的家庭，用宽广的胸怀和发自内心的纯朴的热情接纳了母亲她们。

白天，妹姐跟丈夫到东家做事，有时会挤出时间急匆匆地到自家的田里插秧，到山上种红薯，到土里种棉籽。晚上，妹姐会和她的婆婆一起纺线织布。

母亲除了带繁纯，也帮妹姐家干些农活。有一次，母亲在田边帮妹姐家割猪草，镰刀划破了左手的小指头。看到小手指头上鲜血很快渗出来并往下滴，母亲惊恐地叫了一声。妹姐听到母亲的叫声，立马跑过去，迅速捏了一块烂泥巴堵住出血的地方。

妹姐说："泥巴是最养人的，不光能长庄稼，还能疗伤治病！"

母亲她们在那里住了一个月。这期间曾章甫从康家山来过两次，每次都是走路来的。上午来，下午就回康家山了。他没有带来任何不好的消息。

没有不好的消息就是最好的消息。

在油草村的一个月生活，带给母亲极大的影响。这是母亲生平第一次在地地道道的贫民家生活，第一次真正领略农民的起居生活和内心。后来，面对变故，母亲能坦然大气，能迅速转变角色，能勇敢地生存生活，与这一个月的油草村生活，不无关系。

母亲记得，妹姐家没有什么菜，她们常上山挖春笋。油草村山上的春笋多得数不清。今天挖两根，明天一早山里又拱出几十根。在汉寿太子庙，竹笋就少见多了。冬笋甜，春笋涩。妹姐家缺少食油，没有油水的春笋无论是清炒还是水煮，都有很重的涩味和苦味。但母亲向来爱吃笋，她美美地吃了一个月鲜嫩的春笋。

第六章 合　葬

一个月后，母亲抱着已满周岁的小繁纯，跟金姑娘回了汉寿太子庙。回程她们没叫轿子。一是考虑到形势越来越严峻，坐轿越来越不合时宜；二是在油草村请轿，不如在康家山方便。

母亲不知道，曾家正在一步步地走向万劫不复的险恶之中。

仿佛是母亲在油草村吃进去的没有油水的春笋，把极重的苦味涩味带到了康家山，几十年后，母亲的心里都除不净它的苦和涩。

母亲她们回来，得知家中遭受了洗劫。

曾家已彻底不再是一个月前的曾家了！

仓房里的稻谷、白米、米粉、面粉、红薯粉、猪油、菜籽油、茶籽油，牛栏里的水牛、黄牛，猪圈里的猪，鸡圈里的鸡、鸭、鹅，全被农民背的背、拿的拿、赶的赶，席卷一空了。

衣柜里男人、女人、孩子的各式各样的衣服，全被农民抢走了。母亲的两只衣箱，那是母亲出嫁时外婆给她的嫁妆，基本上没翻动过，也被农民连箱带衣抢走了。

连柴房劈好的像小山一样的木柴及剁好的枯棉花树都不见了踪影。

金姑娘得知消息后，冲进仓房，冲进卧室，发疯似的开柜关柜，然后像霜打的茄子一样慢慢地走出来，一边走一边抽泣。金姑娘的抽泣声越来越大，最后变成绝望的号啕大哭。

母亲没有感到特别心痛。在那种时候，她庆幸，人还好好的。这就是万幸。

“饿不死的，必须活下去！”曾浩之低沉地吼道。

家里没有谷，没有米，先向亲戚邻居家借着，也会乘夜色出去悄悄地买一些米，藏在衣服里带回家。

曾庆云、曾庆德、曾章甫三兄弟，扛起锄头，下田下地。从那以后，三兄弟再也没穿过绸衣，粗布衣服是贫下中农丢给他们的。刚穿上粗布衣服的那阵他们感觉很不舒服，身上的肉被磨来磨去。

曾章甫的表叔李春舫、原来的伙夫曾国治等人看着不忍心，常悄悄地给曾家帮个手。

7 月的一天，空气热得像火一样。曾庆云的大老婆刘凤钦领着两儿两女回了康家山。刘凤钦看到她的乡长丈夫穿着粗布衫，皮肤晒得黝黑，已七八成像个农民了。

曾庆德的两个老婆，10 月间才回来。

刘凤毛和刘凤枝的娘家是安化县的大户人家，家底比曾家还厚实很多。但从她俩及孩子们蜡黄的脸色和破旧的衣服来看，这次回娘家显然是受苦了。

这不奇怪。常德、益阳乃至全国都是一样的形势，回娘家哪能躲过呢？刘凤毛和刘凤枝她们回来的第二天，就是寒露。她俩、母亲及刘凤钦、张佩纯一道，跟着家里的男人们到曾家对面的山凹凹的茶树林里摘油茶籽。

摘油茶籽那天，刘凤枝靠着一棵茶树哭起来。包括刘凤毛在内，没人去劝慰刘凤枝。刘凤枝的委屈和痛苦，大家都懂，大家各自心里也在流泪，但要抢着时节收摘油茶籽，没时间停下来，也就顾不上劝慰她。

日子一天一天挨着，挨到了冬天。

小繁纯能走路了，还能围绕在大人身边屁颠屁颠地跑来跑去了。她声音清脆，像冬天咬着脆萝卜。她不仅会叫翁娘和爹爹，而且会用一些完整的句子表达她的意思。

母亲开始教繁纯唱儿歌、背唐诗、学算术。曾章甫喜欢让繁纯骑在他的背上，他在跑马坪爬过来爬过去。

“我想去当兵！我想去抗美援朝！”一天，曾章甫跟母亲商量，他按捺不住激动，“美帝国主义犯边，热血男儿保家卫国，跟着毛主席和共产党，打他狗日的！”

母亲的第一反应是惊讶和不舍。正在艰难的时期，丈夫要当兵，而且要出国打仗，女儿才一岁多，这往后的日子怎么过呢？但母亲旋即想，一人当兵，全家光荣。曾家若能再出个当兵的，而且是打美帝鬼子的，曾家或许就会由衰而盛。母亲感觉到，当兵应该是曾章甫当时最好的出路。

“你自己想好，要征求家里其他人的意见，一定要征得爹爹和翁娘的同意。如果他们都同意，我和繁纯一百个支持你！”母亲对曾章甫说，“家里不要你惦念。但你一定要混出个人样，争取建功立业，并且要平平安安地活着回来！”

对于曾章甫报名当兵的具体细节，母亲现在已记不清楚了，或许母亲当时就没弄清楚，并且岁月变迁，已没时间让母亲去深究曾章甫当兵这件原本就有些子虚乌有的事。总之，曾章甫并没有去当兵。

就在那些日子里，汉寿农村开始划分阶级。曾浩之和曾庆云、曾庆德理所当然地被划为“地主分子”。

母亲和曾章甫当时都未满二十岁，被划作“地主子弟”，并注明是“学生出身”。

政治波涛的汹涌和密集，大大超出母亲的预料，也超出曾家所有人的预料。

一场叫“土改”的社会革命，在曾家刚刚被划为地主后，迅猛而精准地砸在康家山的每一寸土地上。

1951年过年前，曾家的稻田、菜地、山地、房屋，还有屋里的床、衣柜、笼子以及所有的坛坛罐罐，全部被农民协会没收，然后分配给贫雇农。

曾家如此，其他地主家庭也都如此。没有了田地，就像鲤鱼被抽了筋。除了能喘气的活人，曾家真正是一无所有了。

没有了土地要想活下去，就只能出去乞讨，或出去偷盗，或上别人家当雇工。母亲坚定地想：“带着繁纯，跟着曾章甫给别人家当雇工，洗衣、放牛、舀粪、带孩子什么活儿都行，并且刻不容缓须立即找东家，否则明天就无米下锅了。”

好在境遇并没有这么惨。农协把曾家的田地全部没收分配下去后，没隔夜就通知曾浩之，将一丘稻田、一丘棉田、一块菜地、一片茶树山分给了曾家。这些田地原不是曾家的，是其他地主家被没收的，在对面山那边的凹凹里，离曾家很远。

“只要有土地，就能活下去！”数千年来贫苦农民的念头，此刻在大地主曾家人的头脑里迸出。

曾家的人“紧密”地待在一起了。因为曾家只分了曾宅的两间偏房。瞎子奶奶和曾浩之两口子带着一大群孙子孙女挤在一间，曾庆云、曾庆德带着大老婆小老婆及母亲和曾章甫挤在一间。

太子庙乡人民政府搬进了宽敞明亮的曾宅。姓曾的、姓李的、姓贺的、姓夏的贫雇农家庭也搬进了富丽漂亮的曾宅。

越来越多的贫雇农加入农协，很多成为农协里的头儿。农协作为土改的执行机关，领导贫雇农开展对地主面对面的斗争。

村里到处是红旗，到处是标语，到处是贫雇农响亮的口号，到处是雄壮嘹亮的歌声。标语写的、歌里唱的是：

“废除地主阶级封建剥削的土地所有制！”

“实行农民的土地所有制！”

“在劳动中改造地主分子！”

“揭露恶霸地主的罪恶，打垮恶霸地主的威风！”

……

小繁纯在秋天的时候就病了。

她经常吃不下东西。母亲起先以为她是挑食，吃不惯青菜饭。曾章甫严厉地批评繁纯：“咱们就是这穷命，你永远不可以再耍小姐脾气了！”

繁纯真的是吃不下，眼泪在长长的睫毛下打转转，她很懂事地使劲吃，但最多也只能吃一点点。

繁纯明显地瘦下去了，身上的皮肤开始像老年人一样干瘪着，肚子却总是感觉饱胀。

母亲很焦急，带繁纯就医。但家里没有钱，地主家庭的成员也被限制走远。就医只能去找康家山的郎中[①]。

① 郎中即乡村医生。

郎中姓代。母亲说，这个代郎中是个顶好顶好的人，帮繁纯看了很多次病，他从来没收过钱。

代郎中每次都拿针在煤油灯焰上烧一烧，把小繁纯的十个手指头尖挑破，挤出很多血水来。挤出血水后，繁纯就不喊肚肚疼了。

代郎中明确地告诉母亲和曾章甫：“你们的女儿长不大，她患的是疳积！”

母亲和曾章甫知道这病是绝症。那时候没有药可治疳积。凡是患了这种病的儿童，都活不长，都会慢慢拖死。

母亲和曾章甫看着繁纯的病情一天天加重，却无能为力。

那年冬天，曾章甫参加兴修水利工程的资格被剥夺了。农协把关很严，怕地主阶级搞破坏，不让地主、富农及其子弟们参加。

曾家的日子一天穷过一天。

萝卜煮水，红薯煮粥。曾家度过了1951年的春节。大年三十那天下午，隔壁李家婆婆塞给繁纯一个香甜可口的南瓜粑粑。繁纯舍不得吃，拿进屋要给翁娘吃。母亲让繁纯把南瓜粑粑切成三份，送一份给瞎子老奶奶，一份给爷爷奶奶，剩下的一份先问哥哥姐姐们要不要，他们如果不要小繁纯就自己吃。

南瓜粑粑是甜的。曾家不久后却饱尝连失三姐弟的苦。

曾章甫的姐姐曾莲英自杀，大哥曾庆云、二哥曾庆德被枪毙，接连发生在短短的半个月之内。

春忙时节的一天，太阳落山前，母亲正在家附近的田埂上的草地里挖蕨苗、野芹菜、马齿苋、折耳根等野菜，曾章甫哭丧着声音喊母亲快回家。

毛家滩乡那边两个亲戚来报丧：曾莲英上吊自杀了。

曾莲英是曾浩之和金姑娘唯一的女儿，在家里排行老大，极得曾浩之和金姑娘宠爱。她嫁到距太子庙约三十里的毛家滩乡一个叫油坡巷的村庄。丈夫王乃愚在长沙岳麓山下的矿业学校教书。曾莲英和王乃愚生育了一对儿女：儿子叫王运雄，女儿叫王运春。曾莲英常年在毛家滩照顾公公婆婆和一对儿女。

曾莲英嫁到毛家滩乡是她的姑妈即曾浩之的妹妹做的媒。姑妈也嫁到毛家滩一户王姓人家，生了一女三子：女儿叫细姐。大儿子叫王孟湘，与曾章甫同年。二儿子、三儿子分别叫王孟顺、王孟昌。

母亲第一次见到曾莲英，是在她与曾章甫的婚礼上。母亲由衷地赞叹：

"莲英姐好端庄、好亲切、好漂亮！"

自繁纯出生以来，母亲只见过曾莲英两次：一次是1949年4月繁纯出生后，曾莲英来庆贺；另一次是1950年大年初二，曾莲英和王乃愚带着两个孩子回娘家拜年，并看望提前退伍返乡的曾庆德。

报丧的人说："曾莲英胆子小，白天在批斗会上被揪上台跪了半天，下午回到家，丢下老老小小就上吊了。"

曾浩之悲痛至极。他安排三个儿子立即跟着报丧的亲戚赶去毛家滩乡帮忙处理曾莲英的后事，他和金姑娘带儿媳妇们稍后再去。

三个儿子正要动身，五六个农协干部如同从天而降，把曾庆云和曾庆德迅速捆绑了。

毛家滩那两个人见状慌忙跑走了。

曾庆云、曾庆德和曾宪鼎及另外三个地主分子被关押起来。曾宪鼎是曾庆云的堂叔，即曾浩之的堂弟。解放前，曾宪鼎跟曾庆云为了竞争当乡长打了一场持久官司，结果曾宪鼎输了官司没当成乡长。关押的屋子就在曾宅中。那屋子原先是曾家的男厕。曾家原来男工女工人多，曾家的厕所是分男女的。男厕改造加固后，装上铁门，就成了监牢。

只关了半个月左右，六个人就被拉到东边山脚下，枪毙了。

那六个人被五花大绑着拉出去时，都感觉到了世界末日。曾宪鼎像待宰的年猪一般嚎叫，曾庆云一边走一边扯破嗓子骂娘，曾庆德仰着头喊冤。

曾浩之铁青着脸，金姑娘和曾庆云、曾庆德的四个老婆瘫在椅子上哭。

"别号嗒！"曾浩之朝她们吼了一声。

婆娘们便如寒蝉遇到响雷似的静了声。

一家人紧张地竖起耳朵，听东边山脚下的动静。

"砰！砰！砰！……"

接连响了二三十声枪声。

不一会儿，一些与曾家关系较亲近的贫雇农亲戚跑来告诉曾浩之和金姑娘，说曾庆云、曾庆德每人吃了四五粒"花生米"[①]，兄弟俩的脑壳被打得稀烂。

① "花生米"指子弹。

金姑娘瘫倒在地，无声地抽泣。曾庆云、曾庆德的四个老婆哭天喊地，整个悲哀的气氛。曾浩之叫曾章甫和这几个贫雇农亲戚拆下两间住房后门的门板去收尸。

曾浩之悲愤地恳求："收尸后随便去找个地方掩埋掉吧。"

收尸的贫雇农走了后，曾浩之坐在屋檐下的竹凳上，一只脚踏在另一个竹凳边，低垂着头，雕像一般待着。

曾浩之知道，曾家的命运像打碎的搂罐[①]一样，不可收拾，不可箍浑了。

两具被"花生米"打得面目全非的尸体是用两个门板抬到曾宅对面山凹凹的。这里是曾家分得的茶籽山。

"尸体不要直接放在土坑里！曾庆云、曾庆德虽然是被枪毙的地主，但他们没做过亏心事，一世都是好心人，"曾章甫的表叔、世代贫雇农的李春舫说，"还是应该用木板隔出个空间，让曾庆云、曾庆德能安息。"

李春舫急急回家把他家的门板拆了。他家的门板不够，便从邻居家借了一块猪圈老木门，一齐背到山里。来不及钉铁钉，几个贫雇农亲戚和曾章甫砍了几根矮竹，和着门板、猪圈木门、抬尸板，给曾庆云、曾庆德架了一个共同的空间。

两具尸体的头都像炸碎了的蜂巢，两人破棉衣的胸口处都被击穿，早已凝固的血把破棉衣里的烂棉花染成了黑色。

两具尸体掩埋在同一个坑里。

其他人走后，曾章甫一个人留了下来。他使劲地锄土，把两个哥哥的合葬坟堆得老高，拍得严严实实，修得像一座厚棺厚椁埋在里头的庄严的大坟。

曾庆云、曾庆德成为这个山凹凹的"拓荒者"。从他俩开始，曾家先后共有老老少少七口人在此埋葬。因为曾庆云、曾庆德是合葬的，所以七口人其实只有六座墓。曾家七人六墓共同守护着这块茶籽山。

接下来的几年，母亲每年都来这里摘茶籽。靠近七人六墓的茶树，茶籽长得特别大。七人六墓的尸水肥沃了这块茶树林。

---

① 搂罐是汉寿话，指农家盛谷物的陶或瓷罐。

第七章

曾章甫进监牢

曾庆云、曾庆德被枪毙的第二天，母亲的丈夫曾章甫就被关押起来了。

这是曾章甫前一天晚上埋葬完曾庆云、曾庆德后就预料到了的。前一天晚上，曾章甫把曾庆云、曾庆德的坟修得很高很大，回到家里，就把他的预感告诉了母亲。

曾章甫紧张地说："大哥二哥走了，该轮到我了。他们要夺我们的老婆孩子。他们说过要斩草除根……"

"你是学生出身！你没犯过罪也没得罪过人，没当过官也没纳过妾，怎么会轮到你？！"母亲不让他说这么不吉利的话。

但那个岁月，他们的生活中哪儿还会有吉利呢？

其实曾章甫的这个预感，母亲不是没想到，只是母亲不敢相信，还像个大孩子一样的曾章甫，一个对生活充满热情和向往的善良青年，怎么可能被农协抓走呢？农协不是农民的协会吗？村里上屋下屋的农民不都晓得曾章甫仁义善良吗？

除曾章甫和母亲外，这间屋里只剩下两个哥哥留下的四个嫂子了。四个嫂子从下午到晚上都没止住流泪，哭得眼睛都肿了。四个嫂子都担心曾章甫马上会有灾祸。她们凑到曾章甫和母亲耳边，用耳语加手势叫曾章甫趁黑远走高飞。

四个嫂子不敢大声说话，怕隔墙有耳。农协会员和民兵有一招很厉害：常趁夜潜伏到地主富农家的墙角，偷听屋里的人说话。汉寿话叫"听壁角"。"听壁角"威力很大，通过"听壁角"，农协和民兵经常能收获一些重大情报。比如某家的财富准备转移到哪个地方，再比如某家诅咒过共产党的哪个干部。后来地主富农们学精了，在家跟家人说话常用耳语和手势。

嫂子们的建议并非没有道理。四个嫂子都是大家闺秀，见多识广。她们的判断绝不是瞎扯。

母亲却感到非常矛盾。曾章甫如果不走，灾祸说不准哪天就砸落下来。如果走，能走到哪里去呢？全国都一样，哪里都一样，无处可躲可藏，万一被抓回来必然更惨。

曾章甫轻声说："先等等看看再说吧，家里老老小小，也丢不开。"

母亲提心吊胆，一个晚上没睡着。曾章甫倒不害怕，只是心事重重的，也一直没入睡。

上半夜，四个嫂子讨论《婚姻法》的事。这事也是曾章甫说农民夺地主老婆孩子的事，也是涉及她们拖儿带女再嫁人的事。下半夜，她们在叹息声歇息后传出了均匀的鼾声。

四个嫂子在曾庆云、曾庆德入土的当晚就讨论《婚姻法》和嫁人的事，并不是她们急着想嫁人。

当时，土地改革运动轰轰烈烈热火朝天，女人们说话早已不需要婉转曲意。再说，夫亡嫁人，正是当时最火的话题之一。如果外面有人"听壁角"，就更能向农协和民兵表明她们进步的态度。

那时，新中国第一部《婚姻法》刚刚颁布，县里组织了几个女干部、女教师在各乡各村巡讲《婚姻法》。康家山农协已组织了多场宣讲会。为了追求更好的效果，宣讲会既有男女混场，也有男人专场、女人专场。每个人都必须按规定参加。

《婚姻法》宣讲中有几个提法引起了康家山人不小的轰动：一是"婚姻自由"，二是"一夫一妻"，三是"夫亡再嫁"。

婚姻不再由父母包办了，娶妻嫁夫再不能受逼迫了，也不可搞买卖婚姻了，娶谁嫁谁自己说了算；一个男人只能娶一个老婆，不能再娶小老婆了，也不许搞童养媳了；夫亡后再不要守贞洁立牌坊了，寡妇再嫁，这不仅是寡妇的权利，也是寡妇的义务。当时还有很多贫雇农没有老婆，寡妇的资源不能空置。

《婚姻法》后来广泛张贴在康家山的墙上和黑板上。《婚姻法》共八章，其中并没有特别地提到寡妇再嫁。但经当时的一些人巧妙地设计，那一年

《婚姻法》的宣讲，与土地改革、清匪反霸等紧密地联系在一起。女干部、女教师们说："地主阶级多吃多占的妻妾，要坚决地嫁出去，嫁到贫下中农去。要消灭地主阶级，要斩草除根，他们的老婆要带着孩子嫁给贫下中农，与贫下中农真正融为一体。地主的儿女要自觉脱离地主家庭，跟随母亲认贫下中农为父，随嫁过去的地主儿女受法律保护，贫下中农对其不得虐待或歧视……"

曾章甫睡不着，抱着母亲，轻声但坚决地说："如果我死了，你不要嫁在近边，不要被那些眼红别人老婆的穷汉子娶走，你要答应我带着孩子嫁到远处去！"

听曾章甫这么说，母亲鼻子一酸，泪就涌出来了，她搂着曾章甫说："如果你有三长两短，我不嫁！"

"农协哪会让你不嫁？"曾章甫说话时，眼泪也不自觉地往外涌，"你不嫁孩子怎么活？你一定要嫁到远处去，帮我把孩子带好！"

第二天一早，天刚亮，几名背着枪的农协干部，把曾章甫押走了。由于早有思想准备，曾章甫被押走时一点也不惊讶，他很平静，甚至是昂着头离开的。

准确地说，曾章甫"押"是被押了，"走"却没走多远。曾章甫就关押在由曾家的男厕改造成的监牢里，就是前一天关押着曾庆云、曾庆德等六名被枪毙的地主分子的屋子。

监牢虽然离母亲只有几十步远，但只要农协一粒"花生米"，曾章甫就会与母亲远隔阴阳。

监牢里关着七八个与曾章甫年纪相仿的年轻人。他们都是太子庙乡的地主子弟，也都是学生出身。刚关进去，母亲还听见他们聚在一起乐观的聊天声，不久就只有杀猪般的号叫声、叹息声和叫骂声。

监牢外有两个民兵把守，不许人走近，不许人探监。

母亲抱着小繁纯，到乡政府找农协的人。乡政府就在曾宅，只隔母亲的住房四间屋。没等母亲开口，农协的干部就向母亲讲明政策，鼓励母亲替曾家和曾章甫坦白犯罪事实，争取政府宽大处理。

母亲对他们说曾章甫是学生出身，一直在外老老实实上学，没干过坏事，外面的同学、近边的邻里邻舍都晓得曾章甫是个只讲仁义的好后生。母亲说曾章甫还报名当兵申请抗美援朝呢。

农协的人说："你回去吧！我们不会放过一个坏人，也不会冤枉一个好人！"

母亲觉得农协的人讲话水平很高。"不会放过一个坏人，也不会冤枉一个好人"，这讲得多好啊！但曾章甫真的不会被冤枉吗？曾章甫能被证明是一个好人吗？母亲心里完全没底。

关押和审讯最终证明，曾章甫是一个好人。曾章甫获得这个好人的证明，付出了血的代价。

审讯也在那间监牢里进行。曾章甫的双手反吊着，被鞭子抽打，打得肩膀、前胸的褂子渗出一条条血痕。审讯者要曾章甫交代罪行，说交代了就不打了。曾章甫被打得没办法，就按审讯者的提示，顺从地瞎编着，一一作出交代。他说，哪年哪月哪日，欺压了长工某某某；哪年哪月哪日，为了报复农协拔了贫雇农某某某家的萝卜。

交代了之后，再打。再打，再交代。坐监牢的日子里，就是如此反复着。

母亲不能靠近监牢，小繁纯却可以。

一次，小繁纯看到曾章甫的左脸比右脸"高"很多，问曾章甫为什么。曾章甫微笑着摸摸左脸，爽声回答："爹爹老是用左边牙齿嚼肉嚼鱼，左脸就胖了。"

小繁纯从监牢那边回来告诉母亲。母亲知道曾章甫的左脸被人打肿了。

还有一次，小繁纯看见曾章甫的衣服上有很多殷红的颜色，惊吓地问："爹爹！你身上出血了吗？"

曾章甫一愣，立即微笑着说："爹爹不乖，吃三月泡[①]时不小心，把三月泡的汁弄到身上了。"

"爹爹不乖！"繁纯不高兴地批评她爹。

"爹爹下回一定乖，再不把汁弄到衣服上了！"曾章甫歉意地微笑着，认真地对女儿说。

不幸中的万幸！曾章甫只被关了两个月就放出来了，而且再也没有被关押。在监牢里这两个月，虽然受了些伤，母亲听曾章甫说还被棍棒打得吐过三次血，但毕竟肢体没有落残。

① 三月泡是指一种像草莓的野果，熟透后呈暗红色，汁多而甜。

母亲心疼地查看曾章甫身上落下的伤，她用棉花沾上茶籽油，轻轻地擦在曾章甫的每一处伤口上。

这批学生出身的地主子弟之所以被释放，当然并不是简单地因为他们被证明是好人。据说是上面来了政策：对学生出身的地主子弟，以教育为主，不得扩大杀戮，不得无故杀人，有血债者除外。

母亲听这些一起被关押又一起被释放的年轻人说，七八个人中，曾章甫身材最高大，挨打也最重。他们替曾章甫惋惜："好汉不吃眼前亏，我们都不较真，他们让我们说啥就是啥，迟说不如早说。曾章甫何苦要倔着，白白地多挨他们的鞭棍呢？"

曾章甫被关押的这两个月内，有几件事，永远刻在母亲的心里。

一是曾家的嫂子们改嫁；二是瞎子奶奶和金姑娘相继去世；三是曾浩之在祖坟山里痛哭。

曾章甫被关进去后，嫂子们就都嫁人了。

四个嫂子刚丧了夫，刚成寡妇，立即就成了别人的新娘。

嫁得这么快，可能是因为女干部和女教师的动员，也可能是农协关于地主不分男女都可能关押枪毙的逼迫（《婚姻法》规定嫁娶不许逼迫），也可能是一家老小缺衣少食强撑不下去了。母亲相信，这种种因素都存在。

嫂子们嫁人没有仪式没有放鞭炮，没有酒肉茶饭没有饯行，没有欢声笑语也没有哭脸抹泪。除曾庆德的小老婆刘凤枝外，她们都嫁给了康家山的贫下中农。

曾庆云的大老婆刘凤钦是带着两儿两女出嫁的，小老婆张佩纯当时没生育独自嫁了人。曾庆德的大老婆小老婆一对亲姐妹再也不用共事一夫争风吃醋了。姐姐刘凤毛带着一儿一女嫁给了一个叫"冬股子"的矮个子男人。妹妹刘凤枝带着两个儿子先回娘家，后嫁到了益阳县茶盘都农场。

三个嫂子都嫁在康家山，与曾章甫和母亲经常碰面。刘凤枝嫁到茶盘都农场的消息是一两年后才传来的。她带去的大儿子阿得跟着继父改姓陈，小儿子阿弟因风寒夭折了。

瞎子奶奶在四个孙媳妇出嫁后不久，就去世了。瞎子奶奶经受不住接踵而至的打击：一个孙女自杀，两个孙子被枪毙，一个孙子被关押生死未卜，四个孙媳妇改了嫁，五个曾孙子、三个曾孙女随了别人的姓。

一辈子轻言细语从不跟人吵架的瞎子奶奶，在经历了十几个月的巨大动荡后，不声不响地去世了。瞎子奶奶是在夜里去世的。第二天早上曾浩之喊翁娘不应，才发现瞎子奶奶已经断了气。

瞎子奶奶是在香甜的睡梦中去世的，还是在孤寂的夜晚经受不住内心的煎熬悲戚而死的，不得而知。总之，瞎子奶奶安静地离开了这个风云变幻的世界，享年 88 岁。

曾浩之和金姑娘缺乏劳动能力。母亲勇敢地承担了料理瞎子奶奶后事的任务。后事很简单，母亲一点儿也不害怕。她先拿一根草绳量瞎子奶奶的身长，再从隔壁家借来一柄铁锯，把哥哥嫂子们的床板锯成四块长木板和两块短木板。然后去请春舫表叔。瞎子奶奶与春舫表叔的妈妈是叔伯姐妹。春舫表叔还带着一个亲戚来了。原本母亲是准备按曾章甫描述的上次埋曾庆云、曾庆德那样，到了坟地挖好坑再帮瞎子奶奶搭个架的。但春舫表叔和那位亲戚带了铁钉来，他们很熟练地把木板钉好，成了一具棺材。

瞎子奶奶的尸体临埋前都没有变硬。母亲帮瞎子奶奶换衣服时，瞎子奶奶的手、腿和她那双小巧的三寸金莲，都是嫩软嫩软的。瞎子奶奶像是安详地睡着了。

春舫表叔他们不敢把棺材抬到曾家的祖坟山，怕被农协抓住当狗腿子批斗。瞎子奶奶就埋在她的两个孙子曾庆云、曾庆德的旁边。就这样，瞎子奶奶没能和她的丈夫即曾章甫的爷爷埋在一起。

瞎子奶奶死后不久，便是清明。连续下着雨，山上湿漉漉的，山路上到处是泥泞。清明前一天，曾浩之叫金姑娘和母亲带着繁纯去拜坟。金姑娘和母亲都很诧异：女人是不允许上祖坟山的。

曾浩之说："曾家的人死的死，走的走，没剩几个了，你们跟我去凑人数！"

祖坟山上埋葬着曾浩之的父亲，和他父亲的父亲，和他父亲的祖父及上上辈祖先。曾浩之双膝着地深躬着腰跪在他父亲的墓前，用腰身当雨伞，让蜡烛点着免受雨淋。金姑娘和母亲也双膝跪着。

曾浩之跪在那里痛哭流涕，捶胸顿足："我对不起祖宗咧！我给祖宗丢了脸咧！曾家的祖业在我手里荡光了咧！现在我们曾家遭了难咧！我的两个崽一个女年纪轻轻就死了咧！孙子们跟着别人姓去了咧！祖宗要睁大眼睛显神灵咧！要保佑你们的子孙曾章甫平安无事释放出来咧……”

曾浩之哭了很久。下山前，他站起身，盯着金姑娘和母亲狠狠地交代：“祖祖辈辈发根下来，只有我曾浩之给曾家丢了脸！我死了以后，不配上祖坟山！你们把我埋到我翁娘和庆云、庆德他们那里！”

母亲心头上压着的乌云越来越沉。原本热热闹闹的曾家，冷清得可怕。

除了公公偶尔会叹息和婆婆偶尔会抽泣，他们基本上不再说话了。繁纯不时的嬉闹声及病痛时的呻吟声，反衬出屋里死一般的空寂。

母亲帮住进曾宅的贫雇农家庭带带孩子，偶尔也会帮手洗洗衣服，做饭时分就迅速回家，想方设法把菜做得可口一些，把黄瓜切得很漂亮，炒得很仔细，摆在菜碗里也工工整整。隔年的红薯，母亲把皮洗得干干净净，可以连皮吃。母亲总是把碗和筷子摆放得规规矩矩，然后毕恭毕敬地喊公公婆婆来用餐。

母亲发觉金姑娘的眼神与以往有些不同：多了些呆滞，多了些哀伤。

有一天吃过晚饭，母亲在收拾碗筷，金姑娘突然捏住母亲的手，对母亲说：“祝华，我们曾家有福气，修来你这么个顶好顶好的儿媳妇……你跟着我们受苦了啊……我们老了不中用了，以后这个家就靠你了啊……”

清明过后半个来月，距瞎子奶奶去世大概个把月，金姑娘也死了，享年52岁。金姑娘没有什么病，算是无疾而终。母亲和曾浩之都知道，金姑娘是因为家庭变故连连郁郁而终的。

母亲再次从邻居家借来铁锯，把哥哥嫂子们留下的床板锯了，再次请来亲戚帮忙。因为曾浩之在祖坟山时的交代，所以金姑娘被埋葬在曾宅跑马坪对面的山凹凹里，与她的瞎子婆婆及她的大儿子、二儿子守在一块儿。

金姑娘一定至死都在牵挂着曾章甫，都在为曾章甫的平安而祈祷。她如果知道再过半个月，曾章甫就放出来了，并且再也不用坐牢了，她也许不会死。如果能熬过这一关，金姑娘或许能再活很多年。

是的，金姑娘如果能熬过这一关，她会欣慰地看到，有坚强不屈、勤劳聪慧的曾章甫和他的媳妇儿，曾家的日子又缓过来了。虽然缓得很慢很慢，但毕竟，冬天来了，春天就不远了。

第八章
小繁纯走了

曾家的日子慢慢慢慢地缓过来了。

这与曾章甫被关押有着密切的关系。换句话说，是曾章甫的被关被打换来了曾家渐缓的机会，虽然曾家生活渐缓是曲折的，中间还要经历许多的波折、许多的打击。

曾章甫换来了两件好事：一是他成了货郎，二是母亲学会了织布。

事情是这样的：这次与曾章甫同期被关押的年轻人中，有一个是曾章甫的堂叔，名叫曾乘之。曾乘之是曾宪鼎同父异母的弟弟。曾宪鼎的父亲有三个老婆，曾宪鼎系大老婆所生，曾乘之系二老婆所生。关押期间虽说不许人探视，但毕竟就在一个大屋内，乡政府、曾家及好几家贫雇农家就在隔壁。曾章甫家近期的种种变故，不一会儿就能传入监牢里。年轻人的心都是善良的，也都是相通的。大家都安慰曾章甫，连审讯者后来也觉得于心不忍。

曾乘之在监牢里跟曾章甫说：“天无绝人之路！你别悲观，我们都应该乐观一些！你家尽快想办法弄一台织布机，我叫我媳妇儿教你媳妇儿织布。”

曾乘之的话让曾章甫心头一热。虽然，还不知道如何能弄到一台织布机，但总算看到了希望。曾章甫相信，只要有了织布机，他聪明过人的媳妇儿一定能学会，一定会织出好布，一定能养家糊口！

曾章甫和曾乘之被释放一年半后，曾乘之的媳妇儿，即曾章甫的堂婶娘找上门来，兑现曾乘之的承诺。但当时曾乘之已经不在人世，堂婶娘也已嫁作他人之妇。

在监牢里，曾乘之跟曾章甫一样，交代了种种所谓的罪行，也同期被放了出来。但曾乘之却未能像他说的一样乐观和坚强。刚放出来，他就在家中上吊自杀了。

曾章甫他们被释放后，只有一定程度的人身自由。他们被限制在村里，既不许离开康家山村的地界——特殊情况经提前报批可以远行到太子庙，也不许在外过夜。

曾章甫被释放出来后，母亲陪他去请代郎中开药。服了几服中药后，曾章甫就开始挑着两只篾箩筐，当起了走村串道的货郎。

曾章甫的主要货物是针线。他身体还很虚，挑不动重物。针线很轻，他挑着走路方便。康家山乃至太子庙的人都知道曾章甫的家庭变故，也知道他在关押期间被打得最狠。大家都很同情他。

根据家庭分工，母亲在家照顾曾浩之、带孩子、做饭、洗衣，也到稻田和棉田里打药、除草，到土里种菜、收菜。还有时间就帮曾宅里的其他人家做些事。

康家山以及太子庙的人是那么的善良！

曾章甫每天上午出去，天黑才回来。他每天回来，都有收获：或者是米，或者是菜。

曾章甫的针和线每天都会卖出去一些。换回来的东西虽轻，却能支撑一个家。米不多，但掺进红薯里就是每天的好饭。菜则五花八门，有青菜，也有些干菜，比如盐菜子、南瓜皮、芋窝梗、辣椒、萝卜。村里人买针线不是给钱，钱在当时没有什么用。他们都是给这些吃的东西，这些都是救命的东西。

有了土地的庄稼人，圆了数千年土地梦的庄稼人，在属于自己的土地上抛洒着汗水，收获着粮菜和棉花。他们善良，他们朴实，他们有情有义，他们乐于助人。他们通过“买卖”，把同情的目光连同果腹的食物施舍给了曾章甫。

在饿殍遍地的当时，如果不是曾章甫的两个篾筐，不是他每天卖针线，曾家仅剩的几口人可能都做了饿死鬼。

好机会还在后头。这年下半年，母亲除了帮人家洗衣带孩子，还多了一门体体面面的“生财之道”。

那年下半年，汉寿县掀起了“乡学乡办、村学村办”的教育热潮，县里、乡里安排人员，村村户户动员入学，特别是贫下中农的孩子要上学。康家山办起了“康家山小学”。

母亲打心里赞同办学。她从内心深处认为，政府分田分地给贫苦农民，做得对。土地不能让地主们全占去了。虽然曾家遭了大苦大难，但把田土分给农民，是正确的。但光种田种地不读书不行，不读书那就是文盲、睁眼瞎，不读书就断不了穷根。她原来很担心农协不重视教育，看来是她多虑了。

母亲听到村村办学校的事，由衷的高兴。

办学就要招教师。那时候哪有那么多知识分子！教师必须从贫下中农里挑选。贫下中农里，完小毕业生很少很少，那算是“高级知识分子”了。大部分教师只有初小文化程度。但是，没办法，先把学龄儿童组织起来上课再说。再说，教师们可以边教边钻研嘛。用现在的话来说，就是教学相长。

母亲和曾章甫不仅读过完小，还读过初中和师范，算是当地的顶级知识分子了。和曾章甫一起被关押的年轻人，基本上也都是“高级知识分子”。他们都是地主子弟，成分不好，不能当教师。但毕竟，村里已开始重视教育、尊重知识了。

那年下半年，住在曾宅里的孩子们都入学了。母亲除了帮各家洗衣、带孩子，还会给孩子们辅导功课，教他们做题。那些家庭更加感谢和敬重母亲，他们经常会拿一支莲藕、几根萝卜塞给母亲。

曾章甫能生财，母亲也能生财，曾家的日子不会再揭不开锅了。

这一年康家山的油茶籽长得不错。由于曾章甫身体未能完全康复，行动尤其爬树还不太方便，母亲不让曾章甫摘油茶籽。母亲一个人把几百斤油茶籽摘下来。

摘油茶籽那两天，曾章甫在山上陪着母亲，跟母亲说话，也讲些听来的笑话。

那一年冬天，茶油炒饭，吃得特别香！

但繁纯的状况越来越不好。母亲的心头之痛越来越重。

繁纯长得很漂亮，大大的眼睛格外有神，长长的睫毛，五官端正，像曾章甫。人很瘦，但是长长的小腿骨架，一看就知道长大会是个高挑个儿。但她越来越虚弱，肚子开始水肿，后来脸也浮肿起来。

“翁娘，我肚肚疼！”繁纯经常跟母亲说。

母亲带她到代郎中那里挑手指尖，除此之外再也无能为力。繁纯痛苦的话和痛苦的表情，像刀一样剜割着母亲的心，就像女儿从船上跌落河水中，母亲伸长手去救却怎么也够不着，只能眼睁睁地看着无情的河水一点点吞噬女儿。

1952年春天，汉寿县新一轮的运动又席卷而来。

这一轮运动来之前，母亲又有了身孕。

外面的宣传标语告诉康家山人，这场运动叫“复查”。复查什么呢？复查田地，即对去年没收后分配下去的田地进行复查。

母亲和曾章甫不知道，这场复查运动其实就是土改运动的构成部分，它属于土改运动。但根据母亲的亲身感受，土改已于1951年下半年完成了。她以为，复查是新的一波运动。

有了丰富政治斗争经验的太子庙和康家山农协，将复查运动从一开始就推到了高潮。红旗、口号和标语排山倒海而来。先前被批斗过的地主再次被揪到台上，去年的几个漏网之鱼这次终于没能逃过人民正义的宣判，吃了“花生米”。民兵们摩拳擦掌，磨刀霍霍。曾浩之躲在屋里，吓得不敢到地坪上晒太阳。

曾浩之担心的事终于还是发生了。

一天下午，太子庙乡复查斗争大会召开前两三个小时，康家山村农协来了几个挂枪的人，他们用一根结实的粗麻绳把曾浩之绑走了。农协的人押着被五花大绑的曾浩之，带着惶恐不安的母亲和曾章甫，一起到了太子庙的会场。

被绑着的地主随即就要押上台。曾浩之垂着头，准备跟着他前面的地主往台上挪。这时，有个干部模样的人走过来，叫农协的人给曾浩之松绑。

“曾浩之没犯过具体的罪！他老婆都只娶了一个！”那个干部说。

曾浩之就这样不必上台接受批斗。他和曾章甫、母亲一样坐在台下的地上，忐忑地听报告，跟着别人响亮地喊口号。

一场批斗，飘来了“复查”的一丝寒风，也带来了人性的一星温暖。

直至复查运动结束，曾浩之、曾章甫和母亲，都再也没有遇到麻烦。这让母亲更加坚定地相信：公道自在人心，为人仁义善良，最终还是不吃亏的。

复查运动开始不久，母亲倒遇到一件好事：村里要调母亲去画政治宣传画，说在村里画得好还会推荐到乡里去画。村里是经过慎重考虑才叫母亲去画的。他们经过观察和调查，认为曾章甫的媳妇儿钟祝华虽然是地主子弟，但表现不错，勤劳质朴，做人踏实可靠，孝敬长辈，团结乡亲，可以改造。

村干部满以为母亲会欣然应承。

母亲猜测当时如果答应去画政治宣传画，只要表现得好，政治生活上的保险系数可能会大大提高，她甚至有可能进入乡政府的宣传队或到学校当教师。

但母亲没有同意。她当时拒绝村上的理由是：家里四个人，公公年老体衰，曾章甫自释放出来后就不能干重活，女儿还小且患了疳积，家里洗衣做饭带孩子，离不开人。再说，她怀上了孩子，干不了画画的活儿。

但还有一个关键的理由，母亲没有对村干部说：曾章甫不让她到村上去。曾章甫说："嫂子们都改嫁了，村上那些光棍或死了媳妇儿的男人眼馋你，打你的主意，你千万不能去！"

那年谷雨前后，有孕在身的母亲在棉田里撒棉花籽。舅舅从修山来，带来了外婆的死讯。外婆是在半个多月前的一个深夜里偷偷投池塘而死的。

淹死外婆的那口池塘就在外婆家的地坪一侧，面积小得不够一头水牛在里面打滚。池塘虽小却也恶毒，它把艰辛守寡20年的外婆吞噬了。

母亲痛哭了一场。她没能赶回娘家送别外婆，也没能跟舅舅回去跪拜外婆已经安睡了半个多月的新坟。

舅舅急着回家插秧和播棉花籽，他第二天就回修山了。

舅舅回修山去的那天夜里，三岁的小繁纯死在了母亲的怀抱里。

小繁纯那阵子几乎吃不下任何东西。母亲喂她稀饭、喂她鸡蛋汤花，她都不愿意张开墨黑的嘴唇。她的十个指头尖两天前在代郎中那里挑破了，却不能再愈合。她在母亲的怀抱里像病猫崽一样低声地呜呜，声若游丝，渐渐就停止了。

母亲没料到繁纯是在那天离开人世，她以为女儿会像往常一样哄哄就会入睡。

但母亲很快感觉出异样。

她摸摸繁纯的额头，额头还暖和着，她就有些放心了。

繁纯像是睡着了，安安静静的，一点儿也看不出难受来。

母亲准备帮她擦脚擦脸送她上床睡觉。

谁知没一会儿，母亲发现繁纯的小手凉了，去摸她的手臂，她的手臂一截一截地凉了下去。

繁纯的手臂凉了的时候，两条腿也凉了，全身都凉了，只有胸窝窝里还有些暖气。

母亲脑袋一炸，慌了手脚。她哀叫一声"章甫！"曾章甫闻声跑了过来。

母亲把双手捂在繁纯小小的胸口。胸口微微的暖气从母亲的指缝里一点点地漏出来。

胸口的暖气漏尽的时候，繁纯的小嘴唇已经没有了血色。她浑身冰凉，慢慢地就变硬了。

小繁纯在人世间度过了三年。她还没来得及感受生活更丰富的酸甜苦辣，没来得及学习更多的唐诗和儿歌，也没来得及等到弟弟从母亲腹中出生，就匆匆告别了人世。

那天夜里，乌云压得很低很低。

小繁纯死后不到一个时辰，母亲刚给小繁纯擦干净身子，换上干净衣裳，小繁纯就被她的爹爹曾章甫抱到了奶奶金姑娘的身边，抱到瞎子老奶奶的身边，抱到了大伯父曾庆云、二伯父曾庆德的身边。

要埋女儿了，曾章甫舍不得。他把繁纯的脸紧紧地贴着自己的脸。繁纯的脸像是冻坏了，冷冰冰的。曾章甫抱着繁纯呆呆地坐着，一遍遍地想着她会笑的模样，想着她初长牙齿的模样，想着她每次咯咯笑着跑过来要爹爹抱的模样。

曾章甫的心里一阵阵酸痛，痛得想哭也哭不出来。

他强撑着挖了一个坑。然后，他摸索着把坑里扎手的小石子都拣出来，他怕小石子硌得女儿疼。

繁纯入土的时候，乌鸦呱呱叫着从村庄上空掠过，滂沱的大雨在如吼的春雷中泼下。

一阵阵雷砸下。一道道电闪下。它们惊不醒繁纯。

繁纯陪伴着两个伯伯，陪伴着瞎子老奶奶，陪伴着奶奶，陪伴着仙逝的亲人，永远地睡在那里。

在阴间，瞎子老奶奶和奶奶一定会给小繁纯换上干燥的衣裳，一定会让她享受温暖和宁静。

不再有小繁纯天真的嬉闹声，不再有她告诉翁娘她肚肚疼的哀叫声，虽然天气开始炎热，但曾家显得更加冷清更加凄凉了。

好在母亲的肚子里，已经有了新的生命。

曾浩之说："留得青山在，不愁没柴烧，章甫在，祝华在，我曾家的根就不会断！"

1952年农历九月初，母亲挺着大肚子在棉田里摘了两茬棉花后，再次临产了。

这一次，没有金姑娘请来的那个呱啦呱啦讲个不停的喜婆，母亲也再不会有连坐四天木椅借土生子的痛苦。

这次给母亲接生的是代四翁妈。代四翁妈是村长的翁娘。村长姓代，住在曾宅。代四翁妈并不姓代。她的丈夫即村长的爹爹姓代，在家排行老四。农村妇女的称谓往往跟夫家，所以康家山的人一般叫她代四翁妈。

代村长一屋人都是善良人，代四翁妈是个很善良的女人。母亲发作时，叫曾章甫快去请人。结果，曾章甫出人意料地把代四翁妈请来了。代四翁妈是来帮忙的，本应得到曾章甫和母亲的感谢，但她却是带着贵重的礼物来的——她送给母亲两颗鸡蛋。

说代四翁妈来给母亲接生出人意料，理由有二：一是代四翁妈信佛，平时在家烧香求神拜佛，极讲究干净卫生。她从不进喜房。她几个儿媳妇给她生孙子，她都不踏入喜房一步，直到产妇坐完月子，代四翁妈才肯进喜房；二是因为她是村长的翁娘，村长虽然善良，但他讲政治，他叫他翁娘注意莫要跟地主家庭扯到一块儿。但是，母亲临产，代四翁妈心里同情，她毅然进入喜房，执拗地要帮助曾家，帮助曾章甫，帮助曾章甫媳妇儿！

那天已过了霜降，很冷很冷了。代四翁妈一进喜房，便帮母亲烧茶籽渣饼。不一会儿工夫，一个健康的男婴就顺利降生了。男婴出生时，茶籽渣饼烧得正旺。

烧茶籽渣饼熏房间，能把蚊蝇熏死，把房间熏得透香；它能取暖，经久耐烧，比木炭还暖。在喜房里烧茶籽渣饼，是一举多得的明智之举。

这男婴就是我的小哥。

这男婴的出生，让曾浩之的精神为之一振！

“爹！请给孩子取个名吧。”母亲和曾章甫对曾浩之说。

曾浩之想了想，说：“今年的棉花刚摘下，孩子就叫曾新棉吧。这名字叫着温暖，希望他长大后给我们带来温暖。”

这名字好是好，但一直没叫响。康家山没几个人知道曾新棉的大名，只叫他毛坨。

毛坨是母亲给他取的乳名。这名字被邻里邻舍及后来毛坨的小伙伴们广泛使用。

母亲生毛坨时，我的外婆已经自杀身亡，曾家也已没有可以打点月子的女人了。母亲这个月子，是自己打点自己。除了打点月子中的自己，还要带儿子，并打点公公和曾章甫。

那年的油茶籽才晒好，还没有榨出油来。家里坐月子要急用的物件，曾章甫不能光靠那点针线钱去换购。曾章甫挑了几十斤黑油油的油茶籽粒和洁白的新棉花，到太子庙刚成立不久的农村合作供销社换回了几尺青布、十几颗鸡蛋。

喜得儿子的曾章甫，又像平时一样，挑着两只箢篓筐，去卖针线，每天换回一点儿米、一些青菜和干菜。

第九章

织女、绣娘与农妇

在生下毛坨的那个月子里，母亲的“事业”经过一段时期的厚积薄发，终于迎来了一个又一个的小高潮。

母亲在月子里帮人织毛线帽，织一顶可得一升米。

母亲在月子里帮人在枕巾上绣花，绣一对枕巾可得两升米。

母亲在月子里帮人绣蚊帐檐，绣一床蚊帐檐可得十斤米。

六十多年过去了，母亲依然清晰地记得这些数字。

在那个月子里，母亲的编织和刺绣活儿做也做不完。村里的人都愿意把这些活儿交给她做，有的甚至把米提前带来。

当然，母亲的编织和刺绣，是康家山最出色的。

得了这么多米，母亲及其公公、丈夫都吃得饱饱的。母亲的奶水很充足，毛坨长得胖嘟嘟的。

毛坨快满月时，曾章甫的堂婶娘、已于一年半前上吊自杀的曾乘之的媳妇儿，找到母亲和曾章甫，叫曾章甫去买一台织布机回来。她告诉曾章甫和母亲，她打听好了买织布机的具体地点和价格，去益阳三堂街那边，12 斤茶籽油就可换一台新织布机。

曾章甫前两天刚去榨油厂把这年的茶籽榨过油了，刚好有新鲜的茶籽油。曾章甫二话没说，很快就把一台崭新的织布机带回了家。

堂婶娘帮忙牵起纱，挽起犁，结好经线和纬线，教母亲两只脚踩在织布机的两个脚踏板上，同时两手在恰当的时间里把梭子丢过来丢过去。

母亲很快就学会了。她一天可织三丈布。

三丈布为一匹。织一匹可得五升米。

很快，母亲也学会了自己起头纱和挽尾纱，学会了接断线。她完全可以独自操作了！

母亲每天天不亮就起来织布。十天就可以织一机布。一机布是十多匹，卷起来，漂亮极了。

母亲织布时，就把毛坨放在摇窝里。梭子左右两边跳，怕伤着孩子，所以母亲把摇窝放在她身后。

曾浩之经常过来帮着带孩子。他摇毛坨、逗毛坨。

织布机咔咔咔的声音，摇窝叽叽叽的声音，曾浩之哦哦哦的声音，毛坨呀呀呀的声音，谱出一曲美妙的四重奏。这美妙的音乐，点缀着曾家和谐幸福的生活。

母亲刚开始织出来的布，两边偶尔会不齐整，结尾也偶尔会不好看。但乡邻们从不怪她，也不扣罚她的米。她们是那么善良纯朴。

后来，乡邻们都称赞母亲的布越织越好，像她的编织和刺绣一样，是康家山最出色的。母亲渐渐有了愧意，因为她发现乡邻们都把棉纱拿来请她织，这实际上是“抢”走了堂婶娘的活儿。

母亲后来看出堂婶娘和她丈夫的不高兴。

堂婶娘在她的前夫曾乘之上吊自杀后，带着两个儿子嫁给了村里的贫农。这位贫农是个聋子，四十多岁，比曾乘之大二十多岁，也比堂婶娘大二十多岁。

于是，母亲和曾章甫就背了20升米去堂婶娘家：一是对堂婶娘的无私传授表示感谢；二是对事实上“抢”走她的织布活儿表示歉意。

康家山的农民在基本解决了吃的问题后，在自己的田地上大量种植棉花。

入秋后，稻田里的稻谷收完，棉田里像下了雪，又像盖了洁白的棉毯。

寒露过后，雨水少了，阳光充足，人们挑着大竹筐到棉田里摘棉花。

头几茬的棉花最好摘。棉花树的枝叶绿油油的，棉桃经太阳连日的晒烤，乖乖地裂开，吐出洁白的棉花。康家山的农民双手并用，不一会儿就把一只只大竹筐装得满满的。

棉桃是渐次成熟的，熟一茬就要摘一茬棉花，否则雨水一淋，棉花就倒霉了。过了重阳，棉花树的枝叶都枯了，棉桃壳也更尖更硬了，手探进枝叶里摘棉花，往往会被戳破，刺出来的血还会弄脏棉花。摘棉花是不能戴手套的，戴手套手指就变笨了，摘不了棉花。有时候弯下腰摘枝叶下端的棉花时，不小心还会被戳伤脸和眼睛，所以摘棉花的时候得格外小心。

棉花树的生命力极强，过了小雪、大雪节气，棉花树干得快成炭了，经太阳连着晒十天半月，棉桃还能绽开，吐出洁白的棉花。摘棉花变得更难了，手指戳伤出血后，被刺骨的寒风一吹，痛得格外难受。不用等到冬至，康家山的农民都会把棉花树连根拔回家，堆在各家各户的地坪上，像山一样。拔出来的每棵棉花树上一般都挂着三五颗一时半会儿还吐不出棉花的“铁蛋”。

“铁蛋”有鹅蛋般大小，一头大，一头小。康家山人舍不得把这些“铁蛋”扔掉，都会把它们摘下来，摊开来晒。连着晒一二十天，“铁蛋”大多也会开裂，露出洁白的棉花。等到下雨天出不了工，人们就围着火炉剥这年的最后一批棉桃。

那时候，一亩棉田能收三四百斤毛棉花[①]。

棉花摘完后，各家各户会把毛棉花挑去“打棉花”。打棉花的人把各家的毛棉花从“打棉机”上头的大洞口倒下，棉花籽就从机子后面一粒一粒欢快地蹦出，干净的棉花从机子前面的洞里缓缓地滑下。

棉花籽可以榨油。榨完油后的棉花籽渣是耕牛上等的过冬粮。

各家各户在纺棉车上把干净的棉花纺成长长的棉线，拿给母亲织成棉布，再拿到太子庙的染房染上各种各样的颜色。贫下中农们过了一把“穿戴一新”的瘾！

新帽子、新褂子、新棉袄、新裤子、新袜子，男女老少五颜六色地穿戴成新中国的新农民！

母亲也过足了织布的瘾。她大部分时间都坐在织布机上，没布可织的时候才会帮人绣枕巾、绣蚊帐、编织毛线衣。

曾章甫曾动情地赞美他的媳妇儿：“美丽、端庄、聪慧、勤劳的钟祝华，是一个杰出的织女，也是一个杰出的绣娘！”

① 毛棉花指尚未除籽的原棉。

母亲一年有两百天以上能快乐地听着美妙的四重奏。她几乎不知道太子庙以外的远处反贪污、反浪费、反官僚主义的“三反”运动和反行贿、反偷税漏税、反盗骗国家财产、反偷工减料、反盗窃国家经济情报的“五反”运动。她的娘家所属的桃江从益阳县划出单独成县，并与益阳县一起划归常德管辖、汉寿重新回归常德管辖等消息，也是许久以后才听曾章甫说的。

在美妙的四重奏里渐渐长大的毛坨，结结实实，十分可爱。他渐渐可以在地上到处爬，接着可以走路和跑动，可以叫翁娘、爹爹和爷爷了。

田里、土里的事，母亲基本不让曾章甫沾手。曾章甫的身体一直没有康复，母亲让他做轻轻松松的针线贩卖的老本行。母亲学会了基本的稻谷种植、施药、施肥、收割及种植各式各样蔬菜的本领。

不用织布也不用到田里土里去的时候，母亲会带着毛坨到附近的山里摘野果。这是比四重奏更让毛坨开心的事。

康家山的山里有很多野果。春天里，野生刺藤上有鲜红欲滴的三月泡。三月泡成熟以后，蜜甜中略有酸味，果汁饱满，丢进嘴里几乎不用咬就破了，充足的甜汁瞬间布满舌尖。油茶树上有茶皮与茶泡。茶皮就是老茶树砍掉或断枝以后，新长出的嫩叶有些变异而成的玫瑰红色的肉叶，水汪汪的、脆脆的，爽口极了。茶泡是油茶树上结的除了油茶籽以外的另一种果实，较少见，但运气好时一次能碰见好几个。它像桃子一样大，一个就能让毛坨吃个半饱。

夏秋季野果就更多了。酸山枣、八月炸、刺梨子、糖葫芦、地枇杷、红奶果、猕猴桃、野板栗、野樱桃，多到数不清。

冬天也有好野果：拐枣子多得吃不完。那东西没熟透时涩到舌头麻，但熟透了就甜得胜过蜜。

母亲又一次怀孕了。曾浩之却没能等到他再一次当爷爷的那一天。

乡邻们得闲时，会到母亲的屋里来，看着母亲织布，陪着母亲聊天，帮着母亲带毛坨。

与曾宅隔着一个屋的曾慧堂的媳妇儿，就是母亲织布机旁的常客，她和她的丈夫“慧堂姨”是贫雇农，但她成了母亲特别要好的朋友。

顺带说一下，汉寿人称呼别人，往往会在这人的名字后添一个“姨”

字。这既不是尊他为姨舅长辈，也不是嘲笑他是女人腔，只是一个略带戏谑的亲切叫法。这么叫，说明彼此熟络且关系较好。曾慧堂性格和善，憨厚老实，所以康家山的人喜欢叫他“慧堂姨”。

曾慧堂的媳妇儿很喜欢毛坨，经常给毛坨捎几颗酸枣、几个毛桃或李子来。毛坨也很喜欢曾慧堂的媳妇儿带他玩耍。

那时曾浩之患了皮肤病，一身白皮，痒得直抓，抓得一身白皮直掉。母亲怕毛坨传染上爷爷的皮肤病，正乐得请曾慧堂的媳妇儿帮忙带孩子。

母亲织了一年多的布，日子过得红红火火。

母亲靠织布赚了很多的米。自家吃不完，母亲会周济村里的穷人家，也会借出去一些。但那时除了个别人家，粮食和棉花基本上都有积余。母亲说，康家山的人基本上没有人挨饿受冻了，这是土改的成果。

初冬，棉田里的棉桃正渐次吐出洁白的棉花，母亲织布的“事业”正在巅峰，毛坨一岁多能跑能跳能唱能叫，在曾家吃的穿的有剩有余的好光景里，曾浩之在一次持续了一个多月的感冒发烧中辞世，享年 55 岁。

曾浩之死之前并没有什么大病，不知道他的死与感冒有没有关系。感冒并没有传染给曾章甫和母亲，也没有传染给住在曾宅及康家山的其他人。

在曾浩之断断续续的感冒期间，曾去找代郎中看过。在代郎中那儿拿了点儿药，吃了也没能让感冒断根。代郎中没能预见曾浩之将不久于人世。

曾浩之入土几天后，曾章甫见到代郎中，询问过曾浩之的死因。代郎中含含糊糊地说：“可能是近些年的打击引发了浩老爷的心脏病，也可能是皮肤癌夺的命。”

曾浩之也埋在了曾宅跑马坪对面的山凹凹里，和他的瞎子翁娘、他的媳妇儿金姑娘、他的大儿子曾庆云二儿子曾庆德、他的孙女曾繁纯守在了一起。

死后不上祖坟山，是曾浩之自己在祖坟山上立的规矩。与众位家人相守在山凹凹里，是那时候除祖坟山外他的最佳归宿。

曾浩之是厚葬的。尸体在家停放了两天。尸体换了新衣新裤，戴了新帽子。还有棺材，两床崭新的被褥分别铺着和盖着。曾章甫和母亲请木匠为他赶制了一副杉木棺材。杉树不大，棺材不厚，但相对于这山凹凹里的其他家人，他的规格是最高的。

曾浩之出殡时，虽然并没有举行仪式，但曾浩之的出殡是近年来曾家最从容、最隆重的了。

曾章甫从棉田里摘来几朵洁白的棉花，用别针别了一朵在胸前。

母亲也跟着别了一朵棉花在胸前。

毛坨看到爹爹和翁娘胸前别着棉花，嚷着也要。

母亲蹲下身子，流着泪在毛坨的胸前也别了一朵棉花。

在这个山凹凹里躺着的老老少少七个人中，只有曾浩之是带着希望而死的。他死的时候，可以吃饱饱的白米饭，可以穿崭新的棉布衣，可以美美地听孙子毛坨叫爷爷，病了还可以去找郎中抓些药。母亲又一次渐渐隆起的腹部，让曾浩之萌生出曾家将再度人丁兴旺的希望。

可惜，曾浩之没能等到曾章甫第三次当爹。曾浩之去世之后，这个家就只剩下曾章甫、毛坨、母亲和她肚里的孩子了。

曾浩之是幸运的，织布机欢快的声音响在他生命的最后一段时光。

母亲的织布机在曾浩之死后不久渐渐停止了运行。

曾浩之死后不久，村里来干部告诉母亲："上面的政策不允许你织布了！"

其实，这并不是指农民织布是违法犯罪的。这是有其他原因的。村里的干部没有讲清楚，母亲不敢细问。后来，村里来请母亲织布的人明显减少了，母亲逐渐不再织布了。

母亲当然不知道，这里面有深刻的时代背景。

从 1953 年开始新中国实施第一个五年计划，全国面临着粮食产量增长落后于需求量增长的问题。那年秋天，中央作出了《关于实行粮食的计划收购与计划供应的决议》。为了把粮食供应放在长期稳定的基础上，除努力促进农业生产、增加粮食产量外，对商品粮食进行统一调拨、分配和管理。常德向汉寿县，汉寿县向太子庙乡，太子庙乡向康家山村层层下达了粮食统购统销的任务。

在这个任务下，生产粮食的农民应按国家规定的粮种、价格和数量将余粮售给国家。康家山的余粮当然也应售给国家，这是政治任务。没有了余粮，农民怎么能再拿米请母亲织布呢？

当然，按现在一般人的思维，不拿米也可以拿钱、拿棉花或者拿蔬菜来支付织布的报酬。但那时的农民，只会绝对忠诚地听村干部的话，他们绝对不会去想办法变通。

1954年秋天，汉寿县实行棉花计划收购和计划供应，规定从当年起对新收棉花实行统购，对棉布等棉制品实行凭票供应，以保证工业用棉和人民生活用棉用布的需要。这从根本上废除了母亲的织布机的功能。

12斤茶籽油换回的织布机，就这样“屈尊”成为毛坨的玩具。

1954年农历八月二十二，母亲生下了曾章甫的第三个孩子。又是一个健康漂亮的男婴。

曾家又添了一个男丁。

“他的乳名就叫饱饱吧？”母亲问曾章甫。

曾章甫一愣，随即用力地点点头，说：“好！就叫饱饱！”

母亲和曾章甫准备迟些再给这个男婴取大名。毛坨的大名叫曾新棉，几乎被人遗忘。所以，在农村，取大名是不用急的，可以过几年再说。

饱饱，是母亲对孩子成长最基本的祝愿，希望他能吃饱。

饱饱满月后，母亲就要出集体工。满月时，饱饱享受母亲充盈的乳汁，长得胖嘟嘟，像哥哥毛坨一样结实，抱在手里，沉甸甸的感觉让母亲感到幸福和自豪。

那年暮春，饱饱还在母亲肚子里时，洞庭湖区绝大部分堤垸漫溃，一片汪洋。据资料显示，常德共淹田、渍田477万多亩，占垸田的96%；受灾人口209万，占垸民的98%。

母亲坐完月子的时候，汉寿农村正分为两种集体工：一是以洞庭湖区农民为主，从汉寿各乡抽调干部群众整修洞庭湖，整修水库堤垸；二是非湖区的各乡农民要抽出时间，集体参加互助合作社劳动。母亲和曾章甫所在的太子庙乡康家山村属于非湖区，这里的农民积极参加互助合作社，除了忙各家的农活外，也要不定期地集体出工劳动。

曾章甫干不了重活，他的身体从关押释放后一直没能复原。逢互助合作社出工时，村里给他的任务是上山砍柴。其他时间他就照常挑着篾筐卖针线。从1954年寒露开始，一直到曾章甫去世，曾章甫在集体的任务一直是砍柴。两肩搭着一块烂布巾，手里拿着一根两头削尖的千担，双脚趿着一双补了又补、到处破洞的烂胶鞋，这是曾章甫几年砍柴工作的标准“行头”。

除了针线货郎之外，曾章甫的另一个职业就是樵夫。只有碰到别家的小孩向他请教功课时，人们才会想到他曾经是康家山有名的“文曲星”。令人痛心的是，爬山、砍柴、肩挑都未能锻炼曾章甫的体魄，他未能渐渐强健，反而日见憔悴体弱了。

这里介绍一下曾章甫的重要劳动工具：千担。千担是用楠竹制作的，制作方法很简单，比扁担的制作方法更简单，就是把一根楠竹两头削尖即成。制作千担只有两个关键点：一是长短粗细，这要看是谁使用。妇女肩力小一些，用的千担就稍短一些、细一些。壮汉子的肩力大，挑的柴也重，得用粗大的老竹，也会较长一些；二是削面的方向，往往是一头朝上，另一头要朝下。农村里没有两头削面相同的千担。

而扁担是一截老竹砍成一半制成的，是扁的担。千担是一整截老竹制成的，它不是扁的，是圆的。因为它坚固耐用，担一千斤、担一千次，都不会断，所以农民叫它千担。

让曾章甫砍柴，是村里同情、照顾曾章甫的特殊待遇。与他一起砍柴的另外两三个人，都是落了些肢体残疾的年老体衰的农民。

母亲的劳作则繁重很多。家里的稻田、棉田和菜地，都由母亲料理。村上互助合作时，插秧、割禾、摘棉、刨草积肥、挑粪桶、推土车……她样样都得干。

那些死去的地主的媳妇儿改嫁给贫下中农后，有的能较好地融入贫下中农家庭，继续生儿育女；有的争争吵吵打打闹闹，隔三差五闹别扭；有的逃回娘家或离家出走，既不离婚也不共同生活；有的无法忍受夫妻间、婆媳间、母子间的巨大差异，选择了自尽的不归路。

曾庆德的大老婆刘凤毛嫁给了康家山的一个矮个子农民后，不久就上吊自杀了。刘凤毛改嫁时带走的女儿后来嫁人了，但她与曾庆德的儿子曾克明没能融入新的生活，与继父的关系长期不和。数年后，在他的翁娘刘凤毛已死、三叔曾章甫自杀、三婶娘即我母亲带着毛坨改嫁、曾家已无亲人的情况下，十四五岁的曾克明倔强地搬出去，在山坡上搭了个小窝棚，靠牵认识或不认识的瞎子沿村乞讨过日子。独门独户的乞丐曾克明还被划为地主分子，在“文化大革命”期间跟他翁娘一样选择了自杀。

母亲冷静地看着这一切，内心却不平静。母亲深切地爱着她的章甫，照顾着章甫和家庭。在康家山小小的一角，母亲与曾章甫一起顽强地撑起一片天。在自家耕作与集体互助劳动的双重锤炼下，母亲在短短的时间里实现了角色的转变。

我的眼前浮现出一幅幅火热的画面。

狂风中，母亲赤脚站在田里，抡起一把长柄的粪勺，借着风力将大粪一大勺一大勺地甩出去。

暴雨里，母亲戴着破斗笠，身披烂蓑衣，独自推着一辆满载的土车，咿咿呀呀地行进在易滑易摔的泥泞小路。

烈日下，母亲右手扶犁，左手挥鞭，一声声吆喝，田里的泥土像波浪一样翻转。

冰雪上，在山坡上的土地里，母亲往手中唾一口唾沫，双掌迅速一搓，便高举起锄头，往冰碴下的硬土里一锄一锄地砸下。

母亲，从一个杰出的织女、一个优秀的绣娘，迅速蜕变为一个标准的耕女、一个地道的农妇。在新中国社会主义改造的洪流中，母亲从一位五谷不分的地主家千金小姐和少奶奶，和她的丈夫曾章甫一起，被改造成为勤劳而光荣的劳动农民。

第十章

饱饱饿死了

从1954年冬天起，母亲连续四年被康家山村选派外出参加冬修。

母亲参加的第一场冬修，直接导致了饱饱的夭折，这犹如在母亲伤痕累累的心上再次捅上狠狠的一刀。

冬修就是组织农民去湖区整修防汛工程，因为选择在农业生产的淡季冬天进行，所以叫作冬修。

冬修就要从各乡各村抽调精干劳力。第一次冬修，康家山接到挑选两个劳力参加的任务。莫言在小说《透明的红萝卜》里描述修水库一天能赚满满的工分，另外还得一斤粮、两毛钱，小说中的那位刘副主任叫农民加班，一次增添半斤粮、两毛钱。而汉寿县的冬修却完全是一桩苦差使，公家只管饭管住，没有报酬。因此，抽调地主家庭既听话又能干的壮劳力，就成了各乡各村派去冬修的首选。

"你家最少得出一个冬修工！"村干部对曾章甫和母亲说。

"章甫身子一直没好，我刚生娃，再说两个娃离不开翁娘，我家今年能不能请假？"母亲拉过凳子请那村干部坐，轻言细语跟他商量。

"那不行！没叫你们两个都出，已经很照顾你们了！"

"我们以粮代工行不行？"曾章甫哀求着问，"要几担谷？"

"都以粮代工，水库谁去修？这是考验你们忠心的时候！"村干部有些火了。

"章甫身体不好，吃不消，"母亲说，"我去吧！"

"这还差不多！我看钟祝华不错！虽然是个女人，但劳动作风顽强，个子也高，你好好干，给太子庙争光！”村干部微笑着说。

就这样，母亲被选入了冬修队伍。那之后，每年康家山都要选派两三个人参加冬修。康家山选派的其他劳力年年变，但唯独母亲四年未变，年年被选中。

1954年农历十月中旬，母亲第一次参加的冬修是到离康家山五六十里之外的汉寿县洞庭湖区，集体整修一个水库的防汛堤。当时，毛坨刚满两岁，饱饱才一个半月大。

村里考虑到母亲有两个小孩，尤其是饱饱才四十多天的现实问题，所以就安排将饱饱交给曾老婆婆代养，毛坨由曾章甫带着走村串道卖针线。

曾老婆婆姓刘，富农成分，她的丈夫叫曾阳飞。饱饱小，按常理只能吃母乳、牛奶、羊奶或喝婴幼儿奶粉。那个时候在汉寿农村还没有“婴幼儿奶粉”，也没听说过牛奶、羊奶。曾老婆婆六十多岁，胸前干瘪的乳房早已没有奶水可供饱饱吃。

母亲别无选择，只能去参加冬修。

母亲去磨坊磨了四升米的米粉放在曾老婆婆那里，请她熬成米糊给饱饱喝。

磨坊原来在曾宅的厨房里。那时曾宅的厨房已分配给贫下中农当住房，磨坊里的石碾子被挪到了乡政府会议室的屋檐下。石碾子在农村不是家家户户都有的。石碾子由石碾台、上下两层石碾盘、铁碾滚和木碾架组成。原先，曾家的磨坊是靠马或驴拉的，现在只能靠人力。

母亲把四升米一把一把地放进上碾盘中央的空洞里，手握上碾盘中水平插着的一根木棍，推动上碾盘以铁碾滚为圆心不停地滚圈，米就从空洞里掉下来，在上下碾盘的摩擦下变成米粉，然后米粉掉进石碾台伸出来的槽里。

母亲就这样一把米一把米地磨着。吃午饭时，母亲的工作量才完成过半。一般人磨四升米半天工夫足够了。

母亲又磨了一个下午。

曾章甫傍晚扛着千担回来，见母亲还在石碾子旁忙乎，催她快点搞完回家。

母亲招呼曾章甫：“你过来看看我磨的米粉，多细啊！咱们的饱饱才四十多天，喉咙小，所以要磨细些。这些细米粉熬成糊糊，会像乳汁一样溜滑滑的咧！”

母亲想象着饱饱美美地吃米粉糊糊的样子，开心地笑了。

那年的冬修持续了两个多月。

以乡为单位，抽调去参加冬修的人集中在一起，步行去湖区的冬修工地。早上出发，步行五六十里路，规定中午12点前必须到达。没有一个人有手表，他们必须尽快赶路。

母亲脚上穿的是一双烂胶鞋。从寒露开始，汉寿的天气就已经很冷了，到十月中旬，母亲的双脚早已在田里土里冻伤，裂开一道道伤口。去湖区的路上满是泥泞，一路上冰冷的泥水不停地钻入母亲千疮百孔的胶鞋，渗透进母亲脚上条条裂开的伤口里。泥沙钻入皮肉里，如钻入母亲心里一般，让母亲彻骨般疼痛。

几年后，母亲改嫁给我爹爹，爹爹看到母亲那双伤痕累累的脚时，不忍卒视，心疼不已。几十年后，我有能力孝敬母亲了，我和妻子不停地给母亲买各式各样的鞋：春夏秋冬不同季节的鞋、棉丝皮胶各种质地的鞋、内联升耐克李宁各种品牌的鞋。好让母亲那双饱经沧桑的脚好好地享福！

再说回母亲冬修的事吧。

参加冬修的几百名农民集中在水库工地上吃饭、喝水，晚上在工地上开总结会，夜里分散到不同的贫下中农家睡觉。

每个来参加冬修的人都自带了碗。碗既用来盛饭也用来喝水，一般都是瓷的，并在上面刻了名字。少数是洋铁皮碗。大部分人都从家里带了竹筷，也有不少人开餐前临时折工地边上的枝条当筷子。被子都是人们从家里带来的。水库附近每个贫下中农家安置数量不等的冬修农民。多的有十几个，少的也有五六个。睡的都是地铺，就是在地上铺一层干稻草或干芦苇。人在稻草或芦苇上面和衣躺下，盖上被子睡。

为了鼓舞士气，工地上插满了竹竿，竹竿上糊着纸做的小红旗。几场雨下来，有的红旗被雨淋烂了，只剩下些纸屑粘在竹竿上；有的红旗颜色淋淡了，像白旗。

工地管理极严。莫言描述的那场面，跟母亲参加的冬修相比，不值一提。

冬修具体的任务就是挖土、挑土、填土与打夯。挑土、填土是单兵作战，挖土有时是单兵作战，有时是群体作战。打夯则统一是八人为一组。

与打夯相比，挑土、填土都很单调，但比打夯安全。打夯如果不小心可能会砸伤脚。

挖土算是其中比较有意思的事情。

挖土就是在离水库几百米以外找合适的地方，挖黏性好的土。黏性不好的沙土不行，它会降低水库堤坝的牢固性；离水库太近不行，会对水库的安全造成威胁；挖得离地面太深也不行，会对当地农民的生产造成影响。所以，要尽可能找土丘取土。

湖区土丘较少，人们就选坟。坟是最小的土丘。新坟不能挖，那会引发命案。整饰较好的老坟也不能挖，整饰较好说明后代还会定期来祭拜。那些孤坟、旧坟、野坟、荒坟最好，一堆坟就是一堆好土。坟里的棺材早已化为泥土，尸骨也早已无存。挖一般土丘是单兵作战，挖坟时会变成群体作战。

“挖个漂亮女尸出来亲嘴！”

“女尸再漂亮也是臭的。我只想挖出黄金！”

“黄金不算贵呢，挖出杨贵妃的镜子才贵呢！”

人们一边挖，一边异想天开。

确实偶尔会挖到陪葬品，但没挖到过未腐的漂亮女尸。陪葬品大都是些瓶瓶罐罐和棉絮什么的，挖出来的时候早烂了。个别没有烂的，就要交公。群体作战就会形成监督，不交公就会引发政治问题。

有时候，在坟里挖出头颅骨骼什么的，会积在一堆，完工后再集中掩埋。农民们当然不会在意这些先人头颅骨骼的分分合合。但他们这些漫不经心的挖掘和掩埋，或许使一些生前无缘相守、死后也不能同穴的男人、女人，不期在若干年后集中整修水库时却能厮守长眠在一起。

也有的时候，他们会挖到在坟里冬眠的蛇。蛇入冬前饱吃湖区的水鼠，肉很肥。收工后，一些大胆的农民会用一些没烂透的棺木烤蛇肉吃。当然，剥蛇、烤蛇、吃蛇的动作必须迅速，绝对不能因此浪费时间，否则负责督工的干部会把浪费时间的农民惩罚到让他一生都不能忘却的程度。

蛇肉很香，几乎整个工地的人都能闻到。但只有挖到蛇的几个人能有这口福。

挑土则乏味得多。一根扁担，两头各挂一根粗麻绳，麻绳上端系于扁担上，下端挂一个黑不溜秋的铁吊钩。两只竹撮箕分别挂于两个吊钩上。挖土的农民负责把土扒入撮箕里，挑土的人就颤颤悠悠把它们挑到堤上打夯的地方。

打夯是整修水库的关键。挖土、挑土、填土等环节，全是为打夯打基础。打夯就是用夯把地砸实。打夯的质量，直接决定了堤坝的质量。夯按材质可分为石夯、木夯、铁夯。夯身一般呈正方体，但也有长方体和圆柱体。

打夯形式一般分为两种，一种是提绳式，一种是抬杠式。提绳式的打夯活动中，夯的四角有孔或者环，穿上绳子供人们拉拽。打夯的人一齐使劲拉绳，把夯拉上去，再让夯重重落下。提绳式打夯在湖区不常见。母亲的冬修一直采用的是抬杠式打夯。

24 岁的母亲被安排在打夯组。母亲总是赤着脚打夯。因为劳动强度大，打夯人通常累得热汗淋漓，所以赤脚并不冷。

母亲打的夯是石夯，不算很规则的正方体，一百多斤重。采用的是抬杠式，即把四根长度相同的木棍，用麻绳紧紧绑在石夯的前后左右。从高处俯视，夯就如同一个“井”字。八个人一组，每个人负责抬棍的一头。

抬夯的棍必须有极好的韧性，能承重，能弯曲，不能断，所以一般选用油茶树棍。

打夯光有力气不行，关键是几个人要做到劲儿往一处使。如果不得要领，八个人的力气就会使偏。力气使偏，不但砸不紧地面，还可能砸伤脚。

打夯时，大家用劲儿齐不齐，场面火热不火热，夯出的地面密实不密实，全靠夯号子。每一组打夯人中必须挑选一个人既抬棍，又喊号。打夯喊号子如同龙舟打鼓点，目的是让一起打夯的人共同逮着节点。夯号子一起，就能实现统一指挥，步调一致，活跃气氛，振奋精神。随着夯号子的一起一落，石夯就被人们抬起、落下，又抬起、又落下。

母亲是她那一组的喊号人。

号子是母亲自己想出来的。

“高些儿抬哟，嘿！”

“重些儿压哟，嘿！”

"齐心抬哟，嘿！"

"争第一哟，嘿！"

"爱劳动哟，嘿！"

"最光荣哟，嘿！"

……

石夯朝地面紧紧地压下去，压得越紧越好。地面上每夯出一个洞，就会有挑土的人填上土。再夯，再填，再夯。然后，一路夯过去。

工地上有几只水桶，里面放着凉水，其实就是井水。人们渴了就用桶里的瓢舀一瓢水喝。

干部们会认真检查打夯的质量。

检查的方法是"打针灌水"。干部们拿着一根一米多长、酒杯口粗的铁杵，把它锤进打过夯的堤坝，在堤坝上打出一个半米多深的洞眼，然后把水灌进洞眼。如果堤坝密实，水就会留在洞眼里较长时间。如果堤坝打得不密实，水就会渗透很快，洞眼里的水位就会迅速下降。

如果发现堤坝不密实，负责这一片打夯的人就会倒霉。不仅要重新打夯，重新接受检查，还要在当晚的总结会上接受严酷的批斗。

总结会是冬修队每晚的必需课。晚上收工后，冬修队就在工地现场召开总结会。

没有电灯，也没有煤油灯或瓦斯灯，只有火把。无数支熊熊燃烧、浓烟和火苗共存的火把，映照着周围的红旗，渲染出比有电灯的会议室里更热烈更庄严更扣人心弦的气氛。

每晚的总结会，干部和农民们围成一个个同心圆。每次都会批斗几个人。被群众选出来的不积极、不认真、不负责的家伙，跪在圆心位置。干部用扩音器批斗他们，指挥全场农民喊口号批斗他们。

凡被批斗的人和事，都会被干部通报给乡里。如果被批斗者原本就是地主，那么回来后的处境就很危险。

母亲在冬修劳动的每一天、每一分钟，都是提心吊胆的。母亲表现得非常积极，生怕挨批斗。所幸母亲从没挨过批斗。相反，四年冬修，母亲从1955年开始连续得了三回奖状。

夜里回到贫下中农家的地铺上，别人一沾床就鼾声顿起，母亲却无法安然入眠。

母亲还在哺乳期，她的乳房因奶水太满而胀痛。夜深人静，母亲万分想念和担心她的两个儿子，尤其惦念她的小饱饱，她多么希望她心爱的小饱饱能吃到她的奶水啊！多么希望小饱饱在这段时间里能健康成长啊！

冬修持续了两个月，结束后，母亲步行回到康家山。

母亲第一时间跑到曾老婆婆家，但她看到的却是她心爱的小饱饱已经快不行了。

母亲顿时感到天旋地转。

曾老婆婆愧疚地跟母亲解释，一个多月的孩子只吃得惯母乳，根本不吃米糊。不管怎么喂，孩子都不肯张开小嘴。再说，曾老婆婆自家也有一堆子家务，没工夫围着孩子一喂半天的。

母亲来不及听曾老婆婆解释，慌乱地撕开棉袄，把棉袄内杂七杂八的棉絮、麻布、棉布内衣一把揭开，接过饱饱火速喂奶。饱饱的体温很高，脸颊和额头烫得吓人，他已失去了吸母乳的兴趣，更没有了吮吸母亲乳头的力气。

母亲发疯似的跑向代郎中家。如果不是抱着饱饱，母亲几乎是连滚带爬了。

跑去代郎中家的途中，母亲的烂胶鞋掉了一只。母亲索性甩掉另一只，赤着脚在冰地里跑。

曾老婆婆帮母亲提着两只烂胶鞋，跟在母亲后头。

代郎中不是神医，他没能帮母亲救活饱饱。

母亲参加冬修回来后的第三天，农历十二月二十四，湖南人传统中的小年夜①，饱饱像姐姐繁纯当年一样，死在了母亲的怀抱里，可怜的他只活了四个月零二天。

曾章甫走过来想接走饱饱，但母亲紧紧搂着饱饱不肯放手。

母亲搂着饱饱哽咽："我的乖崽啊！我在工地上，奶水胀得痛，没办法给你喝……我不晓得你饿啊……我不晓得我在湖区喊夯号的同时，你在这边

① 湖南传统的小年是腊月二十四。

哭啊……”

不是自家的孩子，曾老婆婆哪里会那么细致用心？两三个月的婴儿饿得哭的时候，应该避开寒风。曾章甫几次在听到饱饱哭时，却看见饱饱是在屋外的摇窝里。

母亲一边哭一边想：曾老婆婆自己家里事情多，怪不得她。但饱饱在寒冬腊月的寒风里哭，哭了又怎能吃得下米糊？

去冬修前母亲磨的四斤米粉，可怜的饱饱没有吃完。

曾老婆婆把剩过半的米粉提过来还给母亲。

母亲看到那袋还剩过半的米粉，一口气突然接不上来，眼前一黑，晕死过去。

后来我想，饱饱的饿死一定让母亲相信两三个月的婴儿是不能靠米糊活下来的。又过了19年后母亲生下我，从我出生第一天起，母亲就只能喂给我米汤时，她一定把心提到了嗓子口，她一定万分担心我也会饿死。她一定尽其所能细心地呵护着我。一定是在我居然能很好地活到满月，活到满周岁，活到上学后，母亲提着的心才慢慢放下的。

那个悲惨的小年夜，曾章甫把饱饱的尸体抱了出去。

曾章甫抱着饱饱出门前，见母亲抽泣不停，安慰母亲说：“一个坑里播七八粒棉花籽，为什么？因为七八粒籽才能长出一棵苗。哪能每粒棉花籽都长成棉花树呢？人也一样！哪能指望每个孩子都长大成人呢？”

母亲往曾章甫的肩上挎了一个大大的布袋，抽泣着说：“本打算给饱饱缝一件棉衣的，你把这些棉花统统拿去，让饱饱垫着睡吧。”

曾章甫把饱饱抱到对面的山凹凹里，小心翼翼地挖了一个坑，哆嗦着把布袋里的棉花铺好，再哆嗦着把饱饱轻放在那堆温暖的棉花里。

饱饱从此和先前躺在这里的六位亲人为伴了。

七位亲人永远地相守在曾家的这片茶树林里。

埋完饱饱，曾章甫先在饱饱的坟前呆坐了许久，又起身到繁纯的坟前呆坐了许久，然后又到其他亲人的坟前傻傻地坐着。

夜色沉沉，冷风呜呜地吹在曾章甫的脸上。他和死去的儿子说话，和死去的女儿说话，和其他亲人说话。那声音在冷风里飘来飘去，不像他自己的声音，像是从坟里冒出来的。

母亲见曾章甫久不回来，趁着月光摸到坟地里。

母亲把曾章甫拉回来，两个人泪眼看不见泪眼。

惨白的月光照在路上，像是撒满伤口的盐。

在阴间，瞎子老奶奶、爷爷曾浩之、奶奶金姑娘一定不会让饱饱在寒风中孤独地啼哭；曾庆云、曾庆德两位伯伯一定会给小侄子买好吃的糖果、好看的衣服、好玩的玩具；姐姐繁纯一定会体贴耐心地带饱饱玩，会教饱饱唱儿歌、背唐诗、算算术；饱饱遗传了曾家的基因，一定会长得高高大大、英俊威武。

在阴间，饱饱也会保佑他的父亲和母亲。他那瘦小的躯体会融化为水，融化为养料，让油茶树长得更加茂盛，让油茶籽长得更加饱满，让他的爹爹和母亲能吃到更香更甜的茶籽油。

第十一章
加入农业合作社

接二连三的打击，打不垮母亲。苦命的母亲，像康家山的油茶树一样，屹立不倒。

饱饱不在了，母亲、曾章甫、毛坨，坚强地生活着。

那时候的农村，没有实行计划生育，儿女能生多少生多少，有的农民家庭同时拥有鼻涕流进口里的、扣子上下扣错的、穿着开叉裤的、两只脚穿着爹爹翁娘同一朝向烂鞋子的孩子七八个。曾章甫、母亲和毛坨，组成了后来20世纪末中国城镇时髦的小家庭组合：三口之家。

在政治斗争的风潮渐渐平息后，康家山的山林田土惠风和畅，农业逐渐繁荣，农民的生活日益安康。

母亲和曾章甫唯一的希望——毛坨，长得越来越高，越来越结实了。

从1955年开始，康家山掀起了农业合作化的高潮。

那年，毛泽东主席作了《关于农业合作化问题》的报告。在党的七届六中全会胜利闭幕后，汉寿从原来的生产自救和互助合作逐渐转变为初级农业合作社。到年底，太子庙乡的农民家庭95%以上入社。康家山村也基本完成了动员组织农户入社的任务。

母亲和曾章甫第一批报名同意入社。但不是所有的地主富农入社都能获得批准，也不是每户农家的态度都像母亲和曾章甫那么积极。入社的组织动员工作可是费了村干部的一番精力。

筹建合作社的第一步是深入宣传发动。母亲唯命是从，坚决拥护。但母亲发现，对同住在曾宅的贫雇农、中下农家庭进行动员的工作就没那么简单。

1955 年入秋后，以代四翁妈的大儿子代村长、二儿子代会计为骨干的康家山建社筹备小组，层层串联，走家串户，除了宣讲毛主席指示外，还联系本地实际进行深刻剖析。

代村长他们挨家挨户苦口婆心讲：

“土改后两极分化现象很严重，有的家庭人多势众，有的家庭势单力薄。有的家庭是水田平地田，有的家庭是旱田高地田。这势必导致阶级兄弟生活水平高低不一。

“社会主义是由穷变富的必由之路，发展互助合作是社会主义改造在农村发展的方向。无论张三李四都是阶级弟兄，不能让两极分化的现象蔓延，只有紧紧抱团才能实现共同富裕。

“人多力量大，集体力量能够战胜自然灾害，能够改变水流和地貌。”

村干部们编了一些朗朗上口的宣传口号：

“单干好比独木桥，站在当中两边摇，上不看天下有水，风吹雨打吃不消。”

“合作入社就是好，阶级弟兄齐步跑，众志成城力量大，江山永固地永牢。”

“万人入社手挽手，团结一心向前走，上山下田把歌唱，山里田里大丰收。”

……

代村长他们承诺，康家山村一定坚决积极响应毛主席的号召，坚决依靠贫农下中农，巩固团结中农，限制地主富农入社的阶级路线，坚决贯彻“入社自愿、退社自由、自愿互利、等价交换”的“十六字”方针，入社的阶级兄弟有难同当、有福同享！

“十六字”方针共四句话。前面三句好理解，也好实行。后面一句入社前解释起来难，入社后实施起来更难，也最费代村长他们的功夫。

当时，一些富裕中农成分的家庭有钱有米，有全套农具，有耕牛，有水车，有些平时还做些小生意，衣食无忧。现在要他们入社，他们顾虑重重。他们怕入社后好日子变成差日子，担心耕牛、农具折价入社是像土改时没收地主财产一样，怕私产充公，怕“折价款分期偿还”是一句空话，担心入社后各种各样的人混在一起人心不齐“磨洋工”，担心生产搞不起来会减少收入。你说集体力量大，他讲单干自由。你说组织起来能增产，他讲单干也丰收。代村长生气地说："富裕中农是地里的蚯蚓——满腹疑（泥）心！"

康家山的党员、团员家庭带头入社，贫下中农纷纷响应，入社家庭奔走相告。代村长他们动员那些觉悟较高且家庭经济状况较好的富裕中农家庭入社，及时向入社家庭发放几元、几十元至几百元不等的股份基金，同时不辞劳苦地多次上门做顾虑重重的富裕中农家庭的动员工作。

在大势所趋的情况下，从宣传动员到结束的一个月之内，除了个别顽固的富裕中农及个别未能获准入社的地主、富农家庭外，太子庙乡绝大部分的家庭入了社。

入社后各村召开农业合作社成立大会，集体选举管委会并研究通过社章。

社员争论最激烈的问题，集中到一点就是社员个人利益与社内集体利益的矛盾问题，这就是入社前解释最多的计产、折价、等价的问题。成分不同，立场不同，处理意见也不同。

有些贫下中农家庭提出："土改中没收了地主富农的田土、耕牛、农具和房子，现在搞农业合作，中农包括富裕中农的耕牛、农具也应无偿归公，不应该搞什么'折价'和'分期偿还'！"

中农特别是富裕中农家庭则尽可能抬高生产资料的折价，并提出分期偿还的明确时间。

为了保护贫农入社的积极性，稳定中农情绪，使中农的利益不受侵犯，管委会做了大量的工作。在生产资料的处理上，他们逐一上户登记各项生产资料，分配各自使用时间、估计成数，新成品时价，分户造出明细表，然后认真研究折价。比如耕牛，要考虑公牛母牛、老口少口、体重体轻、力大力小等因素估价。比如农具，要分门别类，对犁、耙、辊、箕、桶、风车、晒簟等，分别按大小、成色估价。比如渔具，捞蚌壳的、捕鱼的、诱鳅鳝的，按工具小大、网格稀密分别估价。估价后出榜公布。全体社员意见一致后再分户入册上账，并签协议分三年偿还，第一年还30%，第二年再还30%，第三年全部还清。总之，要做到社员心中有底，社里账上有数，分类集中保管。

在查田定产的问题上，他们将田地分为稻田棉田、高田低田、肥田瘦田、近田远田、单季稻田双季稻田，还有河浸田等不同层次，按户分红。分红的比例按“田四劳六”，即把田中所得分为十股，田的主人得四股，耕作的人得六股。

农业合作社作为一种新型的生产关系，在它产生之初，曾经比较显著地促进了康家山乃至更广大农村地区生产力的发展。

康家山村农业社管委会选定保管农具的房子，就是曾浩之、金姑娘带着孙子孙女们曾经住过的那间房子。

这间房与母亲家是隔壁。

母亲的政治表现、生产表现日益获得村干部和村民们的肯定，村里决定让母亲负责看管这里的农具。

入社后，农民积极性高涨。母亲与村民们一起日出而作、日落而息，曾章甫则在社里负责砍柴。

那年由于种植了县里推广的“红脚早”“雷火粘”“万粒籼”“六十早”等稻谷良种，太子庙各社的平均水稻亩产量提高了近 200 斤。康家山建社后合成的一块十亩大田全部插上“红脚早”，共收毛谷 100 多担，晒干扬净后得干谷 1 万多斤，一季亩产 800 多斤，比入社前提高了 400 斤，整整翻了一倍。

棉花也获得大丰收。村里把山里的土整成一大片一大片的，种上棉花。那年康家山 80 多亩棉田收获毛棉花近 4 万斤，平均亩产近 500 斤。

这之后的两年，即 1956 年至 1957 年，初级社逐步过渡为高级社。良种稻谷继续推广，双季稻取代单季稻的面积扩大，平均亩产继续增多。

那两年还兴起植树造林绿化祖国的新热潮，康家山高级农业合作社一边种植水稻，一边育苗造林。康家山的一些农民在太子庙见到了新奇的农业工具：拖拉机。

由于加大了对农村教育的重视，一大批贫下中农的子弟开始步入初中、高中。

1957 年年底，毛坨满五岁了。他可以自己跑到山上摘回一竹筐猕猴桃；会把猕猴桃送给爹爹和翁娘吃，也送给邻居们吃；还会挑出最大最好的猕猴桃送到接他出生的代四翁妈手里。他能背诵母亲教他的“老吾老以及人之老，幼吾幼以及人之幼”。

母亲已经连续四年完成冬修的任务。

第十二章
“高烧”

1958年，“三面红旗”席卷全国。小小的康家山村再一次狂热起来。

和畅的惠风满足不了政治的要求，取而代之的是猛烈的“共产风”。

高级农业合作社满足不了前行的速度，取而代之的是人民公社。

这一年，注定是中国历史上和中国共产党党史上特殊的一年。这一年，中国共产党领导下的中国这艘快速行进中的巨轮偏离了正确的方向，并为此付出了巨大的代价。

这一年中国社会最大的特点：狂热。狂热必然导致“高烧”。

常德地区范围内一场反右派斗争4月发起5月胜利结束。常德地区的政治干部对右派分子划定的安排程序和数量规定荒唐幼稚，远远不如康家山的农民兄弟建立初级社时计产、折价、等价那么严密科学。据史料记载，全地区共划出右派分子4164名，其中共产党员307人，共青团员992人。对这些人的处罚，或送劳动教养，或撤职监督劳动，或安排待遇较低的工作。安排待遇较低的工作，不是从城市调到农村，不是从待遇好的单位调到待遇差的单位，而是古文教授上山割草、妇科主任放牛、作家在养猪场挑猪粪。

康家山没有分配到右派指标。康家山的贫下中农感到很失落，他们不知道，康家山村里没有一个人够打成右派的“档次”。

右派虽然没反成，但令康家山亢奋的事情接连不断。

反右派斗争刚结束，县里就加大力度宣传“鼓足干劲、力争上游、多快好省地建设社会主义”的总路线。母亲当然不知道，常德地委选取她的娘家桃江县修山麻竹垸作为全区总路线宣传试点，并在点上召开全区宣传总路线现场大会。接着，总路线、“大跃进”、人民公社的宣传到处可闻，到处可见。

紧接着，太子庙由乡改称为“公社”，康家山由村改称为“大队”。大队下设的若干村民小组变成生产队。

生产队成了社员的大家庭。一个生产队办一个公共食堂。只有曾宅的房子能建大灶架大锅，于是生产队把曾宅原来养猪养马后来变为公家杂屋的房间改成了公共食堂。

每家每户的稻谷、红薯、棉花统统归了生产队，锅碗瓢盆也都归了生产队，更不用说耕牛、猪、鸡、鸭、鹅了。

“再也不用在自家做饭做菜啦！饿了只管往食堂里拱，鸡啊鱼啊肉啊撑死你们！”生产队领导们笑呵呵地告诉社员。

听说常德全区很多地方一个生产队或一个大队办一个社员集中居住的居民点。但康家山绝大部分社员认为“金窝银窝不如自己屋里狗窝”。这样，康家山大队的社员们除了睡觉还在各家外，大家吃饭、出工都在一起了。

怎样避免平均主义？这个问题人民公社早就想到了。

人民公社规定，生产队应该逐步制定各种劳动定额，实行定额管理。凡是有定额的工作，都必须按定额记分。但考虑到实际，人民公社提出，对于某些无法制定定额的工作，可以采用评工分的办法。实际上，评工分比定额管理更得人心，也更好实施。很多地方都采用评工分的方式。康家山大队每个社员都有一本工分手册，每个人的劳动工分都要按时记入自己的工分手册。每个社员的工分是由生产队的干部们开会决定的。

与全国各地农村一样，康家山的青壮年的工分一般都是十分。母亲的工分和大部分妇女一样都是五分。曾章甫在年龄上虽然属于青壮年，但他自从1951年被关押释放出来后一直没能康复，加之他不能下田只负责砍柴，生产队给他的工分也是五分。也就是说，曾章甫加母亲两个人的劳动工分才等于一个青壮年的。

生产队对照顾孩子的问题做了细致的安排。把孩子交给老人家带，给老人家记工分，从三分到五分不等。带周岁以下的婴儿记五分工。毛坨交给何大妈带。

毛坨很快接受并喜欢上善良慈祥的何大妈。他有时候留在何大妈家，跟着何大妈睡。

定了工分接着定饭量。社员用餐统一在生产队食堂。生产队定出每个人每餐的用饭标准。最高的每餐是半斤即八两米[1]。依次下来有七两、六两、五两……最少的二两。生产队给曾章甫定的是七两，给母亲定的是四两。

食堂刚开张的时候餐餐像过年，除了饭量少一点儿。各家各户交上来的牲口，除了耕牛外，都宰了吃掉。吃完猪肉吃鸡肉，吃完鸡肉吃鸭肉，吃完鸭肉吃鹅肉。

“人民公社好不好？公共食堂好不好？”队长问哄抢着吃肉的社员。

“好！”社员们满嘴油腻地高声回答。

可是好景不长，牲口很快就吃光了，仓里的谷也日益见底了。

“得赶紧找县里和公社救济！”队干部们商量。

公社传回话来：上面没能力救济，各生产队自己想办法！

因为油不够，菜又少，并且基本没有荤菜，常年是素菜，所以一餐四两米母亲根本吃不饱，吃不饱就得饿着。

康家山大队的集体劳动中，女人的劳动类型与男人基本无异。

棉田留给老弱病残的人负责，年富力强的人统统分配在稻田里。

母亲经常和男人一起打禾。

那时候没有收割机，要靠人工。先割禾，再送禾，再打禾，再甩禾。相比之下，割禾轻松一点儿，所以以女社员为主。

割禾时人要半蹲下去，屁股朝天翘，左手抓紧禾兜，镰刀口朝内用力的同时要注意稍下以免割到手。稻禾割下来后要码成小堆放在两边，中间给禾桶留出空地。禾兜要朝禾桶摆放。

送禾一般是孩子们干的事，就是把已割下码成小堆的稻禾送到打禾人手中。送禾的关键有两点：一是双手的手掌尽量张开，两手掌合围抱稳稻禾的腰部。两手掌的合围点不能接近稻穗，否则会把稻谷搓落形成浪费，也不能接近禾兜，否则打禾不方便接手；二是速度要快。只能让送禾人等打禾人，不能让打禾人等送禾人。常有打禾人大声骂送禾人慢得像头死猪。如果人手不够，送禾的环节就省去，由打禾人自己弯腰抓禾兜。弯腰抓禾兜的时候一

① 当时一斤为十六两，所以半斤是八两。

只脚还必须不停地踩踏板，否则打禾轮转动的速度就会降下来。如果重新加速就浪费时间了。打禾的人弯腰抓禾兜必须顺手，这就是割禾的人要把禾兜朝禾桶摆放的原因。

打禾最耗体力。一只脚站稳，另一只脚不停地用力踩禾桶上的踏板，让踏板带动打禾轮快速转动。两手掌紧紧掐紧禾兜把稻穗往快速转动的打禾轮上送。稻穗上饱满的谷粒就被打禾轮打脱下来，随着打禾轮飞进禾桶里。

男人天生是打禾能手，一般女社员真的打不好，所以生产队的社员们由衷地赞叹我的母亲钟祝华是个打禾高手。

打禾除了要用力踩踏板外，还有若干个关键点：一是把稻穗送到快速转动的打禾轮上的尺度要控制好。如果怕打断手指，稻穗伸进不够，就只能让稻穗的上头脱谷，形成浪费。如果让稻穗伸进去太多，手指就会被打禾轮毫不留情地打断。收稻季节里，被打禾轮打断手指的事不少见。被打断的手指会像发疯的小青蛙一样在稻桶里痛苦地乱弹乱跳。二是手掌在掐紧禾兜的同时，还要通过手指的运动使禾兜里外换位，使外围已脱谷的稻穗换到内部，让内部未脱谷的稻穗换到外围。三是时间要把握好，打禾速度要快，不能一侧的人打完了，另一侧的人还没打完。一般女人能把握好第一个关键点就不错了。能完成前两个关键点的女人就算是女强人。在女强人的基础上还能把握好第三个关键点的女人，真的是凤毛麟角了。母亲做到了。也因为母亲做得到，所以母亲是女社员里最辛苦的。

甩禾一般都是由打禾人完成的。打完一手，稻穗上的谷脱尽，稻草的上部就变小了。打禾人左手一把握住稻草的上部，右手抓住一缕稻草快速地缠两下再快速地一扎，稻草就已捆绑好。打禾人再潇洒地把绑好的稻草往半空中一抛，稻草便脚在下头在上稳稳地叉开上百条腿立在田里了。

打禾人如果不会甩禾是会被人嘲笑甚至挨骂的，因为那样还得安排人专门捆绑稻草，既浪费时间又浪费人力。

把一丈左右的禾打完后，为了送禾方便，禾桶就要往前移，移到割倒的禾边。因为割禾的人一般是女人，且割禾也不能耽误，而送禾的人一般是孩子，所以拉移禾桶的事也是由打禾人完成的。两个打禾人同时从踏板上下来，快步走到禾桶两侧，紧握住禾桶两侧的把柄，一声大喝“起”，两人便同时用力将禾桶的前部抬出泥面，再一声大喝“走”，两人便同时用力将禾桶往前拉，一边拉一边快跑。快跑的目的，一是为了借助惯性，二是为了节省时间以免打禾轮完全停下来。大块头的禾桶本身就很重，在打禾的过程中，它的重量是随着打脱稻谷的多少而逐渐增加的。拉移木桶是“大力士”干的活。母亲冬修打夯时练出来的臂力，在打禾中显现了威力。

请不要忘记，母亲每餐定量只有四两米，因为她的工分只有五分。

母亲是在半饥饿状态下打禾的。打完半天禾，母亲的状态就更糟糕了。

肚中的四两米饭早已消化殆尽，离下一顿饭还有长长的一段时间，母亲饿着肚子打禾，拖木桶的时候，只感到两眼冒花、天旋地转，吃力而机械地蠕动着两条打战的腿。但她一次次告诉自己，如果实在要摔倒了，就先坐地上然后再倒下，甚至宁愿后脑勺倒地，也绝不能朝前摔倒在打禾轮上，否则，打禾轮就会把脑袋打成稀巴烂。

曾章甫深切地爱着母亲，疼着母亲。他没有别的能力可以照顾母亲，但他常常在生产队的食堂里，在母亲面前强硬地用自己的七两米饭跟母亲的四两米饭换。

曾章甫也经常挨饿。回忆起曾章甫强硬地抢过母亲的四两米饭钵，把自己的七两米饭钵强塞到母亲手里时，母亲的双眼噙满泪水。

曾章甫的任务是砍柴。他总是那个樵夫“行头”，每天老老实实地上山砍柴，挑回生产队，再上山，再挑回。一天往返的次数，因天气和山林远近不同。

有一天晚上散工后，曾章甫没有回到食堂吃饭，也没有回家。

生产队的人在其他樵夫的带领下，在一座山里寻到受了伤的曾章甫。

事情是这样的：

那天下午在山上，他像往常一样，用一条腿的膝盖顶住一大捆柴，然后再用一根枯藤捆绑柴时，藤突然断了，一根韧性极强的弯曲的树枝猛地弹起，重重地弹在曾章甫的胸口上。当时他是单兵作战，旁边没有人救他，他倒在柴堆旁挣扎了两下但爬不起来，不一会儿就昏死过去了。

母亲心疼得眼泪像断了线的珠子一样直往下掉。曾章甫回家后，躺了一会儿便缓过气来，能说话、喝水了。母亲见曾章甫缓过来了，就去食堂想把曾章甫的七两米饭端回来。母亲准备烧些开水，把饭菜泡热了喂给曾章甫吃。但食堂里已没有他的饭了。他的饭被其他社员趁乱吃掉了。在食堂里做饭菜的贫农何大嫂从食堂拿了一颗鸡蛋送给母亲，叫母亲煮了给曾章甫吃。

鸡蛋一般是用来接待大干部的。吃一颗鸡蛋，在当时是大干部的待遇。母亲和曾章甫很感激何大嫂。

何大嫂是负责带毛坨的那位何大妈的儿媳妇，比母亲大两岁。何大嫂平时很乐意帮助母亲。这位贫农家的妇女对母亲充满同情，也充满肯定与敬重。

康家山的田埂上、墙壁上、宣传板上到处可见这样的标语口号：

"一天等于二十年！"

"苦干三年，造福万代！"

"人有多大胆，地有多大产！"

"敢想！敢说！敢干！"

"超英赶美！"

"批判下游！火烧中游！力争上游！"

……

康家山大队所有人的血管里都激荡着发烧的血。

但不久，社员们血管里血的温度迅速回落。

导致社员们热情迅速下降的根源是"共产风"。"共产风"的弊病就是之前其实早已想到过的平均主义。但在具体操作中，人民公社不承认，也不允许生产队之间的贫富差异。

在发扬共产主义精神的大原则下，原来各高级农业合作社之间的贫富被拉平，社员与社员之间的收入差别被消除，穷生产队共了富生产队的产，穷社员共了富社员的产。不仅如此，各个公社竞相大办工业、大办交通、大办教育、大办水利、大办共产主义新村等，各种"大办"所需的人、财、物随时随地平调，也就是无偿调拨，甚至从社员手里强征。

地主富农心里有想法嘴里不敢说，贫下中农却敢于表达不满："平调社员劳动果实比地主资本家剥削还厉害，地主资本家还要花点本钱，只是不等价，'共产风'搞平调一个子儿都不给！"

思想上泄了气，行动上就没了劲头。干多干少一个样，干与不干一个样，谁愿意那么傻呢？

于是，那年的秋季稻的稻穗不再饱满，棉桃也不再累累。社员出工不用心，再优良的“红脚早”种子也换不回沉甸甸的稻谷，再炽烈的太阳也晒不出小山一样的棉花。

还有一个不得不提的事情：大炼钢铁。

康家山响着振聋发聩的口号：

“以钢为纲！”

“钢铁是工业的基础！是工业的纲，是工业的元帅！”

“各行各业停车让路，让钢铁元帅升帐！”

“全力保证实现钢产量翻一番！”

生产队的干部在会上说：“炼好钢铁就能造更多的坦克和大炮，轰趴狗日的美帝国主义，轰烂蒋介石的溜屎光光头！”

于是，男女老幼一齐上，一座座小洋炉、土高炉拔地而起，铁的锅碗瓢盆全拿去炼钢。代四翁妈、何大妈、曾老婆婆、慧堂姨媳妇儿全都成了炼钢师傅。太子庙跟全国其他地方的公社一样炼出一堆堆基本无用的“烧结铁”。

不过这还是不错的，毕竟炼出了“烧结铁”。毛家滩那边有个生产队不得法，把砸得稀烂的铁锅铁盆放在一口巨型大锅中像煲汤似的用水煮，巨锅里的水快烧干时就赶紧倒几桶河水下去，这样煮了个把月还不见钢铁出来，烂铁在开水里仍是硬邦邦的原样子，那生产队的干部被县里下来检查的干部臭骂了好一顿。

为炼铁而烧制的木柴、木炭及搭建的临时工棚，几天之内让太子庙的青山成了秃顶。曾家七人六墓守护的茶籽树也全部燃烧在炼钢炉中。

农业为钢铁元帅让路，田里土里的劳力大部分去当了“钢铁工人”，原来就减产的稻谷没有细收细打，已经不再饱满的谷粒被糟蹋在田里，成了麻雀、田鼠、黄鼠狼们过冬的口粮。

生产队的口粮少了，社员们的八两米变成了五两米，二两米变成了稀饭。

但往上报的亩产量却只增不减，骗得公社干部说啥也不信，骗得《人民日报》乐开了花。

有人用诗这样描述这一年的中国农村：

贫困开始蔓延
先从山区开始
然后蔓延到中国的平原
河流瘦若羊肠
缓慢地蠕动
中国的胃 在饥饿中
开始大面积地溃疡
……
不是天灾
太阳照常升起
星月照常隐现
大炼钢铁
跑步进入共产主义
中国的额
发着比炉火更高的高烧
烧坏了大脑
烧坏了每一根正常思维的神经
……

第十三章
好厨娘

民以食为天。这是老百姓世世代代信奉的最朴素的真理。

康家山生产队的干部和社员们逐渐开始对队里的公共食堂表示不满。让他们不满的主要有这么几点：

一是米饭的量在减少。他们越吃不饱就越来脾气，越来脾气就越消极怠工。

二是米的消耗量大，余米越来越少。每天清早管食堂的两个干部负责把全生产队每天的定量米从仓库装入米筐，晚上再把余米锁回仓库。为了保险，出库入筐的米都比定量米多几升。但在人们的米饭量减少的同时，每天的余米却越来越少。这里边的问题是"和尚头上的虱子——明摆着的"。

三是用餐秩序混乱。散工早的人能吃到饭，散工晚的人饭不见了。还有原本是八两米饭量的社员，取饭时蒸锅里只剩下四两、三两或二两的饭钵了；

四是菜少、质差、味不合。菜没洗干净，经常吃到沙子。菜量不够，咸淡不匀，有时没煮熟，有时烧成焦煳。有的社员吃了没熟的雪芋拉肚子。

五是米饭蒸不好。除了量在减少外，米常常没淘干净，糠渣难看地铺在米饭的表层。有时放少了水，有时放多了水。放多了水就是软饭甚至稀饭，放少了水就成了硬饭铁饭。有时同在一个蒸笼里，有的饭熟了，有的饭夹生打牙。

六是干部经常没饭菜。干部经常开会，有时要到大队开会，经常过了吃饭时间才回到食堂。经常吃冷饭冷菜不说，还时常出现没饭没菜的现象。这就犯了大忌。社员不满只能骂娘、提意见、摔农具怠工，干部不满就直接换人。

经大家公议，食堂两个人，换掉一个，留下了何大嫂，把母亲换到了食堂。

母亲感觉任务崇高也艰巨。她欣然受命，即刻上任。

何大嫂非常高兴并欢迎母亲成为她的搭档。

母亲向何大嫂说：“我多向你学习，我们俩一定努力把食堂搞好！”

母亲是个极爱干净的人。米淘干净，菜清选干净、洗干净，这既需要多花时间，也需要多挑水。菜里盐要匀，就需要多抡巨型锅铲。

母亲和何大嫂在食堂里工作很用心。

为了维护好用餐秩序，母亲和何大嫂在饭和菜上各想了一个好主意。

在饭上想的主意是：她俩先清点各个米量的人数。八两的放在一个蒸笼，七两的放在一个蒸笼。蒸笼不够，她俩就在同一个蒸笼里划分区域，用竹篾隔开。六两的和三两的合笼蒸，五两的和二两的合笼蒸。这样是为了人们取饭时不容易拿错。平时吃七两的常故意取八两的，就是因为七两的和八两的放得太近。

在菜上想的主意是：每一份菜，尽量均等。这样就能避免人们挑来拣去，也能避免有人嫌菜少，偷偷把别人的菜倒进自己的菜钵里。

除此之外，母亲和何大嫂让干部、社员们先吃，一见人进来，母亲和何大嫂就会帮他们取饭取菜。即使是在洗碗洗筷的时候，母亲和何大嫂也会赶快过来帮忙揭蒸笼盖。这样，用餐秩序就好了。

在米里放水是个细致活。只要细致就行，并不需要动脑筋。不分二两八两，一瓢水洒过去当然不行。洒水是不负责任的，一是放水不匀，二是水的冲击力会把米从饭钵里冲出，甚至可能把饭钵冲倒。

让菜的味道好起来，这也不难。该切好的要切好，该煮熟的要煮熟，熟了要及时出锅。分份时要注意菜的摆相。这样就行了。

保证余米的事，对母亲和何大嫂来说根本不是难事。践行节约，细致做事，条理清晰，就能做到。

对于干部们的饭菜，母亲和何大嫂只是多留心了一下：把没取走的饭菜，放在蒸笼里热着。只要还有一份饭菜没取走，食堂就得留人守着等着。

母亲发现，干部和社员们其实都不挑剔。她和何大嫂的齐心和用心，换来了大家真诚的肯定。

母亲和何大嫂的干劲儿更足了。食堂刚开张那阵，从各家各户交上来的坛罐放在食堂库房里没启用。母亲和何大嫂挑了二十几个扑水坛①，洗干净，把黄瓜、大蒜、荞头、泮荷、洋姜、辣椒等分门别类地放进扑水坛里封好。过十天半月后启封，干部和社员们就能吃上开胃的坛酸菜。

有一天，太子庙公社有干部下来检查生产队的食堂。公社干部听说地主煮饭，立即提出质疑和反对。上面曾经严格规定过，对食堂师傅要严格把关，否则一锅下毒全队丢命。生产队的干部们解释说：钟祝华不是地主分子，是地主子弟，学生出身，她的地主爹爹、地主翁娘和地主公公婆婆都不在了。我们经过长期的考验认为她是可靠的，事实也证明她在食堂干得好，我们以党性担保她不会有问题！

公社干部点点头，提了几句警告和要求就离开了。

母亲在食堂工作，她的米饭标准仍是四两，并没有提高，她还是只能半饱。

母亲说，不是自己盛饭，也是在蒸笼里取。是四两就是四两，别人取剩了我和何大嫂才吃。再说，贫下中农无数双眼睛盯着，地主子弟如果敢多吃多占，发现了会不得了！她宁愿挨饿也要对得起自己的良心，对得起大家的信任。

腊月三十晚，即除夕夜。晚饭后，征得生产队领导同意，母亲和何大嫂申请了一部分余油，她们用磨出的糯米粉熬成糯米糊，用糯米糊包着韭菜、白菜、萝卜、藕片等放在油锅里炸。炸出来的糯米糊包菜香喷喷的。生产队领导通知各家各户取回家，开开心心过大年。

开春后，正当母亲与何大嫂在食堂里愉快合作，忙得不亦乐乎之际，大队接到太子庙公社的一个任务：赶地主家庭“出屋”。

“出屋”就是让地主家庭从自家的地主大宅里搬出去。土改期间，地主的宅子被分配给贫下中农，但原来的地主主人只是大大压缩了房间数量，并

① 扑水坛是汉寿方言，即做泡菜的坛坛罐罐。

没有离开大宅。这次“出屋”，就是叫他们搬离自家大宅，叫他们与自家大宅“断呼吸”。至于搬到哪里，上面并无明文规定。

曾章甫和母亲带着毛坨被通知搬往曾家后面、离曾宅约半里路远的另一处曾姓地主大宅。新的地主大宅是曾章甫的堂叔曾宪鼎、曾乘之兄弟的大宅。

曾宪鼎与曾庆云、曾庆德同时被枪毙后，他媳妇儿带着两个儿子嫁到了邻村缸儿口村，又生下一女一儿。新丈夫是缸儿口村的矮个子民兵，叫李富堂，常背着一支枪在村里各处巡逻，也顺带着他家的猎狗咬脚鱼。脚鱼学名叫鳖，还有一个别号叫王八。

那时候野脚鱼在溪里塘里很常见，它们经常爬上岸，有时还爬上树。这东西能吃，但农民们大多不爱吃，一是因为它难宰，二是因为它凶狠，它咬住手指是不松口的。李富堂愿意弄着它吃，几乎每次巡逻，李富堂的猎狗都能咬到几只。

关于猎狗咬脚鱼的事还有个插曲：康家山村入社那阵子，相邻的缸儿口村也在入社。既然渔具要入社，耕牛要入社，有人提出猎狗也要入社，抓到的脚鱼也要入社。李富堂一听急了：他家的猎狗不是鸬鹚，不是钻到水里抓脚鱼，它是在草丛里、石滩上咬猎物。他家咬脚鱼的狗要是入社，其他人家咬野兔的狗、看门的狗也得入社。后来大多社员一致认为狗不入社，狗咬到的猎物，无论野兔还是脚鱼统统都不入社。

几年后，李富堂病死了，他的媳妇儿没有再嫁，独自一人把四个儿女拉扯大。这是后话。

在曾乘之自杀、媳妇儿改嫁后，村里及时将他们的大宅分配给贫下中农们，并没有空余的房间。村里便把母亲一家安排在这个新生产队的何黑岩家。

由于“出屋”的地主只有几家，且同属康家山大队，所以大队没有另找老人家带孩子，毛坨还是由何大妈带。

村办小学的青壮年教师被拉去炼钢和耕作了，学校里缺教师、缺教室、缺桌椅，肚子问题都没解决，读书就成了奢望。毛坨快七岁了，还没打算上学。何大妈偶尔会教他唱唱地花鼓[①]，唱唱占喜歌[②]。母亲和曾章甫得空会教他

① 地花鼓是湖南地方剧种之一，既可登大雅之堂，又可在村野演唱。

② 占喜歌是湖南农村地区流行的一种民谣。遇别人家喜庆时上门演唱，一般以乞讨喜钱为目的。

背背诗，学认字和算术。

何黑岩姓何，是这个新生产队的队长，贫农成分，二十岁出头，比母亲和曾章甫小几岁。

何黑岩在康家山是个有名的冷面人，不爱说话，看人常阴着眼黑着脸，对地主更是时刻保持着警惕和敌意。何黑岩的媳妇儿也是贫农，他们有一个女儿，年纪跟毛坨差不多。何黑岩的父母兄弟住另外的屋。

何黑岩有个弟弟，正在读高中。

母亲很羡慕这个高中生。母亲曾跟他说："你成分好，读到了高中，努力学下去，一定会有很好的出息。"

何黑岩的三口之家原本只有一间房。母亲一家搬入，就压缩了他家近一半的空间。他家选择住前半间，于是把床、柜等家具挪到朝阳位置。曾章甫和母亲就搬到后半间。何黑岩虽然迫于大队安排，并且作为生产队队长必须带头克服困难，但毕竟给他家带来了麻烦。母亲和曾章甫有些愧疚。

两对夫妻两张床在同一间房内，倒也不感到尴尬。那个时候只有吃饱肚皮是大事。

何黑岩跟母亲的好朋友何大嫂是本家，他的伯母就是村里安排带毛坨的那位何大妈。虽然何黑岩总是黑着脸，但曾章甫和母亲还是常和他家人搭话。

虽然换了生产队，但新队上的人母亲和曾章甫都认得。曾章甫到了新生产队的任务还是砍柴。由于原生产队干部的推荐，母亲到新生产队仍是在食堂工作。

那时候公共食堂已经遭到了很多的质疑。当然母亲和康家山人无从知道，那时反对搞食堂的意见已经传到了高级领导的耳里。有关资料显示，1952 年 5 月，湖南省委第一书记周小舟在常德慈利县调查了解农村公共食堂情况后，认为公共食堂弊多利少，应该解散。当然，周小舟书记的这个认识并未落实为全省的行动。

母亲和曾章甫很快适应了新的环境。地主"出屋"不"出屋"，并没什么实质性的变化。但毛坨不喜欢这个半间房的新家，出入还得经过何黑岩前半间房的地盘。毛坨第一次见到何黑岩就吓得往爹爹背后躲。

何黑岩当队长的这个生产队早就想换食堂师傅了，大概这里的干部和社员也有种种的不满。母亲和曾章甫刚加入，这生产队就撤换掉原来的一男一女两个师傅，给他们安排了新的任务。食堂原来两个人的工作量交由母亲一个人负责。

何黑岩安排食堂任务时对母亲说："生产队有 36 个老弱病残的人在棉田里吃饭。你负责给他们送饭菜。"

母亲委婉地提出，对队干部和社员们的信任她从内心感激，她一定会竭尽全力做好。但她干过食堂，知道食堂有多大的工作量，今后还要往外送饭菜，唯恐独自承担有什么闪失，误了大家吃饭，辜负大家的信任，所以希望队里给她找一个帮手。

听母亲这么说，队干部们你看着我，我看着你。因为撤换掉食堂原来的两个师傅，是队干部们集体研究决定的。队干部们不好擅自表态，他们也不知道食堂的工作量究竟有多大，只是对原来的两个师傅满肚子怨气。何黑岩皱着眉头说："竭尽全力，你就服从安排！"

母亲不好再说别的，只说那就努力做好。

母亲的用心付出，让这里的干部和社员们吃到了干净、量大、可口的饭菜。

在外吃饭的那些人告诉母亲，以前送来的饭常夹生，总是凉的，咸菜汤经常在来的路上泼洒掉多半。现在能吃上喷香的热饭热菜，多亏地主"出屋"把母亲出到这里来。

母亲感到太累了，实在忙不过来。

这个生产队不仅比原生产队的人口多，还多了往棉田里送 36 份饭菜的任务。挖菜、摘菜、洗菜、切菜、淘米、放水、蒸饭、炒菜、分菜、发饭发菜、送饭收碗、洗碗洗筷……都靠母亲一个人。母亲通常是前一天晚上就把第二天的菜样准备好，制作坛酸菜也是忙了几个夜晚才完成的。

母亲照样吃不饱，但母亲宁愿饿死也不偷吃，天天从早忙到深夜。

母亲跟队长何黑岩反映过情况，何黑岩固执地不同意往食堂加人，还叫母亲不要再提这件事。

曾章甫很心疼母亲，还是经常强硬地跟母亲换饭钵。两人经常彼此强硬，都想把饭让给对方吃。

曾章甫长期没吃饱，身上开始水肿，皮肤渐渐显露出尸体般的苍白色。母亲哪里能接受曾章甫再跟她换饭钵呢？

后来，曾章甫悄悄跟母亲商量，如果生产队还是不增加人手，就叫母亲申请换个任务，哪怕是去打禾。

农闲季节的一个雨天，队里不出工，组织开会。开会的内容很多，比如总结生产队的劳动情况、点评社员的劳动表现、评改工分等。

母亲在会上提出她一个人负责食堂实在忙不过来，说这是实际情况，请队里考虑增加人手。

何黑岩说："你一个地主怎么还挑三拣四？说过不行就是不行！"

会上还有生产队的其他几个干部。文书叫曾林保，是个富农。因为成分不好，说话从不敢大声。事务室员叫曾国勋，贫农成分，三十多岁，在家排行老三，脚跛，未娶妻，因此显得比一般人邋遢。他总穿着一件旧棉袄，棉袄的扣子掉光了，只好用一根红色的胶皮电线拦腰捆着。曾国勋的父亲解放前长期在曾浩之家搞内务，曾国勋的弟弟曾国治是曾浩之家的伙夫。曾国勋父子几人对曾章甫和母亲都心存感恩。队长何黑岩已表了态，曾林保和曾国勋不便于表态，只好这么说："钟祝华反映的情况确实是事实，队上会认真考虑。但现在队里人手紧张，一下子要加人到食堂确实有困难。钟祝华你干得很好，大家对你的评价都很高。要不你先继续一个人干着，如果实在找不到人，往后大家可以研究调整你的工分。"

第十四章

曾章甫含恨辞世

这年 8 月，天凉了。

康家山的水稻严重歉收，但“卫星”放得比天还高。全国各地的农民以同样的“智慧”，把五丘田甚至十丘田刚抽穗的稻苗集中到一丘田里，用竹枝、树枝和干稻草绑着固定，自欺欺人说亩产增了十倍八倍。但拥挤的稻苗到头来几乎颗粒无收。

棉田里放出的“卫星”更荒唐可笑。棉花树不好挪窝，一亩一万株棉花树不好造成两万株，康家山人就把别的棉田里摘下来的棉花一缕一缕地绑在还未吐棉花的棉桃上，有的直接在棉花树干上绑棉花。一眼看上去，不是棉花树上结棉花，倒成了棉花堆里埋棉花树。

饥饿问题越来越严重。巧妇难为无米之炊，公共食堂的做法实际上已经遭到农民的强烈愤恨。田里的野草、山上的树叶、棉花树上的绿棉桃、地里的“观音土”，只要吃了不立即死人的，农民就往嘴里送。

虽然公共食堂还在开办，但县里已经允许农民有自留地，允许农民自己建个小灶。社员家里搭起了小灶，自留地里的东西可以在自家小灶上弄着吃。遇到农闲季节，不用出工社员就专心弄自家的留地，公共食堂也就三天五天地放假。虽然标语口号还在叫嚷“大跃进”，但人们虚弱的双腿，就连蹲茅坑拉屎都难以站起来。

“挪都挪不动了，还‘大跃进’他娘个卵！”康家山的农民狠狠地说。

观音土有点咸味，筛掉里面的沙子，放进米饭和红薯里煮，也能吃。只是这观音土吃进去不消化也不容易排泄，过三五天肚子就见大了，人就见肿了。

曾章甫的水肿病越来越严重。他肿得像大胖子一样，通身黄肿发亮，隐隐能看见皮下充溢着清亮的水。腿和胳膊上用指头一按就陷下去个坑。有时他突然消肿，瘦成皮包骨。

曾章甫和母亲想办法换来了比黄金还珍贵的五升米。

用来换五升米的是曾章甫和母亲家的一张老床。

这老床是解放之前曾章甫的姐姐曾莲英送的。那时候，曾莲英把一对儿女王运雄和王运春放在娘家，由外婆金姑娘和几个舅妈帮忙带。作为酬谢，曾莲英买了一张老床送回娘家。后来王运雄和王运春被接回了毛家滩，老床则留了下来。

曾章甫把老床卖给了曾家原来的伙夫曾国治。

这个买卖很顺利。曾章甫和母亲用不上这张老床，而曾国治家因为孩子越生越多、越长越大，急需用床，但每座山上的树木，包括油茶籽树都因大炼钢铁而遭砍伐。

曾章甫开价十升米，曾国治还价到五升米。

五升米就五升米！就这样迅速成交了。

这年8月底，曾章甫吩咐母亲到桃江县三堂街淑玉那边买几斤纸回来，准备他死后烧纸钱。

母亲说："你胡说些什么？好好的哪会死呢？只要我们不再吃观音土，喝稀粥也饿不死人。为了毛坨，我们一定要勇敢地撑下去！"

母亲不知道，全国各地已有数不清的饿死的灵魂了。从北边过来的扶老携幼的乞丐，一天从早到晚连走十村八村也讨不到一粒米。汉寿自古是富饶的鱼米之乡，虽然饥饿已经恶化，但还没听说过饿死人的事。

母亲拗不过曾章甫，走到了三堂街。

三堂街隶属桃江县，是桃江、汉寿、安化三县交界处的一个商贸重镇，公路与水运通畅。此地沿资江上通安化宝庆，下达洞庭汉口。街上各类商铺对面排开，各类小贩、行人及牛车、驴车、马车熙熙攘攘。饥饿的恶魔一时也奈何不了这条从古至今热热闹闹的富庶街道。

曾章甫的二侄女、曾庆云的二女儿淑玉嫁在三堂街。

那年曾庆云被枪毙后，他的大老婆刘凤钦带着两儿两女改嫁了。后来儿女们渐渐长大成人，大女儿碧玉嫁到了澧县县城，二女儿淑玉嫁到了三堂街。碧玉、淑玉都能识文断字，长得像大姑姑曾莲英，个子高挑，丰满，田里土里打磨这么多年也遮不住她俩与众不同的端庄秀丽。

母亲原先从没到过三堂街，只是听曾章甫和其他社员说起过三堂街的大致方向。

母亲从早上一直走到太阳落山。母亲没带水，也没带干粮，渴得不行了就到路边的人家讨口水喝，也没有吃午饭。

母亲进入三堂街便打听，不一会儿工夫就找到了淑玉的家。

淑玉嫁入的是个贫农家庭。丈夫姓温，那年 35 岁，比淑玉大 14 岁。

看到母亲，淑玉很惊喜。她的公公婆婆和丈夫都很热情。赶紧擂擂茶，做饭菜。

擂茶是桃江特产，以三堂街为盛。这是一种用一根粗大的油茶棍，在一种内壁划有数千条齿纹的瓷钵中，把芝麻、花生、黄豆、茶叶擂烂，再加温开水冲制而成的饮料，营养丰富，芳香四溢。母亲在汉寿没喝过擂茶，很思念桃江娘家擂茶的味道，加之饥渴难耐，母亲接过擂茶一饮而尽。

母亲说明了来意，把淑玉说得哭了起来。

母亲在淑玉家住了一晚。

第二天上午，等三堂街一开市，淑玉便陪母亲买了五斤纸。

母亲临返回太子庙时，淑玉打发母亲一小块自家熏制的腊肉和一包糖糕。淑玉说：“我娘家只有这么一个叔叔了，我没办法去看望他，我盼着他健康！”

天黑前，母亲赶回了康家山。

曾章甫从别人家借来给纸钻孔用的钢钻，敲敲打打着把五斤纸都钻了孔，纸就变成了纸钱。他把纸钱交给母亲，叫母亲收好，说有朝一日他死了，请母亲帮他烧了。

母亲把糖糕分给曾章甫和毛坨吃了。接下来的一个月里，母亲用自家的小灶把那一小块腊肉分成数次炒了。母亲不吃，全部让给曾章甫和毛坨吃。母亲说：“我在淑玉那里吃了的。”

母亲“我在 ×× 吃了的”这句话，后来成为我爹爹、哥哥、姐姐及我听得耳朵起茧、听得心里发毛、听得心痛如绞的一句话。只要是准备吃在母亲看来是好的和难得的东西时，母亲总会以“我在 ×× 吃了的”来推辞不吃，让给我们吃。在爹爹后来守传达室的益阳市，母亲会说“我在庄子湾吃了的”，把好东西让给爹爹吃。在庄子湾，母亲会说“我在益阳吃了的”，把好东西让给哥哥、姐姐和我吃。刚开始，我们总会上当受骗，总会允许母亲吃过了不再吃。但后来，到了益阳，爹爹会告诉我们：“你妈妈在我这里根本没吃过。”回了庄子湾，我们会告诉爹爹：“妈妈在乡里根本没吃过。”我们和爹爹结成同盟共同对付母亲。只要母亲说“我在 ×× 吃了的”，我们便说“那大家就都不要吃了”。再后来，母亲和我们几姐弟都到了广州，物质生活不再匮乏，母亲还会习惯地说“我在 ×× 吃了的”。作为儿女，我们向母亲表达了强烈的不满。母亲虽然知道我们不缺吃，但她总改不了把好东西让给我们吃的“坏习惯”。这当然都是后话。

那年年底，常德全区水肿病流行，并不断涌现饿死人的现象。

不仅仅是常德，全国都成了一个空袋子。

各县上报常德全区水肿病患者超过二十万人。湖南省委、常德地委组织专家调查。专家调查后得出结论：水肿病不是传染病，系营养缺乏所致。全省立即采取措施，层层动员，以大队为单位设立医疗点。各大队的医疗点叫“疗养院”，收治水肿病人，实行“营养、休息、药物”三结合的治疗方法。营养品以糠饼为主，糠饼呈圆形，粗粗糙糙的。因为糠饼是从县上运来的，病人对它的营养深信不疑，一入口就能感觉到胸膛里、腿脚上、手掌间立即充满了力量。

县里号召各公社缩减棉田，扩大稻田，并加大蔬菜种植，提倡“低标准，瓜菜代”。生产队种植了大量应时的蔬菜。同时，生产队鼓励有条件的开垦荒地，并把这些荒地分给社员作自留地。

虽然农民自古就知道“瓜菜半年粮”的道理，生产队也一直种有蔬菜，但县里大种蔬菜的号召还是让各生产队的瓜菜收成得到一定程度的提升。社员们最大的收获是自留地扩大，各家各户的瓜菜有所增收。这让水肿病人能够推迟去见阎王，有些幸运的病人甚至成功退掉了去阴曹的船票。

但疗养院收治能力有限，且贫下中农病人优先入院，曾章甫没能尝到疗养的滋味。

那年冬天比以往更冷。冰天雪地里，就快过年了。

大年三十那天下午，太阳在西边明晃晃地照着。生产队提前散工让人们回家准备过年。

母亲不需要准备什么。家里这般光景，还有啥过年不过年的！

曾章甫却有他的想法。他肩挎一个竹篮，篮里放着一根短铁钎和一根铁锤。他一只手拿着一根长竹竿渔网，另一只手拉着母亲，叫上毛坨，一起走到对面茶树林旁的池塘边。他信心满满地告诉母亲和毛坨，虽然生产队已经清光了池塘里的鱼，但一定有漏网之鱼。池塘结了大半个月的坚冰，鱼早已饿得不行了。只要敲开冰，就有网获鱼虾的希望。

曾章甫跳到厚实的冰面上。他浑身上下洋溢着过年的喜庆，似乎有使不完的劲，一点儿也不像是一个水肿病人。他不让母亲和毛坨跳到池塘的冰面上，只许他们在岸上“观战”。

他蹲下身子，左手扶着短铁钎，右手挥舞着铁锤，一下一下地凿厚实的冰。飞溅的冰沫，像一簇簇白色的礼花。但这礼花没有绽放多久便飞溅不起来了。曾章甫很快便开始大口大口地喘着热气，铁锤跌落。他连蹲的力气也没有了，一屁股跌坐在冰面上。

母亲和毛坨惊慌失措地跳到冰面上，母子二人费尽力气才将曾章甫拉扯上岸。曾章甫坐在岸上喘气的时候，毛坨捡到大块头的泥堆和石头，使出吃奶的劲，不甘心地往冰面上砸。泥堆在坚冰上跌碎成细块，飞快地滑向四周。石头也敲不开坚冰的大门，一碰到冰面就当的一声滑走了。

曾章甫终于缓过气了。他自嘲地笑着，吃力地对毛坨喊：“别弄了……我们要……过年……鱼也要……过年……我们……回家吧。”

母亲扶着曾章甫往家走，安慰道：“菜园里的萝卜和扯根菜长得旺，吃都吃不完，今晚够你们用海碗吃！”

又是一个吃素的春节。

托自留地和蔬菜的福，他熬到了 1960 年农历三月下旬。

在与饥饿、水肿顽强斗争中，一分一秒艰难熬过来的曾章甫，却在一次与何黑岩的争执后上吊了。

这件事不仅匆匆结束了曾章甫的生命，也改变了母亲和毛坨的人生轨迹。后来的许多事情都源于这件事。

事情是这样的：

那年农历三月二十四上午，春雨纷纷。遇雨不用出集体工，生产队喊开会。

开会也算出工，也记工分，不开会就没有工分。

生产队的会场就在这个大宅。母亲和曾章甫的家，与会场隔着两间房，也就是隔着两家社员。

母亲按时参会。曾章甫因水肿而卧床，他虚弱得无法持续坐上半天，更无法参与会议讨论。母亲替曾章甫请了假，他得不到这半天的工分。曾章甫其实早已无法正常赚工分了，他早已爬不了山、砍不了柴了，他只能在自留地里做点简单的事。

会场被男人们一人一杆旱烟熏得云雾缭绕的，女人们直咳嗽。女人们和男人们便有了吵闹和嬉笑的理由。

会议有个议程是讨论社员的工分。有的半大小伙要求增加工分，有的说开荒山比平时耗力要求增加工分。会场气氛很热烈。

母亲也提出了要求，她站起身说："现在曾章甫生了病没有工分，家里三个人只有我一个人的五分工。食堂一直没有增加人手，上次会议上也说过考虑帮我改工分，请今天的会议充分考虑我家的实际困难……"

母亲的话没说完，脸上就狠狠挨了一巴掌。

母亲说话的时候眼睛望着前方，没在意身后和侧面。队长何黑岩趁母亲站起来说话的工夫，从侧后方冲上来，挥起他有力的右手，重重地给了母亲一巴掌。

这一巴掌来得突然，响亮得跟人跳进池塘似的。

母亲险些摔倒。她一下子蒙了，委屈的眼泪哗地淌下来。

会场一片混乱。有些干部和社员平时就与何黑岩不和，不服他的领导，纷纷指责他。

有的说："社员都能发表意见，你为何不让她说？"

有的说："钟祝华就应该加工分！不加工分就是明摆着欺负她一家！"

有的说："何黑岩问题处理不好，只晓得打三骂四，何来这么恶！"

有的说："钟祝华煮饭炒菜好，我们享了她的福，得了好要知好！"

会场变成沸腾的水锅。

会议一时没法继续。母亲听了大家指责、怒斥何黑岩的声音，很感动，也更感到委屈，她由几个好心的姑娘大嫂扶着走出会场，走过中间两间屋回到家里。

会场门口的吵闹声传到了五米之外的曾章甫的耳朵里，中间还夹杂着母亲的哭声，曾章甫不知道发生了什么事，正强撑着要起床，母亲和几个姑娘大嫂进来了。姑娘大嫂们七嘴八舌地把事情讲给曾章甫听，曾章甫立即冒了火。他虽然病弱不堪，但高大的身躯与何黑岩相比，如同一头瘦骆驼与一条矮驴。

曾章甫艰难地走过去骂："何黑岩你打女人算个什么男人！钟祝华哪一点儿对不起你、对不起生产队？钟祝华如果不煮饭，你该吃夹生米……"

何黑岩自知理亏，黑着脸阴着眼，一声不吭，也不认错。

曾章甫骂着骂着就止不住咳嗽，一张水肿脸胀得通红透亮。干部和社员们有的骂何黑岩，有的劝曾章甫。母亲也叫曾章甫回去消气。

事务室员曾国勋和文书曾林保等干部们见争吵声渐渐平息，便喊继续开会。

母亲送曾章甫睡下，给他理理被子，叫他好好休息，然后说："又要接着开会了，我先去开会，免得扣工分。"

曾章甫像个孩子似的哽咽："我对不住你，我没能力保护你，让那恶棍欺负了你呀！"

母亲说："我没事，一点儿也没伤着。现在已经提出问题，我们耐心等待队上解决问题。你安心躺好啊！"

会议没再讨论母亲加工分的事，而是讨论另外的议题。

接近中午时，会议散了。干部和社员们各自回家弄午饭。

母亲一边想着该怎样安慰曾章甫，一边心情沉重地走进后半间的屋，她突然看到曾章甫笔直地吊在挂蚊帐的床檐杆旁！

母亲尖厉地呼救。

干部和社员们闻声拥了进来。母亲迅速抱着曾章甫的双腿往上抬，干部和社员们手忙脚乱地剪断吊绳，把曾章甫放了下来。

有的人大喊曾章甫的名字，想把他喊醒。

有的人使劲掐曾章甫的虎口和人中，想把他掐醒。

有的人嘴对嘴给曾章甫做人工呼吸，想把他吸醒。

但曾章甫的躯体毫无反应，他的灵魂早已离开他的躯体，带着他对这个世道浓浓的悲哀和怨恨，带着他对妻儿浓浓的眷恋和不舍，飞到极乐世界去了。

队长何黑岩也进来了，他慌里慌张地看着这一切。母亲用尽全身力气，朝何黑岩喊："你还我的丈夫……你杀人抵命……"

母亲喊着喊着，倒在地上昏迷不醒。

人们使劲掐母亲的虎口和人中，给母亲喂红糖水，母亲终于回过气来了。

在人们的搀扶下，母亲起身，看到已在床上躺着的用白布蒙了脸的曾章甫。她歇斯底里地喊"章甫"，他却不能再回应。她发疯似的摇曾章甫的手，可他的手已冰冷僵硬。她终于相信，她的章甫真的永远地走了。母亲扶着床檐，定定地站着，身体好像被自己的灵魂遗忘了。屋顶的玻璃天窗透下明亮的光，母亲的眼睛里却一片黑暗。她仿佛一下子瞎了聋了哑了，什么东西也看不见，什么声音也听不见，什么话也说不出。她定定地站了好一阵子，才看得见曾章甫脸上的白布，毛坨的号哭声也逐渐清晰起来，胸口开始感觉到撕裂般的痛。

从此，康家山少了一位高个子的水肿病人，天堂里多了一位英俊高大、性格开朗的樵夫。

没有白布做孝服，也没有白布做幡。有一户人家备有薄棺材，生产队借过来给曾章甫用。曾章甫身子太长，棺材太短，母亲请求生产队为曾章甫做一口新棺。生产队干部去请示藏起来不肯露面的何黑岩。何黑岩传话说，钟祝华有钱做新棺尽管请人做，没钱就不要提新棺的事。再说做新棺起码要三五天时间，活人等得起尸体等不起。

有几个社员劝母亲："人死了，就得变成泥。脚杆折成两截死人不晓得疼痛呢。"母亲没理他们，她走到床边，俯下身子，轻轻地按摩曾章甫僵硬的腿。她一边按摩，一边跟曾章甫的尸体喃喃低语。人们诧异地盯着母亲，都不说话。

说来也怪，不一会儿工夫，母亲就把曾章甫一条腿的膝盖顶了起来。人们惊呼起来："曾章甫的腿被钟祝华摸软和了！"母亲叫毛坨扶住他爹的那条弯膝顶起的腿，又去按摩曾章甫的另一条腿，直到把另一条腿的膝盖摸软，把另一条腿也弯膝顶起。

曾章甫弯着两条腿入了殓。他躲过了折断脚杆入棺的劫难。按生产队的安排，棺材当天下午就入葬。

按照母亲的要求，生产队安排八大金刚[①]将曾章甫抬上了曾家的祖坟山。曾章甫入土为安，长眠在他祖父、曾祖父等先人们的膝下，年仅30岁。

母亲头缠白布，带着同样头缠白布的毛坨，跪在曾章甫的新坟前，为他烧纸钱。没想到从三堂街买回来的纸钱真的用上了。

七岁半的毛坨学着母亲的样子一张一张地烧纸钱。他觉得鼻子酸得厉害，使劲咬着嘴皮子。两股泪水马上就要从眼窝里滚下来，但他使劲憋住，终于让泪水流进喉咙。

他定定地看着一张张纸钱化为灰烬。对何黑岩的刻骨仇恨在他小小的胸腔里熊熊燃烧。

雨过天晴，西下的夕阳像被人泼了一盆鲜血，染得天际一片血红。

---

① 八大金刚是湖南方言，指八个抬棺的人。

第十五章
舅外婆的关怀

曾章甫去世那天的中午和入葬后的那个晚上，母亲都粒米未进。

母亲想不明白，跟她一起相搀相扶共同走过13个年头的丈夫，坐监、挨打、砍柴、挨饿、水肿，一路坚强支撑着的他，一声死了，就万事不管、入土化泥了，一个活生生的人就这么永远消失了。

母亲的心像被掏空了，她想到了死，她想随曾章甫而去，她想那样毛坨就成了孤儿，就会有党和政府的抚养，就不会跟着她挨饿了。

但她下不了决心，她担心生产队不会也无力抚养一个地主崽子。

第二天的早上和中午，母亲还是粒米未进。下午，生产队事务室员曾国勋来看望母亲，劝母亲节哀，劝母亲一定要吃点儿东西。

母亲也知道要吃点儿东西，知道她必须坚强地活下去，把曾章甫的血脉毛坨抚养成人。但她想到曾章甫这些年来吃的苦，想到他对她的恩爱，想到他是因为她而死的，她痛不欲生。

母亲对曾国勋说："三叔啊，感谢你和你全家对我们的关心和照顾，你们放心，我会好起来的。我自己无所谓，但我舍不得毛坨没有翁娘啊！"

曾国勋排行老三，曾章甫和母亲习惯叫他三叔。

母亲也对曾国勋说了心里话："章甫的死，是因为何黑岩打了我，我恨何黑岩。我不愿意再回食堂煮饭炒菜侍候何黑岩了。我想进疗养院住几天，趁这时间让食堂把人换了。"

那天下午，曾国勋就和生产队其他几个干部商量，向康家山大队请示让母亲去疗养院。曾国勋说："不能再让钟祝华死！"

晚上，曾国治的媳妇儿、母亲的四婶娘给母亲送来一碗粥，一勺一勺喂母亲吃下。

次日早上，即曾章甫死后的第三天早上，母亲带着毛坨，住进了康家山大队疗养院。

生产队的公共食堂因母亲家里的变故而换进了两个人。

母亲带着毛坨在疗养院住了十天。那时候疗养院一个疗程都是十天。水肿肿得特别厉害的病人会疗养两个疗程或更多。

快出院时，母亲跟生产队的干部讲："曾章甫死了，我现在孤儿寡母的，有时毛坨住在何大妈家，只剩我一个人，我不愿再跟何黑岩一家挤在一起了。"

生产队的干部说："你这提得合理，我们早应该想到的。"

于是，母亲住回了原来的曾宅。母亲和曾章甫原来住的那间房一直空着，母亲就搬回来了。

母亲回到了原来的生产队，又和代四翁妈、何大嫂、慧堂姨的媳妇儿等人生活在了一起。

紧接着，就开始插秧了。

母亲的秧插得很好，她插完的禾田像她的刺绣一样漂亮。生产队让母亲负责插每一丘田的"头茬"，也就是说，无论圆田、方田、弯拐田，都由母亲插好最初的几十行。母亲给禾田布好了阵，其他社员再往后插。

母亲插秧又好又快，她一天能插完五分田。

每天收工时，母亲都得到干部和社员们的称赞。

母亲从田里起身，迎着人们充满肯定和敬重的眼光，偶尔会撞见个别贫雇农成分的男人仰慕中含着自卑、蠢蠢欲动中含着怯懦迟疑的眼光。

除了母亲自己，别人都不知道，低头插秧的插秧能手钟祝华，经常把眼泪悄悄地滴落在稻田里。

母亲拼命劳动，常忘记自己的身体里还有一个肚子，还有一个胃。她只感觉到她有心脏，一颗撕裂开口子正在滴血的心脏。

母亲像其他社员一样，有时出集体工，有时种自留地，有时吃食堂，有时煮小灶。

母亲一天一天过，毛坨一天一天长。

康家山的妇女们，包括几个改嫁了的嫂子，关心母亲，建议母亲赶紧选个贫下中农嫁了。

母亲有她的打算。

曾章甫在1951年被关押前曾交代过母亲：“如果我死了，你不要嫁在近边，要带着孩子嫁到远处去。”

曾章甫当时所指的孩子繁纯已经不在了，现在的孩子毛坨是他唯一的血脉。

早稻谷开始抽穗扬花，之前大幅缩减了面积的棉田也迎来了钻出土的棉花树苗。正是农闲季节。

母亲跟生产队的妇女主任请示：“自从我的翁娘死后，我没再回过娘家，我娘家还有个弟弟，弟弟结婚也没回去，我这次想趁农闲时节带毛坨回娘家去待个三五天。”

生产队的妇女主任随即跟其他干部商量，然后告诉母亲：“队里同意你带崽回娘家，含往返时间在内，限五天回到康家山！”

当晚，母亲揉了一个饭团。

第二天一大早，母亲把饭团放进篾篓，背起篾篓，带着毛坨往桃江修山麻竹坑走。

母亲自己走路不会带饭团，她习惯忍着饿。这次带着毛坨走路，带的饭团是为毛坨准备的。一路上，渴了就跟路边的人家讨碗水喝。

汉寿、桃江两地稻谷的长势是同步的。抽穗扬花的季节，一眼望去全是一簇簇直刺刺地向上挺着的稻穗，在阵阵微风的吹拂下泛起层层鲜绿的涟漪。而部分生长较快的稻穗已经结实，在重力的作用下刚刚学会弯腰。

山坡上有菜土和棉田。菜土里的黄瓜藤沿着竹枝一个劲儿地往上蹿，红薯藤匍匐在地上往四周扩散，一畦畦的韭菜像麦苗一样绿得发亮。棉田里的棉花树大多都长出了几排叶子，撒籽较早的棉田里有三三两两弯着腰的农民在“掐油条”[①]和“扯棉裤”[②]。

---

① “掐油条”是指将棉花植株上除主干以外的旁生枝掐除，以保证棉花树长直长高。

② “扯棉裤”是指棉花树长出几排叶子后，将最下面的一对老叶子摘除，以保证其他枝叶的养分。

常有青蛙为了赶食飞蛾，从上丘田里跃起，腾地落到路面，再次腾空扑进下丘田里。

天黑下来，蛙声一片，萤火虫开始在低空中游弋。母亲和毛坨终于走到了麻竹垸舅舅的家。

这个家早已不是母亲原来意义上的娘家。母亲原来的娘家早已分配给贫下中农住。外婆带着舅舅搬进了一个贫农的简陋小屋。外婆投水死后，舅舅一个人住在这个家里。后来他娶了妻，便和舅母住在这里。

这个贫农小屋一共有三间房，住了三家人。

那时候没有电话，舅舅不知道母亲那天会回来。住在隔壁的秀姐告诉母亲，晚上舅舅不回来住，他去了舅母的娘家。

舅舅的家没有锁，只有一个铁扣，扣中插着一截细小的竹棍。

晚上，母亲带毛坨睡在舅舅家。

人世间总有些事情是解释不清的。母亲那天晚上就遇到了一件解释不清的事。

半夜里，母亲听到舅舅这间屋的灶边响个不停，锅也响，碗也响，灶里也传出柴火燃着时的噼啪噼啪声。母亲伸直脖子往灶边看，只见漆黑一团，别无动静。刚一躺下，响声又起。母亲在床上哭了起来，朝灶边轻轻喊："妈妈啊！你老人家别辛苦了，我不饿！"

第二天早上起床，母亲把这个事告诉了隔壁的秀姐。

秀姐说："那肯定是你妈妈在帮你弄好吃的。你嫁到汉寿后，你妈妈那么想念你！"

在舅舅家随便弄点儿东西吃了，母亲带着毛坨来到荷塘公社张目桥大队藕塘生产队的舅外婆家。

舅外婆叫张莲英，荷塘清塘村人，是母亲的舅母，成分是"小土地出租"。母亲的外公叫刘炳章，他生了一女一儿。女儿就是我的外婆刘冬梅，儿子就是我的舅外公刘春光。舅外公刘春光很早就去世了，舅外婆长年守寡。一直以来，舅外婆都很疼爱母亲。

见到母亲，舅外婆忙问母亲婆家人好不好。

母亲把近年的境况详细地告诉了舅外婆。

舅外婆心诚意笃地要帮母亲脱离苦海。她说："你婆家人都不在了，你一个人待在汉寿又苦又危险。你嫁回桃江来！"

舅外婆想到了一个人：在三官桥公社教书的刘孟良。

刘孟良地主成分，为人老实正派，长相也端正，有工作，每个月有工资。八年前死了堂客，独自拉扯着四个儿女，一直未娶。稍嫌不足的是刘孟良年纪偏大，1918 年出生的，比母亲大 12 岁。

舅外婆说："年纪大点儿不是问题，年纪大点儿更疼堂客咧。宁愿男子大一炮①，不肯女子大一春。大 12 岁合适咧！"

母亲自小就认识刘孟良。刘孟良与舅外公家沾着亲，是舅外公的远房侄子，当然也是我外婆的远房侄子。刘孟良与我母亲算是远房表兄妹关系。母亲叫他"良哥"。

正这么说着，舅外婆就请人去把另一个远房侄子、刘孟良的弟弟刘超凡叫来。刘超凡跟舅外婆在同一个生产队，住得近。不到十分钟，刘超凡就到了。

刘超凡是从棉田里赶来的。他戴着一顶烂了檐的草帽，皮肤黝黑，身上穿着褪了色的蓝布褂子和青灰色长裤，露出一双牛革似的赤脚。

刘超凡与母亲也是自小就认识的，母亲叫他"超哥"。母亲听过刘超凡仗义的故事：日寇投降前，一支抗日游击队路过藕塘，有两个重伤员留在他家中。后来其中一个重伤员稍稍康复就离村追寻队伍去了，另一个重伤员不治身亡了。刘超凡请人做了棺材，在他家旁边的山脚下埋葬了这位游击队员。每年春节、清明、鬼节，刘超凡都会在游击队员的坟墓前点蜡烧香。

舅外婆见了刘超凡自然不会扯游击队员的旧事，她直入主题："你哥刘孟良帮你找着嫂子没？"

刘超凡说还没。

于是，舅外婆就开门见山讲："你三多妹男人上吊死了，独自带着一个八岁的儿子。你看你三多妹跟他合适不？"

"三多"是母亲的乳名。母亲很小的时候，外婆外公带母亲来这里，大家就叫母亲"三多"。后来母亲不少来藕塘，秀外慧中的三多在藕塘有一定的名气。

---

① 桃江话，"一炮"就是一十。

刘超凡当即表态："我看很合适！我哥星期天回来，我就跟我哥说。"

说这话时，刘超凡黝黑的脸笑得十分生动，脸上的皱纹在欢乐地游动。他为舅外婆说的事情感到兴奋。

刘超凡回去后，舅外婆就拉母亲往桃江县城走。

县城里住着舅外婆的满[1]女、母亲的满表妹、我的满姨刘静宜。舅外婆要把情况讲给刘静宜，叫刘静宜帮着拿主意。

舅外婆和母亲走到桃江县人民医院，找到在医院当护士的满姨。

听了舅外婆简短的情况说明后，满姨因为还要上班，便请人带舅外婆和母亲去她家。她下班后匆匆赶回家，与舅外婆和母亲细思量。

满姨问母亲有什么具体要求。

母亲回答："我只有三点要求：一要心善，能善待毛坨；二要知书达礼，读少了书的不行；三要离开汉寿，不嫁在近边，这是曾章甫的交代。"

满姨和在县防疫站当干部的满姨夫说："那综合起来看，刘孟良虽然年龄大了一些，成分不好，但还是比较合适的。他心地善良，也知书达礼，离汉寿也远，完全符合你的要求。"

舅外婆也说："刘孟良还有几点好咧：一是有工作，有工资，这起码不能挨饿；二是三个女儿在外面，不要你带，只有一个满崽，也快能自力更生了；三是他相貌也挺好，高高大大，文质彬彬的。"

满姨在县城的房子太小，住起来不方便，母亲和舅外婆连夜赶回了藕塘生产队。

在舅外婆家住了一晚，母亲带毛坨回到修山的舅舅家，随后还去了离舅舅家不远的菊姨家。菊姨叫刘菊英，是舅外婆的大女儿、满姨的大姐。

在菊姨家，母亲让菊姨把菊姨夫穿过的一双半新男款布鞋送给她。

母亲提前回了康家山，把那双半新的布鞋送给了三叔曾国勋。母亲感谢他在曾章甫死后把她安排住进了疗养院，也感谢他帮忙让食堂换了人。

布鞋是菊姨亲手做的，做工很好，曾国勋连声说感谢。他没有娶妻，所以没穿过这么好的布鞋。

---

① "满"在湘方言里有最小的意思。

第十六章
保管员

那时候,“共产风”“瞎指挥风”“强迫命令风”“浮夸风”“干部特殊化风”已经危及社员们对党的深厚感情和对人民政府的信任。中央和湖南省委已经认识到农村的有关政策出了问题，正在酝酿整风整社运动。

社员们提出了要把生产队仓库里的谷和米分给各家各户的要求。公共食堂的地位已摇摇欲坠。

农闲时节，集体出工已经名存实亡。

农民还远没有达到理想中大公无私的崇高境界。集体稻谷收割时，集体瓜菜采摘时，大家都会心照不宣地浪费一些。当然，这些浪费的稻谷和瓜菜不会落入田鼠口中，社员们会趁黑把它们捡回家中。有些大胆的社员甚至会提前一两天收稻采菜。

人会被饿死，但被民兵抓住兴许还不会死，所以很多人愿意铤而走险。

母亲恪守孔子的“君子食无求饱，居无求安”，宁愿饿死，也从未干过偷偷摸摸的事。

天无绝人之路，母亲的编织绝活又派上了用场。

曾宅里有一户贫农干部，女主人姓夏，比母亲大八九岁，是康家山大队的妇女主任。夏主任家与母亲家隔着四五间屋。夏主任是太子庙搞人民公社以来第一位请母亲编织毛线衣的人。

编织毛线衣用的是毛线。毛线的原材料并不是动物的毛，更不是羊毛，而是一种洋化纤。一只一只滚圆的毛线球，软软的，带有高贵的气质。

母亲曾经帮人织毛线帽，织一顶可得一升米。

因为毛线金贵，一件毛线衣得花两斤毛线，所以康家山人请人编织毛线衣都是把编织匠接进自己家里。那时的行情，一件成人毛线衣五天完工，包吃，十斗谷。

贫下中农的家境之好，让母亲无法想象和企及。就像若干年前地主的家境之好，长工短工也无法想象和企及一样。

夏主任是个讲政治的人，平时跟地主家庭基本上没有私交。虽然同住在曾宅，但她见到母亲也只是微笑着简单打个招呼，从未闲聊过。但母亲看得出夏主任是个善良正直的人，也看得出她对母亲抱有几分钦佩。

母亲编织毛线衣的速度比别的编织匠快。第一天织好手臂，第二天织好另一只手臂，到第四天就把正身织好了。一件成人毛线衣织得很漂亮，而且只用了四天。

母亲说啥也不肯收夏主任的十斗谷。

母亲向夏主任说出了心事："我想带着毛坨离开汉寿，想回娘家桃江去过日子。"

"这事可不容易，大队上那么多单身汉在打你的主意，"夏主任透露，"你们生产队已经开会决定推选你当保管员，你管好早稻谷再说。"

当管稻谷的保管员，这在当时是一个极为崇高的荣誉。保管员必须是生产队里最忠诚最可靠的社员。母亲却犯了难：责任重大也光荣，但偷盗之风盛行，大家都清楚。偷谷的社员哪会把一个成分不好的妇道人家放在眼里？

当生产队通知母亲当保管员时，母亲表达了她的担心。母亲说："白天晒谷的事我一个人负责，为了确保公家的稻谷安全，建议晚上增加一个男社员，最好是退伍军人。"

生产队采纳了母亲的建议，研究决定让刚退伍回来不久的符老黑晚上也来看管稻谷。

生产队的粮仓是一排木板房子。中间的两间大屋藏谷，边上几间是集体猪场。猪场旁有间房子归养猪户居住。养猪户就是母亲第一年参加冬修时带饱饱的那位曾老婆婆和她的丈夫曾阳飞。

粮仓前面有一个很大的坪，是晒谷坪，是用水泥铺的，全队最平整的地方。孩子们不管白天黑夜，有事无事都喜欢到那里玩——晒谷的时候禁止孩子来玩。夏收和秋收时节，人们把稻谷、玉米、红薯、黄豆从田里地里背来，在晒谷坪上像山一样堆着，很壮观。

生产队集体养猪是这年春节后开始的，是积极响应常德地委“开展集体养猪运动”号召的成果。一个生产队定额养十头以上。猪的食料主要是草。养猪户负责到田埂刨野草。

母亲叫符老黑睡外仓，守晒谷坪上的湿谷。母亲带毛坨睡内仓，守原来堆放的干谷。

符老黑的媳妇儿刘妹子常抱着刚满周岁的儿子来晒谷坪玩。

当保管员可不只是看护稻谷。母亲白天的主要任务是晒谷。

晒谷先要用不带齿的木耙把堆在坪中央的稻谷往四周摊开，摊出一条一条粗大的射线，然后用带细齿的谷耙把稻谷均匀耙散。稻谷在地上越薄越好，越薄就要求稻谷摊得越开。待到所有的谷子都摊开了，那一波波薄薄的谷浪在阳光下闪着金色的光，像微风吹动下的金色海洋。

晒谷最艰辛的在于一个“晒”字。谷子在烈日下晒，是为了烤干水分。晒谷人在烈日下晒，是为了翻动稻谷。谷子如果晒不干，就会发芽，这样谷子就报废了，生产队半年的艰辛就白费了。晒谷有个秘诀：趁着有太阳勤翻谷。太阳越大，越要勤翻，干得就越快。中午烈日当头，正是晒谷最忙的时候，得翻来覆去地晒。母亲戴个尖顶斗笠，不厌其烦地翻动稻谷，汗珠像黄豆一样大，像断珠一样大颗大颗地往下滴。

夏季的阳光虽猛烈，但天气不稳定，刚刚还阳光普照，可能突然就会砸下暴雨。如果不及时把稻谷收起，稻谷就会浸水。

收谷如同虎口抢食，收谷的速度得比打禾轮转得还要快。得猫着腰，双手抓着簸箕，使簸箕的口紧紧地贴着地面，用力把稻谷往坪的中央赶。但薄薄一层的稻谷根本不听簸箕的指挥，簸箕口经常会在稻谷上打滑。所以母亲得用簸箕反复几次，然后用竹帚扫。堆在晒谷坪中央的稻谷得用竹簟盖住，以减少雨水对谷堆的影响。

雨过天晴，母亲又得把谷堆摊开，摊出薄薄的金色海洋。

雨中抢收的稻谷都会不同程度地被淋湿，所以得一次又一次地晒。

有时晒谷会突然砸下暴雨，母亲就前功尽弃了。

有时刚抢收了一半，刚挥动扫帚，雨就停了。又得铺开。刚铺一半，雨又来了。

有时整夜地下雨，晒谷坪成了泥黄色的海洋。

八九百亩稻田产的几万斤谷，几百人的口粮，母亲丝毫不敢懈怠。

每天傍晚，抢在露水打湿谷子之前，母亲要把稻谷收成堆，用竹簟盖住。

做完这些，母亲才能停下来喘息。

那是伏天最热的日子，树叶纹丝不动，湿热的气流从田间、从晒谷坪膨胀起来，令人窒息地充溢在粮仓周围。

母亲坐在矮凳上喘息的时候，常望着四周的空山发呆。天空上那只每天都在孤独盘旋的鹰夹子[1]，就是母亲空空悬着的心。

山再高，挡不住鹰夹子的翅膀，也挡不住母亲的落寞和悲伤。

母亲睡觉前会在竹簟下盖着的谷堆上盖上很多灰印。

灰印就是用木头做成的印，装了石灰。灰印往谷堆上一按，显眼的白色石灰印就留了在谷堆的表面。母亲通常会细致地盖很多灰印。如果有人偷谷，灰印就会破坏，或因为谷粒下滑而使灰印变形。

母亲负责看管的内仓从未失盗。但在晒谷坪偷谷的人根本不畏惧母亲的灰印。

毛坨每天一大早就会去揭开竹簟查看，总会喊：“翁娘！昨晚又有贼来嗒！谷又被偷嗒！”

谷堆上的灰印七零八碎，甚至还留下了簸箕的口痕。

无视灰印而偷谷，说明偷谷人是肆无忌惮的。

睡在外仓专事看管湿谷的退伍军人符老黑似乎从没发觉过。

母亲向生产队支部书记符腊生报告了此事。

符腊生苦笑着劝母亲不要太认真。符腊生说：“这是没有办法的，只要不明里抢就算了。谷偷回去也是吃，在食堂也是吃。吃了不饿死人就是好事。”

八岁的毛坨很懂事，他每天跟着母亲守谷。

晒谷坪是麻雀的乐园。它们鸣唱着从四面八方飞过来，在晒谷坪四周飞来蹿去，对晒谷坪中间立的稻草人心存敬畏，却不甘心地跃跃欲试。

毛坨便开始捕鸟。

---

① 鹰夹子是桃江方言，指山鹰。

他在摊开的稻谷边支一个谷筛，用一根绳子套住支起谷筛的那个支点，把绳子牵进谷仓里，人躲着，等麻雀钻进谷筛下变成他的筛下之鳖。

但稻谷太多，且有稻草人，麻雀不敢吃谷，更不敢钻谷筛下。毛坨想撤走稻草人，但母亲不允。

毛坨便用石头扔麻雀，当然是扔不中的，于是他便把兴趣放到田埂上。

那些天，毛坨捡回来十几斤黄豆。

黄豆是毛坨在田埂上捡的。

稻田收割后，黄豆也到了收割季节。社员们心里惦记着各家的自留地，恨不得快点搞完集体工。黄豆割完，堆成一堆由生产队集体剥粒。由于割黄豆时有些社员没在豆苗的底部割，而是在拦腰处割断，而靠根部的枝条上还有不少黄豆壳，毛坨在田埂上耐心地剥开残留的黄豆壳，取出黄豆。没多久，他总共捡回十几斤黄豆。

晒好谷，储了仓，母亲又去跟大队妇女主任夏主任说想回娘家过日子的事。

夏主任说："你再等等吧。现在不好讨论这个事。听说你这次保管稻谷表现很好，你们生产队决定再让你当茶籽保管员，你接着保管茶籽吧。"

母亲有些懊丧：接着当茶籽保管员，这到底是奖励她，还是为难她呢？

没办法，母亲农忙时继续出集体工，农闲时继续帮人编织毛线衣。等到了寒露。

母亲想，如果能离开康家山，那么站完守稻谷的岗后，再站完守茶籽的第二班岗吧。

油茶树每年寒露时茶籽成熟，所以每年寒露太子庙人就上山采茶籽。

建立人民公社前，油茶树归各家各户。人民公社把油茶树归了公。大炼钢铁时把山上能烧的树木都砍伐一空，连油茶树也未能幸免。但留下些小棵的，又能开花结籽了。

小棵油茶树结的籽不多。

当油茶籽保管员，也是个光荣的活。而且比管稻谷简单，也轻松多了。

晒油茶籽，其实是从晒油茶果开始的。

晒油茶果与晒谷原理上是一样的，工作程序也大体一样，只不过少了些麻烦。

油茶果外有一层绿皮壳。在晒谷坪里摊开油茶果，用耙把油茶果铺均匀，在太阳下晒十天半月，晒裂果壳后，便可剥出里面黑亮的籽。这籽就是油茶籽。有些未熟透的油茶果一般晒不裂，得用锤子敲烂才能取出里面的籽来。

剥出籽后，就得晒籽。籽壳坚硬，黑得油亮油亮的，在太阳下反射出刺眼的光。

籽不怕雨，它坚硬油亮的壳不沾水，只要不泡着水，淋一会儿没事。

有一天午饭后，太阳火辣辣地挂在天上，空气热得像回了伏天。母亲去集体猪场喂完猪，再把摊开在晒谷坪的油茶籽翻了一遍，然后把破竹椅搬到墙根，坐在那里歇凉。

不一会儿母亲就犯困打起盹儿来。

那天一大早，养猪户曾阳飞的亲戚从东岳庙那边赶来报丧，曾阳飞的丈人佬[①]死了。曾阳飞和曾老婆婆都去东岳庙了。偌大的粮仓和集体猪场只有母亲和毛坨守着。

毛坨在内仓里睡午觉。

母亲打盹儿时，听到有脚步声，她微微睁开眼，看到一个男人左肩上扛着一个小小麻袋，正路过晒谷坪。母亲认出来，这人是大队的一个干部，好像是姓汪，但母亲跟他并不太熟识。

母亲站起身准备打招呼，却看到那干部的麻袋突然倾落在摊开的油茶籽上，袋里的东西哗哗地散了出来。

母亲慌忙疾步走过去："干部！你这是么子东西？"

母亲问这话时，已走近看到他袋子里散出来的是油亮油亮的油茶籽。

那人有些不自然地看着母亲，俯身捡起麻袋。捡麻袋时，他索性把里面的油茶籽全倒了出来。

母亲着了急，一边转身一边说："我去拿撮箕来！"

那人一把抓住母亲的胳膊，说话有些语无伦次："不要撮箕！不要撮箕！要撮箕搞么子？"

母亲抽回被他抓住的胳膊，解释说："底下平摊开的是我们生产队的。

---

① 丈人佬是汉寿话，即岳父。

上面盖的就是你的！”

“我的和你们生产队的混在一起，”那人说，“要撮多了，你们生产队吃亏，你的责任就大了。”

“撮平给你，不就都不吃亏嘛。”母亲有些疑惑，“你麻袋口子怎么不用绳子系呢？”

“这……这……”那人尴尬地哆嗦着，然后突然醒悟似的说，“我的先放在这里，请你帮忙晒。你这里太阳好，晒谷坪也好。”

“哪里太阳不一样好？”母亲觉得这干部说话太好笑了。

“先放在你这里晒几天……我……我……今夜里再来看。”那人说这话时，眼睛痴痴盯着母亲丰满的胸脯。

母亲的脸刷地红了，她感到浑身的血愤怒地直往脑门涌。她扭转身说：“你的油茶籽找符腊生书记要吧！”

母亲扭身说这话后，一边快步朝内仓走，一边喊：“毛伢子！起来！”

天黑前，母亲和毛坨把油茶籽推成一堆，盖上竹簟。

“今晚会有贼来敲门。”母亲告诉毛坨。

天黑很久了，毛坨既紧张又焦急地等贼来。他把外仓的门关得死死的，用几根油茶棒顶着门闩，把内仓门也关得死死的，也用几根油茶棒顶着，内仓里还放了两根他挑了再挑的油茶棍。

“我们能打赢贼吗？”毛坨紧张地问母亲。

“他怕我们。我们只要大声喊符腊生书记，他的胆就会破！”母亲蛮有把握地说。

等了很久，内仓墙顶上的小窗外，天已沉沉的。快到午夜了。毛坨的眼皮开始打架了，但他强迫自己要警醒。

“咯……咯……儿……”突然，外仓门口有人学公鸡的打鸣声。接着，有个低沉的声音从门缝里清晰地飘进来，“祝华妹子——”

“贼来了！”母亲推推毛坨。

毛坨两只小手紧紧地握住油茶棍，稚嫩的高嗓音清脆又坚定：“翁娘！你这把杀猪刀有我的快[1]吗？我的杀猪刀好快哦！”

---

① 快是汉寿话，即锋利。

“毛坨快去开门！”母亲紧紧地揽着毛坨的肩膀，高声朝着门外喊，“符腊生书记说夜里生产队要来运油茶籽！你阳飞叔爷今晚赶回来喂猪！”

外仓外的声音消失了。静了几秒，毛坨高声喊：“翁娘，我还要磨一磨杀猪刀。腊生伯马上带人来杀猪！”

母亲和毛坨听到外仓门被人狠狠地蹬了一脚，那脚步匆匆往远处去了。

母亲和毛坨提心吊胆地过了半个月后，油茶籽晒干了，储了仓。母亲圆满完成了保管油茶籽的任务。

那几天，康家山仅存的两亩棉花只摘了头几茬，棉花树的枝干和叶子还没来得及转枯就被连根拔出，未来得及吐出棉花的棉桃被棉田里的老弱病残的人哄抢回了家。

母亲正犹豫该不该去找夏主任，夏主任却主动到了母亲家。

夏主任说：“我已经跟大队几个领导讲了你的事。大队定了明天专门开会研究你这个事。”

第二天，夏主任带母亲到大队一起开会。

这个会，对母亲来说生死攸关。它将决定母亲是去还是留，它也将决定母亲的苦乐人生。

去大队部的路上，夏主任对母亲说：“大队会计的媳妇儿是你们益阳乌旗山赤塘的人。我先去找她，叫她作为社员代表参加会议讨论，请她在会上帮你说话。”

会场里，一片严肃。会场里有好些人，母亲看见那个“贼”也在。

那“贼”低着头，不敢往母亲这边看。

会场里的其他人，母亲基本上都不认得。也难怪，平时都以小组、生产队为单位出集体工，康家山那么大，大队干部中难免有基层社员不认识的。何况母亲这么卑微的地主子弟呢。

母亲坐在会场上，紧张地等待着。

大队支书首先讲了这个会的缘由。他说：“社员钟祝华的男人曾章甫今年上半年死了。钟祝华提出想离开汉寿回她的娘家桃江去。大家有什么看法，说说看。”

有个四十岁左右的干部嘴里含着一根长杆烟壳，一边吸烟吐烟，一边思考着说：“自解放以来，康家山的媳妇儿只有讨进来的，没有放出去的。这事只怕不合适。”

母亲一听，着了急。

这时，大队支书说：“钟祝华，你把你的意思跟大家说一下！”

母亲站起来，理了理头发，说：“康家山放出去的媳妇有过。我二哥的媳妇儿刘凤枝就回了娘家。我 1947 年从桃江嫁到康家山。感谢康家山的领导和社员、邻里对我的关怀。我的娘家虽说是地主，但土改那阵乡政府已经调查过，我娘家从来没有请过长工和短工。大队的领导实事求是，划成分确认我是学生出身，地主子弟。

“这么多年以来，我服从集体的安排。派我连续四年参加冬修，我得了三回奖状。在两个生产队，无论是出集体工、搞食堂，还是当保管员，我都尽心尽力把任务完成好。我也一直没挨过斗、没挨过批。我男人曾章甫死后，是大队疗养院把我救活的。我从内心感激大队和生产队对我的关心帮助。

“我娘家爹爹早就死了，翁娘也死了八年，家里只有一个弟弟。我今年满 30 岁了。如果留在康家山，我肯定不会再嫁人。一个废女人，你们也难处理。我请求大队允许我带着崽转回桃江去。”

母亲说完，眼泪忍不住在眼眶里打转转。她在康家山尽心尽力为人做事，她对得起康家山，她有理由回娘家去。她也知道，康家山留她是为了给康家山的单身汉多一个机会。但母亲很巧妙、很固执地以“不会再嫁人”堵塞了这条路。

母亲刚坐下，夏主任请来的大队会计的媳妇儿快言快语地发言了：“我看俗话讲得好，壶中有酒好留客，壳中没酒客难留！我们康家山的壶里没得酒，客要回去我们莫要霸蛮[①]留。”

会计接着他媳妇儿发言，只讲了一句话：“死了男人的妇女要回娘屋里，没有政策规定要留她下来。”

母亲很感激这位原来没打过交道的会计的媳妇儿！是她把话题的方向朝母亲想要的方向扭过来。她如果不这么讲，她男人也不好挑明立场。

这时，母亲的救星夏主任不慌不忙地发表意见。她说：“钟祝华跟我

① 霸蛮是汉寿话，即千方百计、拼命的意思。

是一个生产队的，也住在一个大屋里。钟祝华一直以来都很听话，表现很好，是我们生产队的模范。文的武的样样好，对公公婆婆也是出了名的孝敬，是生产队上学习的榜样，说句良心话，我就拿她当我的榜样。刚才会计媳妇儿讲得在理，会计也讲得在理，政府也没有强留人家的政策。钟祝华过得很苦，她男人今年上吊死了，一个崽八岁，还有两个崽女死掉了。特别是她小儿子，是因为她去参加冬修，没有奶吃，活活饿死的。她公公婆婆也都死了。她男人的两个哥哥、一个姐姐全都死了。嫂子都改嫁了。钟祝华在娘家自小就没有爹爹，虽然是地主子弟，实际上也是苦出来的，甚至比我们更苦。钟祝华有这个要求，我认为我们应该同意。”

母亲没料到夏主任的话比她自己想到的还要透彻，也没想到她把自己拔得那么高，鼻子一个劲儿地酸，牛豆一般的泪珠从眼眶里溢出来。

夏主任明确表完态后，接下来的发言者中再没有反对的话。

那“贼”自始至终没说一句话，大队支书点名要他发表意见，他也只顾低头抽烟。

最后，会议决定：给社员钟祝华开同意迁出证明，从次日算起给钟祝华放七天假，限七天之内拿桃江开的同意迁入证明回来。如果七天之内钟祝华没拿回同意迁入证明，那么，康家山永远不再开同意迁出证明。钟祝华就留在康家山，永远不得再提回娘家的事。

听完会议决定，母亲的眼泪像泄洪的潮水一般奔涌而出。她深埋着头，掩面而泣。

母亲的泪水里，有感恩、有委屈、有希冀、有不舍、有焦虑……

散会后，夏主任领着母亲到大队支部办公室拿到了同意迁出证明。

困倦的乡村之夜，劳累的人们服帖地把自己交给睡眠。母亲却把自己交给了失眠，她辗转反侧：七天之内桃江那边能开同意迁入证明吗？

第十七章
离开康家山

母亲从来没开过同意迁入证明，所以她不知道办理这事的难易深浅。

但母亲知道，迁入就意味着要分山分土。带着一个儿子，等于增加两个人，任何一个生产队都不会轻易答应。

况且，大队给的时间这么紧！

母亲也不知道迁入哪里。如果迁入娘家修山公社麻竹垸大队，得让舅舅赶紧带着找麻竹垸大队的领导。母亲不认得娘家的大队领导。舅舅会认得吗？如果迁到荷塘公社张目桥大队，母亲还不知道刘孟良那边的态度。

刘孟良丧妻后，八年未娶，这说明他挑剔，或者不愿再娶，或者暂时不考虑再娶。

上次舅外婆告诉过母亲：刘孟良这个也不要，那个也不要，挑得很。舅外婆举了两个例子。一个是藕塘生产队刘光顶的堂客钟香兰娘家的姐姐。刘光顶是与刘孟良共曾祖父的堂弟，是母亲的远房表弟。另一个是舅外婆的大女儿、母亲的表姐刘菊英的小姑子。这两个，别人看起来都挺合适，但都被刘孟良婉拒了。

母亲越想越感到心里没底。但既然康家山大队给了她这个来之不易的机会，她就要去试试。

母亲没想着去试试找爱情，她是去试试找一个安身立命的地方。

第二天一早，母亲带了一个饭团，还给毛坨的口袋里装了几把炒熟了的黄豆，带着毛坨就往桃江走。

母亲已记不清这一天的准确日期，她只记得，带毛坨回桃江的这一天是星期五。因为先一天康家山大队会议的最后，大队支书掰着粗糙的手指头对母亲说："今天是星期四，从明天算起七天，也就是下个星期四天黑之前你必须把同意迁入证明拿回来！"

黄昏，太阳在西边的天际涂抹红霞，母亲和毛坨就走到了舅舅家。舅舅和舅母见到母亲母子很高兴，立即到自留地摘菜，烧火做晚饭。母亲把事情跟舅舅两口子说了。

舅舅说迁到麻竹垸太难了，除非在这里找个夫家，否则不可能直接迁进来。

匆匆吃完饭，母亲把毛坨留在舅舅家，连夜坐木筏渡过资江再走路赶到舅外婆家去。

舅母说："我们很喜欢毛坨，正好我们还没生崽，把毛坨给我们做崽吧！"

从修山过江后，如果走万霄垅，疾走一个小时出头便可到张目桥。但母亲不敢独自走万霄垅，沿着公路疾走了近两个小时才到舅外婆家。

母亲到舅外婆家时，舅外婆刚吃过晚饭。

母亲把情况简要地告诉了舅外婆。

舅外婆立即叫人把刘超凡叫来，说时间很紧，耽误不得，让刘超凡第二天去他哥刘孟良教书的学校，把他哥喊回来。

第二天是星期六，上午，刘超凡奉舅外婆之命，走到舒塘古镇，坐木筏过了资江，再走到三官桥公社胡家段学校找到他的哥哥刘孟良。

下午，刘孟良、刘超凡两兄弟回了张目桥大队。

晚上，刘孟良和刘超凡来到舅外婆家。

母亲印象深刻：刘孟良浓密的头发像棉花一样白，穿着一件洗得发白的中山装，脚上一双雨胶鞋，腋下夹着用报纸包着的一双布鞋来了。到了舅外婆家门槛边，他换上整洁的布鞋。

都是熟人，也就不需要客套什么。

大家围着桌子坐下，像开茶话会。舅外婆给每个人冲上一杯热腾腾的擂茶。擂茶是下午就擂好了的，只要用开水一冲就可以喝。

母亲自出嫁以后就没见过"良哥"。解放前，母亲带曾章甫经常来这里，但刘孟良在外教书，没有碰过面。母亲打量了他一眼，感觉他仍那么文雅有礼，只是有些憔悴消瘦，头发变白了。

刘孟良同样十几年没见过“三多妹”。他看到她显然是受过很多磨难，已经从一个高贵漂亮的千金小姐变成了一个农妇模样。他发现三多妹虽然已是农妇，但看起来还是年轻秀丽，举止中透出与众不同的温婉、聪慧的气质。

在舅外婆的热心主持下，茶话会首先彼此介绍了一下情况。然后，舅外婆让“良哥”和“三多妹”表个态。

“良哥”这么多年挑剔，是因为没遇到令他满意和放心的。他既重外表，更重品行修养。他认为这两点，“三多妹”能达到。在他眼里和心里，“三多妹”正是他等待多年的合适伴侣。

“良哥”呵呵地跟舅外婆说：“蛮好的咧！”

“三多妹”也表态说“很好”。

母亲至今仍清晰地记得她和刘孟良表完态以后的对话。

刘孟良恳切地说：“我前面那三个女儿都已落户在外面，也都有了工作。满崽才 14 岁，刚从长沙读完书回来，不怎么听话，你要多宽容。”

母亲笑着说：“烈牛子一脚犁。等到上了犁，牛就会耕田。你满崽读了书，不要怕，想必都会懂事的。”

母亲想了想，又说：“你前面有三女一崽。我带着一个崽来，我那个崽八岁了，还没读书，马上要考虑上学了。人人都说后娘难当，我一定会善待他们。但我心里真没底。”

“只要能彼此善待，就一定不会有大问题，再说，我们和儿女不会住在一起。”刘孟良说，“胡家段学校还差一个教师，一直没找到合适的。上次你来，超凡跟我讲了后，我就问过修山联校领导，他们说随时欢迎你去胡家段学校当教师。”

母亲和舅外婆一听，顿时喜出望外。

母亲提到七天之内必须拿到同意迁入证明的事。刘孟良说：“我明天上午就去张目桥大队问。”

次日，星期天。上午，刘孟良来到张目桥大队，找到大队支书邹士洲。邹士洲虽然是个官，但更是个读书人，与刘孟良因诗结友，同是桃江天问诗社[1]的会员。天问诗社曾组织会员赏春花咏冬雪，谈经论道。渐渐地，刘孟良与邹士洲两人彼此信任，关系很好。

在邹士洲的帮助下，刘孟良拿着张目桥大队开的证明，走到修山联校，拿到了修山联校开的同意母亲迁入的证明。

午后，刘孟良把那张同意迁入证明送到舅外婆家，交给了母亲。母亲料想不到，这不知难易深浅的证明，竟开得这么顺！来得这么快！

母亲惊喜地看着刘孟良，眼里充满了感动和感激。

刘孟良心里也兴奋不已。坚守了八年的内心，终于等到了冬雪消融。

下午，刘孟良赶回了胡家段学校。这一天，他来来去去步行了40里路。

星期天和星期一，母亲安心地在舅外婆家又住了两晚。母亲帮舅外婆做些农活和家务活，也帮着织织毛线衣，纳纳鞋底，但主要是陪舅外婆聊天。她俩聊麻竹垸，聊康家山，聊庄子湾，聊钟家，聊曾家，聊刘家，聊过去，聊现在，聊将来。

星期二一早，母亲在舅外婆的陪同下启程回汉寿。舅外婆主动提出和母亲一起回康家山，她要陪护母亲、协助母亲去完成母亲生命和生活中具有划时代意义的一次告别和迁移。

路过舅舅家，她俩喝了一碗擂茶就匆匆赶路，没有带上毛坨。母亲怀揣着那张同意迁入证明，如同揣着身家性命。

一路上，仲秋的山林，已是层林尽染。一望无垠的双季晚稻田，像给大地铺上了绿黄相间的巨毯。

傍晚，母亲和舅外婆回到了康家山的曾宅。母亲把舅外婆带到夏主任家，把那张珍贵的同意迁入证明，双手交给了夏主任。

虽然方言不同，但沟通无障碍。舅外婆对夏主任说："我听祝华讲了，你是一个好领导，你对祝华恩重如山！我们全家对你千恩万谢！"

夏主任紧紧握着母亲的手，依依不舍地对母亲说："祝华！可惜你成分不好，你如果也是贫雇农成分，一定是我的领导！甚至可能是县里的领导！有困难你就回来找我。我相信凭你的人品和能力，一定会战胜一切困难的！"

母亲拉舅外婆回自家屋子后，来的人越来越多。

---

① 桃江文史界认为，屈原曾在桃江境内停留，并写下《天问》。因此，桃江诗社又叫桃江天问诗社。

母亲和舅外婆没有透露回桃江后的具体情况。舅外婆对来的人说："感谢你们对我外甥女钟祝华的帮助，钟祝华是个可怜的孩子，今后我要把她带在我的身边。"

母亲回桃江办证明的消息这几天已传遍了康家山，大家都在饶有兴趣地等待最新消息。母亲已办好证明并将于次日回桃江的消息，像风一样吹到每个人的耳朵里。人们像潮水一样涌过来。

曾国勋、曾国治等老少爷们赶来了。

代四翁妈、曾老婆婆、慧堂姨媳妇儿等婆婆、媳妇、姑娘们赶来了。

曾庆德的大老婆刘凤毛带着现在的丈夫"冬股子"也来了，她还带来一饭筐刚出锅的新鲜油炸果。

母亲把嫂子刘凤毛的油炸果分给大家吃。大家吃着油炸果，一边说着话，一边流着泪。

母亲很感动。康家山人的善良和真诚，母亲永远铭记在心。

有些乡亲曾经欺负过曾家，并不是他们的人性有多坏，而是康家山的政治运动风暴影响了他们的价值观。人情和人性自然而然地受到了影响。当你被打倒时，那些原本善良的人也会因此看不起你、歧视你，甚至欺负你。而当你大苦大难，走投无路时，当你家破人亡，远走高飞时，他们内心深处的那份善良又会被唤醒和复活。

乡亲们被唤醒和复活的善良，把母亲感动得直掉泪。

母亲把她编织毛线衣赚来的米和谷，还有棉花及家里的坛坛罐罐、锅碗瓢盆、桌柜椅凳等，一一分发给乡亲们。母亲说，一是这么远的路带也带不动，二是她在内心深处感激乡亲们。

第二天上午，母亲跟乡亲们再次告别后，便和舅外婆一起背着 20 斤米和几件衣服，在乡亲们的祝福和泪光中离开了康家山。

母亲没有违背她深爱着的曾章甫的交代，她将嫁给她的"良哥"。母亲相信，九泉之下的曾章甫一定会为她高兴，一定会一直保佑着她。

此次作别康家山，母亲半个多世纪不曾回去过。

多少酸甜苦辣，多少悲欢离合，尽付在半个多世纪的似水流年里。

第十八章

三岁丧父

母亲与爹爹，从小就熟识。

当母亲还在襁褓时，外婆抱着母亲回娘家，爹爹就见过母亲。母亲三四岁的时候，爹爹还去过我外婆家。

1930 年的初冬，正是棉桃绽放的季节，母亲出生于桃江县修山乡麻竹垸二房湾一个钟姓地主家庭。

麻竹垸是修山乡一个普通的小村庄。

小村庄的后面是蜿蜒有致的梯土，一年四季都长满了绿意盈盈的蔬菜。梯土往上走，就是高耸入云的竹山。

一些破旧的吊脚楼像鸟笼一样七上八下地挂在山腰上。

梯土下方是一条四季长流的小溪。溪边的枫树林里有两个喜鹊窝，两个喜鹊窝中间有一户地主大宅子。

这是母亲的娘家。虽是地主家庭，但祖上并非一直富裕。

母亲娘家走向富裕，是近代的事。

母亲的曾祖父是种田的农民，帮富人种种田土，自己也有几丘小田土。母亲的曾祖母喜欢喂猪，起先养三五头，后来渐渐增加到七八头。几年下来，一头一头靠草、糠和潲水喂养大的猪出圈，将谷、米和银子换回了家。

母亲的曾祖父有六个孩子：两个儿子、四个女儿。这四个女儿从大到小依次叫大满姐、二满姐、三满姐、四满姐。两个儿子，大的叫钟春载，小的叫钟厚载。

母亲的曾祖父母靠养猪的钱拉扯大六个孩子。虽然有六个孩子要拉扯，家境没能富起来，但可喜的是六个孩子都没饿着。

钟厚载是母亲的爷爷。

钟厚载从小不富裕，从一个典故中就可以看出。这是钟厚载告诉母亲的典故。

当时钟厚载七八岁，在念私塾，平时在家要写毛笔字。那时候常有小贩走村串道卖笔墨纸砚。但农民穷，往往不能现买现付，所以小贩会记着账，隔一两个星期就来收一次钱。钟厚载没有现付买了一支毛笔。一两个星期后小贩摇着拨浪鼓来了，钟厚载的爹妈没钱给，钟厚载躲到里屋的后门角不敢出来。

六个孩子都念很多书是不可能的。钟厚载只念了四年私塾。但他从老先生那里和书本中学到了三个重要的词：仁义、诚信、勤俭。

学问不在多，先入脑，后践行，就可助人取得成功。

钟厚载成人后，娶了三堂街胡氏。

钟厚载与胡氏婚后生了三个儿子、三个女儿。

大儿子叫钟梅仁，即母亲的大伯父。钟梅仁后来生了四个儿子。大的叫钟发湘，又名海涛，是母亲的大堂兄，毕业于广州黄埔陆军军官学校第六期。老二叫钟启涛，是母亲的二堂兄。老三老四是一对双胞胎，出生后不久便夭折了。钟启涛后来生了两个女儿：大女儿叫钟麦云，二女儿叫钟庆云。钟庆云后来成了张目桥大队支书邹士洲的亲家——邹士洲的女儿嫁给了钟庆云的儿子。

二儿子叫钟立仁，即母亲的二伯父。钟立仁后来生了两个女儿。大的叫名姐，是母亲的大堂姐，长大后嫁到了三堂街镇。小的叫莲姐，大名叫钟昆仪，是母亲的二堂姐，长大后嫁到了鸬鹚渡乡，当了几十年教师，曾长期与我爹爹共事。

三儿子叫钟秩如，即母亲的父亲，也就是我的外公。

大女儿叫钟宝秀，即母亲的大姑妈。钟宝秀后来嫁到荷塘乡石桥坝。她的丈夫叫夏美哉，是个大革命家，后来牺牲在外地。

二女儿叫钟元秀，即母亲的二姑妈。钟元秀后来嫁在三堂街陈家段。她的丈夫叫陈岭山，是个大学毕业生。

三女儿叫钟时秀，即母亲的三姑妈。钟时秀跟她的大姐一样嫁在荷塘乡石桥坝。丈夫姓龚。婚后不久，她丈夫就病逝了。

钟厚载从老先生那里和书本中学到的三个词，成就了他一生中的三个商铺。

钟厚载念完四年私塾便跟他父亲务农，也帮他母亲喂猪。稍大一点儿，他便去桃江县的另一个商贸重镇马迹塘，入铺当学徒。

几年后，他在马迹塘拥有了自己的第一家商铺：九如堂。

钟厚载从修山领了十几个钟姓人去马迹塘，安排他们在九如堂做事，后来发展到几十人。带去的钟姓人大多发了财，九如堂也越做越红火。

趁热打铁，钟厚载接着在三堂街开了他的第二家商铺：宜堂。接着又在修山街上开了他的第三家商铺：大信恒。

广东革命历史博物馆现存的黄埔陆军军官学校的学员资料里，母亲的大堂兄——第六期学生第二总队步兵第二中队学员钟发湘亲笔填写的“学员通信地址”是这样 15 个字：“湖南益阳舒塘邮转修山大信恒店转”。

钟厚载成了在县内三个重要商埠拥有三家大商铺的大老板。

很多老板开商铺是图自己赚钱，但钟厚载开商铺不仅让自己赚钱，还想着让修山的钟姓人一同赚钱。修山有个叫钟乐舒的人，跟着钟厚载进了马迹塘的九如堂，边学边干，后来独立开铺，赚的钱比钟厚载还要多。钟乐舒一生称钟厚载为恩人，钟厚载一生称钟乐舒为知音。

钟厚载发财后回修山建了九座大屋。除了他的住宅，还有公益性的学堂和宗祠。他在修山乡洪山村捐资修建的钟姓宗祠，成为当地最气派的建筑。

钟厚载叹息自己只读了四年私塾，他相信读书对人有利，对家风有利，对子孙后代有利。他开商铺不缺钱，所以他让三个儿子、三个女儿全都上了学。

钟厚载的六个崽女中，上学最多的是我的外公钟秩如。

外公英年早逝，他病逝时，母亲才三岁。母亲对外公的了解，多来自钟厚载和我的外婆。

外公 1905 年出生，少年时求学于益阳和湘阴。外婆牢牢记着外公恩师湘阴的左钦敏先生，并告诉母亲，让母亲铭记。可见，外公是非常尊师的，也可见外婆是深爱着外公的。

外公19岁那年，领受父命与外婆结婚。

外婆是荷塘乡张目桥村藕塘人，叫刘冬梅，比外公大一岁。

外公外婆的婚礼是在益阳一个最热闹的叫“二堡”的酒楼办的。

外公和外婆连生了三个女儿。

大女儿一岁时因病夭折了。

二女儿半岁时也夭折了。

第三个女儿，也就是我的母亲。

生我母亲时，外公没有陪在外婆身边。外公当时在北平，是清华大学的学生。

外公写信回来，给母亲取名：乳名“三多”，学名“祝华”。

1932年，外公从清华大学毕业。也就是在那一年，钱钟书与杨绛在清华园初识。第二年，这对著名的清华伉俪订婚，而27岁的外公却因肺病英年早逝了。外公逝世的时候，母亲还没满三岁。外公留给母亲的除了他在北京等地带回来的丝绸童装旗袍、儿童布鞋等，还有他珍藏的一大柜子图书。图书里有经史，也有小说和诗歌，还有许多新式科学书。

外婆从28岁开始守寡，一直守了整整20年。

母亲一直依稀记得，外公喜欢把她扛在肩膀上。

母亲后来只能在照片中看到外公。外婆指着相片对母亲说：“你爹很英俊。”

对于外公在清华求学的情况，外婆所知甚少。外公在清华的同学，没有一个是桃江的。外公病逝后，也一直没有外公的同学或校友来修山找过他。

如果有外公的同学或校友来找过外婆和母亲，也许，外婆和母亲的人生会发生变化。但这只是“如果”。

外公的清华大学毕业证书，外婆一直珍藏着，直到1949年桃江解放之前。

那年夏天的一个晚上，屋内空气闷热，蚊子多得碰腿。外婆躺在地坪的竹凉床上，摇着蒲扇纳凉。黑暗的夜空中，一些蝙蝠在莽撞地飞行。

当时的形势是解放军乘胜南下，蒋家王朝岌岌可危，地主听到了不好的风声，有的地主开始往外地逃。

外公的堂侄子、钟春载的孙子钟具兴打着个杉木皮火把，走到外婆家的地坪外，喊："满婶娘！满婶娘！把我满叔的清华大学文凭借给我！"

当时外婆不知道钟具兴借文凭要做什么，心想钟具兴也是个读书人，过一两天总得还回来的。

但外公的文凭从此再也没有回来。

钟具兴借到外公清华大学的文凭后，带着他的母亲、妻子及两个儿子逃到了汉口。钟具兴后来在汉口参加了工作。三十多年后的1985年，我母亲跟我爹爹去武汉我同父异母的二姐家时，两人专门去汉口找到了钟具兴的住处。

当时钟具兴已经去世了。钟具兴后来在汉口又生了一些子女。他的四儿子留母亲和爹爹吃了饭。母亲和爹爹在他家的墙壁上看到了钟具兴和他家人很多的相片。

饭后，钟具兴的四儿子把母亲和爹爹送上了回二姐家的公交车。

钟具兴后来是否冒用了外公钟秩如的姓名？钟具兴是否是以清华大学毕业生的身份在汉口求职任职？母亲不想细查。

母亲曾对爹爹说，外公的文凭放在那里也是个浪费，钟具兴借着有用也是个好事。

外公病逝时，外婆的肚子已经很大了。

外公的早逝令钟厚载和外婆悲伤不已，但外婆眼看就要生了，钟厚载和外婆必须从悲伤中尽快摆脱出来，为迎接外公的新血脉做好准备。

家里人都希望外婆能生一个男孩子，使外公虽逝但有子嗣。这样，能给老人家一个安慰，也能让外公在九泉之下含笑。

外公死后的第四天晚上，外婆生了。

母亲的大姑妈钟宝秀从产房出来，向钟厚载报喜："恭喜爹爹！你老人家添了一个好胖孙子！"

男人一般是不进产房的，尤其是公公不能进儿媳妇的产房，否则就被人嘲笑为烧火佬倌[①]。

钟厚载为新添的孙子取名为：伯涛。

---

① 烧火佬倌是桃江方言，指与儿媳有染的公公。

其实，外婆产下的是一个死去的男婴。这男婴在外婆肚子里就死了。

钟宝秀用棉衣包着死婴，藏在被子里，一边向外宣称生了个胖小子，一边赶紧安排信得过的人四处去找男婴。

那时候的男婴不难找。有的人家穷养不起，有的人家女儿未嫁而生育，都会趁着夜色悄悄地把婴儿放到有钱人家的门口。这些被悄悄送掉的婴儿，有的身上带着写有生辰八字的纸条，有的小手腕上系个绣花荷包之类的信物，有的什么也没有。

这些被悄悄放在别人家门口的男女婴儿，命运各异。大部分掉进了福窝里，如他们的生身父母所祈愿的那样，富贵成长。有的女婴在有钱人家先当女儿，后当儿媳；有的女婴则一开始就成了童养媳。有的人家捡到孩子后立即把翻搜到的纸条和信物烧毁或丢弃，使之永远找不到生身父母。但也有婴儿被豺狗叼进山，变成了野兽们争食的美味。

舅外婆家的佣人龚良春连夜在荷塘捡到一个健康的男婴，送到外婆身边。

为了掩人耳目，龚良春找到我的远房二伯母，叫二伯母随他一起去修山。当时二伯母刚生下儿子刘鹗芬。二伯母抱着两个男婴即刘鄂芬和买来的男婴，坐着轿子悄悄进了外婆家。

藏在被子里的死婴随即被悄悄地埋在竹山里。

买回的男婴啼哭声响亮，让产房充满喜悦、希望和生机。

这个男婴就成了母亲唯一的弟弟——钟伯涛。

被蒙在鼓里的钟厚载到死都不知道，他取名的那个“好胖孙子”钟伯涛其实已埋在后山里化作了泥土。

第十九章
母亲的童年

外公病逝后，外婆就成了拖儿带女的年轻寡妇。

那年冬天，荷塘乡张目桥村的几位亲戚结伴一起到修山看望外婆，给她带来张目桥娘家的慰问。

这些亲戚有外婆的堂弟刘岳彬、外婆的亲侄儿即母亲的表兄刘卓钦，以及我爹爹刘孟良。

那是爹爹第一次去外婆家。

那年，爹爹15岁，母亲才三岁。谁也没有料到，若干年后爹爹和母亲竟然结为夫妻，并生下清波、乐怡和我。

爹爹记得，当时刘岳彬在外婆家找出外公遗留下来的大烟枪，饱吸了几餐大烟。未成年的半大小伙子刘卓钦和我爹爹也“享用”了。

“清华大学的烟枪到底不同凡响啊！够劲！够香！”刘岳彬一边大口地抽着大烟，一边由衷地赞叹。

在外婆家中，三岁的母亲能口齿伶俐地背诵《三字经》和《弟子规》，令爹爹印象深刻。

母亲和舅舅都长得很好，既健康，又聪明，还漂亮。

大家都说，三多和伯涛得到了秩如的好根苕[①]。

由于外公死得早，母亲和舅舅是在钟厚载的爱抚下长大的。

母亲在幼年时就表现出了超群的聪慧。她的祖父钟厚载对她疼爱有加。

---

① 好根苕是桃江方言，就是说遗传了上辈的好基因。

母亲三岁多时，钟厚载叫她端茶招待客人。母亲捧着祖传的茶碗，看到茶碗里钻了两个字，便轻轻地读出来："秋公。"

钟厚载和客人都很惊喜：很多大人都不知道分左右，经常误读成"公秋"，这三岁的小女孩居然没有读错，知道是读作"秋公"！

钟厚载的三个儿子，共为他生了六个孙辈：三个孙子、三个孙女。这六个孙辈中，母亲最受钟厚载喜爱。

钟厚载有个钱袋子。他的三家商铺赚回来的钱就放在钱袋子里。六个孙辈中，他只许母亲碰他的钱袋子。他有时还叫母亲帮他从钱袋子里取钱。

母亲的堂哥钟发湘也很疼爱母亲。钟发湘比母亲大整整 30 岁，母亲没有父亲，钟发湘便有"长兄如父"的慈爱与尊严。

钟发湘是广州黄埔陆军军官学校第六期毕业生，他在黄埔六期时被编在"学生第二总队步兵第二中队"。与他同期的同学毕业后，很多进了共产党的部队，也有很多进了国民党的部队。他听从钟厚载书信中的命令，毕业后返回了家乡。当时在三堂街乡当乡长。钟发湘常常到外公遗留下来的书柜里借阅图书，也常常给母亲讲故事。

红军离开井冈山开始长征及长征途中发生的事，钟发湘也给母亲讲过。

母亲一直记得，钟发湘说过，兄弟之间打架，不仅用拳头打，而且用手枪长枪和飞机大炮打。他还说过，"共匪"不是真匪，那里边有他许许多多朝思暮想的好同学、好兄弟。

除了红军的故事，母亲亲历过两件开心的事，在学龄前的母亲心中留下了深刻的印象。

一是骑马。农村调皮的男孩子有骑牛的，也有骑驴骑骡的，还有骑狗的。狗是土狗，个子较小。狗的小主人爬在狗背上，让狗驮着走。钟厚载家养了几匹骏马，钟家的男人都喜欢骑马。母亲的大伯钟梅仁、二伯钟立仁、父亲钟秩如都喜欢骑着马兜风，母亲的堂哥堂姐们也喜欢由大人带着骑马。钟厚载年纪大了，很少骑马，但他带母亲骑过钟发湘乡长的大枣红马，那是母亲第一次骑马。一老一少，骑得不快。但母亲一下子就喜欢上了在马背上的感觉。从那以后，只要有马，母亲总会想骑。母亲说，骑在马上想问题，比如构思老师布置的作文，都会跟平时不一样。

二是摸老虎。从三堂街到九峰再到麻竹垸然后到洪山那一带，是绵延数十里的群山。山很高，树木茂盛。人们平时一般不会进山，因为山上有毒蛇、虎豹、豺狗，也有土匪。有一年冬天，不知道是哪个村的猎户猎杀了一头大老虎，十几个猎人抬着叫卖。那时候，老虎是害虫，吃人咬牛，无恶不作，人人憎恨。钟厚载把它买了下来。大人孩子、主人佣工欢呼雀跃，用长长短短的木凳木棍支撑着，让老虎“雄踞”在跑马坪的大桌子上。老虎的头高高昂起，斑驳的虎毛在阳光的照耀下闪着耀眼的光芒。钟厚载叫长工杀了一头猪，做了丰盛席面，款待乡邻。村子里谈虎色变的农民都来摸这头曾经不可一世的老虎。母亲摸了它的尾巴和脚趾。

母亲四岁入麻竹垸私塾，跟钟家一个老先生读了整整四年的私塾，背了一箩筐“子曰、诗云、李白、杜甫”，并从描红开始学会了写毛笔字。

八岁那年，母亲进了洋学堂。

那时候，洋学堂已经和私塾分庭抗礼，并且有盖过私塾之势。很多人家都选择把孩子送进洋学堂读书。母亲读的洋学堂名叫“修山益公学校”，就在麻竹垸。

母亲还记得 76 年前，她读一年级的语文课文：

“天亮了，公鸡叫。起来！快起来！”

“爸爸早！妈妈早！一早起来去学校。见了老师敬个礼，见了同学问声好。”

源自尊师重教的家风，母亲对老师充满敬重和感恩。她至今还记得她各年级的班主任的姓名，也还记得一些当年的同学。

一年级的班主任叫钟曼钦，兼教国文。

二年级的班主任叫钟国山，也兼教国文。

钟国山是一位很爱国的老师。他经常在课堂上讲抗日的事，还多次请修山、三堂街一带的抗日游击队长和队员到班上讲抗日故事。游击队员藏在棉田里、竹山里、水库堤里伏击日本鬼子的故事深深地铭刻在母亲的心里。令人痛心的是，解放后这位爱国教师却被划为地主分子，在一次用石灰水在墙上写标语时，一不小心将“我们受帝国主义压迫”写成了“我们爱帝国主义压迫”，引来了杀身之祸，被立即执行枪毙。大队的民兵要斩草除根，接着把他的几个儿子也全部杀掉了。他的外孙潘新民在湖南师范学院[①]毕业后，

① 湖南师范学院，即现在的湖南师范大学。

曾在桃江一中长期担任语文教师，后来调到中南大学附属中学任教。

在三年级和四年级的两个学年中，母亲和全年级同学一起转到南晓村吉林公学校。“公”就是“公屋”，学校就办在这个叫吉林公的公屋里。母亲三、四年级的班主任都是一个叫唐林佑的国文教师。

母亲从入学开始就品学兼优，期期当班长。每次期中考试、期末考试总是第一名。老师们在批评或惩罚那些调皮捣蛋、成绩差的男同学时，总拿母亲作对比，总是表扬母亲。有些男同学不服气，他们想着法儿地整母亲。早上母亲走在上学的路上，有些从不按时到校的男同学把牛横在路中，母亲害怕就不敢过去，只得拐弯走泥泞的田埂。遇上下雨的冷天，外婆会准备两双鞋子给母亲，一双高帮的雨靴母亲穿着去学校，进了教室母亲就换上一双棉冬鞋。调皮的男同学会把母亲的高帮雨鞋扔到雨中的操场上，叫母亲穿着棉冬鞋去捡。中午在学校吃饭，每个学生都是吃各自早上从家里带去的饭。有些调皮的男同学提出要跟母亲换菜吃。他们把母亲饭盆里的腊肉或鸡蛋夹走，一口塞进大嘴里，然后逃得远远的，哈哈哈地坏笑，却不把他们的菜换给母亲。

外婆在村上遇到这些调皮的男生，会嗔怪他们：“三多的满分不是老师给的哦，是自己考的哦，你们要努力学习争取以后也考满分哦，不要再欺负三多哦！”

四年级读完，小学就毕业了。

母亲考上了修德完小。那时候小学分为两部分，即“初小”和“完小”。一般人家的孩子读完四年初小，就算是知识分子了，就不再往上读。所以四年级读完后，一般就算小学毕业了。

完小是两年制，仍称五年级、六年级。

修德完小在修山街上，学生都被要求住宿。母亲把外公遗留下来的书带到学校看，也借给班上的同学看。

男生女生们都住在学校，这在当时确实是一件冲破封建礼教思想的事。

外婆是能接受新思想的女性。她出嫁前曾经是荷塘乡青年革命协会的积极分子，把很多双脚脓血汩汩、疼得满床打滚的小女孩从缠足布中解救出来。外婆不仅同意母亲读书，而且希望母亲能像外公一样读到外面的大学去。

母亲在修德完小读五年级时，校长叫符颖南，修山官厅人，大地主家庭出身。

开学不久，符颖南校长在全校师生大会上讲话，说日寇的飞机正在连番轰炸常德，市区的房屋几乎全部被炸毁。县城的人逃到郊外的棉花地里，竟叫日寇的飞机炸得血肉横飞，几十亩棉花被鲜血染得通红！

符校长慷慨激昂地叫老师们努力教书育人，叫同学们发愤读书，尽快成才，成才后打日本鬼子，保卫祖国。

母亲的班主任兼国文老师叫符判治，沾溪乡人。同学们暗地里叫符判治的谐音“符胖子”。音乐老师叫周新华，三堂街人。周新华老师教学生们唱歌，还教识谱。母亲的歌唱才能是周老师发掘的。在分班级的全校合唱赛中，母亲所在的班级唱《毕业歌》，周老师叫母亲领唱。历史老师叫钟希贤，石迹坪人。英语老师姓易。同学们以前都没接触过英语，在第一堂英语课上易老师一开讲，课堂上就哈哈哗哗地乱成一片。易老师教大家念“A、B、C、D、Goodbye”，同学们嘴都笑歪了，念成了“A、B、C的郭得婆”，把“D”念成“的”，正合了土话的发音，同学们错得合情合理，易老师拿学生的错误没办法，只能一遍一遍地扫盲。上了一段时间的英语课后，不知从哪里传来的一个段子在班上流行起来：“父母大人膝下跪禀者：儿在学校读book，English不懂得！”

第二个学期初夏的一天，班主任符老师在班上读报，说汉寿县作新乡厂窑及周边发生惨案，三万多无辜的中国老百姓惨遭日军屠杀。母亲及同学们小小的胸膛里填满了恐惧和忧虑，更增添了对日本侵略者的仇恨和愤慨。

母亲读完小学六年级时，校长换成了钟菊缘。钟校长是赤塘人。语文老师叫钟爱林。母亲特别记得她的体育老师钟联云。钟老师教母亲翻单杠、双杠，还教乒乓球、跳绳、长跑和跳远等。母亲常说，她后来身体一直不错，得益于钟老师的体育观念和课程。

那年深秋，符老师在班上激动地演讲。他告诉同学们：常德会战结束了。中国守城部队坚守，与来犯日军浴血奋战了半个月，中国守军8000名将士战死。日军在常德烧杀掳掠，奸淫妇女，常德变成了人间地狱。

“修山会遭到豺狗一般的日本鬼子的侵犯吗？”

“日本鬼子什么时候能滚出中国？”

“学校里会不会有日本鬼子突然闯进来？”

母亲和同学们常聚在一起议论。

在修德完小读了两年后，1944年夏，母亲以优异的成绩毕业，考入湘山中学。

湘山中学也位于修山街上，由钟氏族人合力创办，是一所正规的初级中学，也是桃江第一所中学。

在此之前桃江子弟如果要读中学，必须到外地去求学。

母亲成为桃江境内最早的中学生之一。

母亲入学的这个学期，新办成的湘山中学首次招生。因此，母亲也是湘山中学的第一批学生。湘山中学后来迁入桃江县城，改名为桃江一中。后又在湘山中学的原址上创办了桃江三中。这是后话。

湘山中学也是住宿制。同学们朝夕相处，关系很好。毕业后数十年，母亲和一些同学还有联系。

母亲入学后，学校还在建设之中，母亲和其他同学都参与了挑土建操场的劳动。

母亲还记得，当时的校长叫钟风，经常穿着一件黑色的呢子大衣，显得威风凛凛。钟校长是一位闻名的语文教师，但他不授课，专职当校长。母亲的班主任姓崔。

母亲还记得在湘山中学发生的一件全校师生拉肚子的事。

那时候，学校事务室叫学生轮流采买。有个叫刘正夫的同学有一天在事务室值日，他在街上买回来肉食及汗菜等各种蔬菜后，便和几个同学帮厨房洗菜。炊事员抽空拿起茶杯喝水时，刘正夫叫炊事员休息一下，他抄起大锅铲像模像样地炒他刚买回来的汗菜。结果全校师生饭后都拉稀。后来调查发现，刘正夫给汗菜倒的油不是食用油，而是厨房点灯用的桐油。幸好没毒死人，后来这事成为刘正夫一辈子的笑柄。

后来，刘正夫回荷塘乡张目桥村开了一个小型打米厂，为附近的村民打米。

母亲还告诉我湘山中学与她同班的其他同学的情况：

张庆鑫，三官桥人，后来教书，解放后长期担任校长。

吴采章，柳溪人，后来当了公社革委会干部和乡干部。

符启贤，修山人，“文化大革命”期间劳改致死。

王乐尧，修山人，解放战争时期因战乱而死。

钟帆楚，修山街上人，湘山中学校门口包子铺家的儿子，后来参军入了国民党部队，解放前夕随部队去了台湾。

郭寓敏，修山人，同钟帆楚一起当兵，一起去了台湾。

钟家厚，柳溪人，后来当了小学教师，长期在荷塘乡张目桥小学教书。

钟作舟，修山人，后来娶了我爹爹的大妹妹即我的大姑刘静琴，成为我的大姑父。长期在桃江三中担任高中语文教师。

符资元，修山人，后来娶了母亲的堂哥钟启涛的女儿钟麦云，成为母亲的堂侄婿。后来在荷塘公社当干部。

刘石柏，荷塘人，后来在荷塘公社当革委会副主任。他曾经让母亲深刻感受到世态炎凉。

钟吉丘，修山人，后来在荷塘公社当革委会主任。母亲和他很多年没有联系，但他曾经关照过母亲，让母亲感动和铭记了一辈子。但缘分的安排让他家与我家成了亲戚。这是后话，留待后文再说。

……

母亲升初中后的第一个寒假里，母亲慈祥的祖父钟厚载逝世。

钟厚载生前不仅百般宠爱和赏识母亲，还做主为母亲挑了一门娃娃亲。

钟厚载是一家之主，对家里每个成员的每一件事，他都能作决定。对母亲的婚事，当然也不例外。

母亲不满七岁时就许配了人家。

事情是这样的。

钟厚载分散在三个镇上的三家大商铺日进斗金，农民出身的他时刻不忘将钱变为田土。只有将钱变为田土，他才会踏实，才会真正感受到发财的滋味。

哪里有好田好土，他就在哪里买。在修山，在马迹塘，在三堂街，在赤塘，在汉寿太子庙康家山，都有钟厚载的田土。买了田土后，他就雇请亲友管理。管理类似于承包，由于互相信任，所以一般只是口头协议。管理者负责交一定数额的收成给钟厚载，余下的归管理者所有。如遇歉收，则按实际情况，由双方协商修改交收比例。

在康家山的12石水田及若干亩茶山，都由钟厚载妻子的堂弟老胡管理。老胡是三堂街人，他其实也是通过雇用康家山本地人管理的。但他常去康家山，对那一带的人与事都比较熟悉。

有一天，老胡特意到麻竹垸找到钟厚载，对钟厚载夫妇说："我替三多相中了一个人家，你们看行不行？"

老胡说，他替三多相中的是康家山的一个好人家。他说康家山有个重仁义的大地主曾浩之，家有80石水田、20石棉田，生有三个儿子，小儿子曾庆余又名曾章甫，与三多一样都快七岁了，生得乖巧伶俐，与三多是天生一对。他还说，他来之前已跟曾章甫的爹爹曾浩之商量过，曾浩之满心欢喜，只等厚载老爷回话。

"你们两家门当户对，钱上码钱，富上加富咧！"老胡说。

钟厚载即请人对照曾章甫和三多的生辰八字算，得知是天赐良缘，大家一派欢喜。向老胡询问了一些关于曾浩之家的事，包括为人、家风、田土家产、健康状况等情况后，钟厚载便应承下来了。

老胡得了钟厚载的赏钱，便急急去康家山曾浩之家回话。老胡在曾浩之那里又得了一串赏钱。

母亲放学回家后，钟厚载把这个消息告诉了母亲。母亲不知道这事是大是小，总之没当一回事，像以往一样上楼到厢房做私塾先生布置的功课。

那年春节前，老胡又来了。

钟厚载年事已高，担心他去世时三多还年幼，担心三多出嫁时他不能亲自操办，他把200块银元交给老胡，请老胡将这200块银元带给曾浩之，说留在曾家将来做三多的嫁妆。

200块银元可是一笔不小的数目。当时一块银元可买一亩良田。

第二年春忙刚完工，康家山曾家来了聘礼，外婆回赠礼物。母亲就正式订了婚。

订婚没有举行仪式，曾家没有来人，两亲家没有见面。曾家的聘礼是请老胡用红漆木箱挑来的，钟家的回礼也是老胡第二天用红漆木箱挑去的。

曾家来聘礼的这天，是正常的上课日。母亲从私塾放学回家才知晓订婚的事。钟厚载告诉她："你从今天起正式有了丈夫，你已经是汉寿太子庙康家山曾家的媳妇。"

母亲好奇地看了红漆木箱里外婆准备的回礼，看到有当时流行的男孩子的呢子鸭舌帽和衣裤、布鞋等。她想象着第二天老胡挑回去后，她的丈夫穿戴一新的模样。

钟厚载逝世时，曾家没有来人，但派老胡送来一份祭奠礼。

第二十章
日寇来了

日本鬼子的进犯，打碎了母亲的升学梦。

1944 年年底，不断有日寇进犯消息传入母亲的学校。班上的班会、全校的大会，校领导、教师和同学们都会议论时局。

当时最大的时局是日军步步进逼，作困兽之斗，他们一方面为策应湘西战场而派兵，一方面在益阳一带狂轰滥炸，杀人放火。日军的屠刀和铁蹄已经震动了湘山中学。

母亲和同学们义愤填膺，家长们人心惶惶。

外婆来动员母亲回家避避，母亲不同意。母亲说：“在部队不当逃兵，在学校不当逃生！”

有同学分析，湘山中学与常德和益阳远隔重山，藏身在羞女山下，资江水滨，日军一定是沿着公路干线侵扰一些主要城市，他们来修山毫无战略意义。

还有些勇敢的男生说：“从修山过，日本鬼子就得成为肉酱！我们在羞女山上推石头下来，看他狗杂种们是娘生的还是石头缝里炸出来的！”

大家一边密切关注时局，一边继续念书。

成绩优异的母亲早已有志于学，她希望自己女承父志，考到省城读高中，再像她父亲一样考入清华大学。

第二个学期快要期末考试的时候，修山脚下夜色浓。

校园外的农民大多进入了梦乡。湘山中学晚自习快要结束时，同学们突然听到教室外的马路上，疾驶的马蹄声嗒嗒嗒地由远而近。靠窗的同学看见整齐的骑兵小分队，他们戴着黄帽子，穿着黄军装，穿过修山街上的青砖路，向三堂街方向疾驶而去。

“日本鬼子！”靠窗的同学尖叫起来。

学校传达室的老师傅迅速摇动了铃声，教室里立即炸开了锅。

一会儿，班主任崔老师冲进教室，说日军的骑兵来了，校长口头通知学校解散，叫同学们赶紧撤离。

学生们来不及清理书包，来不及回寝室收拾被褥，几分钟后，全部从学校涌了出来。学生们出校门时，看到教师们在校门口商量着何去何从。

“去哪里？几时回校？”学生们问教师们。

“赶紧各自回家吧。离家远的同学也可以到其他同学家去！学校解散，暂时不要回校了！”教师们说。

母亲说：“我家可以住！大家可以去我家！”

大路不安全。班主任崔老师夫妇和与母亲同寝室的二十几个女同学连夜从棉田里的水沟边赶到麻竹垸的外婆家。有的同学失足踩进水沟里，鞋子都不见了。

一群人紧张兮兮地赶到外婆家时，外婆早已入睡了。

母亲把外婆和佣人们叫起来，母亲和同学们七嘴八舌地把晚上发生的情况告诉了外婆。

外婆和佣人们赶忙给这些紧张的师生弄夜宵。其实，外婆比他们更紧张。

晚上，他们都睡在母亲家。崔老师夫妇睡床上，有的同学睡床上，有的同学打地铺。

第二天天还没亮，麻竹垸的乡亲们就奔走相告，有人看见一列日本骑兵从这里经过，往三堂街方向跑了。

吃过早餐后，刘甫英、罗锦红等二十几个女同学各自回家去了。崔老师夫妇在外婆家住了一个多星期才离开。

后来再也没有回校复课的消息。从此，崔老师和同学们游走在各自的人生轨迹，母亲和他们中大部分人的人生轨迹没有交点，永远地分散了。

回家三四天后，崔老师还在外婆家住着的时候，经与崔老师夫妇商量，母亲去修山乐泥村私塾报了名，并立即进入了这家私塾。

这家私塾离麻竹垸不太远。私塾先生是个老秀才，叫符重五。

湘山中学与母亲同班或不同班的很多同学陆续进了这家私塾。

母亲还记得私塾里的几位同学的名字。

男同学中有个叫高石泉的，官厅人，后来教书。有个叫郭佑生的，也是官厅人，后来也教书。女同学中有个叫钟雪芝的，官厅人，嫁给了附近一个教书先生。有个叫潘莲英的，也是官厅人，后来嫁给了荷塘乡龚家湾的一个解放军军官，随军去了南方。

符重五先生教母亲背《诗经》《论语》《孟子》等，还教母亲《曾氏女训》。

相比学语数外理化生的洋式学堂，私塾对母亲的影响似乎更大。她至今还能背诵古典文学中的很多语句和文章。

她受益最深的是《曾氏女训》。这本书是曾国藩的侄媳刘鉴①所著。书中教女生该怎样当女儿、怎样当儿媳、怎样当妻子、怎样当母亲、怎样处理妯娌关系、怎样对待丈夫前妻所生子女等等。这些知识母亲不仅学习了，而且在她人生的道路上也力行了。

近几年来，母亲有重读《曾氏女训》的心愿。我费了不少劲儿，都没买到，也没复印到。后来广州图书馆馆长方家忠先生告诉我，省立中山图书馆典藏室有藏。我便求助于省立中山图书馆馆长、国内知名图书馆学专家刘洪辉先生。在刘馆长的精心安排下，我陪伴母亲来到中山图书馆典藏室。工作人员请母亲就座后，把珍贵古籍《曾氏女训》小心翼翼地捧到母亲面前。母亲激动不已，她像个小学生一样，规规矩矩地端坐着。她终于重读了她七十多年前的课本。

那年母亲入私塾后不久，日本投降了。

得知日本投降那天，满腔爱国热忱的符重五老先生带领学生们到修山街上。那天的修山街上可真热闹，街道两旁站满了人，手里拿着小彩旗，商店都斜插着青天白日旗。修山乡保障所外还挂了一幅门板那么大的蒋介石像。

母亲跑到湘山中学问复学安排，但学校的门卫室紧闭着门。

那天回到家，母亲听外婆、舅舅及邻居们说，上午有一支日本骑兵从三

① 刘鉴，字惠叔，一字慧卿，长沙人，生长于侯门相府，其丈夫曾纪官是曾国荃的次子。

堂街方向跑来，从麻竹垸境内的马路上经过，可能是他们接到投降命令到某个地方集中归队。麻竹垸正在路边棉田、稻田的农民们捡起石头狠狠地砸向日本鬼子，还有的人在后面追着他们骂。日本鬼子没有还击，贼一样溜了。

湘山中学没有复学的消息，母亲只得继续念私塾。

母亲在私塾学了一年，外婆坚决要求母亲停止上学，把母亲送到了舅外婆家。

那是1946年端午过后的一天，私塾还在放着端午假，母亲正在楼上的厢房里诵读《孟子》。与母亲在修德完小同班的男同学符智厚找到外婆家，站在门口喊："满妈，钟祝华在不在家？"

外婆急忙喊："快请进！"一边压低声音说，"我们声音细一点儿，莫让三多听见嗒！"

母亲诵读完《孟子》，下楼与符智厚聊天。

外婆给符智厚煮了甜米酒鸡蛋，一步不离地陪着母亲与符智厚。

母亲和符智厚聊读书的事，聊日本鬼子来修山去三堂街的事，聊日本鬼子投降的事，聊盼湘山中学复学的事，也聊老师和同学们的一些事。

外婆在一边守着，好像生怕符智厚把母亲抢走似的。

符智厚离开后的那天晚上，外婆说麻竹垸不安全，说国民党和共产党会在麻竹垸打起来，不许母亲再上私塾。第二天一早就把母亲送到了荷塘乡张目桥藕塘的舅外婆家，叫舅外婆安排母亲和家里的几个女孩一起学女红。

那时候，舅外公刘春光已经病逝了十几年，舅外婆从二十岁出头开始守寡，那年已约有四十岁。舅外婆生了三个女儿：刘菊英、刘盛英、刘静宜。刘菊英、刘盛英比母亲略大，刘静宜比母亲略小。母亲与三个表姐妹的关系一直都很亲密。外婆对她的娘家一直很照顾，经常把米、油、肉一担一担地送来，所以外婆在娘家的话语权很大。

母亲是带着《诗经》《孟子》等课本来舅外婆家的，每天清晨必定晨诵，但母亲的大部分时间都用在学刺绣、画画、做布鞋、编织毛线衣上了。

母亲或许天生就是学女红的料。很快，母亲在几个表姐妹中脱颖而出。母亲的布鞋底纳得又紧又匀，母亲的毛线衣编得又快又好。最令人啧啧称赞的是母亲的刺绣。

那个刺绣师傅是从桃江县城的绣庄逃出来的刺绣艺人，干刺绣这一行已四十多年。自清朝以来，益阳境内有很多做湘绣生意的商号，商号联系着很多绣庄。绣庄老板们组织了很多刺绣艺人赶工，工期紧时也会把货发给各家各户的刺绣艺人们做。绣品完工后，绣庄会统一把货给益阳的商号，益阳的商号再把货送给省城的大商号，省城的大商号再把货送到广州十三行[①]。日本鬼子打进来后，各地商号关门，桃江各绣庄倒闭，刺绣艺人四散。

其他表姐妹绣出来的喜鹊只是外形像喜鹊却没有喜庆的感觉，绣出来的蝴蝶像是死的标本，绣出来的花只是一些由橙到红的颜色的堆砌。

刺绣师傅自己最擅长的绣品是一种五片花瓣的鲜红的花朵，五片花瓣末端圆润，花瓣中藏着二三十根红色的花蕊。她自己也说不出那种花的名称，只知道这种花在广州十三行很受欢迎。

母亲不认识这种花，但她绣出来的花会笑，绣的喜鹊会叫，绣的蝴蝶会飞。刺绣师傅惊叹道："菊英你们绣的都太安分[②]了！只有三多绣的这些东西不安分，活灵活现的！"

刺绣师傅自然不会知道，母亲绣出来的东西之所以是不安分的，那是因为母亲的心不安分。母亲多么希望得到湘山中学复学的通知，多么希望她能回到教室去学习，多么希望飞到外面的大学里啊。

有一次，母亲在舅外婆家附近碰到男同学符智厚。符智厚把上次外婆跟他说的话透露给了母亲。

那次他一进外婆家便告诉外婆，东北有部队来桃江征粮，顺便要招一批学生回东北，问钟祝华去不去。

外婆急忙叫符智厚悄声说，不要让楼上的三多听到了，千万不能让三多知晓东北招生的事。

外婆压低声音对符智厚说："三多这些日子一直想到外面去读书，但她是嫁了人的人，她必须赶紧学女红，不能出去！"

母亲这才恍然大悟，难怪那次外婆会寸步不离地守着她与符智厚聊天呢。

不知不觉，母亲在舅外婆家学了一年多女红，母亲已经是一个民间女红高手了。

---

① 广州十三行是清政府在广州指定专营对外贸易的垄断性商行，19世纪中叶前盛极一时。

② 安分在这个地方的意思是太呆板，不灵动。

母亲在湘山中学的同学刘正夫帮母亲领回了湘山中学的毕业证书。原来，与母亲同届的同学虽然因日寇入侵而停学，但学校还是给每个学生发了毕业证。

那是桃江境内颁发的第一批初级中学毕业证书，拿着这样的毕业证书的人可以将它放在祖先神龛上以示光宗耀祖了！

但母亲已经不可挽回地错过了考高中的机会。

母亲快满十七岁了，已经长成了一个漂亮端庄、亭亭玉立的大姑娘了。

1947年中秋节，外婆来舅外婆家把母亲接回了修山麻竹垸。

外婆告诉母亲："曾家派老胡来，要你赶快去成亲。曾章甫的大哥在打官司，把曾家的钱财快打光了。曾家说你们再不成亲，就没钱娶你了！"

老胡还告诉外婆，说三多的婆婆金姑娘捎话来打趣："曾家三个儿子共五个儿媳妇五门亲家，五门亲家全是寡妇，都只有亲家母，没有亲家公。三个儿子全都是没岳父的命。"

曾家和外婆一来二去，已经替母亲和曾章甫定了婚礼日期：农历十一月二十九。这一天正好是曾章甫的瞎子奶奶八十寿诞。

母亲顺从了婆家之命和母亲之命。

虽然，十几年来母亲接受了较为系统的新式教育，博览了许多进步书刊，接触了男女平等和博爱的自由思想，但她困在墨守成规的亲人堆里，困在失去父亲的单亲家庭里，像她众多的女同学和表姐妹们一样默默承受着男尊女卑的严酷现实带给她们的困惑，她没有婚姻自主的权利，唯有祈求她的祖父和父亲的在天之灵保佑，保佑她不要像古代许多颖慧而可悲的才女一样陷入不幸婚姻的罗网。

从母亲与曾章甫七岁定下娃娃亲到即将成亲，母亲婆家的人没来过麻竹垸，娘家的人没去过康家山，全是老胡在两家穿线引针。

没见过曾章甫的相片，也没听过曾章甫的声音，更没见过曾章甫的真人，母亲在忐忑不安与美好憧憬的复杂心境中准备出嫁。

第二十一章
嫁给曾章甫

在母亲从舅外婆家回来之前，外婆就已经开始紧张有序地为母亲准备嫁妆了。

那时候，母亲的堂兄们都已娶妻，堂姐们都已出嫁。母亲的大堂兄钟发湘遵从钟厚载的命令，从广州黄埔陆军军官学校毕业后回到家乡。他先在三堂街乡当乡长，母亲出嫁时他在兰溪乡保障所当所长。

钟发湘先后娶了两个老婆。大老婆叫周凝华，出身于三堂街焦田村一个富裕人家，与钟发湘结婚时，她是湖南私立周南女子学校的学生。婚后，钟发湘一身戎装从广州去长沙探妻，在周南女子学校又相中了周凝华的同班同学兼室友贺佑宾。

贺佑宾是安化县人，出身于官宦人家，曾随她的父母在北平读完小学和初中。她家人本希望她成为飞出大山的金凤凰，但她后来却放弃学业成了钟发湘的小老婆。贺佑宾的求学生涯带给她的最大的荣耀是，她的一个叫王光美的同窗好友后来成为国家主席刘少奇的夫人。

钟发湘虽是堂堂黄埔生，却对家财看得颇重，也打有小主意，对付老婆也有一套。

这里有个小插曲：贺佑宾与钟发湘在周南女校开始眉来眼去时，周凝华吃醋不悦。钟发湘想了个主意，他分别对他爷爷钟厚载、他父亲钟梅仁和周凝华、贺佑宾说了个同样的理由：他把贺佑宾娶回钟家，可以视为过继给他早已夭折的弟弟当妻，这样贺佑宾可以以过继的孙媳妇的名义光明正大地继承钟厚载的一份家产。这份家产当然归钟发湘所有，也当然归周凝华所有。

他这么一说，钟厚载、钟梅仁、周凝华、贺佑宾都满心欢喜。

周凝华和贺佑宾都是大家闺秀，又都是才女，跟母亲很谈得来。钟发湘在外有公务时，她俩便陪着母亲谈天说地。

钟发湘的两个老婆，论长像，周凝华比贺佑宾更美；论才学，贺佑宾比周凝华更高。

母亲在家待嫁时，钟发湘写过一首诗赠母亲。母亲已不能背全，只记得其中一句："而今吾妹赴于归。""于归"是出嫁的雅称。仅这一句读来，诗人对妹妹出嫁的依依不舍之情已跃然纸上，且平仄相间，可见钟发湘文才确实不差。

母亲曾把她对婚姻和前景的恐惧向钟发湘夫妇三人倾诉。那三个见多识广的人都认为母亲多虑了。他们说，曾章甫与母亲出身相似，都接受了多年的新式教育，一定是情投意合的。

外婆忙得不亦乐乎。

外婆把修山当地最有名的裁缝师傅、刺绣师傅、木工师傅、篾工师傅请进家里，做衣服，绣枕巾，做家具，全是给母亲准备的嫁妆。

农历十一月二十九，母亲出嫁。

外婆家派出280个理衫客。那时的行情，一个理衫客该得的赏钱在两到四块银元之间，赏钱归新郎家出。那一次，曾家付给每个理衫客四块银元。光理衫客的赏钱，就花了一千多块银元！

理衫客是桃江老话，就是指抬轿子、抬嫁妆的男人。理衫客都是些身强体壮的人，既能抬轿抬物，翻山越岭日行百里，又兼镖师，能有效防范沿途土匪抢亲劫财——那时候山林里、棉田里常有土匪出没——所以理衫客的工钱不菲。不过，给一些特别有钱有势的人家当理衫客却往往无须兼任镖师，因为这样的人家可能会另请一定数量的军警差人。

外婆请的理衫客就无须兼任镖师。修山乡保障所安排有人带枪护行。

那天，母亲出嫁的队伍有修山乡保障所的人带枪护行。行至三堂街后，修山乡保障所的人与三堂街乡保障所的人交接。进入太子庙乡境内，曾章甫的大哥曾庆云安排有人员持枪迎接并一路护送进康家山。

母亲的嫁妆几乎无所不有：数套结婚礼服、一套回门礼服、数套睡衣、数套内衣裤、数双棉鞋布鞋拖鞋袜子、数条毛巾……这都分男女，新郎新娘平分享用；数床十斤八斤六斤五斤不等的羊毛被、数床大红被套牡丹被套双喜被套、数条绣花枕巾、数床绣花蚊帐、数条婴儿肚兜、衣柜食柜茶点柜梳妆台、成人木澡盘、婴儿木澡盘……

这些嫁妆都用红绸缎系着，由280个理衫客挑着，一路浩浩荡荡。

当然，嫁妆还有贵重的金玉首饰。金玉首饰不由理衫客挑，外婆放在她的轿子里。

母亲的祖父钟厚载当年在康家山买下的12石水田和若干茶树山，也作了母亲的嫁妆。

至于十年前钟厚载请老胡捎给曾家的那200块银元，曾家替母亲置办了什么嫁妆，婚礼之前外婆和母亲都不清楚。

抬嫁妆队伍的前面，是浩浩荡荡的轿子队伍。

母亲娘家送亲的人有二十多个，都乘坐着轿子：外婆、舅外婆、母亲的大伯父大伯母二伯父二伯母、母亲的众位堂哥堂姐及其配偶带着他们的孩子，还有我的舅舅。

钟发湘只带了他的大老婆周凝华送亲。小老婆位低一等，贺佑宾只好委屈守家。

我的母亲、当时的新娘钟祝华坐在大红花轿里。到底是大姑娘上轿——头一回，母亲无数次强迫自己镇定却无济于事。心在胸膛里跳荡得一阵眩晕，双腿像抽了筋似的绵软。

母亲的大红花轿在送亲队伍的中央。

木制的大红花轿四周绣着金色“囍”字，由四个穿着黄绸镶边红褂子、腰扎红绸带的轿夫抬着。轿顶上的红灯笼和各种挂件随着轿夫一摇一摆的晃动跳跃着，显得格外喜气洋洋。大红花轿的左、右、后的小窗全都稍微地开着，这叫“自由轿”。欲掩又开窗的作用，就是吸引沿路沾喜气的人驻足羡慕和祝福的目光。

轿中的母亲身穿大红的新娘礼服，礼服上绣着金色的牡丹和凤凰。头上披着红纱巾，礼服外披着一匹大红纱巾。

轿外阳光灿烂，轿夫们从容的脚步使轿子颤颤悠悠，拴轿杆的生牛皮吱吱扭扭地响，轿窗微开，轿帘也被轻轻掀动，把一缕缕明丽的阳光和一缕缕清凉的山风闪进轿里来。

一路高昂激越的喜乐声中，浩浩荡荡的队伍在夕阳落山之前到达康家山。

一看到母亲这边的队伍，康家山接亲的鞭炮顿时齐响，喜乐齐奏，铳炮震撼着脚下的土地。

这是母亲第一次来到康家山。在此之前，母亲没来过，不知曾家人怎么样，不知曾家房子怎么样，更不知道丈夫是个啥模样。母亲无法排遣心中的不安。

终于到了曾家的跑马坪。在曾宅首进正厅前落轿。

透过红纱巾，母亲在人山人海往左右散开迎轿的那一瞬，一眼就看到了前边胸戴大红花的新郎。

新郎也睁大眼睛看着红纱巾里的新娘。

只这一眼，母亲悬着的不安的心就落了地！

这是一个高挑英俊的半大小伙子，穿着一件仿绸棉衣，头上戴着一顶灰色鸭舌帽，身子骨还稍显单薄，但看得出是经常参加体育锻炼的男生，显得健康，个子在一米七三以上，脸上有点紧张和羞涩，看上去善解人意的样子。

新郎见新娘从大红花轿里款款走出，虽然看不清纱巾里新娘的脸，但朝着新娘露出了善意的浅笑，仿佛是某个班的班长向刚转学来站在教室门口的新同学投以欢迎和鼓励的微笑。

一大群年轻的男女齐齐地叫："嗬——"

新郎双手揭开了母亲头上的纱巾。男女老少又发出"嗬——"的声音。

"新娘子好漂亮啊！"

"仙女下凡啦！"

"章甫好好的福气哦！"

……

母亲一一拜过曾家奶奶、公公婆婆、姑姑姑父、姐姐姐夫、哥哥嫂子。

听到新娘恭恭敬敬的叫声，曾家的每个长辈一边愉快地答应"唉——"一边给新娘赠送一件见面礼。见面礼品种不限，红包封、装着金玉的小首饰盒都有。婆婆金姑娘给新娘的见面礼是一只金手圈。

换上新娘嫁妆里带来的真丝面料羊毛新郎礼服，曾章甫向母亲打招呼：“祝华，欢迎你嫁给我啊！”

母亲羞涩地笑了。

那个晚上，曾家热闹非凡。

那天，既是曾章甫和母亲的婚礼，也是曾家奶奶的八十寿诞。所以，那天的晚宴既是喜宴又是寿宴。

母亲见曾家奶奶的第一眼就看出，她是个见过大世面的奶奶。虽然她视力近瞎，但两眼却明亮亮地睁开着，透出镇静自若的神气。她笑盈盈的第一眼看着新孙媳妇的神情像看一只普通的羊一样平淡柔和，而她已经见过千万只羊了。这让母亲当新娘的局促的心一下子平静了许多。

曾章甫的大哥曾庆云是太子庙乡的乡长，很多客人都跟他套近乎，看得出这些客人应该是冲他的面子来的。

因为人太多，晚宴开的是流水席。流水席的意思就是分批用餐。第一批上百桌客人刚放下筷子，第二批客人就迅速占位入座。第二批客人刚吃完，余下的馋坏了的客人便饿狼一般地抢位。

新娘家送亲的高宾们及那些喝酒的客人是可以慢慢吃喝而不必让座的。

新郎新娘和两家的长辈们坐在第一排之前正中央的主桌上。

按照礼节和风俗，新郎新娘先敬过主桌的长辈们后，必须到每一桌敬酒。每批次、每一桌都要敬到。

“你少喝点儿啊，抿一下就行。”母亲柔声提醒曾章甫。

“好咧！”曾章甫送上感激的微笑。

每桌抿一下，上百桌转一圈回来，母亲和曾章甫都有几两白酒入肚。

晚宴后，村里的客人各自回家，亲友则留在曾家过夜。饭桌不撤，只撤菜炉、菜碟、菜碗、饭碗、酒瓶、酒杯、筷子、汤勺。饭桌擦净后，亲友坐下喝茶、聊天、打牌。一盏盏电气灯、马灯，一支支红蜡烛照得曾宅亮如白昼。

我舅舅那年 14 岁，被曾家这边的亲戚敬着闹着喝了些酒，然后被拉着打牌。

舅舅现在仍记得很清晰，那次打牌他先是赢的，赢了厚厚一沓钞票，后来又全输给曾家这边的亲戚了。

子时一到，就开始闹洞房。

洞房里以红色为主，除了一对跳跃着烛火的高大的红蜡烛，还有一盏明亮的电气灯。母亲嫁妆里带来的被子、枕巾等已铺好摆好。

闹洞房是图个开心，亲朋好友借机喧腾。俗话说，“洞房三天无大小”，就是说闹洞房时是无须讲长幼尊卑等级的。但闹洞房一般只是一晚，很少有闹三个晚上的。新郎新娘和公公往往是闹洞房者取笑捉弄的对象。

可能多是读书人的缘故，也可能因为大家知道母亲和曾章甫第一次见面还不太熟，亲友们并没有过火地捉弄母亲、曾章甫和曾浩之。大家用红绳系了橘子、柚子叫母亲和曾章甫同时用嘴咬，有时还要跳起来咬。大家还问了些刁难的问题叫曾浩之回答。曾浩之能答则答，不能答就呵呵地笑，用一些红包封打发，算作免答之礼。

闹罢洞房，一个叫曾耀武的男生留下来在洞房过夜。

曾耀武是曾章甫最要好的同学，比亲兄弟还亲。曾耀武就是康家山人，家住得并不远。两人同在读高中，只是曾耀武在常德读，曾章甫在广州读。两人难得一见，因此曾章甫请假回来结婚时，就跟曾耀武商定，他结婚当晚，曾耀武留在洞房和他一起睡。他俩几天前就缠着曾浩之夫妇并得到了允许。

见曾耀武要留在洞房，曾耀武的父母笑着训斥：“耀武伢子怕是变了蠢猪呢，不知道羞的！”

曾浩之却说：“我幺儿媳妇同意就行。”

曾章甫立即央求母亲：“我们难得相见，我俩早就商量好了的，你行行好就同意吧！”

母亲见曾章甫言辞恳切，见曾耀武可怜兮兮地等着新娘发话，便低着头说：“就依着章甫吧。”

三个人便在洞房里聊天。

“这是咱俩的第一次见面。第一次见面，就拉埋天窗啦！”曾章甫轻松地笑着说。

“啥叫拉埋天窗？”母亲好奇地问。

“这是广州话，把天窗拉下来关上，不让别人看见，就是讲结婚入洞房啦。”曾章甫解释。

母亲不好意思地低下了头。

母亲和他俩还不熟识，他们就向母亲介绍情况。

曾章甫和曾耀武是同辈人，一起发蒙读书，读完初小读完小。他俩不仅是同学，而且是同桌。小学四年级毕业后，两人都以优异的成绩考进了县城的完小。但只有曾耀武去了县城，曾章甫却留在了太子庙，因为曾浩之担心曾章甫感染鼠疫——曾章甫读小学四年级那年，常德遭到日军飞机投毒。大量带有鼠疫病菌的大豆、高粱、稻谷、玉米、破布、棉絮等物品从日军飞机上落下，于是常德及附近几个县鼠疫流行。

曾章甫和曾耀武两人在不同的学校读完完小后，又一起考入常德县立中学读初中，又是同班，又是同桌。两人初中毕业时，常德县立中学增设高中部，曾耀武继续在常德县立中学升读高中，曾章甫则去了广州读高中。这个学期，两人在读高中二年级。

这次回来结婚，是曾家去信让曾章甫请假回来的。曾章甫请了半个月的假。在曾章甫看来，读高中期间请假回家结婚是一件土包子事情，所以他没敢跟老师和同学坦露真实情况，只说家里来电报催办急事。他从广州黄沙坐粤汉火车[①]到岳阳，在岳阳换船经洞庭湖到汉寿。在汉寿县城曾庆云的小老婆张佩纯娘家开的“张茂盛大饭店”住了一晚，一早从汉寿坐车到太子庙。回程就用了四五天。

渐渐地，母亲和他俩越聊越起兴，聊到大红蜡烛燃掉一半，聊到酒劲儿完全消退了。三个人就像同班同学一样，聊学习，聊功课，聊时局，聊未来。

他们聊到国民党和共产党之间的斗争时，母亲感叹自己停学两年多已经变成井底之蛙了。她认真地聆听曾章甫和曾耀武二人聊国共谈判破裂，聊全国各城市学生反饥饿反内战反迫害游行，聊国民党当局对游行学生采取暴力手段制造血案，还聊到国民党特务不断从他们的学校里抓走地下党教员。

母亲请教他俩：“哪个政党将得天下？”

曾章甫和曾耀武的观点完全一致：得民心者得天下。

“共产党才是得民心者。”曾章甫说。

---

① 粤汉火车是指粤汉铁路上行驶的燃煤动力火车。粤汉铁路是京广铁路南段广州至武昌间的一条铁路的旧称。

曾耀武用力地点点头，说："代表广大人民的共产党将成为最终的胜利者。蒋介石已经穷途末路了！"

曾耀武说，他准备参加解放军，加入中国共产党。

章甫支持曾耀武的选择，但他自己刚结婚，二哥曾庆德在北方当兵①，将来曾章甫要照顾家里的老人，所以他一时难以打定主意。

次日凌晨，三个不知疲倦的单纯的年轻人才想起要睡觉。三个人都睡在洞房：母亲睡在新床上，曾章甫和曾耀武睡在床踏板上。

母亲和曾章甫就这样度过了他们的新婚之夜。

母亲心里踏实而甜蜜：曾章甫不是纨绔子弟，而是一个有进步思想的英俊后生郎！

送亲来康家山的高宾们在曾家住了两晚。

我的舅舅钟伯涛还记得，婚礼过后的两天，曾家的客人还是不少。他赢了钱又输，输了钱又赢，还喝醉了几回。有一次饭后，他爬进一只大瓷罐里一个人坐一会儿，不料一进去就借着酒劲儿睡着了，害得曾家和钟家的人到处找，把外婆急坏了。

当高宾的这两天，外婆与舅外婆挑剔而满意地欣赏了曾家的房子和曾家的家人。

虽然总是听说曾庆云打持久官司输了大钱，但曾家看上去还是殷实富足。曾家的房子很大，曾庆云、曾庆德成了家也住在一起。房子坐北朝南，北面靠山，南面是开阔的跑马坪。房檐高耸，清一色黑砖垒砌，房脊雕刻狮子、麒麟、喜鹊、牡丹等。房子分东西两院，两院中间以大客厅、议事堂相连。西院为曾浩之夫妇及曾家奶奶所有。格局为门厅、主楼。东院为三个儿子所有，格局为门厅、主楼、倒座及两侧屋。四周围是青砖墙及红漆木门。

西院门厅朝南，从跑马坪出入，硬山顶披廊，三开间，两圆木柱落地。入门厅为西院天井。主楼硬山重檐，五开间，七柱十檩，前单后双。东院门厅朝东，从东侧乡路出入，乡路已与跑马坪连成一片。主楼、倒座及两侧屋围成合院。主楼硬山重檐五开间，穿斗抬梁混合式，九开间，十二柱十三

① 当时曾庆德的部队还未到广州。

檩，前双后双。南北两侧各有侧屋，均为三开间，南北侧屋旁靠东伸出各有公厕，南男北女。

外婆对曾家的家人更满意。

曾奶奶眼虽瞎，但耳灵，走路靠扶，拐着一根充当眼睛的精致拐杖，行动还敏捷，思维也清晰，从头发到鞋子打扮得精精致致，慈眉善目的。

曾浩之妻子金姑娘身材清瘦，精明能干，总是一脸亲切的微笑。

曾浩之高大魁梧，略显肥润，慈眉善目，声如洪钟，笑起来哈哈哈哈。曾家的亲戚说，当地的乞丐最喜欢曾浩之。有一次几个乞丐讨了白米才走，其中一个又折回来敲打曾家的红漆门喊："浩老爷！浩老爷！家里还有个讨米的没来，要我捎带回去。"曾浩之连忙再用楠竹筒装上两升米，连筒一起送给那乞丐。

曾章甫的大姐曾莲英是个标准的美丽女子，眼大眉弯，唇红齿皓，个子高挑，身材匀称，珠圆玉润，让人眼前一亮。姐夫王乃恩是汉寿县毛家滩乡人，在长沙教书，说话带有时髦的异地口音。

曾章甫的大哥曾庆云高约一米八，绸面长袍，面色白净，给人儒雅斯文的感觉，举手投足间却显露出干脆利落的英武之气。

曾家的长工、短工和佣人们也让外婆满意。这些人干活认真，有条有理，急时不乱，闲时不散。外婆和舅外婆装作无意地问几个佣人，平时做事忙不忙，工钱和粮油能否按时取到，东家对他们怎么样。他们都说曾家仁义，不打不骂，不吝啬不克扣，平时工钱和粮油都按时给他们，遇上荒年东家宁可亏空自己也不亏空他们。

当然，让外婆最开心的是女婿曾章甫。

曾章甫又名曾庆余，但他读书后喜欢用曾章甫这个名字。小伙子长得壮实英俊，皮肤晒得比他大哥黑一些，可能是广州那边的阳光太猛的缘故。曾章甫一口牙齿整齐洁白。他知书达礼，待长辈、待平辈、对佣人都非常有礼貌，看上去对新娘也很周到体贴。特别是他能跟钟发湘聊得来，这说明他有见识、有知识、有出息！外婆放心地这样想。

腊月初一，送亲的人都回去了。母亲以新媳妇的身份留在了曾家。陪母亲的还有外婆雇来陪嫁的伴妈符嫂。母亲与曾章甫又共同生活了五天，曾章甫就依依惜别母亲，返回广州继续上学了。

第二十二章
婚后生活：由平静到动荡

寒假里，曾章甫从广州回到康家山。

过完年，正月初六，母亲带曾章甫回娘家。

一路上，曾章甫和母亲轮换着骑马和坐轿。有个马夫牵着马当护卫。母亲的伴妈符嫂坐另一顶轿。

按湖南农村自古以来的风俗，三天回门，即新婚三天后新娘要带着新郎回娘家。娘家在回门那天邀请亲友邻里喝“回门酒”。但曾章甫在外地读书，时间紧，情况特殊，外婆家便没办回门酒。还有一个风俗叫“初一崽初二郎”，即大年初一儿子儿媳给父母拜年，初二便是女儿女婿回娘家给父母拜年。但正月初六是母亲的二伯钟立仁的六十寿诞，外婆便让母亲带曾章甫初六才回修山麻竹垸。

在麻竹垸住了一晚，外婆便打发母亲带着曾章甫到荷塘张目桥给舅外婆拜年。

这是曾章甫第一次到桃花江流域。他早就听说桃花江是美人窝。这次到修山和荷塘，感觉美人窝的美誉名不虚传。

曾章甫这次到丈母娘家带有一个“任务”：他的好朋友曾耀武艳羡他有美妻，请他这次去给他介绍个益阳美女当老婆。曾章甫央母亲当个媒人。母亲想了想，说：“我认得的女孩多已出嫁或已定娃娃亲，岳彬叔有个女儿叫刘凤梧，尚未婚约，年纪相当，正好合适。”

刘凤梧的父亲刘岳彬是我外婆的远房兄弟，外公去世后刘岳彬曾带着母亲的表兄刘卓钦和我爹爹去看望过我外婆。刘凤梧读书不多，十岁出头就在家里待着。

到舅外婆家后，曾章甫便急不可耐地叫母亲带他去岳彬叔家拜年，其实是为了看看刘凤梧的容颜。

曾章甫看到的刘凤梧矮矮胖胖，离开学堂多年，浑身上下难见一丝女学生气质。

“这不合适！跑来美人窝帮耀武挑对象，咱们得认真负责！你看这位凤梧妹妹胖得像棉桃！”从刘岳彬家出来，曾章甫不满地对母亲说。

母亲带着曾章甫来到我爹爹家。

我爹爹家是一个气派的地主大院。爹爹名义上过继在汉寿县三和乡，但其实不在三和乡生活。那天我爹爹去修山联校开会不在家。爹爹当时的妻子带着四个儿女。我爹爹家当家的是我的曾祖父刘述晶。刘述晶是位好郎中，四里八乡都传颂他的仁心仁术。刘述晶每逢伏天就召集近边村的郎中去益阳资江河边给纤夫施药治伤。

刘述晶的弟弟即我的曾叔祖父刘楷东是反清革命军，曾长期跟随黄兴在外地闹革命。刘楷东的儿子即我的堂叔爷爷叫刘龙舫，是一位风度翩翩的大才子，毕业于西南联大，供职于南京国民政府的文化部门，带着太太在南京工作，解放后偕太太回到张目桥，穷困潦倒至死。刘龙舫的一生波澜起伏，可以单独成书，这里先不详叙。

刘述晶只生有一个儿子，即我的祖父刘肃庚。刘肃庚有四个崽女，即我爹爹刘孟良、叔叔刘超凡、大姑刘静琴、小姑刘惠珍。当时大姑刘静琴已嫁给母亲的同学钟作舟。

那天母亲带曾章甫到我爹爹家时，见到了尚未婚配的小姑刘惠珍。

小姑当时正在益阳读高中一年级，长得亭亭玉立，皮肤像棉花一样白，脸蛋像桃花一样红，浑身上下洋溢着聪明伶俐的女中学生的优雅气质。曾章甫一见到我的小姑，便替曾耀武感到满意。

他把母亲拉到一边，悄声说：“你这个惠珍表妹挺合适，你快替耀武牵这根线。”

母亲于是悄悄问小姑。小姑红着脸说：“我年纪还小，不愿这么早恋爱！”

过年后，即将进入高中阶段最后一个学期的曾章甫却没能再返回广州。

曾章甫原本准备只是回来过寒假，寒假后返广州继续读书。曾浩之却突然叫他不要再去广州了，理由是时局越来越不好，家境渐呈窘态，家里无力供他在广州上学，加上广州局势不安宁，让他独自一人在外，越来越不安全，还让奶奶和父母牵肠挂肚。曾浩之说，他已托人联系了常德的学校，说如果曾章甫要继续读书就去常德读。

曾浩之帮曾章甫联系的学校叫常德县简易师范学校，是曾浩之的朋友参与投资建造的一所师范学校。原来曾章甫就读的常德县立中学难以转入，但也不是绝对不能转入。曾浩之图个简单省事，便叫朋友给曾章甫在这师范学校国文科二年级也就是毕业班上留了一个插班名额。

父命难违，曾章甫只得跟母亲和曾耀武商量。

曾耀武当然求之不得。县立中学与简易师范相隔不算远，走路不到半个小时，人力车跑起来，一刻钟左右就到。两个好同学又可常见面了。

就这样，曾章甫在广州的求学之路就此终结。

让母亲后来追悔莫及的是，她没搞明白曾章甫当时在广州哪个学校读书。母亲以为她这辈子都不会到遥远的广州，所以她没有细问过曾章甫，曾章甫也没有认真告诉过母亲。

关于曾章甫在广州就读的学校的情况，只能从他和母亲的短短几句对话里，寻找蛛丝马迹。

曾章甫曾对母亲说："我学校里有很漂亮很漂亮的鲜红的棉花。你相信吗？"

"不可能吧！棉花都是白色的呀。"母亲不相信地看着他。

"真的是鲜红鲜红的！"曾章甫得意地说，"你猜红棉花树有多高？"

"它再高，人伸手总摘得到吧？"母亲问。

"嘿嘿！十个人叠起来也够不着！"

"那怎么摘？"

"广州人根本不摘！"

"那不摘多浪费呀！就让它烂在田里呀？"

"不是田里，就在我们学校操场上！"

"操场上种棉花？你们那是农业学校吗？"

"才不是呢！我们那里是堂堂正正的高级中学！"

"高级中学就可以不收棉花，让它烂掉啊？"

"我们食堂拿它煲汤喝！"

"你骗我！棉花哪能煲汤喝呀？"

"哈哈哈……以后有机会，我带你去广州，让你亲眼看到红棉花！"

凭这段对话的内容，母亲不可能找到曾章甫的学校。

这成为母亲一生的遗憾。

在曾章甫打定主意转入常德简易师范后，母亲求学的欲望突地迸发出来。得到曾章甫的支持后，母亲请示公公，希望去常德陪读。

曾浩之虽然有些愕然，但想到儿媳陪着儿子读书，倒也不是一件坏事，于是和一家人商量。一家人商量的结果是，允许母亲同往常德读书，但提出了附加条件——曾家折腾出一个庞大的求学团——曾章甫和母亲负责带八个孩子去常德读小学。

曾浩之随后跟他那朋友联系母亲陪读的事。

曾浩之的朋友回话说："你儿子插班读二年级没问题，但你儿媳妇没读过高中，插班读二年级国文科、数学科、英语科、政史科都不合适，可以考虑先入二年级艺体科试试看，如果跟不上就降到一年级去，也可以考虑插入国文科一年级。"

曾浩之把那人的意见转达给母亲，母亲虽然心里不服气，觉得起码国文科就不会跟不上班，但母亲也喜欢艺体，于是答应读艺体科二年级。

曾章甫和母亲同时带去常德读小学的八个孩子是：曾庆云的两女一子即碧玉、淑玉和继求；曾章甫姑妈的两个儿子王孟顺、王孟昌；曾章甫大姐曾莲英的一对儿女王运春、王运雄；还有一个男孩，是曾莲英的丈夫王乃愚那边的亲戚。

曾浩之已提前把这八个孩子需要插读的学校、年级、班级都联系妥当了。

母亲和曾章甫的常德求学之路就这么开始了。

他们住在曾浩之的朋友帮助租下的一套位于简易师范和小学之间的民居里。

母亲和曾章甫住一间房，曾浩之派来陪读的两个女佣李姐、胡姐各带着四个孩子分两间房住。母亲和曾章甫平时中午一般在学样饭堂吃。李姐、胡姐负责买菜做饭、洗碗、洗衣、晒被、接送孩子。

曾章甫的初中就是在常德城里读的，简易师范有他原来的同学。县立中学那边也有他的好朋友。因此，他一到常德，便常有同学来聚，他也常跑去其他学校与老同学聚。

母亲读艺体科一点儿也不吃力。虽然她从没学过素描基础，也没学过美声发音，但她很快就赶上去了。母亲很会扬长避短：美术课，她的花鸟画水平较高，且能把画刺绣出来成为精美的绣画。书法课，母亲的楷书是从四岁开始打下的基本功。音乐课，她的湘剧和花鼓戏声情并茂如行云流水。体育课更不在话下，长跑是她的强项，单杠、双杠都不差。虽然没学过铅球、标枪，但一开始测试就能达标。

八个孩子在离简易师范不远的同一所小学读书。他们年龄大小不一，入读的年纪也高低不一。

母亲很快发现，曾章甫喜欢成天跟朋友混在一起，读书不上心，不努力，学习基本功也不太好。初中阶段的国文题目居然也常不懂做，需要母亲帮他做题。相比而言，母亲的成绩则优秀很多。艺体专业课不差，语数英等文化课成绩在班上也后来居上，特别是她的古文和写作令任课老师刮目相看。曾章甫心服口服地叫母亲为女秀才。

曾耀武常来谈论时局大事。他所读的县立中学有爱国传统，抗战时游行反对日本侵略，不少还在读初中的男生毅然参军抗日。曾耀武介绍说，他们学校制止了国民党师长汪援华火烧东门外街巷的行径，帮助争取了新中日报社、光明电厂及吉春堂、同济堂、聂振茂三大药店不迁出常德。

曾耀武激动地说："共产党在解放区搞土地改革，使老百姓有了自己的地。分了地，就有了温饱，得了民心。老百姓没文化，他们懒得去理会共产主义与三民主义有什么区别，他们只看谁能真正给他们活口、给他们尊严。我们当前的主要任务已不是学习，不能两耳不闻窗外事。我们要以实际的行动反饥饿反内战反迫害，我们要积极投身到这伟大的时代洪流之中去！"

曾章甫和母亲为曾耀武的激情而振奋，也替他担心，因为他的言论比简易师范被抓走的老师、同学更激进。

那个时期，母亲和曾章甫都亲眼见过警察疯狂抓人。

有一天下午，母亲的班级正在上课，三四个警察踏进门，把坐在讲台下第一排的一个男生五花大绑起来。一个腰板挺得很直的年轻警察走出教室门时，转过头来向老师和同学们解释："这家伙是个'共匪'！"

又过了约一个星期，全校正在做大课间操，那位被绑走的男生领着五六个警察回了学校。他在人群里指点着，顷刻之间就有三个师生被绑住，塞进一辆黑色的囚车。

谷雨前后，曾耀武参军入伍去了。

他在常德加入了中共地下党。

入伍后，曾耀武从长沙给曾章甫来过一封信，信上说他新兵训练很辛苦，但他对前途充满信心，他希望曾章甫也能投笔从戎，驰骋沙场报效国家。曾章甫立即给他回了信，还随信寄去两张钞票。但音讯杳无。

曾章甫从1948年春曾耀武参军入伍，直至去世，都没再见过曾耀武。在后来的减租退押、土地改革、反右派、人民公社期间，都一直没有曾耀武的消息。曾耀武的父母死后，叔伯兄弟对他也知之不详，只听说没枪毙，在南方活着。至于具体在哪里，还是不是当着兵，有没有受到关押和批斗，是否结了婚、生了儿、升了官，则一概无从知晓了。

曾章甫一直很想念他的这位好同学好兄弟。母亲知道，曾章甫1951年提出想参军去抗美援朝，一定是受了曾耀武思想的影响。

曾耀武入伍后，曾章甫学习安稳了很多。他较少跑出去与同学聚来聚去了。

用曾章甫自己的话来说，他想用优秀的表现和优秀的成绩完成他在常德简易师范的求学生涯，不至于以后让自己的媳妇儿嘲笑。

认真读书真是一件体力活。母亲、曾章甫及八个孩子与两个女佣共12人在常德几个月吃了七十多担米和两担糯米粑粑。

吃饭的米是从家里担来的。曾家的伙夫耀老倌和牛婆婆负责担米来常德。

糯米粑粑是汉寿的特产，无论地主还是贫民，过年前都要煮一些糯米，煮熟成糯米饭后放到大砧板上用木棒棒打，直到把糯米饭打成黏性极强的糊糊，再用手揉搓成粑粑，晾干晒干，能像腊味一样数个月不坏。汉寿人每餐都切几只，放汤水里煮，既可当菜又可当主食。汉寿人都喜欢吃。

耀老倌和牛婆婆挑去的最后一担米，母亲他们没有吃完，便在结房租时将剩余的六七十斤米送给了房东。因为母亲他们提前离校了。

那年夏天，母亲发现自己怀孕了。长跑不能跑了，铅球不能推了，单杠不能翻了，唱歌也别想唱了。母亲怀孕的前期，身体反应很大，常常干呕，吃不下东西。虽然如此，母亲仍坚持每天上学。

送米来的牛婆婆和耀老倌回到康家山就向曾浩之夫妇报喜，祝贺他们曾家又要添丁。同时，他们还说，幺儿媳妇怀孕反应大，吃不下东西，瘦得眼珠子都快突出来了。

曾浩之立即叫曾庆云派车从常德接人。接人的车进入常德县城时，正遇上水灾前期，部分地方已经溃垸。

母亲和曾章甫非常恼火，眼看就要毕业了，考完毕业考试就可拿毕业证书了，怎能说不读就不读呢？

曾庆云派来的人说："浩老爷叫我告诉你们，人比学习重要。曾家把添丁看得比添财还重要。我们来常德发现一路洪水，棉花、稻谷都浸在水里，眼看就要淹城了，赶紧逃命吧。"

后来的事实证明，曾浩之的决定是完全正确和及时的，曾庆云派去的人坚决执行命令的态度也是完全正确的。母亲他们撤回康家山是逃过了一劫。常德简易师范有几名师生在那次洪灾中丧生，没有丧生的师生也被洪水围困在城里，有不少因饥饿和中暑发了晕。据史料记载，1948 年夏那场洪灾中，仅常德一县，淹稻田、棉田共计 39 万多亩，灾民超过 30 万人。

母亲的求学生涯自此彻底画上了句号。2002 年母亲到我广州的家定居之前，我帮母亲在广州市文化系统老年大学报了两个专业：中医专业和广场舞专业，并且提前帮母亲交了学费。母亲在电话那头愉快地答应来广州后入读老年大学。但来到广州后，母亲怕自己走丢，也嫌路途太远，放弃了入学。这成为我尽孝不成的一件小小的憾事。

后来母亲和曾章甫议论：是小繁纯在肚子中提醒并救了他们 12 人。如果繁纯不制造妊娠反应，他们或许在常德简易师范和小学及租房里淹死了呢。

然而，小繁纯虽然聪明漂亮，终不过是人世间的一名匆匆过客。

她的弟弟小饱饱更没来得及品味童年，甚至没能多尝几口香甜的母乳就谢世长眠了。

与曾家遭遇的一样，1951年、1952年那两年，母亲的娘家即我外婆家也遭受了毁灭性的打击。

1951年，毕业于黄埔陆军军官学校第六期的钟发湘被麻竹垸农协枪毙了。母亲的大伯二伯被关押拷打。钟家的房子、田地和钱物被没收后分配给贫下中农家庭，外婆带着舅舅住到原来贫雇农的一间房子里。外婆家的每一个人，包括外婆都被吊起来打，逼迫他们把藏匿起来的金玉财宝交出来。全交完了也不行，还得遭打，还要挖财宝，实在没得挖，还得遭打。

母亲的二伯钟立仁、大伯钟梅仁在那两年内相继郁郁而终。

当贫下中农在阳光下雄壮地歌唱的时候，很多被打、被批斗的地主分子躲在黑暗的墙角里心惊胆战、哭天无路。

1952年春的一天，肚里正怀着毛坨的母亲在康家山的棉田里撒棉花籽，抬头时突然看到我的舅舅在小路那边走过来。

母亲欣喜地问："伯涛，你怎么突然来了啊！"

舅舅答道："过来看看你们。"

母亲问："妈妈好不哦？"

舅舅凄然回答："姐姐啊，妈妈再也不要你牵挂了……"

母亲眼泪顿时涌了出来，只觉得两条插在泥水里的腿支撑不稳。她绝望地叫："妈妈啊——"

舅舅把外婆去世的经过告诉了母亲。

那天夜里，麻竹垸突然有人喊："地主跑掉了！快抓地主啊！"

人们打着火把，在关押地主的监牢外的棉田排水沟里找到了已经溺水身亡的母亲的堂伯钟卫湘。钟卫湘是钟厚载的侄子，即母亲的伯爷爷钟春载的儿子。钟卫湘是受不了民兵的拷打才逃出来自尽的，棉田排水沟里浅浅的水刚能淹没他的鼻子和嘴。他的尸体像一条探在水沟里喝水的死狗。

尸体被民兵们拖回来丢在监牢外的墙角。

深夜，舅舅从噩梦中惊醒，发现外婆不在她的床上，到隔壁喊大嫂子即钟发湘的大老婆周凝华，发现周凝华也不在。舅舅心里发慌。他点着一个草把[①]，在家旁边的小水塘里找到了外婆的尸体。

---

① 草把是用干稻草搓成的，用篾紧捆住，点燃可当火把用。

沉在塘底的周凝华的尸体随后也被捞了出来。

舅舅抱着母亲哭："姐姐啊，一个晚上我们家三个亲人死了……后来才晓得复查快结束了，妈妈他们是活活吓死的呀……你怀肚后，妈妈到处买鸡蛋准备给你坐月子时吃，刚集到十几颗。但妈妈死之前几天却连续煎蛋给我吃，说等你姐姐生孩子鸡蛋早坏了。妈妈煎蛋给我吃，其实她是在准备着死呀……"

后来母亲听说，钟卫湘是听到民协说第二天还要继续拷打才跑出来自尽的。外婆和周凝华是听到抓地主的叫喊声及听到钟卫湘的死讯后恐惧而死的。

到底是周凝华邀外婆投池，还是外婆邀周凝华自尽，世人永远无法知晓。

第二十三章

胡家段的恩爱

从1960年深秋开始，母亲改嫁回桃江。从那以后半个多世纪，母亲再没有踏上过康家山的土地。她像一株从汉寿移植过来的母竹，在桃江生根长笋，又培育出一片新的竹林。

母亲是和舅外婆一起，只背了20斤米和几件衣服离开康家山的。母亲剩下的米、谷、棉花、衣服及其他东西全部送给了康家山的乡邻。

到了修山麻竹垸，母亲把十斤米交给舅妈，把毛坨寄养在这里，请舅妈和舅舅照顾。

当天晚上，母亲和舅外婆背着剩下的十斤米走回了荷塘张目桥藕塘舅外婆的家。

母亲就住在舅外婆家。

舅外婆的住房里有两张床。舅外婆睡了一张，她和母亲一起在另一张床上铺满软软的干稻草，再铺上床单，放上枕头和棉被，就成了母亲的床。

从第二天起，母亲每餐搭一钵米在藕塘生产队的公共食堂。钵是舅外婆家挑出来给母亲的，米由母亲自己舀，母亲自己将米淘好，再放到食堂里，请食堂帮忙加水蒸熟。

食堂的两个妇女分别是刘声益的堂客和刘耀湘的堂客。刘声益和刘耀湘两人是远房堂兄弟，都是舅外公的远房侄子，又都是我爹爹的远房堂弟。其中刘声益虽然是泥腿子[①]，但酷爱写古体诗，与我爹爹以诗为友，关系密切。

---

① 泥腿子是桃江土话，指农民。

这两个妇女用朴实无华的行动温暖着母亲：母亲去取饭钵时，钵子里总是盛着菜。

管食堂的是生产队的事务室员，姓方，耳朵有点儿背，人们叫他方聋子。这人耳背心善，他赞赏食堂两个妇女的做法。他说："我们有福同享，有难同当。"

母亲从内心感激他们，感激这些在她初来乍到，身份未定时就给予她帮助的人。

母亲到舅外婆家的第二天，我叔叔就把我爹爹从胡家段学校叫回来了。

爹爹告诉母亲："母亲迁入的手续和入职当教师的手续都正在办理，就办在胡家段学校，胡家段学校住房宽阔。一个月后我来接你，我俩正式结婚。"

母亲感动地点头。

爹爹跟母亲说："我明天先去修山办结婚证。"

母亲害羞了："还要办啥结婚证呢？弄得那么多人知道干啥呢？"

爹爹说："不领结婚证怕你飞了呢。"

次日下午，爹爹拿着两本结婚证回来了。母亲没有同爹爹一起去。可见，那时候办结婚证，并不需要夫妻二人在场，也不需要照相和相片，让现在的人感觉这手续有些过于简单了。

结婚证上，母亲的名字用的是"钟三多"。母亲把她小时候用过的乳名作为了她离开汉寿来到桃江之后的大名。后来母亲的户口簿、身份证都用的是钟三多这个名字。

后来，爹爹把两本结婚证都保管着，珍藏着，放在他存放衣服的香樟木箱底，用报纸压着，走到哪儿带到哪儿，后来换了新证也藏在樟木箱底。直到建了新屋，爹爹才肯把结婚证交给母亲，珍藏在家里。

那天母亲见结婚证都已拿了，就想跟爹爹商量让毛坨赶快入学。但想到只是拿了个证，且现在是学期中间，便忍住没提。她想等一个月后爹爹接她去学校时再说。

那一个月，母亲不需要出集体工，只是每餐去食堂搭饭。她帮舅外婆料理自留地里的棉花及蔬菜瓜果，帮舅外婆的孙女、正读小学五年级的刘佩良辅导学习，帮舅外婆织毛线衣，也会到她的表哥刘卓钦和爹爹的堂叔、解放前曾任职于南京国民政府的刘龙舫那里借些书看。

母亲也会去我叔叔刘超凡家，帮助做些家务，跟我婶娘聊聊天。当时，我的大哥即我爹爹与她的前妻生的儿子刘道任落户在藕塘生产队，就住在叔叔家，每天只记三分的工分。母亲去我叔叔婶娘家，也是为了跟我大哥打好感情基础。

一个月很快就过去了。这一个月，母亲只带了十斤米，十斤米母亲半个月不到就吃完了。剩下的十几天内，母亲吃的饭是舅外婆家从牙缝里抠下来的。同样，母亲在我舅舅家也只放了十斤米，毛坨多吃的饭也是舅舅和舅妈从牙缝里抠下来的。

真是抠下来的呀！桃江县的饥饿程度比汉寿县要严重得多。张目桥大队患水肿病的人、被送进疗养院抢救的人、饿死的人比康家山大队多得多。

在自留地里种了棉花的人家后悔不迭。当饥饿与寒冷摆在面前逼着人们挑选时，张目桥人会毫不迟疑地作出选择，宁肯衣不遮体也不肯食不果腹。春天挖坑撒下棉花籽的时候，他们没料到饥饿会一再持续，甚至恶化。

张目桥的野草野菜刚挣出地皮，就被人们连根挖去煮了，树叶刚绽放开来就被捋去下锅了，先是椿树、柳树、茶树，接着是枣树、樟树、松树，随后把一切树叶、绿草甚至树根吃掉。

那年秋冬季节，棉花树拔掉后，棉田就全部种上菜或小麦。人们慌手慌脚地在棉花树坑里撒下麦子、萝卜籽，或埋下雪芋种。

饿死人已不会再引起惊慌诧异了。先是老人后是孩子，因为老人孩子经不起饥饿。家里饿死老人不仅不会悲伤反而会庆幸，因为可以节约一份食物延续年轻人的生命。

从1959年到1961年那三年，除了老人和孩子，张目桥大队的高个子、大块头基本上全部被饿死，幸存下来的基本上都是那些矮个子、小块头中耐得饿、找得到野草野菜或偷得到公家粮食的人。

那年月拿老婆甚至拿命跟人换一碗饭的事都有人干。

在藕塘生产队隔壁的庄子湾生产队，有个与爹爹同宗堂的刘老头饿得奄奄一息。刘老头临终前对来看望他的人说："我好想吃一碗饱饭再死啊。"

我的叔叔刘超凡从公共食堂把他自己饭钵里的稀粥送去给刘老头吃。但刘老头在我叔叔到达之前已经饿绝身亡了。

生产队的人在拆他家的谷仓门板给他做简易棺材时，发现刘老头家谷仓里的陶罐中藏着约半斤谷。生产队的人没有多嘴询问：那半斤谷究竟是刘老头舍不得吃留给他儿子刘壮娃的，还是刘壮娃夫妇藏起来没舍得给刘老头吃？这个谜底不需要揭开，因为人们都在想，说不定下一个饿死的就是自己了。

在饥饿暴虐的时候，粮食一下子被推到了至高无上的地位，人心里的天地君亲师都不得不对粮食俯首称臣了。

持久的饥饿的大气候让人把死人这样至为重大的事都压迫得淡化了，死人不再引起家人的过分悲痛。

这大气候是张目桥人心灵的“止痛药”。人们对失去一个又一个亲人变得平静。

后来母亲经常念叨：“你舅外婆对我有舍命救身之恩，伯涛两口子对毛坨有舍命相救之恩。”

一个月后，爹爹如期而至，把母亲和我的小哥毛坨接到了胡家段学校。

母亲和爹爹，像两截被岁月烧焦却顽强活着的树桩，伤痕累累，却相守在一起蓬勃生长。

胡家段在山区。那里的山像一个慈善老人，总是拿出各种各样的食材送给天天进山里刨食的人。

那里的山很美。

虽常有满地霜降，但更有漫不经心的野花、漫山遍野的野果、漫无边际的美丽风景。

母亲最喜欢那些野花，它们带着野地里的随意，不计天时，不分昼夜，尽情地绽放。红的、白的、紫的、粉的，像弄错了季节似的，从一山一山的绿色里钻出来。

秋蝉也不辞劳苦地唱着欢迎母亲的歌。

胡家段学校此前只有两个教师：一个是我爹爹；另一个是个未婚小伙子，姓符，大家叫他“符妹姐”。学校只有两间教室，一、二年级共用一间教室，由符老师教。三、四年级共用另一间教室，由爹爹教。

爹爹的三、四年级的课桌分开摆。教室中间的走廊将这两个年级分割开。每堂课45分钟，给三年级上二十来分钟时，四年级就自习。再给四年级上剩下的二十来分钟时，三年级就自习。符老师的一、二年级也是这样上课的。

没有摆酒，没有请任何人吃饭，“三多妹”就这样嫁给了“良哥”，成了“良哥”的堂客。

吃饭都成问题，哪有能力请人吃个饭摆个酒呢？

“条件不好，委屈你了！”爹爹心怀愧疚地说。

母亲温柔地笑着说：“只要有家，喝粥也香！”

在康家山受尽磨难的母亲，非常满意这来之不易的家和这份来之不易的亲情。

成婚那天，爹爹端详着母亲那双冬修时泥沙钻进肉皮的伤痕累累的脚，顿时觉得鼻子一酸。爹爹叫母亲把她这些年在汉寿的经历及遭受的苦难讲给他听。

爹爹也把他八年前丧妻的事讲给母亲听。

爹爹的前妻姓胡，叫胡菊英，是桃江街上一个地主家的女儿。土地改革开始后，爹爹和叔叔的房子被没收重新分配。爹爹家在原来的宅子里分了两间侧房，留在庄子湾。叔叔家被赶到藕塘，住到贫雇农的破房子里。除了寒暑假和星期天，爹爹都是住在修山的学校里，胡菊英带着四个儿女住在家里。1952年的一个黑夜，庄子湾的一个叫刘旗山的二流子贫农来恐吓胡菊英。胡菊英不堪恐吓，抛下四个未成年的儿女悄悄上吊身亡了。

胡菊英死后的第二天，生产队派人到修山学校找到我爹爹，说胡菊英病重，叫爹爹跟他立即赶回庄子湾。爹爹一路问那人胡菊英得了什么病，什么时候发的病，那人都支支吾吾的。

爹爹刚走到庄子湾生产队的路口，就听到他家里传出砍木、钉木的声音。爹爹听到这些声音就知道发生了什么，他两眼一黑，身子打了个趔趄，摇摇欲坠。那个喊他回来的人搀扶着爹爹走回家。四个儿女哭着围拢过来。

爹爹看到脸上蒙着白布的胡菊英在床上躺着。

母亲听了爹爹的讲述，心疼地说：“你单身八年吃了苦，道任从小没有娘更吃了苦。从今往后，我们心朝一块儿想，劲朝一块儿使，我们把孩子们带好，把生活料理好！”

两颗同病相怜的心，两个同病相怜的人，紧紧地拥抱在一起。

因为是学期中，加上还没有正式入职，所以母亲暂时不必上课。她负责打上下课铃、炒菜做饭、种菜施肥、阅卷、到学生家家访等。

胡家段学校有几块菜地，种了菜和烟叶。学校还有厨房，只做两个教师的饭菜。原来是爹爹和符老师谁有空谁就炒菜煮饭。现在好了，母亲把厨房的工作包下来了。

对母亲的到来，符老师非常欢迎和高兴。他原来最怕到学生家做家访，现在可以有母亲代劳了。最让他觉得幸福的是，他不再需要炒菜做饭就能享受到可口的饭菜。

小哥毛坨在汉寿时就已经会认字，会算些简单的加减法，所以这个学期插班读一年级，并不费劲儿。

毛坨原来的大名叫曾新棉，这名字从他出生起就没有几个人知道。来到胡家段学校后，爹爹给他改了个名字：刘式农。但“毛坨”这个乳名一直被人叫着。

毛坨是在胡家段学校改口不再叫“翁娘”的。因为他叫翁娘时，引起同学们哈哈大笑。同学们说他像牛一样叫，还有同学压住自己的鼻孔学牛哞哞叫。毛坨很快就改用桃江话称呼母亲为“妈妈”。

毛坨很喜欢这个白天热闹晚上冷清的学校，但他一点也不喜欢爹爹拉着他吟诗，放学了就想去小溪流小池塘抓鱼。爹爹担心他被水淹死，就骗他说水里有一种特别凶狠的王八，专咬孩子的脚丫。毛坨的乐园就只能在陆地上了。

那时候没有农药，农民家自留地里菜叶上的虫要么让鸡吃掉，要么用手捉掉，要么听之任之。让鸡吃掉是不太可行的，因为鸡不仅会吃虫而且会吃掉菜叶。菜地里的虫一般都长得肥肥的。

“爹爹，我做完作业后可以到菜地里捉虫吗？”有一天，毛坨问爹爹。

爹爹觉得只要不下水，菜地里没有什么危险的，毛坨想到菜地里玩就让他玩吧。

毛坨得到爹爹的首肯，菜地里的虫从此就迎来了“灭顶之灾”。

毛坨把大青虫、飞蛾等不同害虫分别装进不同的玻璃瓶里，看着它们蠕动或睡觉。他会把一些菜叶扔进瓶子里，养着它们。

在太子庙康家山砍柴不易，但胡家段学校周边到处是山，到处是柴。母亲说，漫山遍野都是柴。随便找一个晴天的黄昏，母亲跟着爹爹和符老师一起用柴刀把某一处山脚的荆棘、树枝砍倒，让它们留在山脚晒上几天就成了干柴，然后让毛坨跟着三、四年级的学生去拖，拖一次柴能烧一个星期以上。

那时候，爹爹的月薪是 36 元钱、24 斤米、半斤菜籽油。三个人来吃就少了点，但饭不足，可以由红薯和瓜菜补。

学校的菜园足够大，蔬菜瓜果作菜送饭足够多，红薯和芋头成熟的季节甚至能顶饭吃个饱肚。给菜园施肥的肥料来自师生们的大小便，这都是有机肥，并且菜都不打农药。

母亲在胡家段学校迎来了她的 30 岁生日。爹爹亲自下厨，给母亲煮了长寿面，面里放了两个荷包蛋。

那年寒假，符老师回家去了，学生们不上课了。

学校顿时寂静下来。

隆冬。山林和田野改换成另一种姿容，斑斓驳杂的色彩像羽毛一样脱光褪尽，荡然无存了，呈现出一种喧闹之后的宁静。

胡家段学校在绵延的群山中，在洁净的白雪中，是那么的温暖、宁静和安逸。母亲缝衣做饭，爹爹练字吟诗，毛坨堆雪人捕麻雀，真是一个世外桃源！

过年时，大哥自己走路来了胡家段。这是大哥和小哥第一次见面。大哥带小哥捉麻雀，到雪山里掏鸟窝收鸟蛋，两兄弟相处得很愉快。

一家四口去五里路外的三官桥乡铺上买年货。年货主要就是肉、鸡蛋。肉是 7 角 5 分钱 1 斤，买 2 斤！鸡蛋是 5 分钱 1 颗，买 10 颗！

这是自解放以来母亲过得最安稳、最踏实、最满足、最幸福的一个春节。

第二十四章
“夫妻档”学校

春节过后马上就是元宵节了。元宵节过后，母亲正式走上了讲台，正式成为“钟三多老师”。

元宵节前联校开会给各教师分配学校。那时候农村的教师，通常是一年一换或一学期一换。有的教师可能不想动，那得跟关系好的领导私下打招呼。

爹爹和母亲两人被分到了乌龟桥学校。

乌龟桥学校在三官桥公社九都冲大队，比胡家段更深入山中两三里路。爹爹和母亲带着毛坨挑着简陋的行李，踏着刚刚消融的雪地就来到了乌龟桥学校。

母亲正式上岗当教师了！从 1961 年元旦算起，母亲有了自己的工资。母亲的月薪比爹爹少：21 元 5 角钱、18 斤米和 0.3 斤菜籽油。

乌龟桥因为是在深山里，地处偏僻，人家少，上学的孩子也少一些，所以乌龟桥学校只开办了一、二年级，这里的孩子要读三、四年级就得到远处去读。

这个学校是一个富农的老屋，只有四五间房。面对学校的左边第一间是教师宿舍，接下来的一间是一、二年级合用的教室。右边余下的三间是乌龟桥生产队支部书记一家住着。书记姓贺，人们叫他贺支书。

爹爹教语文、劳动、体育，兼当两个班的班主任。母亲教余下的课程：数学、音乐、图画。

爹爹和母亲自己砍柴，几天后去收干柴。因为学生太小，母亲和爹爹不让学生帮忙拖柴。毛坨转到这里读一年级下学期。他在胡家段拖柴上了瘾，常抢在母亲和爹爹之前把柴拖回来。

乌龟桥学校原先只有一个教师，只开垦了两块小小的菜地。母亲和毛坨来了后，在操场的尽头又开出几块菜地来。

母亲和爹爹种了很多菜：南瓜、黄瓜、汗菜（苋菜）、韭菜、白菜、芫荽、菠菜、豆荚……

母亲把吃不完的菜做成菜干和泡菜，在吃剩的米饭里撒上药子[1]，做成甜米酒。那个学期母亲晾出来的汗菜干就有二十几斤。它们大多被带往藕塘生产队、庄子湾生产队，送给那边的亲友乡邻。

除了种菜，母亲还帮爹爹奢侈地种植了一块土的旱烟草。烟叶是菜地里长得最茂盛的植物，它有半个多人那么高，宽大的叶子青翠欲滴。叶子熟了，母亲把它们砍下来，用搓成的草绳把它们一片一片地吊在屋檐下，一直把它们吊到金灿灿时，再一沓沓地齐整地切成细如头发的烟丝。然后把烟丝放在簸盘里，放到太阳下晒。晒干了以后，母亲把干燥的烟丝放入瓷坛子里，一坛一坛地盛，压得紧紧的，装得满满的。

爹爹每隔几天就去瓷坛里取烟丝。爹爹每次取烟丝的动作都充满了惬意：他左手握着一只打开了盖的快空了的随身洋铁皮烟盒，右手揭开瓷盖并把瓷盖小心地放在地上，右手的五根手指头朝下伸得笔直，探到坛里后五根手指头先张开再紧紧闭合，这样就取到了一缕烟丝。五根手指紧捏住烟丝再抖几下，确保烟丝一根也不会浪费在地上。爹爹轻轻盖上坛盖，转身走出来，从洋铁皮烟盒里取一小撮烟丝塞进长杆烟壶的铜嘴里，再把铜嘴放到灶边或煤油灯边，点燃烟丝，嘴唇便在烟壶口有力地吧嗒吧嗒，浓密的烟雾随即从爹爹的嘴里鼻里喷出来。

爹爹喜欢躺坐在藤椅上抽烟。他抽烟的时候，烟壶铜嘴里白灰之下露出红光，微微透出暖气，心头的情绪跟着烟雾缭绕四散而去，轻松，安逸。

爹爹是在享受烟丝，也是在享受家庭生活。

爹爹的烟叶能长得这么好，小哥毛坨有汗马功劳。

烟叶容易长虫。吃烟叶的虫有成人的大拇指一般粗大，爬动的时候像一

① 药子指制酒时用来催发酵的东西，通常用野草做成。

鼓一鼓的肉在动。毛坨总是起床后立即跑到烟叶地里捉虫，他担心放学后再去捉虫的话烟叶会被这种大肉虫吃光了。

毛坨捉烟叶虫，也捉菜虫。他的捉虫水平在不断提高。

这个“夫妻档”微型学校是爹爹和母亲的爱情殿堂。

夏天一人一把蒲扇，冬天共守一盆炭火。上学时学校喧闹，放学后就是宁静的家庭生活。

母亲感觉到她的生命之树已经泛青转绿，她的青春重新焕发异彩。

母亲记得，那里的学生虽小，但都很听话，从小就知道认真听讲、认真做功课，作业本上的字都写得工工整整的。母亲常感叹：“如果学习、生活条件好一些，这些孩子中很多可以成为国家的栋梁之材。”

母亲记得，二年级班上有个姓贺的女生，唱歌像百灵鸟一样动听，天赋非常高。母亲带她参加全乡小学组唱歌比赛，小女孩得了全乡第一名。母亲说，如果放到桃江县甚至常德地区比赛，那孩子也能获奖。但她不知道这孩子后来怎么样，她很希望这孩子能学下去，能在音乐领域闯出一片天地。

乌龟桥一带的农民有崇文的传统，都很重视教育，对教师也很热情。有时候爹爹和母亲留下部分成绩稍差的孩子辅导，天晚了会送他们回家，孩子们的家长会热情地泡茶、端出南瓜子招待爹爹和母亲，请刘老师、钟老师严格教育。

家长们说：“如果孩子不听话，老师可以放心地打、放心地骂！老师打了骂了我的孩子，我不仅不生气，还要提着猪肉来感谢老师！”

家长们都知道乌龟桥学校新来的钟三多老师是一位女秀才，在整个三官桥乡拥有最高学历，是三官桥乡的最高级知识分子。他们又听说这位钟老师善良体贴、关心学生、教学耐心细致，都为自己的孩子感到高兴。

有的学生家庭交不起学费，母亲会逐家去做动员，有时候会帮他们垫交学费。有的家庭无法还钱给母亲，母亲和爹爹也不在意。这更增添了人们对爹爹和母亲的感激。

母亲和爹爹的邻居贺支书夫妇对母亲和爹爹也很敬重，说话客客气气的。邻居关系融洽，让母亲和爹爹更加感觉到幸福甜蜜。

贺支书家其乐融融：四周的山地很辽阔，他们的自留地可以随便开垦。

他家的菜园更大，菜的种类更多。学校师生们的大小便任由他们挑着给菜施肥。他家的菜也吃不完，也晾成菜干。在别处销声匿迹了的棉花，在贺支书家的田土里依然能看到。贺支书的堂客还在一间偏房一角的竹栅栏里养了五六只鸡，公鸡的打鸣和母鸡产蛋后骄傲的歌唱让学校增添了生气和活力。

从贺支书家来看，丝毫看不出当时的中国农村三年困难时期的可怕状况。他们米谷不够红薯来凑，老老少少个个脸色红润，冬穿新袄夏穿新褂，说话有声走路生风。母亲看到他们，有时会误以为藕塘和庄子湾已经安然度过了饥饿期，误以为不会再饿死人。

但世界并不那么太平。贺支书偶尔会操起洋铁皮做成的喇叭筒，吊着嗓子喊乌龟桥生产队集体开会。会场就借用学校一、二年级的教室。这里开会的内容跟康家山那边也差不多，也有记工分，也有商议队上的大事，也有批斗。

来开会的农民中，有些人的水肿病已到了晚期。母亲根据经验判断，这些人如不赶紧送去疗养院吃十天半月的糠饼，他们生命的油灯肯定熬不长了。

挨批斗的人都是这个生产队的地主富农。真正罪大恶极的引起人们公愤的地主已在土地改革中被农协枪毙了，一些胆小的地主也已在当时自杀身亡了。那时还能活着的只是一些徒有地主之名而并无罪状的地主了。生产队批斗他们的罪状基本上都是消极出工、破坏生产队劳动工具之类。

母亲很庆幸，她和爹爹作为学校里的教师，没有被牵扯到九都冲大队和乌龟桥生产队的批斗之中。

但母亲和爹爹并不敢高枕无忧。在政治挂帅和以阶级斗争为纲大背景下的中国农村，是不可能出现政治思想清查和斗争的真空地带的。上面常有人来检查，他们查到我爹爹是地主，总是不放心地到生产队抽查盘问。受访的农民都说，刘孟良是一个好教师，老老实实，勤勤恳恳，对学生也很负责任，学生们都爱他。

贺支书说："刘孟良老师在'大鸣大放'时没说过一句不满的话！"

"大鸣大放"是1957年各级党委政府开展的整风运动中诞生的一个新词。它源自1956年毛泽东主席在中共中央政治局扩大会议上提出的在科学文化工作中实行"百花齐放，百家争鸣"的方针。那场整风运动号召干部群众"大鸣大放"，向党的各级组织和领导人提批评建议。大胆提批评建议这本是一件好事情，但在1957年的基层实际操作中却变了样。爹爹在教导我们谨言慎行时经常拿“大鸣大放”作为警戒。

在“大鸣大放”中保持沉默，是爹爹保护自己的成功典范。据爹爹后来介绍，乡里、村里、生产小组各级召集人们开会，叫大家大胆放开畅所欲言，对组织、对领导干部有什么意见、有什么要求、有什么建议，只管大胆说。爹爹一针见血地看穿：这被基层运用为“欲擒故纵”“诱敌上钩”。在那些会议上，凡是表达了对组织、对领导人不满的人，全部被列入黑名单，并在第二年开展的反右派运动中尝尽了苦头。那些提过意见、建议的人，无不刻骨铭心地懂得了什么叫“祸从口出”。

爹爹在若干次“大鸣大放”会议上都没有提任何意见、建议。有人怂恿爹爹发言，爹爹尽量不说话，实在要说也只说坚决拥护乡里、村里生产队、联校学校的领导，坚持服从乡里、村里、生产队、联校学校的安排。

爹爹是谨慎小心的，也是充满智慧的，不然，以他的地主分子，在那一场场的会议中，在那一次次的调查中，他和母亲不掉一身肉也得脱一层皮。

相比桃江、汉寿及其他任何地方，母亲和爹爹家及贺支书家的菜地都是最肥最沃最丰收的菜地。

这是因为一般人家人挨饿粪水少，不够施肥，乌龟桥学校的上百号师生产生了大量的粪水。

那年暑假，爹爹和母亲带着毛坨回了张目桥两天，带了一些菜干和新鲜瓜菜送给亲友乡邻。母亲看到水肿病人那么多，病得那么重，想起同样患过水肿病的可怜的曾章甫，眼泪忍不住哗哗地流淌。

那时，活人吃不饱，活人埋葬饿死的人也只能草草了事，因为怕浪费体力扩大饭量恶化饥饿。上一次还见过的人，兴许下一次就见不到了。

母亲对舅外婆和叔叔他们说：“一定要坚持活下去。如果饿了，就去乌龟桥找我们！我们吃红薯藤吃芋窝梗也要一起活下去！”

跟着爹爹和母亲在学校里成长的毛坨，虽然也不能餐餐吃饱，但他相比张目桥的孩子却显得强壮。因为遗传了母亲与曾章甫的基因，毛坨已经长得像个小大人了。

长长的暑假过去了，母亲和爹爹继续在乌龟桥任教。

这时，好消息不断传来。

根据前一年常德地委落实中央《关于农村人民公社当前政策问题的紧急指示信》精神作出的统一部署，桃江县各级结合实际情况，认真开展以反“共产风”为主的整风整社运动，清查退赔社员的平调款，处理了一批违法乱纪的干部，人见人憎的“共产风”终于渐近平息了。接着，允许社员从事家庭手工业和副业生产。再接着，落实“三权四固定”，即规定生产队有因地种植权、制定技术措施权、安排各种农活权，把劳动力、土地、耕畜、农具固定到生产队。

最后，彻底取消分配上的供给制度，正式停办农村公共食堂。

这些政策犹如给行将干枯的鱼塘注入了意味着生命权利的活水。

幸存的水肿病人和还没有得水肿病的人终于获得了生命延续的政策保障。

虽然付出了巨大的代价，虽然绕了很大的弯路，但政策终于朝着正确的方向在不断修正。

政策的每一点修正，都将造福数以万计的城乡人民并挽救数以万计的生命。政策的每一点修正，都是共和国历史上乃至人类历史上非常了不起的成就。

但不久，母亲却意外地离开了讲台。

母亲的教师身份，在一个普通的日子里意想不到地失去了。“夫妻档”的幸福，像打个喷嚏一样短暂。

那年 10 月下旬，九都冲大队总校校长余海波和总校女教师符来秀来到乌龟桥学校。母亲和爹爹热情迎接，希望总校的领导和教师能看到这所地处偏僻的学校的教学质量在母亲和爹爹的努力下取得的长足的进步。

但是，事与愿违。余校长没有检查乌龟桥学校的教学质量，也没有表扬母亲和爹爹。他只是口头宣布一条通知：“乌龟桥学校恢复实行单人教学制度，多余的教师回原生产队参加劳动。乌龟桥学校只留刘孟良老师一人。钟三多老师不再担任乌龟桥学校教师，必须回原生产队。工资发至 10 月份。”

这无异于一声炸天冬雷。

修山总联校及三官桥乡联校新近办理的正式入编教师，因为九都冲大队总校将乌龟桥学校恢复单人教学制度而失业，这在现在看来是不可思议的。

即使要恢复单人教学制度，那么多余的教师应该安排在村内其他学校。再说，就算要清退一部分教师，也应该由乡联校统一清退，而且首先应该清退那些学历与能力不达标、教学质量不达标的教师。

但母亲和爹爹不敢吭声，更不敢说半个“不”字。

他们怎敢说半个“不”字呢？如果说出来，就可能身负违抗总校党组织命令、地主分子窃取人民教师资格等罪名。严重的后果可能是母亲和爹爹的教师资格全部被取消，甚至母亲和爹爹当农民的资格都将被取消，他们有可能被关押进监牢，从此“与人民为敌”。

趁余海波校长上厕所的机会，符来秀老师悄悄地对爹爹和母亲讲：“我们这里贫雇农家庭的子弟要安排进教学岗位，所以只得把钟老师挤走。冇得[①]办法的！”

余校长和符老师走后，母亲和爹爹默默地坐着，谁也不想说话。虽然，孤寂了多年的爹爹是多么希望有母亲的陪伴，受尽磨难的母亲是多么满足和珍惜与爹爹共守一方讲台，但他们习惯了逆来顺受。在贫下中农面前，在领导面前，他们不敢有不满，不敢有抗争，再大的委屈也只能往肚里吞。

但他们更明白：前方的路上布满荆棘，母亲必定要再次承受头破血流。

还是母亲更坚强，她反过来安慰爹爹：“天无绝人之路。”说完，母亲悄悄擦干眼角的泪水，给爹爹做了一顿可口的晚餐：剁辣椒煎鸡蛋、芋窝梗炒油渣、韭菜炒烂干鱼仔[②]、清炒蕹菜、紫苏煎黄瓜、酱油生拌马齿苋[③]。母亲还拿出她自制的甜米酒，给爹爹倒了一杯，给自己也倒了一杯。

爹爹望着母亲苦笑：“你居然还要强作笑容。”

母亲微笑着，端起搪瓷酒杯，说：“来！碰杯！”

十几年后的一天，荷塘公社的教师们跟爹爹和母亲聊天聊到母亲被下放到生产队的事时，刘菊圃老师说：“他们是欺负你们不是三官桥本地人。如果在荷塘，钟三多是不可能被下放的！”

第二天一早，母亲做了荷包蛋面条。吃完早饭，母亲就离开乌龟桥学校，回到舅外婆家。小哥毛坨跟着爹爹留在乌龟桥学校读二年级。

---

① 冇得是桃江方言，没有的意思。

② 烂干鱼仔是用烟熏干的小鱼仔，湖南农家喜爱的菜肴之一。

③ 马齿苋是一种野菜，可生吃。

母亲离开学校前，爹爹给母亲准备了20斤米，让母亲背到舅外婆家；又给了母亲20块钱，叫她必要时买点儿米。爹爹说：“米不够了就来乌龟桥学校取！我和毛伢子在学校里有瓜菜吃，饿不着！”

爹爹还叮嘱母亲，他的户口在学校，他不愿掺和庄子湾的任何事情，让母亲回生产队以后新建一个户，母亲当户主，家里与庄子湾的任何往来都以母亲的名义，千万不要把他扯进去。

母亲带着微笑闪着泪光对爹爹说：“毛坨交给你，你是他爹，请严加管教。他亲爹是弯着膝盖进棺的，要让他多读书，长大后替他亲爹站直。入了秋，注意添衣。如果没时间，你俩换下的衣服先放着，我找时间过来洗。父子俩吃好点儿，千万别饿着……”

第二十五章

庄子湾的新成员

母亲回到舅外婆家时，公共食堂已经解散了。

母亲住在舅外婆家，吃在舅外婆家。

舅外婆的三个女儿都出嫁了，她乐得有这个贴心的外甥女来陪伴着她。但吃饭成了一个大问题，舅外婆自己都吃不饱，一日三餐总是稀粥混蔬菜。爹爹在学校里一个月24斤米，一个人吃都不够，何况还有毛坨跟着吃呢？

母亲拿着爹爹给她的20块钱买不到米和谷。

在饥荒的岁月，米和谷是保命之物，贵过黄金白银，谁肯看中母亲的那点儿钱而把米和谷卖出去呢？

好在母亲到舅外婆家的季节是冬季，舅外婆家的地窖里存放着南瓜和红薯。母亲把20斤米倒在舅外婆家的米桶里，和舅外婆一起先这么熬着。

“等到安排我出集体工时，就能挣工分了，就有饭吃了。”母亲想。

藕塘生产队是不肯接收母亲的，这合情合理。因为藕塘并不是爹爹家所在的生产队，只是我的舅外婆和叔叔家在那里而已。我的大哥刘道任还寄住在藕塘呢，怎么能给藕塘再增加负担呢？

母亲在焦急地等待着爹爹所在的庄子湾生产队接收她入户，安排她出集体工，给她分自留地。

庄子湾生产队也不肯接收母亲，因为他们知道一旦接收，便要接收母亲母子两个人。

生产队的干部说：“自留地全部分下去了。再者，你在藕塘的亲戚家有住房，庄子湾没有你可住的地方。”

庄子湾没有可住的地方是怎么回事呢?

情况是这样的。

土改刚开始的时候，我曾祖父的宅子被张目桥大队没收后重新分配。我爹爹分了两间侧房，我叔叔分到藕塘的两间贫农屋。爹爹的前妻带着四个子女就住在那两间侧房里。爹爹的前妻上吊自杀后，四个子女陆续到外省读书、工作，庄子湾生产队便把属于爹爹的两间侧房无偿借用了。那两间侧房一间用作生产队的事务室，另一间用作公共食堂。前两年，大哥刘道任从长沙读完书回来，庄子湾生产队也不肯接收，他们说一个孤零零的男孩子不可能独门独户，他应该到他的临时监护人刘超凡即我叔叔家落户。

母亲回到舅外婆家时，公共食堂虽然已停，但生产队怕政策一变公共食堂又要继续，所以留着公共食堂。

事务室在公共食堂里搁置着一些物件。

庄子湾生产队的干部们知道拒绝母亲入户是没有道理的事，但他们能拖就拖，希望母亲能自己向大队提出希望要落户藕塘生产队，希望藕塘生产队能接收母亲落户。

母亲最终找张目桥大队支部书记邹士洲解决了落户的事。

落户的事拖了一个多星期没有结果，母亲想起大队的邹支书是爹爹的诗友，便立即找到大队部。邹士洲听了母亲反映的情况，立即批了一张纸条。母亲拿着纸条找庄子湾生产队，庄子湾生产队立即同意母亲落户。

庄子湾给母亲和毛坨办理落户手续的同时，也着手腾出那两间属于爹爹的侧屋。附带的手续还很多，包括给母亲划自留地、给母亲安排集体工等。

母亲在舅外婆家住着，等待着庄子湾生产队的通知。

母亲等了一个多星期，庄子湾生产队一直没有人通知她关于落户与入住的事情。

有一天，庄子湾生产队的花满爹和花满妈去舅外婆家有事，见到母亲。他们悄声对母亲说："你赶紧回庄子湾！你屋里的门板啊仓板啊快被殷卫潼拆光了！"

花满爹是当地的郎中，成分也是地主，跟我爹爹是同辈，住在马圈子盖上。他的儿子刘建仁后来成了小哥毛坨的好兄弟。

听了花满爹两口子的话，母亲和舅外婆赶紧小跑回庄子湾生产队的两间侧屋中。

母亲赶过去时看到事务室大门洞开，里面的东西大多已被搬走，但还没有清空，公共食堂墙角挂着残破的蜘蛛网，除了一座大型土灶没拆除外，锅碗瓢盆蒸笼水桶等都已被搬走。

房子里公家的东西没有全部被搬走，私人的东西却被搬走了不少。

事务室与食堂之间的墙已严重坏损，有一处墙体的砖已掉空，用一块木板钉着。事务室的门已经被人拆走了，放在事务室里的谷仓门板已被拆光，只留下四个角上竖着的四根木头。

拆门拆板的殷卫潼是贫农，母亲敢怒不敢言。

两间侧屋已完全不像个房屋了，倒像农村公路边一处年久失修的茅厕。

殷卫潼其实并没有多坏。在那个特定的年代，有些不近人情不合情理的人和事，如同一个个带着时代病毒的细胞。病毒不是来自人的内心，而是来自那个时代。后来者不必去责怪，因为历史不可苛求。

那时我曾祖父留下来的大宅子里住了十几户贫下中农人家。他们见我舅外婆带着母亲来了，围过来告诉母亲："赶紧搬进来吧！要不然瓦片都会给你撬走！"

这烂茅厕模样的两间侧房就成了母亲的家。

家徒四壁。舅外婆喊人帮忙运送给母亲很多日常用品：锅、锅铲、碗、筷子、油盐、油盐罐、水缸、连泡菜在内的扑水坛等等。还有一些贵重的物品：一张老梳妆柜、一个旧食柜、一只米桶。

母亲在事务室员胡桃英那里买下了她还没来得及搬走，或许不愿搬走的东西：一张旧单人床、一只旧木尿桶。

母亲请人把公共食堂的大灶拆了，重新砌了个家用小灶。然后把舅外婆送的锅碗瓢盆各就各位，这屋子立即就有了家的感觉。

卧室没有门。母亲在门框上方钉上钉子，把一块旧布挂上去。这旧布就成了门。

时值初冬，北风呼呼地灌进来，野猫也会蹿进来。母亲一个人躺在床上心惊肉跳。母亲怕的不是风，不是猫，不是鬼，而是人。那个恐吓死爹爹前妻的老色鬼二流子刘旗山也住在这个大宅里，与母亲只隔两户人家。母亲放了一把剪刀在枕头下，在床边放了一根茶木棍。母亲不敢打死甚至不敢打伤贫农成分的二流子，但自卫的起码权利应该还是有的。

以旧布为门的日子过了两天，母亲终于通过叔叔在藕塘生产队买了一张旧门。买来的门尺寸不对，母亲请人锯宽补长。安上门，家的味道就更浓了。

大概又过了两天，张目桥大队的治安主任刘壮参走进来找母亲。母亲认得他，他前一阵在藕塘生产队调查过母亲的政治表现，他的祖上曾在我母亲的外公刘炳章家做过长工，与刘炳章还沾着亲。按辈分，刘壮参与我爹爹是同辈。

母亲见他来，慌忙招呼："壮参叔来了，快请坐！"

母亲是按毛坨叫他的辈分来尊称他的。

刘壮参没坐，径直进屋，指着钉在墙上补墙洞的木板，开门见山地说："这块木板是事务室在我家拿的，你出点钱给我买吧！"

母亲心里一惊，但脸上堆着笑："既然木板是你家的，请壮参叔你开个价。"

刘壮参迟疑了一下说："两块五！"

母亲堆着笑，递上一碗热茶："好咧，壮参叔，两块五就两块五。只是我从孟良那里回来时带的钱不多，这几天买事务室员胡桃英的一张床花了15块，一只尿桶花了两块五，请超凡买了块门板花了三块，请人修灶花了两块，这手头没钱了。过半个月孟良发工资，我就去拿钱，回来就给你送家里去，你看好不？"

刘壮参没想到母亲这么爽快，他点点头，满意地离开了。

母亲不是傻子，她明白这事不合常理。自家的两间房子被生产队名义上说是借用，其实是占用。用作事务室和食堂时弄来补墙的木板，要钱也该向生产队要，怎么会向母亲要呢？但刘壮参更不是傻子，如果真是从他家拿的木板，他一个治安主任找生产队那是贫农与贫农扯皮，能要到个啥钱呢？找新来的地主堂客要钱那还不容易吗？

母亲搬进无门偏房的那天，生产队就给了母亲两块菜地，接着就安排母亲出集体工了。

两块菜地就在侧屋的后门边，从后门延伸到后山脚下。一块菜地呈长方形，另一块菜地呈不规则的长方形。呈长方形的菜地宽半米多，长三米多。呈不规则长方形的菜地靠后门的那边宽两米，长也三米多，但靠山脚的那头就像个锤子，把另一家人的菜地锤出一块凹地来。为了尽可能地提高单元面积的蔬菜产量，锤子菜土的主人把雪芋藤种在他家与人家菜土的交界处，让雪芋的藤叶在交界处舒展，侵占人家菜土的领空。

这两块菜地里长满了菜。生产队说，这两块菜地原先有主人，得让原主人过年之前收了菜，才能让母亲种菜。

母亲并不害怕出集体工。母亲从汉寿来桃江，出集体工只停了一年的时间，母亲手掌上的茧还未消，腿脚还有踩打禾机的力气。能文能武的母亲做好了心理准备，迎接新一轮集体工的到来。

庄子湾生产队给母亲定了五分工。

母亲心里想："只要不叫我一个人负责食堂，我干什么工都吃得消！"

有一种劳动是母亲在康家山时没尝试过的：车水。

庄子湾地势较高，高地上的水田冬天需要蓄水，这就需要踩水车，生产队把这项任务叫车水。车水一般需要两个男人或一男一女。但生产队觉得男人车水有点浪费劳动力，生产队队长刘雪莲见母亲样样都行，便安排她和另一个经常车水的女人刘嫂干这个活。

母亲上水车之前，有社员告诫母亲："你小心啊！水车转起来容易打到踝，打到踝会疼死人！"

社员们还说，队里还没有一个女人能和刘嫂成为搭档的。

母亲愉快地接受了这项可能打踝的光荣任务。

刘嫂让母亲先尝试一下。

母亲小心地抓稳胸前的竹竿，双脚试探着用力，结果费了很大力气也难转动车轮。刘嫂指点了两句，母亲终于可以转动车轮了。这样车了一会儿水，母亲发觉其实并不需要使老大的劲儿，于是稍稍松懈，不料车轮蓦然一阵噼里啪啦打起倒转，母亲的脚踝和脚趾被一节一节倒转的木轮击中，一阵钻心的疼痛。

母亲没有因疼痛而停止车水，她迅速摸清了套路，跟着刘嫂的节奏把水车轮不急不缓地转动起来。她俩一个下午车满了三丘田的水。

母亲车水的成功得到刘嫂和生产队队长由衷的赞叹。母亲的双腿第二天却酸痛难受，脚踝肿胀瘀血。

才短短几天时间，母亲就感受到了邻居的温暖。与母亲同住一个大宅的罗国兵的堂客每天出工都来邀母亲，介绍庄子湾的人与事给母亲听，但从不说任何人的坏话。母亲叫她“腊妹子”。腊妹子的丈夫罗国兵是个虐妻狂，经常打骂堂客。后来的日子，母亲经常听到腊妹子被罗国兵打得鬼哭狼嚎。

腊妹子知道母亲的菜地还属于别人，叫母亲去她家吃菜。见母亲婉拒她，她常端着菜碗送过来。

后来有个消息传到母亲耳里：相邻的渔郎冲有个羊姐家里有“绿肥干”愿意出售，每斤五角钱。母亲闻讯后跑去买了五斤。

绿肥学名紫云英，是一种植物肥料，种在田里绿茵茵的，所以叫绿肥。待绿肥成熟后，农民们把它翻入土壤。在微生物的作用下，土壤下的绿肥不断分解释放养分，还形成腐殖质，能使土壤胶结成疏松、透气、保水保肥的团粒结构。

绿肥除了能入肥，农民有时也割它喂牲畜。但它味涩质粗，人不能吃。周作人先生在散文《故乡的野菜》里说“采取嫩茎瀹食，味颇鲜美，似豌豆苗”。他还说，在他住过六年、被他视为故乡之一的日本东京，“在女人里边，不曾采过紫云英的人，恐未必有罢”。对此，我只能理解为周作文先生要么没吃过绿肥，要么是他吃过的品种与桃江的绿肥品种不同，要么是因为某个日本美人手摘赠予让他心里觉得甜美。

把绿肥切碎制成“绿肥干”，是人们在困难时期的创举。

米罐里的米所剩无几。母亲把“绿肥干”买回来，放在粥里煮，一日喝三回。

在母亲的生活举步维艰的时候，藕塘生产队要求我 15 岁的大哥刘道任转回庄子湾生产队。

藕塘生产队的干部说：“刘道任是庄子湾人刘孟良的崽，也是庄子湾社员钟三多的崽。钟三多在庄子湾安门落户，刘道任就应该回庄子湾生产队去！”

庄子湾生产队当然不肯接收。庄子湾生产队的理由没那么充分，但也振振有词："刘道任跟着他叔叔落户在藕塘已两年，他在那里有工分，有自留地。刘孟良的户口不在庄子湾，钟三多不是他的亲娘，他不应该到庄子湾生产队来！"

落户对两个生产队来说，如同饿口夺食，但对于母亲、叔叔和大哥来说，户口落在哪个生产队都一样。母亲稍感担心的是大哥转到庄子湾后，工分是否能立即跟上，自留地是否能立即分到家。

藕塘见庄子湾不肯接收，便停止记大哥的工分，不安排大哥出工，并收回他那一份自留地。

这一招叫釜底抽薪，让母亲着了急。

母亲找庄子湾的生产队队长刘雪莲，刘雪莲还是不同意接收。没办法，母亲再次到张目桥大队部向支书邹士洲求助。

邹士洲大笔一挥，刷刷几笔就写了一张责令庄子湾生产队立即接收刘道任的纸条。

接到邹支书的纸令，庄子湾生产队立即让我大哥刘道任转回庄子湾。大哥随即搬回了两间偏屋的家。

人与人之间的交往有时就这么奇妙有趣。爹爹的这位诗友、曾经给我家许多帮助的邹士洲支书后来与我家有了许多层亲近和愉悦的关系：后来邹士洲进了县粮食局，与爹爹的亲家公即我小姐姐的公公钟清宇成了同事；邹士洲的小女儿邹雪明在桃江三中读高中，与我清波姐成为同班同学和亲密姐妹；邹士洲的二女儿邹丽明、二女婿钟世美在修山粮站工作，与我乐怡姐、姐夫钟世辉成了同事；后来邹士洲与我家成了亲戚——他的小女儿邹雪明嫁给母亲的堂兄钟立仁的外孙符选华；再后来邹士洲的大外孙女周进，与爹爹的大孙子即我大哥刘道任的儿子刘耀成了桃江一中的同学……

当然，这些亲近和愉悦的关系都是在能吃饱饭后才产生的。这都是后话而已。1961 年的冬天，母亲只能在庄子湾生产队与饥饿作斗争。

那时大哥 15 岁，算个半大小伙子，庄子湾每天给他记三分工。应该分给大哥的自留地没能立即到位，说要过了年再议。

生产队给母亲和大哥安排的集体工经常不相同，母亲和大哥往往是各出各的集体工，中午和晚上回家吃饭。

大哥和母亲开始共同挨饿。

一天，母亲有一个令她兴奋的发现：集体土里有细颗的马铃薯可捡。像在康家山一样，生产队的粮菜往往得不到细心的收割。这些细颗的马铃薯被遗漏在土里无人问津。母亲立即不顾疲惫，利用上午出工前、中午散工后、下午出工前、晚上散工后的空闲时间走遍生产队的集体土地，吃力地拿着小铁锄，一锄一锄地挖。

空旷的山野，又饿又累的母亲像一只快要散架的瘦鸟，耷拉着翅膀，膨胀着渴望，艰难地觅食。

母亲是饥饿逼出来的一把梳子，把集体土里一一梳遍。每挖到一颗马铃薯，她就像捡到一颗生命一样高兴，因为每一颗马铃薯都会对生命提供一份保障。每一次沉甸甸的收获都让母亲的心里实实在在地踏实。

马铃薯既是送饭的菜也是填胃的粮。午饭母亲总是匆匆喝一碗粥、吃几片马铃薯后，就到更远的集体土里锄马铃薯。对她来说，时间就是马铃薯，时间就是生命。

一天中午，母亲给大哥留了午饭，自己匆匆吃过就去锄马铃薯了。旁边屋里一位阿婶端着饭碗来串门，见我大哥一人在喝粥，菜是马铃薯炒“绿肥干”，就说：“后来娘真的是后来娘呢！后来娘何得会像亲娘心疼崽呢？搞点咯样[①]的东西给道任吃，道任何能长得高呢？”

这话被另外的农妇传到母亲耳里，母亲感到后娘不好当。

① 咯样是桃江话，这样的意思。

第二十六章

熬过水肿病

母亲突然发现自己患了水肿病。

每天出集体工，挤时间锄马铃薯，喝着稀粥吃着马铃薯炒“绿肥干”，母亲并没有感觉有什么不对劲儿，只是觉得身上的力气越来越小，母亲以为自己是太累了，睡一觉等到第二天就会好的，但有一天换衣服时，母亲无意中看到大腿上有自己的指痕。

健康人的肉体上不会长时间留下指痕。健康人的手指头按到皮肤上一两秒，手指头压时皮肤会凹下，手指头移开皮肤会迅速复原。水肿病人的皮肤已丧失或部分丧失复原功能。母亲换衣服时手指无意碰到了大腿，大腿上留下一个个明显的凹。

母亲心头一沉！

她紧张地试了几次，大腿上、胳膊上屡试不爽地留下一个个凹。

母亲的水肿病是营养缺失所致。从乌龟桥学校回来后，母亲没有一餐吃饱过，体力却消耗很大。虽然这期间，爹爹带着毛坨挑过几斤米和一些南瓜、芋头、雪芋、白菜等回来，但终究没能满足母亲身体最起码的需要。

好在大哥还算健康。他虽然也吃不饱，但还勉强过得去。只记三分工的15岁的半大小伙子，生产队没有每天都安排他干重活累活。

一个星期六的下午，爹爹带毛坨回来时又带了些瓜菜和一小酒瓶茶籽油。

爹爹看到母亲水肿，焦急万分。

围绕着母亲的水肿病，一家四口都忧心忡忡。

爹爹担心母亲因饿致死。如果真那样，他也许再也不会娶妻了。他将一个人把大哥和小哥拉扯大，但那样的生活该有多少艰辛！

母亲担心自己饿死后，她的丈夫刘孟良将再次陷入孤苦伶仃的可怜境况，大儿子刘道任将再次成为没有娘的苦儿。母亲更担心她和曾章甫的独苗骨肉毛坨，不知道他没了亲爹亲娘，跟着继父能不能活下去。母亲给自己打气："哪怕成为乞丐，我也要活下去呀！"

大哥担心爹爹受不了后妈饿死的打击，而他自己可能将要再次寄居到叔叔家。如果他独守这两间风雨飘摇的烂屋，他要自己煮饭、洗衣。而他还没有长大，还没有独立生存的心理准备。

小哥更是惶恐万状。他虽年幼，但见过很多的水肿病人，皮肤下通亮透明的水倒来倒去，令人恐怖。如果母亲去世，他不知道将来是什么样子，他只知道那将充满黑暗。而这所有的一切都不重要，他只要他的翁娘、他的妈妈活着！不能死！不能死！

如果曾祖父刘述晶在世，他或许能用一两服中草药治好母亲的水肿病。爹爹不是郎中，但他不愧是郎中刘述晶的长孙。爹爹让母亲在一个星期内神奇地康复了。

爹爹回来的那个星期六的傍晚，叔叔给母亲送来一茶碗芝麻，舅外婆给母亲送来一碗芋头汤。芝麻含油量很高，是桃江擂茶的主原料，是极好的营养品。芋头汤既稠又黏，喝下去能感觉个半饱。爹爹让母亲躺在床上，让母亲像个病人模样。

其实，那些天里母亲天天照常出集体工，她没有把自己当病人。

爹爹坚持让母亲一个人把芋头汤喝完，再让她一勺一勺地嚼芝麻。

晚上，爹爹让母亲喝了粥，吃了菜。见母亲的身体肿得油亮，爹爹灵光一现，把他带回来的一小酒瓶茶籽油送到母亲手里，叫母亲把它一大口全部喝下去。

滴油如滴金。那时候的家庭极少有吃得上油的。炒菜完全不用油，所以什么菜都容易粘锅。粘了锅就用锅铲铲，铲不动的就用菜刀戳。铲起来戳起来的菜锅巴比白米饭还好吃。猪油、菜籽油已是奢侈品，何况茶籽油呢。母亲舍不得喝，说："客人来了炒菜吃吧！"

爹爹生气道："人都饿死了，还招待什么客人？"

僵持了一会儿，母亲虽然心疼那点儿茶籽油，但还是拗不过爹爹。她把装茶籽油的小酒瓶口稍稍倾斜，试着往嘴里倒。茶籽油入嘴，母亲不敢品味，直接吞入胃里。

油虽然不苦不辣，但腻得出奇。母亲久未沾油的肠胃接受不了这汩汩而入的纯油，在体内一阵排山倒海般抗拒，母亲险些呕出。但人的意志远胜过肠胃的反应。这么金贵的油怎么能呕出呢！母亲努力往下强咽。

爹爹强令母亲如此反复几次喝油。

一次喝几口，母亲大概喝了一两，怎么也不肯喝了。母亲苦笑着向爹爹求饶："这么空喝，油会直接屙掉，浪费了！"

觉得母亲这么说也有道理，爹爹没再强令。但他要求母亲每餐炒菜都必须放油，他下个星期六再带油回家。

下个星期六爹爹又回来了。但他当然没能再带油回家。乌龟桥群山里只有山泉水，没有油。爹爹不是神仙，他不能点水成油。

但母亲的水肿已消退了。母亲神奇地康复了！

这是茶籽油——城里人也叫山茶油的神奇功效。母亲自此相信，茶籽油是可以救命的。我也相信。我参加工作后不愿意高价买国外的橄榄油，但见到真正的茶籽油，我总会尽量买一点儿。

母亲是张目桥大队最后一批水肿病人。熬过了这一关，以后就不会再因饿致死了。

从全国来看，到 1961 年年底，"共产风"已基本停息，农村公共食堂已全部停办，中国三年困难时期已接近尾声。从我家来看，1961 年年底，母亲的两块菜地和大哥的一块菜地正式换了主人：原主人收完了菜，把三块菜地交给了母亲。

原主人一收菜，母亲便种菜。母亲一分一秒也不愿耽误。

与母亲的菜地相邻的是殷卫潼的大崽殷古仪家的菜地。殷古仪对母亲说："菜地不直不好看，还是拉直为好！"

殷古仪把原来像锤头的那部分切掉，让母亲的那块菜地瘦了身，他自己的菜土补进了一块。

母亲没有跟殷古仪争，她想："没有种菜都熬过来了，少了块锤头地还能饿死人吗？”

母亲种菜，尽挑那些能顶主食的菜种。冬天的雪芋、胡萝卜、白萝卜、大白菜、菠菜、汗菜，还有豌豆，都能顶主食，一吃一个饱。那些姜啊葱啊蒜啊，只能调味，不能当饭填肚子，母亲都不种。

母亲和大哥刘道任对这几块菜地非常上心，经常浇水、施肥、除虫。

三块菜地仿佛知道中国三年困难时期已过，疲乏的土地应该给人们带来丰收，也仿佛知道新的主人饥肠辘辘，应该枝繁叶茂，茎粗瓜圆。三块菜上的嫩苗儿一天比一天蹿得高，绿油油的一片格外让人舒心。

看着土里一个劲儿疯长的蔬菜，母亲心里念叨：“章甫啊，我的水肿病治好了，自留地也种上菜了，我就暂不去陪你了。我会在新的家庭好好地活着，帮你带大毛坨。你在那边安息。”

那个寒假，爹爹带母亲和毛坨去了一趟长沙。这是母亲和毛坨第一次出远门。

大哥留在家里守菜地，浇水、施肥、除虫。爹爹、母亲和毛坨一行三人先走 18 里山路到桃江县城，在县城码头坐简易船沿资江到益阳，再从益阳换乘轮船到长沙。他们天没亮就从家里出发，赶早上 8 点的简易船到益阳，再赶中午 12 点的轮船，天黑时分登陆长沙。

那时大姐刘清沅已结婚，大姐夫是长沙人。大姐和大姐夫一起在江西赣州地质调查队工作，回长沙与公公婆婆过年。他们在我的大姐刘清沅的公公婆婆家住了一个星期。

在长沙期间的一天，母亲带毛坨坐公共汽车一路问到岳麓山下的矿业学校，找到了曾章甫的姐夫王乃愚，及曾章甫的表弟王孟湘。王乃愚和王孟湘都在这所学校教书，他们的家都在校内。王孟湘跟曾章甫与母亲同岁，原先他们关系很亲密。

曾章甫的姑父、王孟湘的爹爹是这所学校的退休教师。母亲去看望姑父时，见到了王孟湘的翁娘即曾章甫的姑妈。

母亲和毛坨在王孟湘家住了一晚，在曾章甫的姑妈家和王乃愚家都吃了饭。母亲找到他们的目的是看望曾章甫的亲人，让他们看看茁壮成长的毛坨，并向他们介绍了她带毛坨到桃江后的情况。

那次的见面和交谈，虽然勾起许多痛苦的回忆和悲伤的泪水，但分居异地的亲人们相互鼓励："好好活着！好好把孩子带好！"

在长沙住了一个星期后，爹爹和母亲带着毛坨回到了庄子湾的家里。

他们在庄子湾的两间侧屋里迎来又一个春天。

那是三年困难时期结束后的第一个春天。那年的春天特别具有春的气息，桃花比往年都要红，春燕比往年都要勤。

庄子湾又种上了棉花。

美好的春天给那年开了个好头，给庄子湾带来了一整年的收获。

那年的大地格外慷慨。天遂人愿，早稻获得空前高产。各家各户的自留地里瓜果飘香，棉花含笑，一派生机勃勃的景象。

停长了三年的大姑娘小伙子们，脸色逐渐恢复了红润，嘴唇像桃花一样开始泛出鲜亮的红色。

母亲的菜地获得了大丰收，尤其是汗菜多得吃不完。

汗菜长得高大健硕，叶大而密，一株就可炒一份菜。它不仅叶可吃，枝干也可吃。如果分开炒，就成了两碗菜。母亲向来会晾制汗菜干，所以她做了很多汗菜干送给亲友乡邻。旁边住的刘鹤生，人称鹤满爹，菜不够吃，母亲就叫大哥给他家送去很多汗菜干。刘鹤生的一个儿子刘义夫是我爹爹的同学，曾与爹爹一起教过书；另一个儿子刘正夫，就是那个与母亲一起在湘山中学读书时曾经用桐油炒菜的人。

开春后的新学期，母亲叫毛坨转到张目桥学校。

这是毛坨的二年级第二学期。张目桥学校最初不肯收，母亲知道她湘山中学的同班同学钟家厚，当时正在张目桥学校当二年级的班主任，便去找钟家厚老师。钟老师二话没说，立即答应收下毛坨。

毛坨——刘式农同学就成为了张目桥学校的小学二年级学生。

生产队的粮食丰收，各家各户都有了比年前更多的粮食。但母亲只有五分工，大哥只有三分工，加起来还不到一个成年男子的工分，从生产队领到的稻谷还不够，加上毛坨就更捉襟见肘了。家里小面积的菜土，母亲舍不得割出一块地来种棉花，她全都种上了菜。不管怎么说，家里已停止喝粥，可以吃上饭了！菜也不再是"绿肥干"，而是品种丰富的蔬菜瓜果！

不少人家的稻谷和米已有盈余，他们愿意卖出换钱。母亲便用钱找他们买。为了节约，母亲以买红薯为主、买米为辅。

那时候有个名词：四属户，也就是“半边户”，即指有人在外工作拿工资的家庭。在外工作拿工资的人一般是干部、职工、教师、军人这四种，所以叫四属户。

爹爹是教师，所以我家是四属户。当时荷塘公社各生产队都有规定，四属户每月交十元钱给生产队。

除了交掉的十元钱，爹爹和母亲把余下的钱都花在家用上还嫌不够，只能尽量节省着用，家里根本存不起钱。

母亲在刚刚停止喝粥、刚刚吃得起饭的1962年的春季有了喜事。我们不得不佩服生命力的坚不可摧。刚刚换掉粥碗端起饭碗，男人女人们的生育能力就自动修复了。

经过了三年生育低谷后，1962年中国的育龄妇女很多都不声不响地怀孕了。

第二十七章

月子只坐了五天

怀孕的母亲跟其他的农村孕妇一样，坚持出集体工，但一段时间后就交上了好运。

入秋，母亲的肚子越来越大。正好生产队的草鞋用完了，需要一批新草鞋，生产队便安排几个妇女打草鞋，优先安排孕妇。

母亲接到了打草鞋的任务。这是个美差——草鞋可以在自己家里打，可以早上打也可以晚上打，不需要日晒雨淋地出集体工。

“托生产队的福，安排这么好的事。打草鞋是个快乐活，刘备也打过草鞋呢！我要当好这个女刘备！”母亲想。

打草鞋是定额任务，每人每天交三双。

草鞋经济实用，是劳动人民上山下地时常穿的鞋具，穿起来既轻便又舒服。太子庙康家山不管社员的草鞋，荷塘张目桥管。当然不是对每个人都管，也不是天天管，只是对那些安排特别劳动内容的社员才管，比如修渠道、开荒山等。

打草鞋需要一套“鞋马”，生产队不管提供，母亲家没有。对面的贫农吉高叔翁妈家有一套，是吉高叔翁妈的公公良愿三爷生前用过的，当时闲搁在家，很久没派上用场。吉高叔翁妈说送给母亲，叫母亲去取。

母亲不敢去，担心自己成分不好，拿贫农家的东西可能导致生产队处分，于是吉高叔翁妈和女儿便把这套“鞋马”送到母亲家。

吉高叔翁妈就是后来接我出生的人，她男人后来成了毛坨的篾匠师傅。

一套“鞋马”的组成元件包括：草鞋耙、草鞋扒、草鞋扛、草鞋捶等。

“草鞋耙”就是“主机”，它由长形大木头和U形钩头垂直铆钉而成。长形大木头带有七个木齿，居中一个主齿，是一个高又大的圆齿，带一个朝打鞋人稍弯曲的像羊角的尖顶。主齿左右两边各有三个方齿。长形木头连接着一个U形钩头，打草鞋时钩在四尺木板凳的一头，它是固定草鞋筋绳的主要工具。“草鞋扒”是一根扁形的木条，上圆下扁，开有四个齿，用于扭紧稻草。它不是固定在“主机”上的，它是附属物。草鞋每往下编一行，打鞋人便用它扭紧一行，这样能使草鞋底紧凑耐用。“草鞋扛”是一根方木，上面锯有四级梯形锯齿形，供“草鞋扒”顶扛扭草用。“草鞋捶”是捶稻草及拍打草鞋用的。

吉高叔翁妈教母亲用“鞋马”打草鞋，母亲认真地看着吉高叔翁妈演示。

打草鞋之前要选料。首先要选的是编草鞋的草料，从干稻草里挑出颜色鲜白的稻秆。暗黑的稻草不合适，色越暗说明它越腐，打出的草鞋越不耐穿。选出稻草后，两手抓牢一缕稻秆，在石级沿边狠劲拍打，然后用手撕除稻秆四周疲软的稻衣，再拍打使之够柔软。稻秆柔软便于编织。

还要备好编草鞋用的筋绳，一般要用质软而坚实的络麻。

材料备足后，就可以开始打草鞋了。先用络麻搓出两条草鞋筋绳。将这两条筋绳对折缠在“主机”长形大木头的主齿上，变成同心四根筋。主齿上的同心半圆即是草鞋鼻头，将四根筋绳居中的一条设定为主筋绳系在腰上，取“草鞋耙”钩在木板凳的一头，人坐在凳的另一头。人坐的凳头要紧紧地顶着墙或仓柜，以防打草鞋向后拉紧时木凳向后滑。这就完成了打草鞋鼻头。

完成了这些准备工作，就可开始编了：“鞋马”旁放一瓢井水。喝一大口水含在嘴里，像东海龙王口洒甘霖一样均匀地喷在稻秆上。用完刚才喷成半湿的稻秆就接着喷出一口。然后抓起由十多根半湿的稻秆合成的一缕从鼻头处开始编。须注意的关键环节是：草鞋的长短取决于从草鞋鼻头到草鞋耙齿的四条草鞋筋的长度，以自己的前手臂的长度为标准，就能适合一般草鞋的长度了，除非生产队指定为某个“大脚佬”打特大码的草鞋。半湿稻秆在四条筋绳间一上一下穿行，每穿一次稻草时都要把稻草向身体方向索紧。编织过程中，每次加入稻草的接头都放鞋底的下面，上面保持美观、平整，适应脚穿，不损脚。鞋的宽度和形状由草鞋筋绳在“草鞋耙”六个齿上的收放来确定。草鞋筋绳的拐弯圈放到最外沿木齿上，鞋的宽度就放大，待稻草编织到人的半手掌长时，在左右两边的草鞋筋绳上做草鞋的前扣。扣的做法是用络麻系在草鞋筋绳上，搓缠络麻做两个大小不一的扣儿。做好前扣接着继续往下编，编出适当的长度时再用络麻做后扣。后扣做好后就准备收尾了。收尾时将筋绳的拐弯圈从草鞋耙的外齿移放在内齿上，再逐渐放回主齿，然后将草鞋筋尾紧紧打成结。最后，用“草鞋捶”小心而用力地捶打草鞋，使其变软，并用它修饰鞋型，直至满意。

吉高叔翁妈认真地告诉母亲：“每次打好一只草鞋，一定要记得剪断四条草鞋筋绳中的一条。否则，打草鞋的女人以后生孩子就会难产！”

吉高叔翁妈耐心地守着母亲打好一只草鞋，守着母亲剪断一根筋绳，然后满意地说：“就是这样！四条筋绳只剪一条，草鞋照样牢固耐用，你以后生孩子保证都顺产！”

在母亲打草鞋的这段日子里，她的好朋友腊妹子的任务也是打草鞋。她把她的“鞋马”搬到母亲家里，和母亲一起打草鞋，还能一起聊天。

打了约两个月的草鞋，母亲和腊妹子都交足了草鞋。

9月，金桂飘香。爹爹调到荷塘公社鸭婆嘴学校教书。母亲的肚子日益隆起，她和其他孕妇一样干脆向生产队请了假，不再出集体工。

收获的季节，神州大地一派丰收的景象！庄子湾都能吃上饭和红薯了。

母亲虽然还不能完全吃饱，但能七八分填满肚子。

俗话说，丰衣足食，“足食”和“丰衣”像一对孪生姊妹。食物在逐渐充足，人们对衣着有了新要求。这种要求曾经在解放初汉寿县太子庙的农村出现过，现在又在桃江县荷塘开始出现了。

那年，当了两个月打草鞋的“女刘备”后，母亲接着就当起了“纺娘”。不过，母亲这次当纺娘不是为别人做嫁衣裳，而是为自家的温暖和美观。

母亲要让她的男人和孩子们穿戴得好一些。

没有布票，那就自己动手！母亲叫爹爹在马圈子盖上买回几斤棉花，又到担水坝买回两捆麻皮。

棉花白，麻皮黑。

母亲请来弹棉匠把棉花弹好，自己再搓成棉条。棉花是棉布的原材料，棉条则是纺纱的物质准备。母亲借来纺车，然后去舅外婆家请教纺纱这门新的技艺。母亲速学速会，回家就动手把棉条纺成棉纱。

母亲昼也纺夜也纺，一天能纺四两棉纱。

麻皮是麻布的原材料。母亲向舅外婆请教纺纱的同时也学会了处理和利用麻皮。

母亲把干枯的麻皮放到水桶中泡上，再用手撕破、捻搓。然后再像纺纱一样把麻纺成麻纱。把麻皮捻搓成纱，磨破了母亲十根手指头的皮。

然后母亲再去别人家借用织布机，把棉纱和麻纱织成棉布和麻布。母亲到荷塘担水坝的染坊把其中一匹棉布染成了蓝色。

无师自通的母亲把染成蓝色的棉布裁剪缝制成被套、被褥，把白色的棉布给爹爹和大哥各做了一套内衣内裤，给爹爹做了两件褂子。内衣裤和褂子都是洁白的，显得干净漂亮。母亲用剩余的一些布角布条，缝了两件婴儿衣服。婴儿衣服的颜色有白有蓝，像白云飘浮在蔚蓝的海面上。

母亲把麻布缝成了一床蚊帐。麻蚊帐经久耐用，但厚度大，气孔小，透气性能较差，所以睡在里面很热。只有热天才有蚊子，只有热天才要用蚊帐。遇上三伏天，人睡在麻蚊帐内热得无法入睡，但那是没办法的事情。饿死蚊子，热死人，这是人与蚊子两败俱伤的结果。

母亲把原先的烂蚊帐缝在几根篾片上，做成了饭菜帐。有了剩饭菜，饭菜帐就用得上。农村有一种比绿头苍蝇个头小的“饭苍蝇”，专门叮饭菜。母亲原来的饭菜帐是用烂衣服改成的，烂衣服的布料太厚实，热天容易把剩菜闷馊。

爹爹穿上新衣服，很激动。他责怪母亲不给她自己做，还穿着康家山带过来的破衣服。但他又说，母亲穿着破衣服也比别人家的堂客穿新衣服美。

寒假里，一家四口其乐融融地守在一起。过年前，母亲买回肉和鱼。饭也香，菜也香，爆竹声中一岁除，庄子湾人迎来又一个新年。

那年年底，桃江和益阳、安化、沅江等县市一道从常德地区分离出来，归属益阳地区。从那以后，桃江再未归属过常德。

开春，开学。农民开始忙生产，教师开始忙上课。

爹爹又调动了，调到了荷塘乡黄南村青坡寺学校。

这年年初，桃江县落实中央和湖南省委、益阳地委的决定，广泛开展社会主义教育活动，强调“以阶级斗争为纲”。

一听到阶级斗争，母亲又止不住地恐慌。她生怕生产队把她和爹爹列为阶级敌人，列为阶级斗争的对象。她不能跟随我外婆、曾章甫等人而去，她一定要留下来照顾爹爹，照顾毛坨，照顾大哥。

好在这场社会主义教育运动并没有像当年的土地改革运动一样动刀动枪动皮鞭。刚经历过三年饥荒，刚把稀粥变成米饭煮红薯，农民把屋顶冒出的袅袅炊烟，看得比任何运动都实在。

母亲的肚子越来越大。邻里们总能看到母亲挺着大肚子去挑水，看到母亲因为弯不下腰而只能双膝跪在井边舀水。

初春，村前屋后的桃花枝头含着花骨朵。母亲顺产生下一个女婴，女婴虽然不是胖乎乎的，但也挺健康漂亮的。

接生的是外婆的侄媳妇、母亲的表嫂，后来我们叫她伏二妈。伏二妈的女儿二满姐嫁在修山麻竹垸，跟舅舅家是邻居。伏二妈为我母亲接生的那天，正好二满姐要从娘家回夫家麻竹垸。于是，在没有电话的年代，二满姐就成了最好的送喜报者。

二满姐先经过黄南村青坡寺学校，把喜讯告诉我爹爹，再回到麻竹垸，把喜讯告诉我舅舅。

母亲挑了一个星期天，为新生女婴庆“十朝”。

按桃江的风俗，婴儿出生后十天，亲戚朋友会来生婴儿的家里庆“十朝”。我家因为爹爹要教书，只能挑个星期天庆“十朝”。

庆“十朝”的那天，女婴出生才四天。爹爹上午9点多回家，亲戚朋友们大多都到了。

爹爹是背着一只边兜回来的。边兜是篾兜的一种，它的竹背带和兜不在同一边，人背着它时是斜着的，因此叫边兜。大家看到又当了父亲的爹爹回来这么晚，都饶有兴趣地查看他边兜里带回来多少肉和鱼。结果，大家在边兜里只翻出一个新瓦蒸钵。

大家纷纷取笑我爹爹。黄二妈编了一句歇后语：刘老师当爹——只有一个瓦蒸钵。

这句歇后语流行了好一阵儿，它用来取笑那些撒手不管家里事，把一切都留给堂客张罗的男人。

母亲说，黄二妈这歇后语编得有水平，农村妇女能编歇后语是一件少有的事。难怪后来黄二妈的孙女儿黄凤娇的儿子考上了名牌大学。

爹爹很高兴得了个女儿。他给女婴想了一个名字：刘清波。他征求母亲的意见。母亲说，这名字好，孩子就叫刘清波！

刘清波是母亲跟我爹爹的长女。因为爹爹与前妻所生的几个女儿常年不回来，在我的童年乃至青年里几乎没什么印象。跟同学和朋友们提到清波姐时，我常说她是我大姐。但在爹爹面前提到清波姐，我只会叫她为清波姐，我牢记着我的大姐在江西赣州地质调查队工作。

母亲的记忆力确实是值得称道的。她没有用笔记“人情账”，但她能清楚地记着亲友们送的“十朝”礼物：舅舅和舅母抱着才半岁多的儿子、我的表哥钟端初，带来 50 颗鸡蛋、五斤棉花、两只母鸡、八个纸包封。纸包封中有的是黑糖，有的是红枣，有的是芝麻；叔叔和婶娘送了四颗鸡蛋、一斤红枣、一斤黑糖、一斤鲜猪肉；娘家与母亲同是修山人的禀满妈送了四颗鸡蛋、一斤面条；刘润初堂客送来十颗鸡蛋；母亲的远房表侄刘润芬送来一菜碗猪油，刘望仁送来 12 颗鸡蛋。庄子湾生产队的每一家都送了东西给母亲，最少也有两颗鸡蛋。

母亲心存感恩，她牢记着家家户户送来哪些东西，找着机会回礼。如果别人送了十颗鸡蛋，母亲会回送 12 颗；别人送了一斤肉，母亲会回送一斤半。

在那个年代，一家有事，百家支援，人们就是这样互相支撑着走过来的。

“十朝”饭定的是午餐，吃过饭后本地的亲戚朋友都回去了。爹爹因为第二天要上课，也于当天傍晚就回校了。

舅舅因为要出集体工，也于当天下午抱着我的表哥回修山了。留下舅母打点母亲坐月子。

“十朝”后连着四天都下着鹅毛大雪，大树小树的枝干上都裹着一层白雪，天阔地茫万树银花，张目桥大队化身银装素裹的洁白部落。气温降得很低，屋檐瓦角挂着长长的冰凌。

如果从空中看我家，这是一个童话般的晶莹冰雪世界。但从我家屋里看，实在糟糕透了：门缝里、窗缝里北风长针般钻进来，刺到人的脸上，沿着棉衣的袖口、棉裤的裤管直往人的手臂和小腿上扎。舅母习惯于烧干柴，最好是木头、木棍和竹片。我家的柴是大哥从山脚砍回来的绿蕨，虽然在杂屋里晾了几天，但青翠欲滴的绿意不减。舅母无法让绿蕨充分燃烧，它在灶洞里烧一下，熄两下，吹火筒吹出来的浓烟熏得舅母直掉泪。

修山的生存状况可能确实比荷塘好。两个修山人都表示了对我母亲的同情和不甘。

一个是我舅母。她向舅外婆发怨气："我这个三多姐，要人才有人才，要相貌有相貌，从太子庙嫁到这里，到处破破烂烂，柴都没得烧，嫁得太可惜了！"

另一个是禀满妈。她一边帮我家烧热水，一边对我爹爹说："三多姑嫁你这么个孟良老师，冷火镰，烂门窗，太受苦了！"

母亲却认为她不苦。母亲心想："我想要个女儿，就真的生了个女儿。男人在学校教书，对我知冷知热。不用挨批斗，不用提心吊胆，有吃有穿有屋住。这苦什么啊！"

母亲一点儿也没矫情。是啊，母亲什么苦没尝过，什么痛没饮过？刚刚过上好日子，母亲正在品味有老公有孩子的温暖和甜蜜，哪有心思叹苦呢？

四天大雪不化，灶里的柴依然是绿蕨。见舅母烧不了水，常被熏得脸黑泪流，母亲便对舅母说："你也要出集体工，端伢子也要娘带。你不在家，伯涛散工回来没饭吃。我在康家山已习惯了自己打点自己，何况还有这么多亲戚在附近，两个儿子在身边。你赶紧回麻竹垸吧，我会好好的。"

舅母听了母亲的话，第五天一早便回去了。

别说"坐月子"，母亲连"坐周子"也不成——母亲这次的月子只坐了五天。

母亲只能自己打点自己了。她每天要烧热水，动手洗垫包云、洗菜、做饭、煮蛋、蒸红薯，还要为两个儿子洗衣服。

母亲说，在月子里米饭基本能吃饱，有荤有素有营养，但乳汁还是不够，小清波在月子里就没胖过。

第二十八章 陪　教

小清波满月那天，母亲向生产队请了假，跟着爹爹住到了黄南村青坡寺学校。母亲又在学校住了，但她的身份不再是教师，而是陪教的师母。

毛坨留在自己家，和大哥一起。

青坡寺学校离我家不算远，六七里路。但中间隔着万霄垅，走起来有些费劲儿。

青坡寺是一个大寺庙，原先是，后来是，一直都是。寺的正屋有一个神龛，龛里没有菩萨。龛的两边各有几尊木菩萨，虽已残旧，有的断耳掉臂，但还露出凶神恶煞的样子。

正屋的后面住着一个和尚，俗姓吴，不穿和尚服，一直都光着头，也许原本就是个秃子。这吴和尚极少说话，但能讲一口桃江话，发音不纯正，间或能听出一丝异乡味。他天天打坐念经，没人发现他有妻室儿女。

学校就在正屋的东侧和西侧。东侧有两间屋，靠正屋的一间是三、四年级的教室，靠外的一间是我爹爹的卧室兼办公室。西侧也有两间屋，那是一、二年级的教室，由另一位老师刘老师管着。

爹爹的卧室兼办公室的陈设非常简单。床上一顶蚊帐，是唯一可见的奢侈品。床上放着一担木箱，那既是爹爹的行李箱，又是爹爹的储藏箱。

学校有菜地，有厨房。那位刘老师和我爹爹各种各的菜地，各自生火做饭，各吃各的，不像在三官桥胡家段学校一样两个教师共伙食。

学生们都害怕那个吴和尚。母亲到青坡寺学校后，发现了这和尚令孩子们害怕的原因。他总阴着脸，走路时眼睛也常微闭着，但若与人对视，人们总能感受到他眼睛里的寒光。有一次课间休息时，孩子们看到他故意踩着一只倒霉的青蛙，用脚尖扭了半个圈，像踩烟头似的扭动脚掌就把青蛙踩扁了。后来有人说，他是远方的杀人犯逃到这里隐姓埋名当和尚的，也有老秀才说他可能是闯王李自成的后代。

青坡寺学校旁边不远处就是符川保老师家。符老师在荷塘公社五七学校（即荷塘公社中学）教书，他妻子听说刘孟良老师的妻子来了，热情地找到学校来与母亲攀谈。结果，符师母与我母亲——刘师母就成了好朋友。符师母经常来青坡寺陪母亲聊天，也帮母亲抱孩子。

从那一年开始，桃江县实行“私养公养并举，以私养为主”的养猪方针，对生猪实行奖售。各生产队及部分家庭开始积极养猪。母亲在庄子湾的家里没养猪，来到青坡寺后她想尝试一下。

养一头猪，能卖不少钱，能换不少稻谷。如果自家杀着吃，那可够全家吃一整年的烟熏腊肉。母亲当然舍不得自家杀着吃，她是想让猪肉换成谷、米、油。

没有猪圈，这不碍事。

母亲请符师母帮忙从黄南村买回一头小猪。小猪买回来之前，母亲早已准备好了一根小手指长的竹片，竹片的宽度跟小手指的宽度差不多。母亲把竹片的两头削成“指引号”形状，即两头尖，中间细，两端的尖头各削出上下两根可压平的尖角，再在其中一头钻个孔，穿上结实的麻绳。母亲像给猪耳穿孔一样，把未钻孔的那一头竹尖钉进猪的一边耳朵。两根尖角弹起，与钻了孔的那一头的两根尖角相呼应。四根尖角同朝着这只可怜的猪的耳朵尖锐地张开，使竹片没有自动脱落及被猪挣脱的可能。

结实的麻绳长不到两米，一端紧系在猪耳上的竹片的孔里，另一端紧系在爹爹卧室兼办公室的窗栏上。窗栏内是爹爹的办公桌，床紧靠着桌子一侧。窗栏外是爹爹的菜地。

母亲养的这头小猪就待在菜地边和屋檐下，它的活动范围是一个半径不到两米的半圆。

母亲喂它吃糠，也喂它菜根、菜叶和嫩草，有时还喂它红薯藤。它排泄的屎尿就成了菜地的有机肥料。

母亲叫爹爹给猪活动的半圆打下竹桩。竹桩的高度不很齐，大致高度约一米。离操场较近的靠墙的位置的竹桩高度不到半米，方便母亲给它喂食时可顺利跨过。

竹桩是防豺狗或其他野兽叼走小猪。如果有野兽光顾，小猪会叫，叫声会告诉母亲和爹爹。小猪耳朵被竹片锁住，又被坚实的麻绳系住，一般不会被轻易叼走。如果小猪被咬死，麻绳也被咬断，野兽要叼起小猪越过一米高的竹桩也不是一件容易的事。母亲和爹爹会操起木棍竹竿把野兽赶走，甚至可以生擒或打死野兽，尝尝山珍野味。

“咱这里成了围猎区！猪崽子成了我们抓野兽的诱饵！”爹爹打趣地说。

小清波在青坡寺学校健康地成长着。半年工夫，长高了也长胖了。她白白嫩嫩，胖乎乎的脸蛋上泛着红，像熟透了的红苹果一样可爱，五官像母亲，更像爹爹。符师母称赞她是个小美人胚子。

母亲和爹爹带着小清波在青坡寺学校，每周只有星期六放学后才回到庄子湾。大哥、小哥很懂事，一个出工一个读书，表现都很好。大哥每天出集体工记五分工，小哥学习刻苦，每次考试都是优。

暑假过后，又要开学了。爹爹还是分在青坡寺学校。母亲要回庄子湾生产队出集体工了。

爹爹不懂喂猪，那头半大的生猪得由母亲带回庄子湾家里喂。

符师母陪着母亲牵着猪回了庄子湾。

午饭后，她们翻越万霄垅步行回来。母亲抱着小清波，符师母左手牵着麻绳，右手持竹尾帚，让猪走在她前面。这是牵猪的标准方式。牵猪其实并不是像牵马一样走在马的前面，而是在猪的身后牵着绳赶猪，不赶猪不走，靠拖是不行的。

符师母牵猪是行家，不一会儿便陪着母亲把猪牵回了庄子湾。

符师母不肯在母亲家吃晚饭，喝了口茶就返回了黄南村。

这头在学校里被麻绳系着养的猪，在母亲家仍被系着养了一段时间。

母亲家里没有猪圈。曾祖父的大宅子里原来是有猪圈的，但分配给十多户人家，爹爹只分到两间侧屋，没有猪圈。母亲把猪系在后门外的自留地旁。自留地金贵，为了防止猪踩坏菜土，或吃掉蔬菜，母亲缩短了它的活动半径。

过了两天，母亲请竹匠在后门边狭小的空间里钉出一排不规则的竹栅栏，就成了一间猪舍。家的后门边没有像青坡寺学校那么宽阔的屋檐，母亲又请竹匠在竹栅栏上钉了几根竹片，母亲在上面铺上麻叶，算是猪舍的屋顶。遇到大雨天，猪还是会淋着雨。

在家里养猪与在青坡寺学校养猪有一处很大的不同——在青坡寺学校养猪，猪粪直接成了菜地的肥料。在家里养猪，猪屎猪尿须全部交公。

人屎人尿也要全部交公。那时候的一个词："交公粪"，就是往生产队交屎尿。生产队负责收屎尿的干部是很精明的庄稼人，如果有人往人尿里掺牛尿或猪尿，他不用看只要鼻子一闻就知道。如果有人把猪屎掺进人屎里，他也只要闻一下就知道了。有些跟他关系好的或成分低的家庭可以掺假，但母亲每次交公粪从不掺假。

交公粪可以从生产队换回谷和米。所以在社员眼里，屎和尿就是谷和米。那个年代便秘病人很多，是因为无论屎尿有多急，不赶回自己家绝不肯拉撒。

有人编出一句话："吃家饭，屙野屎，爹爹晓得会打死！"

不难明白，人们对屎尿的厌恶感是生活水平越过温饱线后才会有的。又饥又寒的时代，人们不会嫌屎尿脏和臭。

那时候冬天常有乞丐把冻伤的双脚踩进路上刚拉下来的新鲜牛屎里享受宜人的热度，也常有人将一担半桶人粪、畜粪当作珍贵礼物送给亲友。石迹坪有人嫁女到张目桥，送亲的高宾里有人挑来两桶巴黏[①]的人粪当嫁妆。

把话题扯回养猪这事上来。母亲常对着猪发出感叹："猪啊！你跟着我真可怜。别人家的猪养半年可长到一百四五十斤，可以及格出栏了。你只有糠水吃，我们连米汤也要留给人喝！"

母亲养的那头猪长一年还不到120斤，没"及小格"，没人收，没法出栏。那时候生猪长到131斤算"及小格"，151斤算"及大格"。没"及小格"的猪是没人肯收的。

其实从另一个角度想，那头猪跟着母亲是享福的。别人家的猪半岁便成了餐桌上的肉，母亲养的猪寿命是别的猪的两三倍咧！

---

① 巴黏是桃江土话，黏稠的、浓度很高不易流动的意思。

母亲和大哥都要出集体工，毛坨要上学，小清波还只有半岁多。怎么办？有个好心人帮母亲解决了这个难题。

庄子湾生产队南边有个光冲生产队。光冲生产队上有个爱姨，爱姨是五保户，比母亲大几岁，她乐意帮母亲带小清波。

母亲很感激。她每天把小清波放到爱姨家，有时候爱姨来母亲家带小清波。

母亲出集体工，常常会感到饥饿。

我们不要忘记，那时的桃江农村乃至中国农村，起码还有半数的农民不能完全填饱肚子。

那两年生产队较少种马铃薯了，多种了红薯，集体地里的红薯没得到细致的收挖。母亲有了新发现：集体地里虽然难找到大块头的红薯，但小手指头般大小的红薯不少。母亲常抽空去挖，有时候挖到的红薯根分辨不出到底应该叫作红薯还是红薯根，但母亲相信根也能吃。

红薯太小，容易烂，没法放进地窖里藏起来。在庄子湾人都在酣睡的深夜里，母亲洗完衣服，把第二天要穿的衣服铺开在已擦干净的热灶上烘烤着，然后把当天没吃完的红薯洗干净，剁成红薯丁，第二天早上出工前摊开在篾盘里晒，中午回来翻晒几次，晚上散工时收回。那年秋冬季，母亲晒制成近五十斤干红薯丁。干红薯丁既可以随时生吃解饥，也可以放在米饭里蒸或煮，味道好极了。

母亲把干红薯丁分送给帮忙带小清波的爱姨及其他亲友邻里，还请人捎带过五斤给大姑刘静琴。大姑那时候带着儿女，跟着大姑父钟作舟在桃江三中，没有参加集体出工，她家里粮食经常不够。

秋收时，风调雨顺的老天给庄子湾的稻田带来又一季丰收。婴儿们被穿着肥大棉袄的妇女们抱在怀里或背在背上，穿行在秋天丰收的田野中，让世界看到了中国农村的希望。

稻谷的谷糠催肥了生猪，也把男女老少的胃又塞满塞实了一些。

那年年底，受惠于桃江县委的养猪政策，猪肉供应大大多于往年。母亲和爹爹买回五斤五花肉。母亲把五花肉中瘦的吊在灶口上方熏，肥的炸成油。油渣黄灿灿香喷喷的，每次开荤时就用大蒜苗炒几块油渣。熏了的腊瘦肉等来客时吃。大年三十那天下午，田家冲生产队一个沿家叫卖的鱼贩子挑着鲢鱼、草鱼到了我家，母亲买了六条小鲢鱼。母亲把六个鲢鱼头切下来熬成汤，做成三碗鱼冻，放在食柜里藏好。把六条鱼身放在锅里慢火焙干，来了客人时每餐拿出一条枯枯的鱼身热热。

在枯鱼身、冻鱼头、瘦腊肉和黄油渣的香气中，一家四口过了一个幸福的春节。

又一个充满希望的春天来到人间。

惊蛰过后是春分。温暖明媚的阳光温柔地抚摸着张目桥大队的山丘和小溪，柳尖儿绽放出又一年的新绿。母亲惊喜地发现自己又怀孕了。

第二十九章

又添新成员

1964年春，中国农村书写着极不平凡的新篇章。

刚刚怀孕的母亲和生产队其他社员一起开会。在闹哄哄的会场上，生产队队长刘雪莲拿着从张目桥大队部抄录的稿纸，给大家介绍了一篇激动人心的通讯:《大寨之路》。他告诉队员们：在很远的地方有个叫大寨的地方，跟张目桥大队一样也是一个大队，但自然条件远不如张目桥。那里的干部和社员同穷山恶水作斗争，大力发展农业生产，积极改变山区面貌。

队长刘雪莲说："县委和公社号召我们各个大队各个生产队要立即行动起来，开展'农业学大寨'运动。我们要像大寨社员一样用革命精神建设庄子湾！"

接下来的集体出工，除了一如既往的播种、插秧、栽红薯、种苞谷及逐步扩大棉花种植外，还有大规模的农田基本建设和农村水利建设。从石桥坝到五七学校经张目桥到田家冲的主溪两侧砌上了石头甚至青砖，溪底的泥沙也大多被挖到建设工地上去了。沿着这条主动脉一般的主流，挖了数不清的"毛细血管"，滋润着两岸成千上万亩的田土。

"农业学大寨"需要更多的劳动量，也需要更大的劳动激情和鼓励。很多社员涨了工分。大哥刘道任的工分从五分涨到七分。母亲和大部分妇女一样，仍是五分工。

荷塘公社很注重对广大社员进行学大寨运动的思想教育，把它与1963年开始的社会主义教育活动结合起来抓。但对地主与贫下中农必须分对象、分批次、有区别地教育。张目桥大队经常把地主分子集中起来进行教育。

母亲不是地主分子，只是地主子弟、学生出身，且在生产队一贯表现积极，所以没有受到特殊的教育，只有在召开“扩大会议”时，大队才会要求成年地主子弟们参加。在这种会议上，母亲会看见我的堂叔爷刘龙舫和他的堂客这对“地主夫妻”。他们见到母亲常会问：“孟良好不哦？三个崽女好不哦？”他们还特别提醒母亲要特别注意保护胎儿——刘龙舫的堂客有孕时，曾被张目桥农协的人绑起来烤过，伤害了胎儿。

看着龙舫堂叔爷两口子日益瘦小羸弱，母亲心生悲伤。

春闲时，某一天的午后，春雨淅淅沥沥。公社召开地主思想政治学习教育会。庄子湾生产队队长刘雪莲叫母亲卷上铺盖去公社学习。母亲虽然不是地主分子，但既然队长吩咐，也不敢多问，立即背起铺盖，一只手抱着一岁多的小清波，一只手打着破油纸伞，挺着大肚子走到了公社的会场。母亲在湘山中学的同学、当时的荷塘公社革委会主任钟吉丘见到母亲，不满地说：“这是地主分子的会，钟祝华你来干什么！你是学生出身，你地主子弟不要参加！快回去！”

母亲得到钟主任的命令，满心感激地离开会场。

母亲背着铺盖，抱着小清波正往回走，迎面撞见湘山中学的另一个同班同学刘石柏。刘石柏在荷塘公社当革委会副主任，是钟吉丘的工作搭档。

刘石柏正赶往会场。这天召开的地主分子的会，他是主讲人。

有风声从县上传出，全县有一批干部的岗位要变动，钟吉丘可能交流到县农业局当局长，刘石柏正紧紧地盯着公社革委会主任的“宝座”。

母亲喊他的名字。

他装作没听到，头也不抬地往会场走。

母亲更大声地又喊了一声。

他还是不应，加快了步伐。

母亲愣住了，一阵强大的自卑和委屈裹着寒风、夹着雨丝向她袭来。这个曾经多次向母亲请教功课、因为饥饿难耐向母亲借钱买包子吃却一直没有还钱、在日寇铁蹄踏上修山街的那个夜晚跟其他师生一起逃到外婆家借宿的同学，在他人生最得意的时候，已经“听不见”母亲的叫声，也“认不出”母亲了。但母亲立即调整了心态，用力耸耸肩，让铺盖在背后摆正了位置，好像她再次将自己摆正了位置。

刚回到庄子湾生产队的路口，队长刘雪莲和腊妹子的男人罗国兵看见母亲，大声质问母亲为何逃会。母亲如实回答。

刘雪莲和罗国兵惊讶地对视一眼，没再说什么。他俩心里犯嘀咕：“原来钟三多跟这么大的官是同学！”

从那以后，公社每次叫地主分子参加的会，生产队再也没叫母亲参加过。

母亲从没找过这位湘山中学的同学钟吉丘。那个年代母亲如果能得到钟主任的关照，她在大队和生产队一定会得到很多便利。但母亲认为，路是自己走的，并且自己成分不好，不要影响钟吉丘当官。刘石柏不就是怕自己影响他当官吗？

母亲挺着大肚子，既要出工，又要带小清波，还要照顾大哥、小哥的生活起居，她疏忽了对小哥学习和成长情况的管束。她一直以为小哥毛坨天资聪敏，学习不错。她湘山中学的同学钟家厚从二年级开始一直是毛坨的班主任老师，钟老师每次见到母亲都说毛坨学习自觉，表现良好，成绩优异。

出乎母亲意料的是，下学期开学不久的一天，刚升入五年级的毛坨放学回家对母亲说：“妈妈，我再不读书了！”

“为什么呢？”母亲吃惊地问。

“我识的字够了！”

“怎么就够了呢？”

“总之，我不愿意再回学校了！”

母亲这才看见毛坨两只裤筒膝盖以下，一大截湿湿的，沾着泥灰，有一只裤管扯开了口子。

毛坨嘴角下耷，实话告诉母亲：“在学校里，同学们叫我们‘地主崽子’，经常欺负我们，我怕你伤心，所以从来没有告诉过你。今天他们把我和刘建仁两个人的语文、数学书都撕掉扔到棉田里了，还把我们俩推到港里。”

母亲很着急，立马去找毛坨的同班同学刘建仁、刘斯亮了解情况。母亲了解到的情况跟毛坨反映的一致。母亲没能做通毛坨的思想工作。第二天，刘建仁、刘斯亮和毛坨三人都不肯去学校。

第二天的晚上，毛坨的班主任老师钟家厚来家访。钟老师跟毛坨说：“人家要喊你‘地主崽子’，你没办法堵住他们的嘴，你随便他们怎么喊，你自己努力学习，将来成为一名干部，他们就不敢欺负你了嘛。”

毛坨没有给钟老师机会，也没有给母亲和他自己机会。他执拗地把他的“将来”与念书彻底剪脱了关系。母亲毫无办法。

12 岁的毛坨和他的同学刘建仁、刘斯亮一起，成为庄子湾生产队“农业学大寨”热潮中的新兵。他们三个“童民”每天记三分工，每次出工就跟着大人屁股后边跑，忙不迭地割绿肥、刨草皮、提尿桶、送禾兜……

这些不起眼的娃娃渐渐成为农家好把式——农村里一拨又一拨的孩子就是这样不知不觉地告别书本走进严峻的田野的。

深秋的一个晴朗的早晨，朝霞正在东方铺排金光的时刻，母亲在生过小清波的那张床上又生了一个女婴。

爹爹那个学期又回到了荷塘公社鸭婆嘴学校教书，离家不远。毛坨向生产队请了假，一溜烟儿跑去就把爹爹喊回来了。

产床上，虚弱的母亲问爹爹：“良哥！又生了一个女，你高兴不哦？”

爹爹兴奋地欣赏女婴，又怜爱地看着母亲，咧开嘴笑着回答：“高兴呢！我们有了两个崽在身边，外面那三个女离我们太远，正需要多生一个女呢！”

爹爹早就想好了两个名字，请母亲评选：刘乐愉，刘乐怡。

母亲说：“愉也好，怡也好，都是高兴，都要得。不过愉字发音低，在这屋喊不应那屋。叫乐怡吧！”

这新生女婴就叫刘乐怡了。

“请谁打点月子呢？”爹爹跟母亲商量，“你弟媳妇行不行？”

母亲说：“伯涛堂客去年烧不惯绿蕨，现在又是冷天，绿蕨都没得烧。再说她儿子才两岁，新近又生了个女儿，她不合适。”

如果只是带一个女婴，母亲可以不需要人打点。她生清波的那个月子就是自己打点自己，并且还要照顾一家子人。但如今清波还小，母亲在月子里照顾不了一岁多的清波和刚生出的乐怡。

母亲和爹爹从舅外婆，到大姑刘静琴，到小姑刘惠珍，再到婶娘、堂嫂都考虑了几遍，都不合适。最后，爹爹想到了他过继在汉寿县三和公社白家铺生产队的姑姑，即我的姑翁妈。

派谁去请姑翁妈呢？没有电话，也不可能托人传话。第二天是星期六，爹爹还要上课。大哥一天七分工，耽误不得。小哥还小。清波才刚会走路。

最后，母亲说："毛坨满12岁了，让他去吧。"

毛坨没去过三和公社，并且从庄子湾到白家铺既要翻山，又要坐木筏过河，还必须找人问路。万一问错了路走错了道，就极容易出危险。但毛坨很自信，也很高兴："问路我不在路上问，我上人家家里问，就不会遇到坏人。并且坏人未必打得过我，也未必跑得过我！"

就这样，小哥毛坨就担当起去三十多里路外的汉寿县姑翁妈家送信请人的光荣任务。

事不宜迟，毛坨来不及在家吃午饭，带上两块小腊肉就出发了。他一个人不敢走万霄垅，沿着拖拉机道疾行到汽车道，像个小兔子一样疾走如飞。他很担心，如果天黑到不了姑翁妈家，就得在陌生的地方摸夜路还得问陌生人。他经过五七学校到荷塘公社，再到红茶厂，沿着大路一阵紧跑小跑，不一会儿就到了资江边上。坐木筏过河，到了修山公社。他到修山公社门口向守门的大爷问清楚去汉寿三和的路，走到柳溪，沿着小溪一路往北。每走一两里路就到路边的人家问路。他既是问路，也是为了证实他走得对不对。

他大汗淋漓地走进姑翁妈家时，姑翁妈正在阶基上洗衣服。

姑翁妈没见过毛坨，她只听说了她过继的侄子孟良娶了她表叔刘炳章的外孙女三多，她听说三多是带着一个男孩嫁给孟良的。

姑翁妈留毛坨在家住了一晚。

第二天一早，姑翁妈带了20颗鸡蛋和五斤棉花，和毛坨一起到了庄子湾。

姑翁妈打点了母亲整整一个月。姑翁妈做事精致，这个月子，母亲得到了很好的照顾。

在月子里，母亲也洗垫包云、烧火做饭，还接了一些织毛衣和绣花的活。母亲的体贴、勤劳，给姑翁妈留下了很好的印象。

满月子后，姑翁妈要回汉寿三和，正好爹爹学校放寒假。姑翁妈对爹爹说："孟良你命好！这么好的堂客被你碰到了！"

满月的小乐怡长得瘦长瘦长的，招人怜爱。

生乐怡的这次，母亲和爹爹没有办庆"十朝"。但亲友邻里，家家户户都送了鸡蛋、红枣等礼物来。

母亲的乳汁比生清波时更少，小乐怡每天吃不饱，经常哭。小乐怡的哭声悠扬婉转，赛过阳雀和百灵鸟。

母亲说："乐怡天生一副好嗓音。"

满月后，母亲向生产队请了长假。有两个孩子要带，放到集体也是个累赘，生产队二话没说就同意了。

农村妇女带婴儿要用摇窝，否则只能抱在怀里或放在床上耽误做事。我家里没有摇窝，前一年生了小清波后母亲带她去了青坡寺学校就没用过。买一个太贵，只能借。母亲到处打听，不仅庄子湾生产队的人家没有空余的摇窝，整个张目桥大队都没有。后来听亲戚兰姑妈说，道光冲大队有个姓刘的人家有。母亲便找上门去借。

那家人认识我爹，也认识母亲。那家的儿媳妇把摇窝借给母亲，说："这是个老古董，是我男人的奶奶从娘家带过来的。"

这个借摇窝给母亲的刘家儿媳妇的男人，叫刘劲勋，后来成为我初中三年级的班主任和语文老师。

有了摇窝，带婴儿就方便多了。只要给婴儿喂饱，包上垫包云，就可以把婴儿搁在摇窝里大半天。母亲在家里带孩子，种自留地。晚上帮人织毛衣、绣花，有时还帮人写信。社员中很多人没读过什么书，女社员中半数以上是文盲。张目桥大队经常有信寄不出去，寄出去也石沉大海。后来有人去查原因，查出的原因成了社员们的笑谈：那些女社员把"岳阳"写成"兵阳"，"石灰厂"写成"十灰厂"，灰字右上角还多添了一点。

没办法，女社员们有信就常请母亲代笔。

带两个孩子，母亲没时间也不放心到山里或田边割猪草，加上那头穿耳朵的猪养了一年半才"及小格"，没带来多大的经济效益的缘故，母亲没有再喂猪。

家里菜基本够吃，但米不够。大哥七分工，小哥三分工，加起来十分工，相当于一个成年男子的口粮，却要供养家里大大小小五口人。母亲便隔一段时间就得出去买米。母亲买米有时是在张目桥大队的社员家里买，但主要是到舒塘街买"黑市粮"。

那时候，稻田都是生产队集体的，社员家里没有田，社员卖米只能偷偷摸摸，一旦被发现，买卖双方都可能被批斗。并且可卖的米也不多，所以母亲情愿到十里路以外的舒塘街买“黑市粮”。

“黑市粮”就是“议价米”“高价米”。黑市意味着价格高。米贩子把可以打成反革命甚至引来杀身之祸的政治和生命风险折算成成本计入米价。社员家的米每斤卖一角五分，舒塘街资江边停靠的乌篷船里藏着的“黑市米”每斤要卖三角六分。

母亲有时候会怀里抱着小乐怡，背上背着小清波去爹爹教书的鸭婆嘴学校，在爹爹那里住上两三天，等到星期六下午和爹爹一起回庄子湾生产队。

毛坨很喜爱两个妹妹。

令母亲倍感欣慰的是，大哥刘道任也很喜爱两个妹妹，他每天散工回来，都要逗逗抱抱两个妹妹。

看着孩子长得很快，就会感觉时光过得很快。在小清波、小乐怡的婴幼儿时期，张目桥庄子湾不停地上演着新鲜的事。

小乐怡满周岁的时候，张目桥大队来了好几个新社员。他们是响应党中央和毛主席“接受贫下中农再教育”的号召来的知识青年。他们大多住在本地社员家，也有的生产队把牛栏或仓库腾出来给知识青年提供单独的住房。后来为了适应不断有知识青年下乡插队的形势，有的大队专门给知识青年盖平房建集体宿舍。

第一批有两个知青分进了庄子湾生产队。这些知青的穿着、谈吐和生活习惯都让社员们耳目一新。比如他们的口音不同，让不少社员对“讲话”有了新认识。不少社员都曾以为除了洋鬼子讲洋话，中国大地讲的都是一样的话。知青们每天洗脚、刷牙，经常哼哼唱唱，有时还看书。有的知青带来一身的本领，有的让人羡慕，有的让人敬畏。让人羡慕的是他们会吹拉弹唱，能歌善舞。让人敬畏的是有个知青对一个老龄社员说“你三天之内会得病”，结果那个老龄社员在担惊受怕了两天后就病倒在床了。

其实如果实打实地细究，这些知识青年其实大多并不算很有知识，至少与我母亲及母亲的表哥刘卓钦相比是这样的。他们肚子里的墨水跟藕塘生产队我那位毕业于西南联大、曾供职于南京国民政府的堂叔爷刘龙舫更是无法相比的。

有个叫文介喜的男知青跟我大哥刘道任一见如故，成为无话不谈的好朋友。我大哥虽然 12 岁就辍学了，但他念小学和初中时都是在城里，人很聪明，见多识广，不像其他社员那样，看见知青就紧张害怕。

有一天，文介喜送给我家一张两斤的洋油票。

洋油票可是金贵东西啊！农村洋油紧俏得很，晚上点灯就靠它。但因为供不应求，很多人家一到天黑就睡觉。而母亲晚上需要煤油灯的照明，才能织毛衣、绣花、纳鞋、缝补。

母亲接过洋油票就去合作社换回了两斤洋油。

母亲拿了十颗鸡蛋送到文介喜住的牛栏表示感谢。文介喜悄悄地说："刘师母，那两斤洋油票是我画的，千万别告诉别人啊！"

后来文介喜自己常炫耀，他画的电影票可以在城里看电影。

庄子湾生产队的另一个知青是个大姑娘，叫孙姿云。她后来嫁给了庄子湾社员刘润初的大儿子刘恩佑。刘恩佑是个退伍军人。孙姿云和刘恩佑结婚后在大队学校教书，后来他俩都进了荷塘公社的厂子。他俩生了一对如花似玉美如天仙的女儿，这一对天仙女儿后来成为庄子湾后一代男青年心目中的白天鹅。这是后话。

与庄子湾生产队一溪之隔的曹家嘴也有一个女知青叫邹淑纯。后来，邹淑纯的父母也从县城搬到了曹家嘴。邹家与我家后来发生了密切的联系。这里先不透露具体是什么事儿，只透露一下：是件喜事儿。

第三十章
“四类分子”

时间过得飞快。

母亲请五保户爱姨帮忙带小清波和小乐怡，又出集体工了。家里六口人，爹爹在学校教书，母亲和大哥、小哥三个人挣工分。风调雨顺的日子让生产队的老老少少都不再挨饿。

爹爹开始教清波和乐怡吟诵古诗。星期天休息时，他两只手各抱一个女儿到田家村水库，让她们观察鹅在水库里游泳的样子，用清波的名字开始教古诗：“白毛浮绿水，红掌拨清波。”他带着女儿们一起叫：“鹅！鹅！鹅！”引导女儿们和他一起欣赏颜色之美、山水之美、生态之美。

“爹爹！姐姐的名字那么有趣，那我的名字呢？”小乐怡明白清波名字的美好含义后，不甘心地问。

爹爹呵呵笑了，他接着教女儿们念：“怡然有余乐，于何劳智慧。”他指着那山清水秀的图画般的风光，告诉女儿们：“我们每天生活在山、水和农田周围，过着像神仙一样的生活，真是快乐无比啊！干吗还要劳神劳力去打打闹闹呢？”

这是新中国成立以来农村的好光景啊！还有什么比从旧社会到新社会，从饿死的边缘到吃饱肚子，从挨批挨斗到天下太平更让农民舒心的呢？

出集体工劳累了一天的母亲仍像以前一样，抽空儿去挖红薯根和细马铃薯。守候着老公每个星期六下午快快乐乐地回家，看护着两个儿子、两个女儿一天天长大，对比在汉寿太子庙康家山的生活，母亲觉得很幸福，有时觉得像在做梦。

不会再搞什么大运动了吧?

大运动还是来了!

社员们突然间感受到政治的极端重要性像坐了直升机，不停地往上蹿，蹿到了空前的高度。

荷塘公社的田埂上和墙壁上，一夜之间刷出许多新标语：

“毛泽东思想是当代马列主义的顶峰!”

“突出政治就是突出毛泽东思想!”

“突出政治!”

“政治统帅一切!”

“政治可以冲击一切!”

……

母亲从标语前走过，脸上浮现出愁云，心跳也剧烈加速。

愁云也悄然飘浮在其他社员的脸上。

但还有的社员却亢奋起来。土地改革、大炼钢铁结束及公共食堂解散后，社会主义教育和“农业学大寨”都没能达到让他们亢奋的高度。他们期待着，敏感地嗅到了空气中令他们亢奋的味道。这种奇妙的味道让他们把饥饿与寒碜放在一边，精神上享受着无限的快活。

爹爹知道，“劳智慧”的日子又开始了，“怡然有余乐”又变得不可企及，他提醒母亲和大哥小哥：“谨言慎行，静观其变，积极劳动。”

张目桥大队开始密集地召开全体社员大会。每次全体社员大会，母亲都把两个女儿带上。没人帮忙带，因为全体社员都不能请假都要开会。听说公社还召开过万人大会，把公社社部附近几个大队的社员全部叫去，社员们把公社社部的几个篮球场都挤满了。

张目桥大队的社员虽然没有全部挤到公社社部，但“四类分子”比以往都多了到公社社部受教育的机会。

“四类分子”就是地主分子、富农分子、反革命分子、坏分子的统称。这是在当时饱受歧视的一群人。生产队队长刘雪莲自从知道母亲与公社革委会主任是同学后，凡地主分子开会都不叫母亲参加，但“四类分子”开会都会叫母亲参加。在他看来，地主子弟总该跟富农分子差不多吧。

有个与母亲同姓的地主妇女，长得高挑秀丽，每次公社“四类分子”教育会上她都跟母亲坐在一起。她经常忧心忡忡地跟母亲说："我出来受教育，家里的瓦片会被贫下中农的男孩子砸得稀巴烂呢！"她还悄悄告诉母亲："我那个憨儿子邢强兵天天散工，只晓得捧着书看，书呆子一个！"

大队支书邹士洲每次都传达公社会议精神和要求。他讲，要轰轰烈烈地开展无产阶级"文化大革命"，要坚决批判《燕山夜话》的黑话，要坚决批判邓拓、吴晗，要坚决批判反动学术权威和黑帮分子。

社员们听不懂什么叫无产阶级"文化大革命"。他们甚至有些失望。"文化大革命"那是文化人干的，而他们大字不识几个。他们想来一场"无产阶级政治大革命"该多好！社员们也听不懂什么叫《燕山夜话》，以为是黑社会说黑话。倒是有个绰号叫"吴憨"的社员，因其绰号与"吴晗"同音，常被人嘲笑，还被喜欢捣蛋的一群社员起哄抛起来。至于反动学术权威，大队原本没有，后来的几次全体社员会议就拉张目桥学校的教师来接受批斗。

但接下来事态的进展让那些有些失望的人彻底亢奋和满足了：社员们被组织起来，举起旗帜游行，公社和大队还给一些人发了统一式样的威武的帽子，很多人还当上了梦寐以求的"兵"：红卫兵。

既然当了兵，就得撒劲儿干兵的事！县里和公社赋予红卫兵们造反的权力。农民开始脱离田间劳动造反，教师也开始脱离讲台教学造反，中小学生更是不再念书开始了疯狂的造反运动。

他们像蝗虫一样集中，像蝗虫一样飞翔。所到之处，"旧文化、旧思想、旧风俗、旧习惯"宣告破除，"新文化、新思想、新风尚、新习惯"宣告建立。

这些"四旧""四新"的东西是看不见的，也不过瘾。红卫兵和造反派们要让社员们看得见他们的成果：有些年代的古墓被掘起来，宗祠的瓦片被掀掉墙柱推垮，寺庙被烧得直冒浓烟，中学的几沓旧图书被扔进了火堆里，桃江民间的地花鼓戏服也被化为了灰烬……

红卫兵和造反派最过瘾的，是抓人来批斗。

普通地主已经斗得没意思了，他们拿出"新思想"，使出"新动作"，变着"新花样"斗人。

荷塘公社的人不知道，他们这其实都是文雅的，城镇已经开始了武斗，这一派与那一派持械格斗与混战，那才叫惊涛骇浪呢，那是偏远的荷塘农村社员们想都想不出来的"新动作"。

造起反来农村社员有农村的一套，虽然不能和城里的格斗相比，但也有不少看头。

爹爹谨小慎微地藏身于学校，躲过了前面几次由各生产队派出去的“四类分子”教育会，但还是被已经光荣成为红卫兵的学生们揪出来。

爹爹自幼学私塾，古文功底扎实，唐诗宋词自不必说，二十四史很多也能倒背如流。他从不炫耀，平时也极少言语。但他的两个特点，很快成为他的两条罪状：一是写诗填词。爹爹的诗词信手拈来，随口吟出，工整严谨又极雅；二是练毛笔字。爹爹在学校每天都练字，即使买不起墨汁，也要练。他曾发现山里的一种红砂泥融水后可以练字。他的颜体、柳体楷书和隶书、篆书都很美。

写诗填词和练毛笔字，这是彻头彻尾的“旧文化、旧思想、旧风俗、旧习惯”。红卫兵们怎么能接受这些旧东西呢？

“伟大领袖毛主席也常写诗填词，也常挥毫泼墨，龙飞凤舞。”爹爹心里想，但不敢说出声。

他们把爹爹的毛笔折断，踩进泥土里，把砚池摔得粉碎，把墨汁从我爹爹的头上淋下去。墨汁淋黑了我爹爹的白发、脸和脖子，并从脖子里灌进衣领里，把我母亲纺出来的棉纱、织出来的棉布、裁缝出来的白褂子也染黑了。

他们把我爹爹绑起来，套上纸板卷制成的高尖帽子，在帽子上写上“地主分子”，还在我爹爹脖子上挂一块写着“反动学术权威”的纸牌子。他们共有六七个人，前面的人敲着一面锣，另一个人用一根粗陋的草绳拉着我爹爹，后面四五个人拿着红卫兵的兵器——木棍和竹竿，让我爹爹游村示众。从鸭婆嘴学校游到我家，再游到公社的批斗大会会场。

有时候在游村示众时，押我爹爹的这支红卫兵队伍会遇到押我堂叔爷刘龙舫的另一支红卫兵队伍。有的红卫兵为了换换味，会互换队伍。

批斗大会上，跪是最起码的。母亲给爹爹制了一对加棉的护膝，让爹爹悄悄地套在膝盖上。护膝外面穿了长裤，红卫兵们发现不了。

被揪出来的都是“四类分子”中的“罪大恶极”者。会议主席台上有人讲话，也有人领着大家喊一阵震耳欲聋的口号。最短最有气势的口号是“打！”一声一声的“打！”把台上跪着的“罪人”吓得魂不附体。

爹爹叮嘱母亲不要带清波和乐怡去批斗大会的会场，他既担心吓着女儿们，也担心他跪在会场的窝囊形象影响女儿跟他吟诗的效果。

每次批斗完，爹爹都得由母亲搀扶着回家。爹爹羸弱的身子受了伤，孤傲高洁的心灵更受伤。但后来，爹爹每次被批斗后都跟母亲有说有笑。他告诉母亲一个秘密，他创造了一套“精神转移法”。他说，以往他听批判者的胡言妄语，越听越生气，越听越伤心，后来，他不再听批判者的胡话，跪在地上只管默默吟诗，想象着与李白杜甫等人聊诗散步，虽然跪着，偶尔挨几脚，但也不觉得痛，相反，他感到很快活。回到家，如果天色还早，他都要教女儿们吟诗。“桃之夭夭，灼灼其华”“渔翁夜傍西岩宿，晓汲清湘燃楚竹”“黄梅时节家家雨，青草池塘处处蛙”……稚嫩的声音抑扬顿挫，从昏暗的煤油灯下，透过窗户，随风飘到很远很远的地方。

后来，红卫兵们发现以往的批斗会难以形成新的高潮，有人便想出新办法：叫“罪人”们跪到春凳上。

春凳是桃江农村家庭常用的凳，它就是一条窄而长的木板，下面安着四条高高的木脚。春凳通常有半米多高，也有稍矮一些的。跪在春凳上是一件技术活，因为它窄得只有人的巴掌那么宽。“罪人”的小腿与凳面垂直，只有两条腿的膝盖那几寸跪在凳面，两条小腿大部分是悬空的。

“罪人”们都是一种荒凉的表情，好像寸草不生的盐碱地。“罪人”们的身后，是一张张因兴奋而扭曲的马脸。

马脸们要求跪在春凳上的人不能动，这是极苛刻的要求。“罪人”们不是杂技演员，也不是平衡木运动员，跪在窄窄的木板上，一般坚持不了两分钟。他们不敢往前面倒，因为往前倒就会摔到两米多高的台下。所以他们都会小心翼翼地坚持着，实在坚持不往就尽量往后倒，或往两边摔到春凳上再摔到台上。

摔了又得跪上去。还是要求不能动。

只有一个能长时间坚持不摔的人，那就是开“四类分子”教育会时常跟我母亲坐在一起的那个高挑秀丽的钟姓妇女的书呆子儿子邢强兵。邢强兵那时十七八岁，由于营养不良个子矮小，还没有他母亲高。虽然是个书呆子，但他擅长跪春凳。同时跪上去，其他人都歪歪斜斜地摔倒了，他却一动不动。别人摔了又跪上，十个回合了，他还没摔过一次。

台下的人开始起哄，大家的注意力不是听领导讲话，也不是喊口号了。

大家都饶有兴趣地看邢强兵跪着不动还能坚持多久。

主席台上端坐着的一个马脸生气了，对站护在后面的民兵吩咐了一句，那民兵便走到邢强兵后边，对着他的太阳穴用木棍子使劲一击，邢强兵的杂技表演再也坚持不住了，太阳穴的血还没来得及流出来，人已重重地摔在两米多高的台下。

台下有人兴奋地“呵——呵——”也有人不忍卒视，悄声叹气。

“文化大革命”中的张目桥大队像一匹失控的野马，没有方向，狂冲乱撞。

从南京国民政府回来的、我的堂叔爷刘龙舫一家自然无法幸免于野马的狂冲乱撞。

刘龙舫的父亲是我曾祖父的弟弟，即我的叔曾祖父刘楷东。刘楷东早年参加革命军，跟随黄兴闹革命，当过黄兴的秘书。他曾随黄兴东渡日本，在日本购得一批日本文士的字画佳品，也曾得黄兴所书的对联数副。他还随黄兴策划和领导了黄花岗起义，后来英年早逝于广州。刘楷东逝世时，结婚才半年的妻子已有身孕，怀的就是他们的儿子刘龙舫。刘龙舫的母亲生下他后不久，母子二人被他父亲的革命军战友接到长沙。刘龙舫与他母亲得到了革命军战友的悉心照顾。刘龙舫在长沙读小学中学，抗日战争时期毕业于云南昆明的西南联大，毕业后被南京国民政府文化部门选上，从事文史档案工作，也参与过南京中央博物院部分文物资料的甄别工作。刘龙舫在南京成亲，妻子是他父亲刘楷东的革命军战友的女儿。南京解放后，他带着妻子从南京返回张目桥，落户在藕塘生产队。他父亲珍藏的那些字画与对联，后来一部分在土地改革时被撕烂或烧掉，另外一些不知所踪。

刘龙舫不像他父亲一样充满战斗的激情，他懦弱老实，没有得罪过谁，也没有做过坏事，但在“四类分子”的调查和“评选”中，他兼为“地主分子”“反革命分子”“坏分子”的宿命无法逃脱，在轰轰烈烈的土地改革运动中残留一命，在和风细雨的社会主义教育中苟且偷生，刚以为暴风骤雨已经过去，不料一夜之间又被揪出来陷入挨批受斗的政治旋涡。“四类分子”的帽子牢牢地戴在他和他妻子及两个儿子的头上，像孙悟空头上的金箍一样，紧扣皮肉，一戴就是十多年。除了经常的会场挨斗，他平时要接受广大社员的

“千里眼”和“顺风耳”的监督，不能乱说乱动，生产队的脏活累活也都成了他的“专利”。

批斗和恐吓是刘龙舫家的“家常便饭”。

刘龙舫夫妇都坚强地挺过来了，但他们的两个儿子却成了牺牲品。大崽刘吉源是早产儿，长到五六岁时都还正常，后来变得神志不清，人们叫他“吉源癫子”；刘龙舫堂客肚里怀着满崽刘伶俐的时候，人们把她绑在熊熊燃烧的柴火旁的木梯上，叫她供出“蒋介石给的金条在哪里”。刘伶俐从小到大少言寡语，不管见到生人熟人，都要躲躲闪闪。一家人这样的境况，实在捉孽①得很。

没有社员知道，也没有社员愿意在乎，刘龙舫作为那个时代的高级知识分子，当时的内心做过怎样的挣扎，对人生、对命运、对前方的路做过怎样的拷问。一个和美幸福的四口之家如洪涝泄过的稻田，只见残根败叶不见一根直立的稻穗。有一次被批斗后，刘龙舫几天之内似乎老了几岁，眼镜一边的玻璃镜片已缺了一个洞，腰身也变得弯曲起来，见了任何人，哪怕是调皮的孩童都是一脸的卑微。有人从身边走过，他会马上停下来，谦卑地打招呼，同时弯曲的身子侧转，让路于人，待人走过后才敢迈开迟缓的步子小心地走过，一脸凄惶。

这个曾经穿着学生装意气风发地漫步在西南联大的校园，曾经穿着中山装踌躇满志地步行在南京博物院的刘龙舫，经常穿着补丁叠补丁的烂衣旧裤，佝偻着腰，费力地挑着粪箕，缓缓在田埂上走着。

刘龙舫的任何一点儿不慎都可能给自己招来屈辱，任他再怎么小心也无法保证自身的安全。不速之祸、不测之辱随时可能降临到他的身上。有一次生产队收棉花，用牛车从山地里拉棉花树回生产队。他牵着生产队的牛从另一条小路横穿牛车走过的路时，看见路上有两个未裂开的棉桃，随手捡起放进边筐里，不巧被人看到，立即遭到民兵的一顿暴打。几个人将两个棉桃串起来挂在他的脖子上，用草绳牵着他游村。叫他自己敲锣，每走几步就喊一句“我是贼股子”。那种对人格的侮辱，到了癫狂的程度。

刘龙舫的满腹经纶发挥的唯一作用，就是教那个能在春凳上跪很长时间

① 捉孽是桃江土话，可怜、凄惨的意思。

的书呆子邢强兵。邢强兵酷爱念书，语文、数学、外语、政治、历史、地理无所不钻。邢强兵经常抽空从另一个大队跑到刘龙舫放牛的山坡，向刘龙舫请教。社员们有时候路过时会驻足，像赏猴一样看刘龙舫教邢强兵写英语文章，还教一些蝌蚪文和弯弯曲曲的线条。

十几年后给“四类分子”落实政策，刘龙舫的满崽刘伶俐进了县城，被安排在县煤炭公司上班，每天拖着板车给人家楼上楼下地送煤球。已经变成疯子的大儿子刘吉源终身未娶，在一次跟着他母亲去灰山港镇走亲戚时走丢，再也没有回来过。

刘龙舫的堂客从来没有后悔嫁给刘龙舫，无论受多少苦难她都默默忍受。后来，人们常想，革命军义士的女儿，从长沙嫁到荷塘，跟着刘龙舫风里雨里这么多年，夫不勇，儿不智，她这辈子多么不值。但是，只要她的家庭成分是地主，无论她的爹爹有过多大的丰功伟绩，也不论她嫁给谁，她的人生之路注定都是一样的。

第三十一章

起新屋

时间像沸腾的石灰水一样闹腾地流过，人们在闹腾中走进 1967 年的春天。

春节后元宵节前，趁寒假还没结束，生产队还没开集体工，爹爹带着母亲和两个儿子、两个女儿到汉寿三和白家铺给姑翁妈拜年。他们在汉寿听到了关于当时“文化大革命”的最新“盛况”。

白家铺离太子庙康家山只有几座山，不超过十里山路。但那边已没有长辈，所以母亲没去康家山。

我爹爹过继给姑翁妈当侄子，姑翁妈的儿子白汉文是爹爹的堂弟。白汉文的媳妇儿刘盛英是我舅外婆的二女儿，是母亲的亲表妹，所以白汉文与我家是亲上加亲。

姑翁妈家是中农，属于贫下中农范畴，政治上安全得很。白汉文是个走南闯北的能人，有很多来自各方的消息。他告诉爹爹和母亲：元旦刚过，常德各地都学上海造反派夺权的“一月风暴”，造反运动由“批资反路线”转向全面夺权，常德地委、汉寿县委和白家铺公社机关陷入瘫痪。常德军分区和汉寿县人武部纷纷“支左”，还专门成立了“支左办公室”。

我后来查阅史料，证实我的表叔白汉文向爹爹和母亲介绍的情况与当时的真实情况相吻合。史料里还记载，那年 8 月，六九六一部队进驻常德，协同军分区“支左”。两支造反派分别在常德大饭店、南坪公社大楼设立“文攻武卫”指挥部，武装对峙，枪声不断，时有惨烈伤亡。9 月 5 日，中共中央颁布收缴枪支、制止武斗的命令，即“九五”命令，驻军“支左领导小组”派出大批宣传队宣传“九五”命令，收缴造反派们的枪支弹药。至国庆节前，常德及郊区共收缴各种枪 3638 支、迫击炮 36 门、手榴弹 561874 发、炮弹 99 发、雷管 6376 枚、炸药 75.4 公斤。

单单一个常德城，竟从造反派手里收缴出这么多的枪支弹药！

益阳城里的情况也大抵一样，全国的城市都差不多。自 7 月 22 日江青提出所谓“文攻武卫”的口号后，全国各城市陷入“全面内战”的混乱局面。这印证了《人民日报》《红旗》杂志在 1967 年元旦社论中提出的“1967 年将是全国全面开展阶级斗争的一年”的论断。

没有统计数字显示那年因“文攻武卫”而死亡的人有多少，受伤的人有多少，致残的人有多少。不知道那些在当年的“文攻武卫”中落下残疾的人，回想当年的场面会作何感想。

好在那些惊心动魄的场面大多只发生在城市的街巷，农村的田野显得平静很多，至少荷塘公社是这样。

所谓的全面内战并没有波及荷塘公社，没有波及张目桥大队和庄子湾生产队。或许是三年困难时期庄子湾人那些刻骨的记忆还没消除，也或许是 1963 年以来的生育潮让庄子湾人忙于养家糊口喂孩子。

庄子湾生产队除了想斗就斗、爱批就批“四类分子”和破“四旧”倡“四新”外，就是出集体工。除了白天的蝉和夜晚的蛙无休止地鸣叫外，生活可以称得上平静和安逸了。

我爹爹尽可能地以沉默和谨慎躲避挨批受斗。几十年的教学生涯使得他桃李芬芳，很多家长及已毕业的学生保护了他。他依然站在讲台上传道授业解惑，虽然那时候已有不少属于“四类分子”的教师被下放农村。

十四五岁的毛坨显然比大人更不在意“全面内战”。他每天风一样出工，也像风一样成长。

那年夏天，梅子成熟。一个星期六的中午，爹爹从学校回来吃午饭。

母亲弄了个火炉，架在桌上煮腊狗肉。

过年时舅舅给我家送来一块腊狗肉。母亲一直没舍得拿出来吃。她有什么好东西都要藏着，等着。等客人来了吃，等爹爹从学校回来吃。

那天中午，一家人吃热腾腾的腊狗肉火锅。幸福像炉里的热汤和蒸汽一样在每一个人心里沸腾。

为了等爹爹从学校回到家一起吃饭，所以耽误了一些时间。毛坨还在开心地吃着，路上响起刘建仁的喊声："小毛坨，开工去咧！"

毛坨赶紧扒了几口红薯饭，再美美地往嘴里塞一块腊狗肉，边往外跑边嘴里含混不清地说着"哦嗬哦嗬"，和刘建仁一起往范翠英家那边的田里赶去。

不一会儿，那边便有人喊："刘老师，刘师母快来啊！小毛坨被石头砸伤了啊！"

母亲和爹爹疯了似的往范家那边跑去。

毛坨双手捂着脑袋，歪躺在范家的地坪上，旁边围着很多社员。

母亲一边哭着喊："毛伢子啊！你这是怎么了？伤着哪里了？"一边蹲下身抱毛坨。

爹爹制止了母亲，他让毛坨在地上躺一会儿。

毛坨的腿能动，胳膊也能动，说明他并没有晕死过去。

刘建仁告诉我母亲和爹爹：他俩赶来时还没到出工时间，社员们也没到齐，于是毛坨和他，还有其他几个先到的社员想摘范家的梅子吃。可他们人不够高手不够长，于是便扔石头砸梅子。这才刚开始扔，毛坨就被石头砸中了脑袋。

爹爹让毛坨躺了一会儿，就把他背回了家。

毛坨的脑顶盖上肿起一个很大的包。

母亲听说过石头砸着脑袋能把人砸死或砸傻的故事，担心得要命。她哗哗地流着泪，大声呼喊毛坨，生怕他昏死过去，也怕他神志不清。她心里不住地祈祷："章甫啊，你要保佑你的毛坨啊，他不能有个三长两短啊！"

毛坨并没有昏迷，他知道母亲伤心、担心，便捂着头强忍疼痛，故意哄母亲放心："我属猫的，九条命！你们放一百二十个心——哎呀，腊狗肉喷香的！"

母亲破涕为笑："猫馋鱼，你馋么子梅子？"

梅子没吃着倒被石头砸伤的毛坨没有傻，说话和思维都还正常，只是感觉头晕乎乎的。

毛坨在家休息了一个星期左右，母亲的表妹、我的满姨即在县人民医院当护士的刘静宜回了藕塘娘家。母亲带毛坨去舅外婆家，请满姨看看毛坨的脑顶盖。

母亲看着满姨用针管从毛坨脑顶盖的包里抽出大半针管的瘀血。

抽掉瘀血后的第二天上午，毛坨又能出集体工了。

当张目桥大队的“四类分子”们在一门心思避开批斗风险的时候，母亲则有了一个惊人的想法：她在构思起新屋。

母亲没有被当时的政治空气迷住眼睛，她认为生活应该有自己的目标和追求。母亲看到了起新屋的必要性：刘家的老宅子已有近百年历史，且只有两间偏房，而大哥已经20岁，小哥已经15岁。母亲也看到了起新屋的可行性：生产队都能吃饱饭，家里有一点儿积蓄，能请到工，又是少雨的秋天，秋收季节还未到，是起屋的黄金时期。

十几户人都安然地住着刘家的老宅子，谁也没动心思要起新屋。母亲是当时第一个构思起新屋的人，并且是在“文化大革命”如火如荼的时期。

母亲跟爹爹商量，爹爹听了吃惊不小，他很佩服母亲的胆识和勇气。他说：“钱只有一百六十几块，缺口很大，并且很累人。我不参与生产队的事，我也无力帮忙，一切由你安排。”

“切莫要怪我不出力不帮忙！”爹爹补充道。

既然爹爹不反对，母亲就决意做准备了。母亲知道爹爹要教书，就没指望爹爹回家出力。

要起新屋，首先要准备钱。拆旧屋、起新屋、运材料的工钱和材料钱至少要三百五十块，缺口约两百块。母亲就到县城、修山等亲戚家到处借。她准备边借边开工。

正在母亲准备开工拆旧屋的时候，爹爹从鸭婆嘴学校回来，为难但不容置疑地对母亲说：“你从上次那一百六十几块里拿80块出来，马上送到超凡家去。超凡也准备起房，找我借点钱。我答应借他80块。”

母亲二话没说，立即起身把80块钱送到我叔叔手中。

借到一些钱后，母亲就考虑准备作屋梁和屋椽的杉木。母亲仔细算过，拆掉两间偏房起新屋，旧屋原来的木头远远不够，缺口很大。

木头很难找。几年前山里的木头已被砍光，张目桥及近边的田家冲、担水坝、曹家嘴的山上都没有什么树，并且砍树要砍伐证。母亲到哪里去弄木头呢？没有木头想起新屋，就像没有水想养鱼，没有路想行车一样，是不可能的事。

买杉木的事，鹤满爹帮上了忙。

鹤满爹是地主成分，就是那个在湘山中学念书时曾经用桐油炒菜的刘正夫的父亲。几年前鹤满爹家缺菜吃，母亲送过一些晾制的汗菜干给他家。

那年鹤满爹七十岁左右，他喜欢光着头。由于成分不好，没人给他理发。他自己常带个刀片四处求人，但处处受挫，只能任由花白头发渐渐长长。

有一次他求我母亲给他理发。母亲见他可怜，但自己没学过理发，不敢答应。他说："你只管刮，刮破头皮不怪你！"

母亲便尝试着拿着刀片帮鹤满爹刮头发，第一次居然就刮出个光头。鹤满爹很高兴，从那以后隔个把月他就拿着刀片来请我母亲给他刮光头。

有一天，他告诉母亲："萝卜垅那边有黑市杉木卖，不要砍伐证！"

母亲没听说过这个地名，鹤满爹答应带母亲去。

说走就走。一天早上，母亲向生产队请了假，请鹤满爹带路，沿田家冲、白页冲往鸬鹚渡方向走了二十多里路，到了萝卜垅。那里山高林密，在方圆几十平方公里的深山里间隔地砍两三百棵树很难被觉察。

鹤满爹带着我母亲问到这边的生产队队长家。队长带着他们进了山，都是一丈多高的杉木，连皮直径半尺。

队长开价五元一根，一次最少卖50根。

母亲说："不砍你的价，五元一根一分不少。你的杉木是好木，你人也是好人。我不挑你的树，你随便帮我砍就是。但我不是起新屋，我只补旧屋。我不需要那么多，只需要20根。如果你点头，我现在就把100元钱给你，你把杉木砍倒放在这里，我就回去喊人趁黑掮走。"

队长原以为遇到个大买主，但买方只是补旧屋，没办法，他同意了。母亲当即把几十张拾圆伍圆贰圆还有壹圆，共100元钱给了他。

母亲回来后，立即找亲戚朋友帮忙。

不一会儿工夫，20个人就齐了：大哥、小哥、刘建仁、刘斯亮、刘义方、刘雪芬……

母亲交代他们："走快路掮回来，20个人不要挤在一起走，前前后后拉开距离，遇到人盘问就说好话。我在家里准备酒肉茶饭等你们！"

夜里11点多，20人20根杉木就都顺利地回来了。酒肉茶饭摆开，20

个汉子敞开肚子吃喝起来。

"起新屋时我们一定要来帮忙！"他们边吃边跟我母亲说。

杉木买回来，接着就请人拆老屋。

新屋的瓦，基本就靠老屋顶上拆下来的瓦了。砖也基本用老屋的砖。母亲都算好了的。这都得精打细算省着用。

为了防贼偷木偷砖偷瓦，母亲夜里悄悄地撒上灰。母亲的这一招，就像当年在太子庙康家山守谷时防贼一样。

第二天早上，母亲查看灰有没有动过，查看东西有没有被偷。

每天都没有人来偷。母亲都会把灰悄悄扫掉。

一个多月后，漂亮的新屋建起来了。

新屋有四间大房：三间正房、一间偏房。三间正房用的墙砖都是从旧屋拆过来的，不够的墙体就用泥夯和木板补。三间正房顶上的瓦主要来自旧屋，也买了一些。偏房的墙体全是泥夯，顶上盖的是茅草。偏房泥夯墙的东边墙下挖了一条浅浅的水沟。水沟东侧用石头、碎砖和泥土砌了两间茅屋，是茅厕和猪圈。

但这两间茅屋其实是两间"楼房"。茅屋高约两米五，厕所和猪圈哪能享用这么大的空间呢？母亲请师傅把这两间茅屋中间搭上竹竿和木棍。上面一层有一米多高，用来放柴，也可以放脚盆和猪食盆之类的东西。下面这层也是一米多高，猪倒没什么，人进去上茅厕就得弯腰了。

原来的两间昏暗的老侧屋变成了四间亮堂堂的大房，还有两间茅屋。爹爹和母亲带小清波小乐怡住一间，两个哥哥住一间，一间大堂屋里还可以摆一张客床，还另外有厨房、茅厕、猪圈。这让人感到多么奢侈多么幸福啊！

在母亲眼里，这个新屋像殿堂一样，灿烂辉煌。

这是母亲给家庭起的安居乐业的庇护所，是给两位哥哥起的引凤来巢的梧桐树，是给爹爹和我们起的自强不息的精神大厦！

新屋刚建好，母亲就买回一只猪崽，又叫毛坨用烂砖剩石在厕所一角砌了个鸡窝。

母亲在池塘边的土丘上种上一排香椿树，还叫毛坨挖来几株毛竹栽上，又在家后山种上枣树、茶叶树和黄花菜。屋前用竹栅栏圈出一大片菜地，种上红菜苔、萝卜、雪芋、冬苋菜、芫荽……

菜地满园青翠，屋前屋后鸡叫猪哼生机勃勃，显示出一派居家过日，发家致富的气象。

母亲起这个新屋，是把爹爹想都不敢想的事做成了。母亲后来一直念叨着，要感谢很多很多的人。

母亲说，一要感谢合作社的周师傅。

周师傅在庄子湾合作社当营业员，外地人，二十多岁的小伙子。合作社的营业员常一两年轮一次岗，一般跟本地社员不太打交道。当时生产队的卖肉摊借用合作社的地盘。卖肉摊归修山区供销社管，卖肉员姓钟，贫农出身，与母亲一样也是修山麻竹垸人，他父亲和爷爷曾得到我母亲的爷爷钟厚载的救济。母亲找这卖肉员想买点儿肉，他却不理我母亲，说没肉票不能买。

“那买点儿骨头行不？”母亲问。

卖肉员说：“也不行！”

母亲试着问周师傅能不能帮忙买点儿肉。周师傅爽快地答应了，问母亲想买什么肉。母亲说：“最好能买整个猪头。”

令母亲感动的是，周师傅隔两三天就提了一个猪头送到我家。

母亲告诉我，买猪头最划算，猪耳炒一碗，猪鼻炒一碗，猪头肉能炒好几碗，还便宜。

母亲说，二要感谢换地的刘雪莲和黄连香。

新屋的地点在连三巷子，那里的池塘和塘边的几块土是刘雪莲的。当时池塘边的香樟树还是绿皮的小树，他同意让母亲用另外的土换池塘和塘边的土，用钱买他的香樟树。光是刘雪莲的地还不够起屋，刘雪莲的地旁边是黄连香的地，地里正长着刚摘没几茬的棉花树，树干树叶还是绿茵茵的，挂着很多大小不一的棉桃。黄连香也同意跟母亲换地，同意母亲买棉花赔给他。

刘雪莲是生产队队长，黄连香是贫农，他们如果与“四类分子”划清界限，不同意换地，不同意卖香樟树，不同意拔棉花树，母亲的新屋就得另找地方。他们俩竟都同意和“四类分子”的母亲换地，母亲很感动。

母亲说，三要感谢我舅舅和乐义哥。

新屋的地址是我舅舅选的。其实母亲已经多方勘察，她在两个地址上拿不定主意。一处在均田冲，是庄子湾生产队的东南角，与道光冲大队相邻。那里有层层的山，背靠山，面向南，前面是数十亩的平整的稻田。只用跟一个富农家庭换地；另一处在连三巷子，就在马圈子盖往南100米，生产队的主路旁边，有丘有池有树有路，也向南，前面是更广阔的稻田。但要跟生产队队长刘雪莲与贫农黄连香两个家庭换地。

舅舅跟母亲说："连三巷子最好了。均田冲太偏僻，有个什么急事喊人都喊不应。路也远，挑担谷出来打都不方便。"

母亲认为舅舅说得有理，就选址在连三巷子。这样，我家跟北边马圈子盖上的大队会计刘悦琨家、南边官冲坡上的贫农吉高叔爹家、东边的贫农刘昆生家、生产队主路西边的刘运芬家成了邻居。

舅舅是推着他自家的手推车从修山麻竹垸来的。他向麻竹垸生产队请了长假，来庄子湾帮我家推了一个月砖、瓦和石头。

表哥钟乐义是大姑刘静琴的儿子。他原本是修山公社的初中语文教师，因为"四类分子"的身份，刚被下放回生产队。他也向生产队请了长假，带上他家的手推车为我家起屋帮忙干了一个月的重活累活。

舅舅和乐义哥的手推车为我家起新屋作出了突出的贡献。他们从大队主路上把垒房基的石头一车一车地推到连三巷子，还把旧屋拆下来的砖和瓦也推了过来。

后来落实政策，乐义哥又回修山中学教初中语文，不久调到富裕的邻县、刘少奇同志的老家宁乡县，进了宁乡县最炙手可热的粮食局当党委书记，粮食系统不景气时他调到交通局当党委书记。他的聪明能干成为亲戚们茶余饭后的话题。

母亲说，四要感谢众亲戚。

亲戚们慷慨地借钱给母亲，还来帮忙筑墙。一个多月，四间大房和两间茅屋，亲戚家帮了一百多个工，他们不要工钱。母亲给他们准备了一日三餐，每人每天一包经济牌纸烟。

母亲说，五要感谢起屋师傅。

泥水匠主师傅是我爹的远房堂弟刘光顶。木匠主师傅是我爹的学生，他还带着一个儿子和一个徒弟一起来的。他们都很尽力。母亲给泥水匠和木匠们一天三至四块钱工钱，一日三餐外加每人每天一包经济牌纸烟。

母亲说，六要感谢乡亲们。

起新屋的那些天，庄子湾生产队很多农妇给母亲送来蔬菜。乡亲们担心我家里柴不够，送来一捆捆的枯棉花树。曹家嘴大队的贫农龚南轩还及时地送给我家十几根竹尾巴。那是在给偏屋盖茅草顶的时候，天变得阴沉，眼看就要下雨了。家里缺十几根竹尾巴，盖不了茅草。盖屋顶的师傅原本打算第二天找到竹尾巴后再盖的。谁也没料到雨季突然就要来了。刚夯上的泥墙被雨淋湿是很危险的。贫农龚南轩正在我家帮忙，眼看阴沉沉的乌云缓缓移过来，他对我母亲说："喊几个人马上去我家，每人拖两根竹尾巴来！"就这样，龚南轩的十几根竹尾巴解了我家的危机，师傅们抢在下雨之前把偏房的茅草屋顶全部盖好了。

母亲念叨道："为了帮我家起新屋，师傅和亲戚们都很辛苦。"

后来我听爹爹和哥哥们说过，母亲才是最辛苦的。别的不说，一日三餐，每餐三大桌饭菜，都是母亲一个人做的。因为要出集体工，农妇们只能送些蔬菜来，她们没有时间给母亲帮手准备饭菜。

第三十二章
道任娶亲

时间过得很快，大哥刘道任转眼就21岁了。

大哥在没有拜师的情况下，通过几年来细心观察和自己琢磨已经自学成为一名木匠。他买回当木匠要用的各种工具，在生产队里当上了木匠，后来也开始上门做木匠功夫。人们喜欢请他上门做工匠功夫，因为他的木匠活不比学师带徒的木匠们差，但每天的工钱却比那些木匠低五角钱。

母亲依然是带孩子，出集体工。岁月不饶人，母亲已经38岁了，岁月在一天天地无情地吞噬着她的才女气质。穿着打着满身补丁的旧汗衫、旧棉袄和旧裤子，虽然比别的农妇洁净，但她也完全是一个贫穷的农妇了。

冬天，母亲跟爹爹去益阳市看我小姑刘惠珍。小姑和她的邻居们带母亲去公共澡堂洗澡。那时候城里人家没有浴室，公共澡堂也没有换衣间。女人们都是当众脱衣穿衣。在那些城里女人堆里，母亲不敢脱衣。母亲的内衣是补丁上打补丁，她怕城里女人嘲笑，怕在小姑的邻居们面前给她丢面子。

小清波和小乐怡一个五岁、一个快四岁。虽然长得偏瘦，但都健康聪明，引人怜爱。

毛坨16岁了，不经意间已经渐渐成熟了。他长得比同龄人高，脸颊也开始呈现出他的亲爹曾章甫的轮廓，上唇和下巴颏上的茸毛已经变黑，眉骨隆起，眼神既温和又透出豪狠的劲儿。可惜只读了四年书，不过他迟早也读不成书。母亲常无奈地想。那年，母亲跟爹爹商量后，把毛坨送到篾匠师傅吉高叔爹家，毛坨就拜吉高叔爹为师。从此，毛坨天气好时照常出集体工挣工分，天气不好生产队放假时就到吉高叔爹家学篾匠手艺。

这年爹爹50岁。爹爹生日那天是星期五，学校星期六下午才放假。星期五那天下午散工后，母亲带着大哥、小哥、小清波、小乐怡到学校与爹爹一起吃长寿面。星期六下午，爹爹从学校回家，母亲杀了两只专门为爹爹五十大寿养的母鸡。我家、叔叔家和舅舅家，三家人饱饱吃了一顿有鸡、有腊肉、有蔬菜、有白米饭、有长寿面的寿宴。

暑假后的下学期，爹爹由原来教小学六年级改教五年级，因为从那个学期开始全县的小学由六年制改为五年制，听说中学也由六年制改为四年制。全县教育系统还有一个重大变化：废除考试升学，实行革委会推荐升学。

推荐升学政策成为贫下中农子弟的福音，成为"四类分子"子弟的噩梦。宏观而言，许许多多勤奋努力且优秀的少年由于家庭成分不好而被阻挡在上一阶学堂的校门外。微观而言，破旧的木窗前一盏盏夜读的煤油灯在一家老小的叹息声中和或浑浊或晶莹的泪眼前无奈地熄灭了。

其实，早在1966年"文化大革命"开始时，学校就不再是安静的读书之地了。很多的地主子弟读不成书，很多的贫农子弟无心读书。

那个叫邢强兵的青年，一直坚守着他的理想信念，经常抽空到我的堂叔爷刘龙舫的家里或刘龙舫放牛的山坡上，谈人生，学功课。藕塘生产队的社员们无不嘲笑这一老一少两个"活宝"。社员们看邢强兵学习很没趣，他们都喜欢欣赏他在台上的春凳上长跪不动最后被打落下来的场景。

有一个黄昏，母亲去给龙舫叔奶奶送棉鞋的纸样，路过龙舫叔爷放牛的山坡，见龙舫叔爷与邢强兵在促膝谈心，心中很佩服这两个忘年交。母亲跟龙舫叔奶奶讲起这事，龙舫叔奶奶苦笑："你龙舫叔就爱读书，有学生愿意跟他学他就高兴，可早已不再是'万般皆下品唯有读书高'了，我爹和你龙舫叔的爹还不是念书丢的命？你吉源、伶俐两个弟弟都成这样了。唉，不读书还好些！"

母亲说："也未必呢，不管世道怎么变，知识总还是有用的。说不定过些年你老人家又要跟龙舫叔回南京工作呢。"

笼罩在荷塘公社上空的政治空气不断升温。

由桃江县到修山区到荷塘公社到张目桥大队再到庄子湾生产队，各级召开"斗、批、改"会议，不时有"现行反革命"被揪出来。

大队和生产队积极响应毛主席“要准备打仗”的号召，民兵们肩挎枪支四处巡逻，红卫兵们平时看人也像土拨鼠一样警觉。

民兵和红卫兵终于在庄子湾抓到了一个“现行反革命”，是个贫农家庭的半大小伙子，引起了全生产队的轰动。

这个半大小伙子叫殷喜悦，贫农殷卫潼的儿子，那时才16岁。这个殷喜悦虽然辍学务农几年了，但肢体瘦弱，个子矮小，手无缚鸡之力，脑瓜子却挺灵泛，平时闷声不响，一响就有奇思妙想。他没有报名当红卫兵，他对当时的政治似乎没有任何兴趣，对响应毛主席号召“要准备打仗”似乎也不积极。那时不知道他从哪里弄来一台收音机，拧来拧去能让里面传出各种声音来。

有一天中午，殷喜悦挑着粪桶去生产队的棉田，在路上就被几个民兵和红卫兵揪住五花大绑了。原来，他嫂子到大队部告了密，说他的收音机里传来敌人的声音。大队部和生产队的民兵趁他出工时，在他房里找出了作为“罪证”的收音机。

民兵们义正词严地宣布：殷喜悦是现行反革命!

这消息像闪电一样迅速地传到大家的耳朵里。

殷喜悦随即就被押送到公社关了起来。

至于殷喜悦听了什么“敌人的声音”，有很多的版本。有知青说，殷喜悦听了“美国之音”，收音机里的美国特务还隔着大洋在收音机里与收音机外的殷喜悦秘密通话呢；也有人说，他听了台湾女人唱歌，那个台湾女人答应嫁给殷喜悦。

殷喜悦在公社关了几个月后就被放了出来。幸亏没有送到县里去，否则可能性命难保。当时公社革委会主要领导把他保了下来，说他是个有文艺天赋的人，没有查到他叛国通敌的证据。

这个没进过几年学堂的殷喜悦还真是个有文艺天赋的人，生产队的人后来才明白过来。后来殷喜悦脱离了生产队的集体劳动，在公社当美工，当电影放映员。再后来进了城，在地区群众文化馆当美术干部。后来又到了省城的一家雕塑院，再后来听说调到深圳当了教授。

那年殷喜悦从公社放出来后，有一次和生产队的几个青壮年去白页冲大山里砍柴。小哥毛坨也在砍柴队伍中。天快黑了，几个人挑着大捆的柴从大山里匆匆往生产队赶。殷喜悦一不小心连人带柴摔下三米多高的田埂坡。其他人边喊让他想办法爬上来边不停地往回赶。殷喜悦独自使劲儿，想把柴顶上去，但他力气太小且坡度太陡。他也不敢把柴解开一枝一枝丢上去再绑，因为他不会捆柴。他的柴是毛坨帮他捆好的。他也不敢丢下柴回去，因为他刚释放出来，丢掉生产队的柴会被认为是破坏生产队的社会主义建设。他在越来越浓的夜色里一筹莫展。个把小时后，他听到有人喊“喜悦哥”，他听出是毛坨的声音。原来，毛坨和其他人一起把柴挑回生产队后又返回来接他。虽然毛坨比殷喜悦小半岁，但干力气活比殷喜悦内行。他很快把两大捆柴弄到路上并挑了回来。

这事让殷喜悦铭记了一辈子。

1990 年毛坨病逝时，社员们给我嫂子送白事礼，礼金一般是五块钱。在县群众艺术馆的殷喜悦请我清波姐捎了 15 元回来。殷喜悦把礼金交给清波姐时说：“我永远记得毛坨喊‘喜悦哥！’永远记得他折回来找我，帮我挑柴。”

既要响应毛主席的号召“要准备打仗”，也该准备给大儿子刘道任找堂客成亲了。母亲对爹爹这样说。

母亲开始张罗给大哥找堂客了。

母亲有当婆婆的底气：刚建的新屋亮堂堂地立在连三巷子；大哥长相端正，人也聪明，木匠手艺已是师傅级水平；爹爹是教师，每个月有工资；大哥的三个亲姐姐分别在江西南昌、湖北武汉、吉林长春工作，都是大城市，都有工资，今后都能帮扶这个家；她这个当后妈的心肠好，体贴人，疼儿媳，还年轻，今后能帮助带孩子做家务……

母亲相中了二区马家坳一家姓戴的地主人家的一个姑娘，便请庄子湾生产队的贫农刘玉科的堂客胡秋英去说媒。那姑娘家的父母跟胡秋英来看，我母亲赶紧做擂茶、甜米酒煮鸡蛋接待胡家父母，并请人把在担水坝做木工的大哥喊回家。双方聊得很开心。

胡家父母回去后，思考来思考去却没同意。他们跟胡秋英说，希望女儿找个贫雇农家庭，将来崽女能够去参军。

母亲又去请马圈子盖上花满妈当媒婆，请花满妈去问曹家嘴大队那个叫邹淑纯的女知识青年。当时，邹淑纯的父母都从县城搬到曹家嘴大队定居了。

邹淑纯的父母来看过后，又带邹淑纯来看。邹家三口都满意，母亲和爹爹及大哥本人对邹淑纯也满意。这门好事就这么定下来了。

邹淑纯那年才满 16 岁，不能急着成婚。

过完年，进入 1970 年春天。这年，邹淑纯就算 17 岁了。那时的农村姑娘 17 岁结婚甚至生育的，多得很，母亲跟爹爹商量，准备让大哥和邹淑纯成婚了。

没有彩礼，没有聘金，邹家也不计较。

母亲请人给邹淑纯做了一身新衣服：一件白竹布褂子、一条蓝辅绸长裤，叫大哥送过去。母亲还买来干麻皮，亲手做了一床麻纱蚊帐。把麻皮捻搓成纱，又一次磨破了母亲十根手指头的皮。

暑假，农历七月初七。这天既是七夕，又是立秋。大哥和邹淑纯扎根。

桃江人找对象，一般要经过三个重要手续：先是看人家，再是扎根，最后是成婚。看人家一般是女方挑男方，女方来人看过男方的人和家，满意了就继续交往。交往了一段时间就扎根。扎根类似于城里人订婚，表示女方愿意把根扎进男方家的土里。最后成婚就是摆结婚酒。领不领结婚证倒并不重要，很多人成了婚几十年不领结婚证。他们不是不愿意领证，而是难得去一趟公社和县城。

扎根一般没什么仪式，就是双方亲戚都到男方家，一起吃餐饭。

母亲宰了家里养的一只八斤重的洋鸭婆做菜。

邹家父母很体贴，知道我家刚起新屋欠了一屁股债，没要彩礼，也不要求摆酒。七月扎了根，八月大哥就把邹淑纯接进了家门。

邹淑纯就正式成了我的大嫂。

大嫂进我家后，我家就有了七口人。大哥大嫂住正房最西侧一间，爹爹和母亲带小清波、小乐怡住隔壁，毛坨住堂屋，房子还是宽绰的。

大哥刚娶亲的那阵子，就像鸳鸯下了湖。大哥大嫂缠在一起，太阳出来了还不肯起床。母亲煮早饭打饭箕时故意打得重一些，让饭箕的声音把他俩叫醒。

这样住了一个多月，母亲就和爹爹商量：“别拖累孩子呢！咱们和道任淑纯两口子分家过，他们两个人挣 15 分工，道任还能做木工，日子会红火起来的。”

爹爹也认为好，于是爹爹母亲和小清波、小乐怡的住房往东挪了一间，大哥大嫂住西侧两间正房，堂屋变成爹爹母亲和我两个姐姐的住房，毛坨住进了盖茅草的厨房。

那年开春，小清波和小乐怡入学读小学一年级。

那时候的新学期不在秋季而是在春季。小清波、小乐怡春节后入学，是读一年级上学期。

入学时小清波快七岁，小乐怡才满五岁。爹爹和母亲认为，两姐妹上学放学是个伴，一个班读书互相可关照，也利于学习互相竞争。当然，最大的好处是小清波可以照看妹妹。

但爹爹和母亲的安排，是以小清波迟入学一年为代价的。但农村学生入学普遍都晚，小清波七岁还算入学早的呢。

她们的学校就是小哥毛坨读过的张目桥学校。大队只有这么一个学校，校址在颜家宗祠，离家约四里山路。宗祠之所以没有被破“四旧”破掉，是因为一直办着学校，并且有一些红小兵在那里念书。

入小学后，小清波和小乐怡对成长的记忆变得深刻了，很多事还历历在目。

那时候小学一年级到五年级每天都只有三节课，三节课上完就放学。这符合广大社员的要求，孩子放学后可以到生产队出工，也可以帮家里做事。

小清波和小乐怡放学回家时，家里一般都没人。只要天气不太坏，母亲、大哥、小哥都出集体工，母亲也可能到自留地里忙碌，大哥、小哥也可能在外做木工或篾工。但母亲都会给两个女儿留好饭菜。五岁多的小乐怡不太懂事，放学回家揭开锅盖，看到饭锅里都是红薯，红薯皮外沾着几粒白米，就哇哇大哭。小乐怡总是幻想着回家能吃一顿白米比红薯多的饭，但每次揭开锅盖的时候，她的幻想都被现实生活无情地击破了。

小清波懂事多了，她不仅自己大口大口吃红薯饭，而且装出很享受的样子，哄着妹妹快点儿吃。

吃午饭时间不能长了，因为母亲总会在墙上留言告诉两个女儿，某某地方有牛屎。

母亲有留言的习惯，这也是她会识字写字的优势。农妇们大多不会写字，所以少了这么一个传递信息的重要方式。为了节省笔墨，母亲每次都是用灶里的树枝灰在土墙上写。树枝燃烧后，黑灰不硬不软，正好当笔写字。土墙是黄色的，写黑字很显眼。母亲每次写新内容之前，用鞋底擦擦土墙，原先的字就没了，土墙像纸一样翻开新的一页。

收牛屎有几分打猎的感觉。小清波和小乐怡很喜欢干这个活。匆匆跑去，收到牛屎会高兴极了，像收获猎物一样。

去的时间晚了，牛屎就可能被别人收走了。但即便匆匆吃完饭，两姐妹拿起小竹箕往母亲说的某某地方跑，也常会无功而返。

收牛屎一般是不留痕的，尤其是在破烂的泥沙地上。两姐妹常常不知道母亲所指的那堆牛屎到底是被别人抢先收走了，还是她俩没找到。没收到牛屎的感觉特别不好，两姐妹特别是小乐怡很不甘心，总会到处瞅，左瞅右瞅，草丝里荆棘丛里都寻过还不见，才恨恨地返回家。

牛屎交给生产队，可以换工分，工分可以换稻谷。积少成多，积五堆水牛屎或八堆黄牛屎就可以换一斤稻谷了。

第三十三章

“也许还能活两年”

大哥分家后没几个月，爹爹突然得了重病。

那个秋天，爹爹从鸭婆嘴学校调到了舒塘学校。

一天下午，母亲刚散完工回家，舒塘学校一个姓龚的三十多岁的女教师骑着自行车到了我家屋外，火急火燎地喊：“刘师母！刘师母！”

那时候自行车可是稀罕宝贝，在生产队乃至大队的公路上也很少有自行车行驶。

母亲听到外面焦急的喊声，心里猛地一惊，急急答应着，立即跑了出来。

龚老师告诉母亲：“刘老师刚才吐了很多血！你屋里快去人看他！”

母亲一听就蒙了，她简直不敢相信自己的耳朵。

“他得了什么重病？”母亲的声音发颤。

“不知道！吐了很多血，不晓得什么病！”龚老师上气不接下气地答。

母亲强迫自己清醒，她高声呼喊大哥、小哥。

母亲吩咐大哥、小哥赶紧合力把凉床绑上楠竹，做成担架。

道任和毛坨在火急火燎地做担架时，母亲匆匆跑去喊我堂哥刘欣焕过来，叫他一起去舒塘学校抬我爹爹。

小清波和小乐怡急得直掉眼泪，母亲管不了她俩，叫她俩乖乖地守在家里。

堂哥和大哥抬着空担架，跟着母亲往八里路外的舒塘学校急急赶去。同去的还有大嫂、小哥。

到了舒塘学校，母亲急喊“良哥”。爹爹盖着棉被躺在床上，额头上覆着一条白毛巾。爹爹睁开虚弱的双眼，发不出声来。

母亲心急如焚地扑到床前，俯下身子看着爹爹，眼泪如泉一般涌出。爹爹看上去倒没有什么痛苦的表情。

爹爹头微微侧向门口，微微张开嘴，眼睛半睁半闭地看着母亲，目光如同古寺里的茶油灯一样柔弱。

母亲问旁边的两个教师，爹爹为何会这样，得了什么病？

两个教师都说不出原因，只是告诉母亲："下午打上课铃很久了，刘老师没去教室。班干部过来喊刘老师，看到刘老师瘫在床边，吐出来的血盛了满满一脸盆。"

母亲顺着两个教师手指的方向，看到了那只放在门外的脸盆。

母亲心剧痛，肝肠寸断！

母亲强作镇定，俯声问爹爹："我们现在把你抬回家，明天一早送你去人民医院，好不好？"

爹爹费力地张开嘴，他的嘴张开时，像一口深不可测的枯井。喉咙里有含混不清的声音艰难地从枯井里冒出来。母亲听清爹爹说的是"好"。

母亲把棉被紧紧地捂在爹爹身上，把白毛巾搭稳在爹爹的额头，又拿一件外套盖住爹爹的头。堂哥和大哥就抬起爹爹往回走。

在路人看来，凉床上直挺挺地躺着一个人，头和身子完全被盖住了。只有从母亲、大嫂、小哥不时帮病人把垂下来的被子压进身下的动作来看，凉床上应该是个病人，而不会是一个死人。

回了家，大家把爹爹抬放回堂屋的床上。堂哥、大哥、大嫂渐次散去。

母亲煮了点红糖水，一小勺一小勺地喂给爹爹喝下。爹爹渐渐缓过气来，喉咙里发出的声音比较清晰了。他轻声地告诉母亲："莫要怕，我中午吃多了辣椒。"

母亲明白了，爹爹一直有胃病，平时也可能犯胃痛，吃多了辣椒，引发胃出血了。母亲很心疼，想怨爹爹不该吃那么多辣椒，但又不忍，只是说："辣椒没有毒，不要紧，明天一早去人民医院好好治。"

吃了辣椒引发胃出血，这倒让母亲宽心了些。这比食物中毒、心脏病、脑溢血好多了。

第二天一早，原班人马将爹爹送进了县人民医院。

县人民医院就是一栋两层的旧楼，长七八米，有几间诊室，有十几间病房，可能还有一两间吸氧间。刺鼻的药品味和医护人员白色的着装，给农村来的病人及家属们一种接近死亡的压迫感。

舅外婆的小女儿即母亲的表妹刘静宜在县人民医院当护士，她带着母亲跑上跑下，很快就给爹爹办了住院手续。

医生刚开始给爹爹治疗，就通知家属验血型输血。

据说，那时很多农村郎中的医术比县人民医院医生的医术还高。只是县人民医院可以打吊针，可以住院，还可以输血，这是农村郎中做不了的。输血是县人民医院的杀手锏之一，听母亲介绍爹爹吐了一脸盆血，医生便立即让输血。

不过那时候，县人民医院没有血库，输血只能即时输，从一个人身上抽出来，立即输入病人的体内。

医生问："你们家谁去验血？"

那时候大哥和大嫂正准备孕事——用现在的话来说叫"封山育林"，他俩的婚姻生活才刚刚开始，如果让他俩抽血，影响他俩生育，影响他俩出工，影响大哥做木工，影响他俩今后的生活，如果他俩以后有个三病两痛，哪怕这些病痛其实与抽血毫无关系，母亲也将良心不安，她也可能被亲戚们的口水淹死。

母亲的这些考虑是在零点几秒内进行的。在她想说"抽我的血"时，她听到毛坨坚定的声音："抽我的！"

毛坨还不到 18 岁。他今后的人生之路更长。但他根本没去想那么多，心里只有一个信念：救爹爹！

很遗憾，医生验血后说，母亲和毛坨的血型都与爹爹的不合，不能抽血。大哥和大嫂提出要验血，母亲和爹爹都没同意。

虚弱的爹爹住进了病房。那是一间横着竖着挤了五张病床的病房。由于不能输血，爹爹只能打吊针。大家都不知道打进去的是什么水，但都感觉那吊着的玻璃瓶里装的是救命的"神水"。

母亲留下来照顾爹爹。中午前，其他人都回去了。

毛坨没和堂哥及大哥大嫂走一路，他从桃江县城直接走到汉寿县三和公社白家铺生产队，把姑翁妈接到庄子湾帮小清波和小乐怡做饭。

母亲每餐在医院的食堂窗口帮爹爹打饭。饭按两计费，菜按种类计费，汤按碗计费。母亲闻着那饭菜汤还不如家里的香。但母亲想，医院里的饭菜汤肯定是营养餐，里面应该熬了好药材，病人吃了康复得更快。每次母亲把饭菜汤端在手里时，都像端着爹爹衰弱的命。

那时候，舅外婆已从藕塘生产队搬到了县城，住在满姨刘静宜家。舅外婆很心疼母亲和爹爹，常叫满姨带点饭菜来，有时也叫我母亲去她家吃饭。

陪护爹爹有时候很闲，母亲便从舅外婆那里拿来针线，帮舅外婆纳鞋底。

母亲40岁的生日，是在县人民医院陪护爹爹时过的。母亲生日那天，她自己忘记了生日这桩事，舅外婆下午提着两碗肉汤和一碗长寿面来送给母亲，母亲才恍然记起。

我的二姐即爹爹与前妻所生的二女儿刘新絮不知怎么得到了消息，她从武汉赶回来看望爹爹。二姐那时在一家大型汽车厂的职工医院当药剂师，她懂得一些病情和治疗方法。她到县人民医院后立即找医生聊爹爹的病情。二姐每次去医生室，母亲都跟着，认真地听医生和二姐的谈话。

阔别家乡多年的二姐还去了庄子湾和藕塘。她这次不仅是第一次见到我的母亲，也是第一次见到清波和乐怡。她给清波、乐怡各送了一条小手绢。没在家里睡，当天就赶回县城了。

那时候我清波姐已经七岁多，很懂事了。她到现在都还记得二姐那天曾告诉她："从武汉坐车回来要背毛主席语录，背不了就不让上车。待会儿到石桥坝坐车去县城也得先背毛主席语录。"

二姐留给清波的第一印象非常深刻：二姐长得很漂亮，像仙女一样漂亮；二姐胸前佩戴的毛主席像章比生产队里任何人胸前的毛主席像章都大；送给两个小妹妹的小手绢也很漂亮；会背毛主席语录，很了不起。

爹爹在县人民医院住了一个多月。母亲陪了一个多月。

一天，医院通知母亲，给爹爹办出院手续。

爹爹的身体康复了吗？母亲不知道。爹爹住在病房里，每天打吊针，每餐吃医院的饭菜汤，就治好病了吗？还会不会犯病？

母亲带着这些问题问医生。

医生的回答给了母亲重重的打击："你老头子这病治不好的，回家好好养着，养得好也许还能活两年。”

“那要继续在医院住呢？”母亲慌了，可怜巴巴地盯着医生的眼睛问。

“住在这里也治不好，还是回家好好养两年吧。”医生冷漠地回答。

满姨带着母亲办出院手续。母亲前一天已捎话回去，叫我堂哥刘欣焕和大哥把凉床抬来接爹爹出院。

出院那天，办完手续，却不见堂哥和大哥来。

母亲说再等等，爹爹却说一边走一边到路上碰他们。于是，在母亲的搀扶下，爹爹缓缓地往 18 里路外的庄子湾家里走去。

爹爹和母亲一走就走了七八里路，从县城一直走到枳木山，才碰见了堂哥和大哥。

“治好了啊？”堂哥和大哥惊喜地问。

“好了咧！”爹爹一边开心地回答，一边缓缓地往凉床上躺。

回到家，太阳正落山。

姑翁妈已准备好了饭，怕菜炒了冷，等我爹爹回了再炒。见爹爹能自行从凉床上爬起来，能流利地说话，姑翁妈心里的石头落了地。

清波和乐怡见到离别了一个多月的爹爹和母亲，委屈和喜悦的眼泪哗哗地流。

姑翁妈炒了很大两碗白萝卜丝。炒白萝卜丝是爹爹最爱吃的菜。虽然没有多少油，但炒出来喷香喷香的。

爹爹在家休养了半个月，又回舒塘学校上课去了。

在家休养的这半个月，母亲执拗地用她的办法为爹爹治疗。

这办法其实不是她的，应该算是爹爹的办法——母亲患水肿病那次，爹爹用茶籽油治好了母亲的病——母亲要用茶籽油治疗爹爹的胃病。

母亲用两斤菜籽油跟人兑换了半斤茶籽油。母亲叫爹爹每天慢慢地喝一勺。

“我逼你喝过茶籽油，想不到你反过来逼我了。”爹爹无可奈何地笑着对母亲说。

茶籽油就那么一勺一勺地生饮，味道真不太好。爹爹每次都放点儿酱油进去一起喝。那时候的盐都是很大的颗粒，不像现在的精盐这么细、这么速溶。加酱油后饮起来味道强多了，爹爹说：“这下就像是一勺浓汤了。”

不知道是茶籽油真的能治百病，还是爹爹的康复能力强，总之，县人民医院那位医生的话经事实验证是错误的——爹爹不仅活过了两年，而且一直活到了80岁。

后来有山茶油打广告称，山茶油能降胆固醇，降血脂，降血压，对心脑血管疾病等有辅助治疗作用，可以清肠润胃。山茶油中的山茶苷具有抗癌作用。可见，生饮山茶油对胃病的治疗真的是有积极作用的。

真的养得好也只能活两年吗？母亲不信这个邪。当然，那医生的话被母亲当作秘密藏在心里很多年。后来她才对爹爹说："我根本不信那医生的鬼话。胃病又不是死病！只要好好养着，你就一定能好好地活下去。"

母亲这么说是有理由的。她的"良哥"身材魁梧，虽然满头华发，但翻山越岭走路飞快，从胡家段学校到庄子湾打个来回气都不喘，能一口气游过宽阔的资江水，能一个人对付一群凶恶的土狗。这么强壮的大汉，怎么会被一碗辣椒掐断性命呢？

那时候母亲不知道，爹爹曾经边跑边走从怀化一路到汉寿。几百公里山路，几乎是饿着肚皮徒步疾行的。这身子骨可不是一般人能比的。当然，这是一个被爹爹藏匿了半个世纪的秘密。

那是1938年的事。

那时国共已合作，爹爹20岁，他和前妻的第一个女儿刚出生，爹爹怀着一腔报国热情在常德报名参了军。爹爹的部队是宪兵部队，新兵入伍个把月即开赴湘西怀化的深山去剿匪。

爹爹的部队在一个叫榆树湾的山窝里与土匪展开激战。只有两百多名官兵的宪兵部队根本不是土匪的对手，刚与土匪开战就受重创，爹爹的大部分战友被打死在深山里，还有些受了伤不知去向——后来才知道那些被俘的官兵有的被立即杀掉，有的被土匪同化当了土匪。总之，爹爹的部队被打散了，爹爹和一个叫陈章星的战友靠喝山泉、吃野果在山里转了两天才转出来，捡回了小命却丢失了组织。

他俩提心吊胆地向当地山民打听部队的下落——他们辨不清山民是好心人还是土匪。

"你们的人被土匪打光了咧！"山民们回答。

爹爹和陈章星决定回常德。

二人连奔带跑地往常德赶。途经陈章星的家乡邵阳时，陈章星对我爹爹说："好兄弟，我不回常德了。记住我叫陈章星，记住我是邵阳落箭坪人，我们后会有期！"

爹爹饿着肚皮独自一人回到了常德城里，被告知部队的番号取消了。

爹爹便折回益阳县家里，当起了教师。

爹爹没有向任何人透露过这段历史，直到他退休后有一次在家里填《干部履历表》，这段历史才被填上。

我是我们八兄弟姐妹里唯一亲眼看到这份履历表的人。爹爹看我一脸惊讶，向我解释：原来他一直不敢说当过宪兵，是怕挨批受斗甚至丢掉性命。

后来政策好了，爹爹专门跟县教育局的人讲当过宪兵剿过匪的事。教育局的人说，国共合作时期当兵入伍打土匪是有功之人，这是光荣的事。爹爹这才敢在履历表上把这段历史补上。也多亏爹爹曾经隐瞒了这段历史，否则就没有后来的爹爹，没有后来爹爹与母亲的爱情和婚姻，当然也没有我。

自从爹爹那次因吃辣椒吐血后，我家里再也不吃辣椒了。我从出生到初中毕业都没吃过辣椒，后来读高中在学校食堂打饭菜我也不打放了辣椒的菜。到广州工作后，同事和朋友们不解：都说湖南人怕不辣，你是湖南人却不敢吃辣？

第三十四章

放　牛

爹爹出院不久，回学校报销医药费。爹爹和母亲第一次感受到贪官污吏的厉害。

那时候农民家庭最怕生病，农民病不起，病了不舍得花钱买药治病，所以随便一个小病都可能拖成大病，最后不明不白地去见了阎罗王。

教师治病由国家负责，可以在联校报销 60% 的医药费。这多么让农民羡慕嫉妒啊！

母亲帮爹爹把几十张医药单子整理好。母亲是个超级爱整洁的女人，她把那几十张医药单子像绣花一样弄得一扎齐，叫爹爹带回学校。

爹爹的医药费是母亲找亲戚朋友借的。这个新债加上起新屋的旧债，压得母亲和爹爹抬不了头。

爹爹把单子交给联校总务。母亲在家等着爹爹按规定的 60% 比例报销后把钱送回家。母亲急着还债。

两个月后，总务叫爹爹取报销的钱："160，你数清楚！"

听到总务递钱过来时说的数，爹爹愣住了。

爹爹心里一凉，急切地问："只有 160？不是报销 60% 的吗？"

"你单子只有这么多！"总务冷冷地抛过一句话。

爹爹像哑巴吃黄连有苦说不出。他后悔莫及：他和母亲都没有把那几十张单子上的钱数加一遍。

其实，即使爹爹和母亲把钱数加过一遍也没用，除非当着总务的面数一遍，让总务写一张收到多少数额的单子多少张。否则，总务一口咬定你的单子只有这么多，你奈何他？退一万步说，就算报销的人强势得像土匪，总务一句轻飘飘的话即可化险为夷：“哦！可能是你们没粘好，不知道是不是掉了几张在桌子底下。我再帮你们找找吧。”

像爹爹这种说句话都小心翼翼的“四类分子”，就算吃了豹子胆也不敢叫总务写收据啊。

事后，爹爹恨恨地对母亲说：“我们以己度人，把人家往最好里想，哪曾料到他会这么干？”

母亲和爹爹根据记忆粗粗算过，三股中至少两股被总务贪去了。

人们都憎恨那“三年清知府十万雪花银”，但殊不知我们所见的官场的贪文化是深深植根于民间的土壤之中的。联校总务算屁大个官？过手的钱，能贪则贪，不能贪也要强贪。

如果只知道以己度人，是无法相信这个世界上有人借钱不还，有人从乞丐手里抢钱，有人从饿童嘴里抢食，有人卖假婴幼儿奶粉的！

进入改革开放初期，我读小学时，公路边开始出现两层的楼房，它们鹤立鸡群般雄驻在平房、瓦屋甚至茅屋中。这几栋楼房是荷塘乡的第一批楼房，他们的主人不是乡长，不是校长，而是各个学校的总务。

常有教师之间悄悄咬耳朵：“当两年总务，就能弄出一栋楼房来！”

总务能捞钱，后来不再是学校里的秘密。

爹爹大难未死，捡得一条性命。母亲却又得了水肿病。

母亲为了在县人民医院照顾爹爹，请了长假。三十几天没有工分，也就没有稻谷。小乐怡做梦都想吃到的白米饭更少了，我家快回到喝稀饭度日的岁月了。

从爹爹出院回家开始，母亲就回生产队出工了。母亲出工早出晚归很辛苦，却把口粮省下来，留给爹爹和毛坨及清波、乐怡吃，她越来越缺乏营养，身上又开始水肿了。

母亲是当时庄子湾生产队唯一的水肿病人。

爹爹大病未愈，家里欠一屁股债。母亲的水肿病让全家人一筹莫展。全家人都很清楚，如果水肿病人得不到营养补充，便会一步一步走向死亡。

毛坨心里憋得难受，他只有一个信念：一定要救母亲！

毛坨突然想起，在汉寿太子庙时他见到过一种捕小鱼小虾的工具：豪。

豪是一种篾织的小筐，形状跟钓鱼人腰上挂着的小鱼筐差不多，但它不是挂在腰上的，而是放在湖里塘里的。豪的构造是：一个张开的大口，接着是一个紧缩的脖子，然后是一个鼓胀的肚子。它的巧妙之处在于那个紧缩的脖子。鱼虾可以从豪的大口里钻过脖子进入肚子，但它们无法通过脖子逃出去。因为脖子口有数十根插向肚子里的细篾条，鱼虾只能滑进不能逃出。汉寿太子庙的人在豪的肚子里放入烧得喷香的韭菜，有的还放饭粒和肉骨头，然后把豪沉入水塘底。香味会把鱼虾引诱进去。放豪的农民第二天来取豪，往往能收获不少的鱼虾。

桃江农村几乎没有豪。太子庙人用豪捕鱼虾的往事，留在少年毛坨的记忆里。毛坨是篾匠，他散工后连夜编织了十几只豪，豪里放入烧香的韭菜和红薯。夜里就把那十几只豪放到庄子湾秋收过后蓄水的田里。

桃江农村虽不放豪，但在三年困难时期，桃江的农民向任何可能有食物的地方进行了不懈的探求，田里塘里自然不会被农民们忽视掉。农民们把油茶渣饼煮的水泼洒下去，守上两个时辰，田里塘里的鱼虾鳅鳝便漂上来，连鱼卵和泥鳅细崽都无一幸免。

然而鱼、虾、泥鳅和鳝鱼是不会在农村水域绝迹的，时隔数年，它们早已随江河、水库的水潜伏到四面八方，并广泛繁衍后代。三年困难时期早已过去，人们已经不再需要从水田里捞食物。

从这个意义上说，母亲水肿的发病时期选得不错。

庄子湾的水田里很难捕到鱼虾，这是毛坨预料到了的。他在等待比鱼虾更好的收获。

放豪的第二天晚上，趁着月光，毛坨提着水桶带着清波、乐怡去取豪。大部分豪里空空如也，但有几只豪里有毛坨预期的收获：泥鳅和鳝鱼。

毛坨提起一只豪。乐怡在月光下看到豪里蹦跳的泥鳅时，激动得像泥鳅一样跳起来。毛坨把豪肚子的篾底打开，泥鳅从韭菜丛里跌落到水桶里。清波还看到了更惊人的收获：一条鳝鱼。

十几只豪的第一批收获：三条比小手指还细的泥鳅、一条筷子一样细的小鳝鱼。

但对于母亲虚弱的身体来说，它们就像《白蛇传》里的灵芝草一样珍贵。

毛坨带着清波、乐怡夜夜收豪放豪。他们发现，越是高产的良田越没收获，越是低产的滩涂田越有收获。

坚持每天出工的母亲在泥鳅、鳝鱼的滋润下，不到一个月，水肿症状就逐渐消失了。

水肿病愈的母亲接到了生产队的新任务：放牛。

生产队那次安排了五个妇女放牛：腊妹子、三妹婆、范翠英、黎胡玲，还有我母亲。

五个妇女各放一头牛。哪个妇女对应哪头牛，由生产队安排。

母亲是这五个妇女中唯一的“四类分子”，生产队给她安排的牛是一头小水牛，给那四个妇女安排的是大水牛或大黄牛。

城里人或许不明白，为何给“四类分子”安排一头小水牛呢？小水牛不是很可爱吗？

小水牛在水墨画里很可爱，但在放牛人眼里则恰恰相反。

大水牛和大黄牛很听话，老老实实的，放牛人牵到哪儿它们就走到哪儿。小水牛却很任性。

小水牛的娘就在另外四头牛当中。说小水牛任性，主要是它可能会突然撒蹄子就朝它娘那里跑。大水牛和大黄牛能按放牛人的意愿走，它们会避开庄稼。小水牛想它娘时就会乱踩，母亲得死死地拖住它，否则踩坏了庄稼就要母亲赔偿。母亲每天的工分只有五分，如果赔偿起来，把五分工分全贴上还不够。有时候母亲把全身的力气都使在手上，但小水牛还是像头疯牛一样从庄稼里踩过去。有时候小水牛不黏它娘，母亲就趁机让它远离它娘，但有时只要听到它娘一声长哞，母亲又得使劲跟它进行拔河比赛。

放牛先要牵牛，牵牛不同遛狗。遛狗是把狗绳系在狗脖子上，牵牛要把牛绳拴在牛鼻孔里。桃江农村把拴进牛鼻孔里的东西叫“牛鼻子”。

生产队不负责做“牛鼻子”，要放牛人自己做。

牵牛并不是把绳子直接穿过牛的鼻孔，拴住牛鼻子的“牛鼻子”不是绳索，而是一种特定的东西。这东西是猫公刺[1]的苕根扭破后绕两圈而成的。猫公刺的苕根很硬，女人很难扭好。它扭破后既软又硬，最能有效对付

① 猫公刺是桃江农村常见的一种带刺的荆棘，根部韧性较好。

牛了。

那四个妇女做的“牛鼻子”一次可用两三个月甚至更久。小水牛的“牛鼻子”经常十天半月就坏了。母亲和小水牛经常进行拔河比赛，它能不坏吗？

“牛鼻子”的断裂是突然的，母亲无法提前发觉。“牛鼻子”一断，小水牛就欢了，它像一匹脱缰的骏马，迈开四蹄任性狂奔。

母亲未雨绸缪，她提前备好了“牛鼻子”，并加强对牛鼻孔里的“牛鼻子”的检查。但“牛鼻子”断裂后小水牛的野性，每次都让母亲像独自一人面对突然暴发的山洪一般害怕和绝望。

那四个妇女每天放牛都可以轻松地聊天，还可以纳鞋底。母亲却时时刻刻都是提心吊胆的，恨不得有三只眼睛盯紧那头调皮惹祸的家伙。

尽管时刻打起十二分精神，但母亲还是经常得赔偿生产队和社员私人的庄稼。

放牛的那段日子里，有几个故事一直铭刻在母亲的记忆里。

放牛虽没有固定的路线，但五个女人五头牛基本上都是在自己的生产队里转，除了深秋时草变枯了，庄子湾生产队的草地不够五头牛吃时，她们才会把牛牵到更远的地方去。

这五头牛老是在生产队里转着，它们没有固定的路线却也会有必经之路，这才使恶作剧有了发生的可能。

那四个妇女中，范翠英的小儿子是个出了名的调皮鬼，他由于成分好，生产队伤透了脑筋却拿他没办法。他发现五头牛常从一个陡坡附近走过，便想出一个恶作剧。

那陡坡有一个伸出去的肩，肩上的土全靠一些杂乱的灌木的根系牵引着。那是一块险地，社员从不去踩，狗、牛甚至老鼠也不愿涉足。那陡坡是下雨滑坡日久形成的，平时人畜都知道避让，所以生产队也不在意，更不会安排人去修整。

陡坡上还有三四个大洞，有的是解放前猎人捕野猪时挖的，有的则是大炼钢铁时砍了大树后，生产队把根挖去当柴烧后留下的深坑。

在陡坡下方距那险肩约二十几米的地方，是一条小山路，母亲她们常牵着牛从那里走过。

有一天，母亲她们一行人又从坡下的路走过。母亲没有在意，她像以往一样紧拽着牛绳。突然小水牛发狂地往坡上跑，母亲见势不妙，死死地往回拖，“牛鼻子”绷断了，小水牛欢快地跑上去，瞬间栽进洞里，消失在母亲的视野里。

母亲的心都要从喉咙里跳出来了。她以百米冲刺的速度跑上陡坡，俯身看到小水牛跌进去的洞里一片光明，小水牛却不见踪影。

母亲的心稍安，不见小水牛就说明小水牛从洞里跑出去了。

母亲站起身往险肩下看，看到小水牛在坡下若无其事地漫步。

原来，那个调皮鬼在一个大洞口铺上细木棍，木棍上面铺些树叶，并在上面放了些鲜草。鲜草的芳香把小水牛吸引了过去。它涉世未深，不知世间凶险。

好在洞的底部已穿，与外面相连，那个调皮鬼并不想把牛害死，他只是想吓吓牛和放牛的人。一场虚惊，让母亲的心狂跳之后又恢复了平静。

有一次，六里冲生产队的桃满秀两口子在绿肥田里喊我母亲：“先生娘，快把你的牛牵过来！”

母亲把小水牛拽了过去。

六里冲生产队也属于张目桥大队，但与庄子湾生产队隔着两个生产队。六里冲有一丘大田在庄子湾境内。这种田被叫作“飞地”，它像张三家的一只鸟飞落在远处李四家的地盘上。

桃满秀两口子是六里冲生产队的社员，正在割断绿肥往水田地里踩。他们知道我母亲的小水牛难牵，便把母亲喊过来，叫母亲把小水牛牵到田里。两口子说：“这牛牯崽子哪能跟着它们走，你快让它在这里吃饱。”

那丘大田绿肥茂密，母亲牵的小水牛在绿肥田里饱食了三天。

母亲心里充满了感激。

有一次，母亲的小水牛又突然把“牛鼻子”扯断了，它又撒腿奔跑起来。母亲担心它踩坏生产队即将收割的水稻，大声喊：“帮帮忙咧——牛牯崽子跑了咧——”

官冲生产队的黄迪飞和五保户爱姨正在附近挖土，他俩拿着锄头和扁担赶过来，在小水牛踏入稻田之前把它制服了。

有一天天黑，母亲在屋后洗了澡刚穿好衣服，就听到生产队牛栏方向传出来喊叫声：“不得了啊！钟三多的牛死嘎嗒！”

“死嘎嗒”是桃江农村的土话，用现在的流行语来说是“死翘翘”。它含有强烈的幸灾乐祸的味道。

毛坨和小清波、小乐怡都吓得面如灰色。牛是农家宝，我们家哪能赔得起一头牛呢？如果定性为“四类分子”故意毒死公家的牛的话，那甚至可能会让人为牛殉葬的。

母亲赶紧往生产队牛栏跑。

母亲和一些社员赶到牛栏，看到倒在地上的是一头大水牛，那头牛是范翠英负责放养的。

母亲的那头小水牛平安无事，她悬着的心放了下来。

大家很快知道了事情的真相：牛栏里有一种叫“牛闷子”的飞虫，体形比苍蝇大几倍，但比知了略小，它们常把五头牛咬得遍体鳞伤。范翠英心疼她的大水牛，叫生产队打农药的人在牛身上喷了农药。为了致“牛闷子”于死地，范翠英叫那人从牛背到牛肚，再从牛肚到牛背，又从牛尾巴到牛角，再从牛角到牛尾巴，彻彻底底地喷了几遍。

牛栏的地上没有见到“牛闷子”的尸体，那头大水牛却悄无声息地死了。

围着大水牛的尸体，生产队就为事件定了性：贫农爱护生产队的牛，可惜牛不小心中毒而死。

还有一个偷棉花的故事。

那是中秋过后的一个晴天，五个妇女把五头牛牵到二区那边有草的田野里。她们看到山地里一大片茂盛的棉花树上结满了棉花。看得出，这里的棉花还没摘头茬，有的棉桃已经熟透了，炸开了口子，吐出洁白无瑕的棉花。

几个妇女左瞅右瞅，既看不到人家，也看不到人。她们把牛拴在山下的树干上，跑到棉花地里偷摘棉花，把挂在牛身上用来收牛屎的竹筐和装鞋底的布袋装得满满的，然后脱下外衣盖住，再牵着牛兴奋地回了庄子湾。

这几个妇女胸前佩戴着神圣的毛主席像章，毛主席语录随口都能背出一段一段的，却做了这样偷偷摸摸的事。她们以为神不知鬼不觉地捞到了软软白白的棉花，却不料第二天一大早二区那边的人就找上门来了。

时间很早，生产队还没出工，各家各户应该都还没吃早饭。生产队队长一边跟二区的人道歉，一边派人把五个放牛妇女喊过来。队长想，偷窃兄弟区的公共财产，让贫下中农没有衣穿和被盖，这是一次重大的政治事故，应当从严处置。当然应该拿“四类分子”开刀。

五个妇女中，只有母亲一人是“四类分子”。

五个妇女都到了。很快查出了真相：偷棉花的是四个贫下中农，唯独母亲没有参与。

队长没办法，这点儿事总不能拿贫下中农问罪。他当着二区来的人的面狠狠地训斥那四个妇女，叫她们把藏在家里的棉花乖乖地给人家送回去。不过，四个妇女都不是吃素的，她们被迫把棉花送回二区，但总还得偷偷留下一点儿——怎么能白白地帮二区的人摘棉花呢？

母亲无罪而退。二区的人对母亲很敬佩，也很惊诧。他们不知道，母亲恪守孔子“非礼勿视，非礼勿听，非礼勿言，非礼勿动”的古训，别人掉在路上的东西也不愿捡，守谷和煮饭时宁愿挨饿也不多吃多拿公家一粒谷一粒米，哪会去偷人家的棉花呢？

母亲出污泥而不染的事，后来传到了二区那户戴姓地主人家的耳朵里。他们曾经嫌我家成分不好，拒绝他家女儿与我家大哥交往，后来特意找到媒婆胡秋英，感慨万分地说：“我们错过了一门好亲家！”

其实错过亲家并不一定是错过命运，大哥和大嫂的姻缘是前世就修来的。1971 年冬，大嫂生下一个男婴。

那天正好是星期天，爹爹在家吃过红薯饭就踏雪回校了。晚上，大嫂发作临产。大哥舍近求远，跑到邻村请初木匠的娘来接生。母亲在隔壁的自己家里焦急地等消息。等到深夜还没听到婴儿的哭声和大哥的喜报。母亲坐不住了，她不顾这两年来大哥大嫂越来越不理睬她的事实，不请自来地进了产房查看情况。像农村其他女人一样，大嫂的初次生育挨了不少疼痛，也费了不少时间。快转针[1]的时候，一个健康的男婴顺产而出，啼哭不止。

那天晚上大雪纷飞，第二天早上大地一片银白。母亲怀着当奶奶的喜悦与责任感，一早起来一家一家地买蛋。她从担水坝打了个回转，才买到两颗鸡蛋。

大哥给他的新生儿子取名刘耀。这个名字寄托着大哥对他儿子的期望——出人头地，光宗耀祖。

① 转针是湖南方言，指夜里12点。

第三十五章

背着满崽捡茶籽

母亲放了一年多的牛，便不再放牛了，因为她的肚子里怀了一头小牛——一个属牛的宝宝——我。

如果母亲不放牛，或许我的生肖不是牛。

县人民医院那个医生或许想不到，那个被他断言养得好才可能活两年的胃病患者刘孟良，在半斤茶籽油的浇灌下不仅没有死，而且越活越健康。他出院的第二年即1972年春天，母亲就怀上了我。

那年刚入春，从县、区、公社、大队到生产队层层传达中央四号文件，批判林彪一伙的反革命政变纲领。大队和生产队隔两天甚至天天召开批判会，揭露林彪集团阴谋发动反革命政变、妄图谋害毛主席、篡位夺权的滔天罪行。

前一年秋，林彪摔死在蒙古温都尔汗。这消息像风一样从北京吹到了桃江，吹到了张目桥，但消息没有在社员们中正式公布。

关于这事，还发生过一个故事。

篾匠师傅吉高叔爹所在的官冲生产队有个瞎子老婆婆，富农成分。这老婆婆是个文盲，眼睛早瞎了，关于“林彪死嘎嗒”的消息，不可能是她看报看来的，一定是她听人讲的。她听到后就告诉别人：“林彪死嘎嗒。”

马上有人向大队治安主任刘壮参告密：“富农瞎眼老婆婆说林彪死嘎嗒。”

刘壮参当即通知全大队晚上开大会批判瞎子老婆婆。他叫瞎子老婆婆和她的两个孙子——刘栋梁、刘国梁和两个孙女——刘爱云和刘放云老老少少五个人跪在台上。批斗会是不需要准备讲话稿的，刘壮参粗声粗气地骂了一通，骂的内容就是富农老太婆瞎嗒眼还乱敢讲中央领导人，这是造谣传谣，是犯罪犯法，是通敌，是叛党叛国的恶劣言行。

刘壮参在骂到他自感最激越、最不可控制的那一瞬，扬手给了瞎子老婆婆一记耳光，把批斗会的气氛推到最高潮。

后来的事实证明，瞎子老婆婆不是造谣传谣。第二年开春后，持续不断的批判会证实，林彪确实死嘎嗒。

张目桥学校也组织师生开会，传达了中央四号文件。但清波、乐怡不是听校长传达的，而是事后听同学们说的。那天开会前，校长通知各班班主任："地主崽子不能听！叫地主崽子们提前回家！"

张目桥人不明白，林副主席何嘎[①]要搞政变呢？何嘎要害毛主席呢？中央里面何嘎有咯样坏的人呢？

刘龙舫却毫不惊讶，他在我家对爹爹和母亲说："历朝历代，都有忠臣，都有奸臣。林彪就是个祸国殃民的奸臣！"

批判完林彪集团，荷塘公社那年发生了两件大事：一件是再一次彻底清查"四类分子"，严格实行"四类分子"下放农村措施；另一件是那年入秋召开计划生育流动现场会，全面推行计划生育，严格控制过多过密生育。

我家那年发生了三件事。这三件家事与荷塘公社的公事有紧密的关联：一件是那年春季，42 岁的母亲再次怀孕了；一件是按公社的要求，张目桥大队清查孕妇人数，并通知母亲引产；还有一件是那年秋季新学期开学之前，爹爹被下放到生产队务农。

那年春天母亲发现自己怀孕后，喜多过忧。她和爹爹有了两个儿子，还有两个女儿，两个儿子都大了，两个女儿也懂事了。再生一个，无论是崽还是女都无所谓。虽然家里穷，粮食不够，但家里有人挣工资，有人挣工分，不至于饿死人。两个女儿还可以帮手带孩子。母亲坚定地相信，她和爹爹再苦再累也能把孩子抚养大。所以，当生产队通知母亲引产时，母亲的内心是极不愿意的。

母亲向生产队队长和妇女主任求情："我年纪这么大了，引产可能有生命危险，再说，悦会计堂客、张妙生堂客她们都是生了好几个的，她们肚里

---

① 何嘎是桃江土话，为什么的意思。

的孩子和我的差不多大小，她们如果引产，我冒着生命危险也去引产。”

生产队不好说贫下中农可以生孩子，“四类分子”不能生孩子，他们后来不再叫母亲去引产了。庄子湾的三个孕妇都光明正大地任由肚子一天一天变大。

爹爹下放生产队，对我家是个重重的打击。爹爹必须出集体工，但不能拿生产队的工分，生产队不发稻谷，吃饭由自家解决。原本家里白米就少，爹爹下放没了工资，以后不仅没钱买黑市米，反而多费一个大人的口粮。爹爹从此开始了遥遥未知期限的割牛草、收牛屎、捡稻穗和油茶籽的务农生涯。

下放生产队，爹爹的心沉到了冰冷的深渊。如果不是红薯和红薯丁、马铃薯干的帮助，全家必然回归喝稀粥的时代。他对将再一次当爹的事实感到恐惧无助，他深恐愧欠那个即将出生的新生命。

那年年底，挺着大肚子的母亲为马圈子盖上悦会计的堂客黎胡玲接生。黎胡玲在之前连着生了三个儿子后终于喜得一个女儿，悦会计给女儿取名刘红。接着，张妙生堂客以 41 岁高龄再产一女，张妙生给女儿取名张兰英。

第二年正月初八晚上，吉高叔翁妈将我从母亲的肚子里接出来。

没有母乳，没有奶粉，母亲用米汤喂养我。米汤把我渐渐喂大，我的生命力如田野里的映山红一样蓬勃——映山红在贫瘠干旱的石头缝里也能枝繁叶茂，开出艳丽的花朵。

我半岁过后就显得与张目桥大队同龄的孩子不同。我爱笑不爱哭，眼睛机灵有神，喜欢咧开嘴笑着盯着人看，就像上辈子认识他似的。在我七八个月大的时候，母亲的表哥刘卓钦对母亲说：“重五是棵好苗子。”

退伍军人刘恩佑也说，重五长大后会是个好人才。

母亲并未指望我长成一个好人才，她只希望我不挨饿，不生病，顺利地长大。

也许是我的出生给我家带来了好运，那年秋天，爹爹在下放生产队一年后又回到了学校。

得益于扎实的古诗词和文字功底及良好的师德，爹爹调到了公社中学教初中语文。公社中学的教师吃大锅饭，因为学校的教师不再只有一两个人了。在那里，爹爹的同事刘菊圃、刘尧坤、龚旦久、文平等都是老牌的语文教师，都爱吟诗填词，都成为了爹爹的好朋友。刘尧坤、龚旦久和文平这三位老师后来都教过我。

父亲又开始每个月拿工资了，母亲又开始每个月向生产队交“四属户”的十块钱。

到公社初中教书后不久，爹爹拿到了县里统一发放的下放一年的基本工资三百多块钱。

这真是雪中送炭啊！母亲准备把起新屋和医药费落下的窟窿填补上一些，还准备买些红薯回来当六口人的口粮。

给下放过一段时间的“四类分子”教师补发工资，这是全县的统一做法，张目桥学校的“四类分子”教师也收到了工资。但据说这些教师的家所属的生产队有权没收这笔钱。庄子湾生产队的队长和组长通知母亲：“把刘孟良补发的工资交给生产队，生产队急需钱买打稻机！”

母亲把三百多块钱交了出去。生产队把一台新的打稻机买了回来。

失去三百多块钱对我家来说是巨大的损失，但对我的出生而言这只是小事——如果母亲迟半年再生，我就可能被引产掉了。因为那年夏秋开始，计划生育开始来硬的了。

公社要求各生产队严格落实“晚、稀、少”的婚育要求，落实不好就撤队长的职，就要严肃处分队长和党员干部。晚，就是晚婚，男要满 25 岁，女要 23 岁才能结婚；稀，就是拉开间距，每对夫妇生孩子间隔要四年以上；少，就是不许多生，每对夫妇只能生两个孩子。试想想，爹爹和母亲在生我之前已有七个崽女，生产队哪能允许刘孟良、钟三多生个“老八”呢？

母亲生下我的那年没有出集体工，因为她要带我。家里欠下的债一时半会儿还不上。六口之家的口粮来源，除了小哥毛坨的工分和爹爹的工资外，就只有小清波、小乐怡收牛屎的一点儿工分换来的稻谷了。

家里吃饭越来越紧张。

好在各亲戚家并不催母亲还钱。母亲只欠亲戚们的钱，不欠起屋师傅们的工钱。新屋起好，师傅们的工钱付清。那个木匠师傅、爹爹的学生不肯急着收工钱，母亲说：“我宁欠亲戚的，不欠师傅的！”

母亲不出集体工，就有充足的时间出去捡食物。她每天早上准备好一家人的早餐，等毛坨出工、清波乐怡上学后，母亲就开始洗衣晒衣，然后背着我出去。

母亲用一块破布把我背在胸前。母亲每次出去一般是半天，但她不带一口水，也不带一口粮，连红薯都不带一个。半天里她不吃不喝，我也没吃没喝。她干起活来仿佛身上没长胃，从不知饥饿。遇上星期天，清波、乐怡不上学，母亲就背着我出去一整天。我屙屎屙尿就在母亲胸前的破布里。她回家后才会替我换去包满了屎尿的垫包云，把我擦洗干净，再包上干净的垫包云。

捡马铃薯和红薯，对母亲来说已是轻车熟路。生下我的那年寒露后，母亲开始做一件对张目桥来说是前无古人的事——捡油茶籽——不在树上捡，在地下捡。

张目桥人也捡油茶籽，但是在树上捡。集体的山或私人的山，摘采完油茶籽后，就常有人去翻查，用油茶籽树枝制作的吊钩翻看并钩出隐藏在树叶中的油茶籽。主人摘采及捡过之后，张目桥人一般不再进油茶树山，更不会有人再翻看油茶树。

母亲却是逆向思维，她不抬头往树上看，而是低头在地下的枯叶和草丛里捡油茶籽。

原来张目桥人只注意树上，从没想到过地下。其实，主人摘采过，别人再捡一遍甚至几遍，茶籽树叶中仍可能藏着油茶籽。这些油茶籽在地上熟透之后会炸开，里面黑油油的籽会蹦出来。它们藏身在枯叶下和草丛中，从来没有人注意过。

草丛中、枯叶下，藏着一颗颗黑油油的茶籽粒，那是母亲发现的宝藏！

母亲用破布把我包在胸前，然后双肩各斜挎一个烂布条缝成的褡裢，再背一条小木凳，天天进山。

褡裢在汉寿太子庙农家有，但不常见。荷塘公社没人用，也没人知道用。它其实很方便，斜挎着，虽然款式难看，但实用极了。

母亲把翻出来的黑油油的油茶籽丢到右边褡裢里，把炸开成干花形状的茶籽壳丢到左边褡裢里。茶籽壳不是煮饭炒菜的好燃料，因为它一般不能烧出很高的火苗来，但它却是放在火钵里的好东西。不管是家里围坐烤火的火坑，还是能提着走动的篾火篮，茶籽壳都是上好的燃料。它无须炭化，就能像木炭一样，能在灰下面缺少氧气的火钵里缓缓地燃烧，散发出持久的热量。

母亲的小木凳的一只脚上绑了一根麻绳，可以背在肩上。母亲坐着小木凳捡油茶籽，捡完一块区域就把小木凳挪个位。母亲不需要站起来挪位，不需要为了挪位而耽误捡油茶籽的时间。她只要稍抬屁股，一只手迅速将木凳移开，屁股接着就又坐到木凳上了。

母亲俯着身子在山地里扫荡，把油茶树下的地上按经线和纬线划分出一个个区域，一寸地也不漏掉。

那年寒露后，几乎天天阳光灿烂，母亲背着我在阳光里捡油茶籽。

也会遇到下雨的时候，这时母亲会到茂密的油茶树下躲雨。深秋过后没有雷，树下很安全。母亲弯着腰，为我遮挡树叶缝里漏下来的雨。

有时候，天空会出现彩虹。彩虹从这座山架到那座山，把母亲和我弯在一弯彩虹里。

母亲在庄子湾的油茶树山里捡了二十多天，捡回来12斤茶籽油。

当时我家不仅缺粮，也缺油。那年寒露之前，我家严重缺油，母亲做菜基本不放油，用水煮。一般只有家里留客人吃饭时才会在菜里放油。

在缺油的锅里，家庭主妇都是用水煮菜，煮菜不会粘锅，但炒菜就会粘锅了。

小清波对一件与茶籽油有关的故事印象很深。那时我才七八个月大，一个星期天的晚上，爹爹的两个同事在我家吃完晚饭，和爹爹一起回学校了。妈妈在忙着扫地，十岁的小清波在擦灶，她不小心碰翻了灶罐盖盖着的油瓶，瓶里的油洒泼了！

其实所谓油瓶，就是一个小酒杯一样大小的小玻璃杯。小半瓶油还不到一两。这个损失放在今天来看是微乎其微的，但那时候却算是泼掉了全家的食油。母亲震怒，操起打饭箕的竹杆子要打这个惹大祸的“笨清波”。小清波赶紧逃跑出去，然后翻过屋后的土丘回家藏到猪圈后的柴堆里。在伸手不见五指的黑夜里，小清波在屋外柴堆里躲了近两个时辰。母亲和毛坨带着小乐怡到各亲戚家找清波，却找不到，母亲吓得直掉泪。后来终于在柴堆里把小清波找着了。

可见，母亲能从地下捡回来12斤茶籽油，是多么令人振奋和感慨！

不过，第二年寒露后母亲就不去地下捡油茶籽了。一是因为我长大了，母亲背不动我，我也不肯再老老实实被破布包在母亲胸前了；二是因为庄子湾的妇女们都学会了在地下捡油茶籽。

第三十六章
采　茶

我满周岁后的第三天，我的同父异母的三个姐姐都带着姐夫齐齐回了庄子湾。三姐夫妇还带回了他们四岁的儿子小明。

当时，我正发着烧。我从满周岁的前两天就开始发烧了。母亲和爹爹没有特别的办法来对付我的病，只能在摇窝里多塞一两件烂棉包，让我在摇窝里更加保暖而已。何况家里回了远道而来的女儿女婿，母亲手忙脚乱的。

这是母亲第一次见到爹爹与前妻所生的三个女儿，这也是我三个姐姐第一次带着丈夫集体回到家乡。

小清波负责一边摇我，一边在灶下烧火。母亲使出浑身解数做了很多菜，当然是以蔬菜和坛子菜为主，也有鸡蛋、腊肉、腊鱼和鸡。姐姐们提前个把月就写信给爹爹，告知了归期，母亲提前准备了荤菜。堂哥家送来了腊肉和坛子菜，但腊肉是一个月来用茶籽壳赶着熏出来的。鸡是母亲用茶籽油跟人家换的，一斤油换两斤毛鸡肉。鸡蛋也是母亲出去买的。但当时大哥家就养了鸡，也有鸡蛋。

姐姐们也带了菜回来，那些菜都是城里人的好东西，乡下人都没听说过——玫瑰肉、武昌鱼、豆皮等。

三对姐姐和姐夫及小明白天吃饭在我家这边，晚上睡觉就到大哥那边。母亲包揽了做饭、炒菜、洗碗筷的活儿，每晚等着他们洗完手脸，把他们换下来的衣服拿过来，连夜洗干净晾好。每天忙完这些，母亲还给姐姐和姐夫们编织毛线衣、绣枕巾。母亲想尽最大努力告诉我的三个姐姐，她是一个好后妈。

姐姐们一行在家住了近二十天，然后就返城了。

我的发烧在那段时间里不治自愈。

姐姐们返城后一个多星期的一天中午，清波放学回家途中路过邮局代转站。

邮局代转站其实就是生产队上的一户人家，因其坐落在路边的地理优势，邮局就让这户人家代转。信件既可自取，也可让人捎带。这种代转的方式，常常导致信件遗失或被人偷拆。

代转站的女主人喊清波进去取信。

信是三姐从长春寄给大哥的，但已被拆开了。

那家女主人最爱拆别人的信，似乎代转站就拥有检查别人通信内容的庄严权力，可长期以来邮递员偏偏一直把全生产队的信固定放在那户人家。

清波看了三姐写给大哥的信，她看到这样一句话："三多是照顾不好爹爹的。"

未满 11 岁的清波不懂人事家事的复杂性，她先把信交给了大嫂，等母亲散工回家后又把三姐的话告诉了母亲。

母亲很伤心。那天晚上爹爹从学校回家，发觉母亲情绪很低落。

母亲把长春来信的事如实告诉了爹爹。

爹爹也不知道三姐为何会这么想这么说。他宽慰母亲说，三女儿也是牵挂他这个当爹的，并无恶意。事后，爹爹避开母亲，把清波叫到跟前，严肃地跟清波说了三点要求。

几十年过去了，清波依然铭记着爹爹那三点要求。

爹爹说："第一，不能偷看别人的信；第二，不应该把信的内容告诉母亲，挑起家庭矛盾；第三，毛坨是哥，道任也是哥。爹爹这边的亲人跟你更亲。"

清波自小老实敦厚，在爹爹面前不敢反驳，虽然她很想告诉爹爹：信不是她拆开的，那个女人把信给她时，信就在信封外。庄子湾人的信全都被那个女人拆开过，更何况"四类分子"的信呢？

那年秋季的一个星期天，爹爹的同事刘菊圃老师到了我家。

刘菊圃老师的年纪跟爹爹相仿，和爹爹一样是个古诗词发烧友。他家离我家大概五里路，他不嫌远，不时会来我家。

他来我家后，和我爹爹一起坐在阶基上晒太阳，一人抽着一根烟杆聊天。

那时候我一岁半多了，正发着烧。

我已几天没吃红薯饭了，因为发烧我不愿吃东西。母亲每餐喂我一些红薯粥。

我病了几天，烧不见退，但母亲和爹爹没办法。

爹爹老年得子，母亲高龄产子，都把我看成心尖上的肉。但家里没钱，也不好总向亲戚借钱。

母亲已经开始焦急不安了。那是我自出生以来发烧持续时间最长的一次，也是额头最烫的一次。母亲担心我出事，她知道高烧能把人烧坏烧残，甚至致死。庄子湾和周边生产队常出现聋哑人，但他们不是先天聋哑的，是发烧留下的后遗症。

刘菊圃老师得知我发烧几天了，就主动掏出一块钱借给母亲，叫母亲赶快抱我去卫生院。

母亲拿着这一块钱，抱起我就往公社卫生院赶。

卫生院的医生姓刘，之前在部队就是个军医。

母亲记得，刘医生给我查过体温后，先给我屁股上打了一针。我疼得哇哇大哭。

打过针后，刘医生又让母亲喂我吃药。那是一颗白色的药丸，刘医生先把药丸溶在开水里，然后叫母亲喂我。

弄完这些后，母亲抱我回家。

从卫生院出来，经过公社中学，又走二十分钟左右到打米厂附近时，田里有人甩着鞭子赶一头水牛在耕田。黄褐色的田泥翻卷起来，新鲜的湿土气息从犁铧底下泛漫起来，滋润着公路两旁的空气。甩鞭人像司令一样威风。

我望着耕牛和甩鞭人兴奋起来，在母亲的怀里挥舞着小手，模仿甩鞭人的声音大声地喊："逮——起！逮——起！"

母亲心中的一块石头终于落了地——我的病差不多好了！

母亲抱着我回到家时，刘菊圃老师和我爹爹还在阶基上抽着烟聊天。

母亲很感激刘菊圃老师主动借钱给我治病，如果没有那一块钱，我一定还得继续烧下去。那会发生什么后果呢？

母亲后来总念叨，是那一块钱救了重五的命。

那年下半年，大嫂生了一个女婴。这个女婴与她哥刘耀隔了不到三年，这违反了计划生育政策中“稀”的要求。不过，那时候庄子湾几乎没有一家能达到间隔四年再生育的要求，连生产队里的共产党员刘信辉的一对崽女也只隔了一年多。

上面的政策在农村基层落实时，有的会打折扣，比如计划生育；有的会加倍甚至疯狂，比如大炼钢铁。

大嫂生女婴时，母亲又不请自来地进大嫂的产房帮忙。

大哥给女儿取名：刘蓉。

与我相比，我的侄子刘耀和侄女刘蓉是掉在福窝里了。分家后，大哥大嫂每次出集体工共得十五分工分，这比隔壁的母亲和爹爹带着几个孩子强多了。其实关键点并非工分。我同父异母的三个姐姐很疼爱大哥，她们是大哥同父同母的亲姐姐，会不定期地给大哥家寄钱，还寄手表、衣服和食品包裹。庄子湾人都很羡慕我大哥，给他编了一句歇后语：刘道任发财——成本只要八分钱。

这句歇后语讲的是，我大哥只需给姐姐们写封信，贴一张八分钱的邮票，姐姐们就会给他寄钱寄物。

大哥是荷塘公社的“四类分子”中物质条件最好的人之一，也是庄子湾最早拥有手表的农民之一。

这当然归功于我同父异母的三个姐姐。她们成分高，在外肯定也吃了很多苦，但通过读书走了出去，进了大城市并安家落户当干部，这在荷塘公社的人家是极少有的。

后来，在我的小学阶段，爹爹曾多次提醒我：“你不是只有两个姐姐，你有五个姐姐。”

我很自豪和骄傲，在我小学期间，有三个在大城市工作的姐姐曾经成为我虚荣的资本。但三个姐姐不搭理我的现实，毫不留情地击破了我的虚荣。

我小学的任课老师乃至校长都知道我的家庭情况，通过他们的宣传，学校的同学们都知道我有三个在大城市工作的姐姐，而当时绝大多数的同学连个在县城工作的亲戚也找不到。姐姐们得知写给庄子湾刘道任的信总会被邮局代转站拆开甚至遗失，便改为寄给张目桥学校刘耀同学。

我的同学们便好奇地问我："为什么你的三个姐姐只写信给你侄子，从不写信给你呢？"我因三个姐姐而产生的虚荣，无情地转变为自卑，以至于后来每当别人问我有几个兄弟姐妹时，我都会感到十分难堪和难答。

我满两周岁后，母亲又开始出集体工。

劳动使人们不断掌握技能，增长智慧。母亲从那年春开始又多了一门绝技：采茶。

生产队要求全队几乎所有青壮年妇女都去茶场采茶。

茶树不是油茶籽树，是喝茶的茶树。茶树是前些年响应上面的号召集体栽种的。经过几年的培育，生产队的那片茶场可以采茶了。荷塘公社各个生产队同期都栽了茶树。据说，所有新摘的茶叶每天都要用拖拉机送到桃江县城，再用大卡车送到益阳去加工。

采茶就要赶在茶枝刚发出嫩芽的时候。采茶期最迟不能迟过清明。

母亲把我寄放在马圈子盖上的悦会计家。悦会计有三个儿子、一个女儿，大儿子跟我乐怡姐差不多大，小儿子刘放军只比我大一两岁，女儿刘红只比我大半个月。我在悦会计家可以和刘放军、刘红一起玩。悦会计的母亲大翁妈是个慈祥善良的老人，她很用心地照看我。

母亲采茶的时候，每天都早出晚归，我一日三餐都跟着大翁妈吃，大翁妈会煎很香的麦糠粑粑给我们吃。

大翁妈家的阶基下有一口肥水坑，这个坑让母亲提心吊胆的。肥水坑家家户户都有，它有利有弊。利是一家人把涮马桶水、洗碗水、洗衣水都倒在这个坑里，地坪里如果有鸡屎、狗屎也都往坑里扫，有婴儿的家庭给婴儿把屎把尿都把在坑里，坑里的水很肥，坑壁及坑底的土也很肥。这些水和土就成了各家各户自留地极佳的肥料。弊是肥水坑有臭气味，生蚊虫，甚至能淹死幼小的孩子。

肥水坑里淹死孩子的事在农村并不少见。老人们常警告年轻的父母们："欺山不欺水，欺水不必深，肥水坑里淹死人！"

大翁妈年事已高，母亲担心她老人家一个人管不住三个孩子，生怕万一有个闪失。

母亲一去茶场就跟姓龚的场长请示，请求带着我采茶。母亲说，其他妇女家里有婆婆帮忙带孩子，但她没有婆婆，她的儿子刚两岁，寄在别人家怕淹死，她想带着儿子来茶场，保证儿子不惹事，保证不影响她和别人采茶，也不要茶场多蒸一钵饭，她和儿子合吃一钵就行了。

龚场长不同意。

母亲心想："刚来就提请示，可能是不妥，也许龚场长看到我的表现和成绩后会同意的。"

就算不为打动龚场长同意带孩子来，母亲也会尽最大努力采茶。

龚场长把每个人的姓名用白石灰笔写在一块灰黑色的门板上。每个采茶妇女每采满一边筐就去过秤。然后，龚场长会把每个人采茶的总重量写在姓名后：范翠英 13 斤，黎胡玲 16 斤半，李爱秀 17 斤，龚时秀 12 斤半……

钟三多 28 斤。

第一天采完茶过完秤在回家的路上，母亲的好朋友腊妹子、三妹婆等妇女向母亲请教。母亲也不知道她为何会比别人采得快那么多，她想了想，说："我比你们采得多，最主要的原因是勤奋，你们边采边聊天，我一个劲儿地与时间赛跑。还有一个原因是，你们基本上是用一只手采茶，我由于把全部精力都集中在采茶上，所以我能用两只手采。"

生产队给妇女们每天采茶的工分都是五分，是按天计工分，不是按采茶量计工分。所以，腊妹子她们并没有放弃聊天和休息。虽然如此，这些原先都没采过茶的妇女们采茶的技艺基本上都有进步。过了几天，腊妹子、肖幼兰等也能两只手采茶了。门板上的数字比第一天涨了不少，她们有的人一天也能采二十多斤了。

母亲把这场采茶看成一次劳动竞赛。她叫清波和乐怡上学时顺便把我送到悦会计家，而她自己天不亮就赶到茶场采茶。等其他人到茶场时，母亲已采了五六斤茶。

当其他人创下最高纪录 30 斤时，母亲也创下她的最高纪录 50 斤。

龚场长几乎每天都当众表扬"采茶状元"钟三多，但他依然拒绝了母亲把我带到茶场的请求。

母亲说，她采了二十多天茶，每天都提心吊胆的，她生怕我会掉进悦会计家的肥水池。

直到母亲完成生产队的采茶任务，她才长舒一口气。两岁多的我和四岁的刘放军、两岁多的刘红一起玩，三个孩子都很乖。大翁妈总是尽心尽职地看护着我们，喊我们一起喝茶，喊我们一起吃粑粑，喊我们一起午睡。

由于在庄子湾生产队茶场的优异表现，母亲被生产队队长和场长推荐到张目桥大队茶场采茶。

大队茶场在龚家湾生产队里。

各生产队都派了一两个妇女去大队茶场，但有的生产队并不是派采茶能手而只是随便安排人参加。

大队茶场按采茶量计价。大队把茶统一交给公社，并会根据各生产队的采茶量折算出钱分给生产队。但对个人而言，各生产队一般只是计采茶妇女平时的工分。庄子湾生产队就是这样。母亲每天采多采少都计五分工，但庄子湾从大队分的钱的多少则由母亲的采茶量决定。

母亲照样天不亮就赶到大队茶场，独自一人在龚家湾的山坡上采茶。一个早上下来就比别人多出了五六斤。

龚家湾生产队的队长叫刘周树，人们一般喊他们两口子为“三爹”和“三妈”。母亲去大队茶场要经过他家地坪。一天，习惯了早起牵牛的三爹三妈见母亲一黑早就去茶山，忙喊：“天还没亮，你不怕鬼啊？快进来喝口茶！”

三妈用藤装的开水瓶给母亲泡了一碗烟熏茶，提醒母亲说：“你以后再不要摸黑进茶山了！茶山里很多野坟，天黑容易撞着鬼！”

三爹不信鬼，他只是赞叹道：“庄子湾派来嗒一个采茶标兵！”

在大队茶场采茶不仅有饭吃，而且有水喝。在庄子湾生产队采茶是没有水喝的，妇女们从上工到散工中间是不喝一口水的。她们习惯了，甚至认为不喝水就不用上厕所，还能减少出汗。这种生活习惯后来也影响到我们这一代。在我的印象里，我们读小学、初中甚至高中时，也是一整天不喝一口水的。

大队茶场的水是三妈用木桶提到茶场的。桶里是从井里打的泉水，水上搁着一个瓜瓢。

张目桥大队的采茶劳动持续了一个星期。

不用说，在张目桥大队茶场的众多采茶妇女中母亲天天是状元。母亲每天都是四五十斤，龚家湾和田家冲派出的人创下的最低纪录都才是 11 斤。

顺便说一下，善良的三爹三妈家发生过一件轰动整个荷塘公社的事。

三爹三妈没生儿子，只有一个养子，养子叫刘吉山。刘吉山成家生子后与三爹三妈住在一个大瓦屋里。

张目桥大队实行土地承包责任制后，三十出头的刘吉山承包了大队的加工厂。为了防盗，他每天晚上都睡在加工厂里。有一天刘吉山卖了一台割木机，把钱送回家交给堂客藏了起来。刘吉山卖掉割木机的次日早上，第一个去加工厂打米的人发现刘吉山头朝下脚朝上地死在加工厂的木梯子上。

穿制服的公安人员来查过现场后，没有发布任何消息。这事就此不了了之。但人们都会把刘吉山的离奇死亡与他前一天卖掉割木机联系起来。会不会是谋财害命呢？人们不得而知。

后来，刘吉山的儿子刘礼登 1989 年以优秀的成绩从荷塘乡中学考入桃江一中高中部，张目桥人开始留意这个平时说话不多，但学习勤奋的男孩子，并开始兴奋地等待奇迹。

三年以后，刘礼登从桃江一中毕业，高考以名列湖南省前茅的成绩被清华大学数学专业录取，这消息轰动了整个荷塘。荷塘人议论，刘吉山死不瞑目，他保佑儿子刘礼登考上了清华大学。人们在等待刘礼登学成毕业当上大官为父报仇雪恨的故事。但时至今日，这个荷塘乡的每一个农民在头脑中自编自导的感人故事一直没有上演。

第三十七章
吉高叔爹当媒倌

张目桥和庄子湾的茶叶开始长嫩芽的时候，桃江县教育系统正在掀起“教育学大寨”活动。全县在有条件的小学开办初中班，初中学校开办各种专业班。

这导致了中学教育的盲目发展，老百姓把这些中学讽刺为“中学的牌子，小学的底子”。

那时正值“文化大革命”如火如荼之际，阶级斗争进一步扩大，红卫兵、红小兵们整天想着干出新名堂，他们有权力随时宣布中止上课，有权力随时把看不顺眼的戴着“阶级敌人”帽子的教师推上讲台进行批斗。在教学质量持续下滑的背景下，小学增设初中班，初中开办专业班，是有严重问题的，只是上面的领导没有意识到。那时候基层教师谁也不敢提反对意见，谁提谁就是拖“教育学大寨”的后腿，就是阻碍无产阶级专政的步伐。

这一年，我的清波姐和乐怡姐双双升入初中。她们正好赶上张目桥学校增开初中班，所以她俩继续在她们所熟悉的颜家宗祠读初中。

她们对任课教师也很熟悉，因为她们班的教师全部来自张目桥小学原四、五年级的教师。荷塘公社中学增办各种专业班，师资紧缺，根本抽不出原中学教师去支援新办的初中班。

语文、数学等学科没问题，五年级教师与学生们共同学习，教学相长，还能应付。反正学生和家长都不在乎学习效果。英语也没大问题，公社中学发下来油印的读音：English读“应格里西”，face读“会死”，bee读“鄙夷”。油印纸只写汉字发音，没写英语单词，全靠按顺序对照着读。清波、乐怡读初一第二学期的时候，英语老师带学生们读 fish 为“波拉恩勒”、orange 为“狗特”，学生们提出疑问，怀疑这读音有问题，因为它们跟以前学过的单词的读音太不相同。后来公社开批斗大会的时候，颜家宗祠学校的英语教师请教公社中学的英语教师，才知道是油印纸上的读音搞错了排序。

那些能发现单词读音错误的学生很有天赋，可惜他们的天赋被时代所淹没了。他们虽然发现了错，却把精力转移到批斗别人或应付别人批斗上去了。

这是他们的悲哀，是教育的悲哀，更是时代的悲哀。

清波和乐怡升初二后，依然在颜家宗祠上学。母亲和毛坨要出工，两个姐姐便常带着已满三岁的我去上学。清波和乐怡经常是同桌，带我去上学时，她们就让我坐在她俩中间。

我刚满三岁就开始在初中二年级的教室里“混课”，这对我而言是有趣的经历。姐姐们后来回忆说，那时候我一般不会觉得闷。姐姐们上语文课时，我有机会把爹爹已经教会我的论语再学一遍。上音乐课时，我唱歌的声音比姐姐们及她们同学的声音还要大，惹得姐姐的同学们及音乐老师忍俊不禁。上数学、物理、化学课时，我一般会自个儿画画。

有时候下课，姐姐们班上调皮的男生会粗鲁地把我的帽子摘下来，抛起来挂在教室门角上。我当然拿不到，姐姐们也够不着。最后还是那些调皮的男生想办法把帽子取下来，给我戴上。这是他们喜欢我的表现。

我在生产队也很受社员们喜欢。生产队开集体会时，妇女们常带孩子去开会。有的孩子在会场一会儿摔倒一会儿追赶，又哭又闹的。生产队后来不许开会时带孩子，但允许母亲带我去开会，因为我乖。社员们很喜欢我，特别是贫农范德新和刘玉科，见到我就想抱我，就想跟我说话。

平淡无奇的日子一天一天翻过。

有一件事越来越重地压在母亲的心头：我一天天长大，毛坨却一天天变“老”。毛坨虚岁二十四了，还孑然一身。在农村，这已过了小伙子的年龄，快被看作单身汉了。

其实，毛坨这些年长得越来越英俊了。浓眉大眼，能说会道，高约一米七六，长手长脚的，特别是这些年既干体力活锻炼了身板子，又做篾匠挣饭，基本上餐餐吃得饱，他长得很壮实，肩上挑力、手上腕力无不比常人高出一筹。光膀子时，两块胸大肌隆起，轮廓优美，六块腹肌一起一伏的，像一只年轻力壮的猎豹。

虽然是“四类分子”，但毛坨为人豪爽，尊老爱幼，脑瓜子灵活，加上劳动也是生产队的一把好手，在生产队的同龄人中有了较高威望，逐渐成为生产队的骨干。

这样的小伙子如果是贫下中农，早被人相中结婚生子了。但他成分不好，家境不好，婚事迟迟没得到解决。队上同龄的小伙子早抱娃了，母亲心里越来越着急。

队上不是没有人帮毛坨牵过线。有人介绍过邻队的一个叫令满的姑娘。令满家也是地主成分，年龄也合适，算是门当户对。但令满的娘回话说，令满的哥哥是“四类分子”，跟毛坨一样难找老婆，她家在二区枳木山公社相了一门“鸳鸯亲”，叫毛坨死了这个心。

“鸳鸯亲”是桃江土话，用的却是最浪漫的三个字，意思是某家的兄妹或姐弟，与另一家的姐弟或兄妹成亲。令满家为了解决令满哥哥的困难，把令满许配给枳木山公社的那户人家的儿子，条件是那人的妹妹许配给令满的哥哥。

这对令满家来说是一件好事，毛坨只能为他们祝福。

还有人给毛坨介绍过本生产队贫农张妙生家的女儿张菊墙。张菊墙和毛坨一起出集体工，一起长大，熟悉得很，双方都愿意。但母亲的好朋友、张妙生堂客没同意，嫌我家是地主，怕拖累张菊墙，影响下一代。

后来毛坨终于找到了对象，是家里的洋鸭公给牵的线。

母亲喜欢养洋鸭子。洋鸭子体重个大，还能自己到池塘里找吃的。大哥大嫂扎根时的主菜就是母亲养的一只洋鸭婆。

那年，母亲养了两只洋鸭婆和一只洋鸭公。

官冲生产队那个因传“林彪死嘎嗒”而被大队治安主任刘壮参开会批斗的瞎子婆婆家只有洋鸭婆，没有洋鸭公。瞎子婆婆家的成分是富农，三年困难时期她家每年饿死一个人。她儿媳是1959年饿死的，她男人是1960年饿死的，她儿子是1961年饿死的。瞎子婆婆把两个孙子、两个孙女拉扯大。

瞎子婆婆养洋鸭婆时，她的大孙女刘爱云已嫁到县城城郊，两个孙子刘国梁、刘栋梁也已找了对象。小孙女刘放云已22岁，还未找对象。这刘放云只念过两个月的书，只会写自己的名字，成分虽是富农，但穷得叮当响，一时也没嫁出去。

那年，瞎子婆婆叫刘放云抱着洋鸭婆来找母亲养的洋鸭公配种。

农村人认为洋鸭公帮洋鸭婆配种会浪费粮食，要收费，配一次一般要收三颗洋鸭蛋或两毛钱。但母亲不要刘放云交费。

母亲觉得刘放云是苦命姑娘，虽然没文化，但长得健康，传宗接代没问题，便征求爹爹和毛坨的意见。爹爹表示同意。毛坨虽然觉得刘放云算不上漂亮——但在三岁的我的眼里她很漂亮，算不上聪明，但敦厚老实，能劳动，自己再这么拖下去就成老男人了，于是就同意了。

母亲跑去请吉高叔爹做媒。

“好咧！别人是女人当媒婆，我是男人当媒倌！”吉高叔爹爽快地答应了。

吉高叔爹就正式成了毛坨和刘放云的媒人。

刘放云那边却迟疑着没答应。后来才知道，有人提醒她，毛坨是地主崽子，往后的日子会苦得没边。

刘放云的大姐刘爱云知情后劝刘放云赶紧同意。刘爱云说：“这么好的小伙子，如果不是地主会看上你？这是爸爸妈妈保佑你，才帮你挑这么个好小伙！”

于是，刘放云就跟吉高叔爹说她同意了。

母亲高兴得很，忙和毛坨一起张罗加盖一间屋，即把茅草盖的厨房当主屋，拆掉茅厕杂屋，在原厨房东墙外加盖一间茅草屋，然后再建一间茅草偏房和一间茅厕杂屋。

这是小工程，用工不多，毛坨请人开始盖屋了。

这年下半年，爹爹把我带到鸭婆嘴学校，我开始跟着爹爹生活。

爹爹那时已从公社中学调到鸭婆嘴学校教书。

母亲虽然舍不得我跟她分开，但爹爹把我带到学校生活，母亲才能腾出时间出集体工。

我跟爹爹住在鸭婆嘴学校后，爹爹有很多时间教我吟诗。叹鸿雁悲鸣、哀民生多艰的《鸿雁》，纯情至爱、知恩图报的《游子吟》，踏春访友、扣门不应的《游园不值》等诗，带我走进情感各异的意境中。跟着爹爹吟诗的时光，我感到很美妙。

但我感到最美妙的时光是每天下午放学后。下午学校不上课，操场就交给民兵。民兵每人一支枪，这枪比我大哥给我侄儿做的木头枪逼真多了。事实上民兵的枪都是真家伙。我不懂得分辨真枪假枪，但我打心眼里佩服民兵手上的枪。

男男女女一二十个民兵站得整整齐齐，另有一个身姿和表情都很威武的男人站在他们对面喊口令。我喜欢看大人们这么做，感觉这比学生们上体育课好看多了。

大人们不停地立正、稍息、立正、齐步走……

正感到乏味时，我突然听到那个威武的男人喊出一声："杀——"

一二十个民兵便往右前方跨出一大步，双手持枪往右前方斜刺过去，齐齐地大喊："杀——"

这是民兵训练的高潮部分，也是我不愿眨眼睛的时候。我特别特别喜欢这激动人心的环节。我感觉很多日本鬼子被操场上的民兵们杀死了。我幻想着民兵们胜利离开后，我独自打扫战场；我幻想着捡很多能突突突的机关枪，捡很多寒光四射的军刀，捡很多能灌山泉水的军用水壶……

我于是迷上了操场，感觉操场就是战场，走在操场上，我觉得自己是每一场恶战之后的幸存者和胜利者。

当然还有比操场更令我神往的地方，那是学校对面几丘水稻田之外的竹山。民兵们有时候在操场上"杀"几个回合，突然得令奔赴那座竹山。他们端着枪，呼啦啦地吼叫着，英勇地奔跑。稻田蓄满了水，男女民兵们都顾不上卷裤腿，不顾一切地蹚水而过，这更增添了竹山的神秘魅力。

我年纪太小，无法跟随他们去竹山。只能站在操场上，瞪大眼睛注视着竹山，竖起耳朵听郁郁葱葱的竹山里传来激烈的战斗声。

爹爹告诉我，竹山里有很多防空洞，可以防御敌人飞机的轰炸，可以藏在洞里攻击敌人。

第三十八章

可恨的冰棒

漫长的“文化大革命”终于到尾期了。

9月的一天，一个惊人的噩耗传来：毛主席逝世了。

生产队开集体会，传达上级会议的通知：伟大领袖毛主席逝世了。会场顿时成为痛哭流涕的海洋。

母亲的眼泪哗啦啦地流了下来，坐在母亲旁边的范翠英呼天抢地。

母亲的悲痛是发自内心的。虽然母亲曾经痛恨过几十年来持续不断的政治运动，痛恨过一些政治运动让无数家庭破裂、让无数好人含冤、让无数生命之花凋零，痛恨过害得农民吃草吃土的天灾人祸，但她深信毛主席是爱人民的，错误政策的出台及政策的错误执行不是毛主席一个人的责任。母亲的父母都曾是革命的拥护者和参与者，母亲自出生起就跳跃着一颗热爱革命的心。她感激毛主席领导人民推翻了三座大山，让中华民族成为一个独立自主的民族屹立于世界的东方。她为毛主席在革命和建设中承受的巨大压力而感伤，为毛主席为中华民族乃至整个人类社会作出了巨大贡献，如今却撒手西去而悲痛。

母亲后来说，她当时的悲痛，是山崩地裂般的。

会场有人把悲痛搁在一边，专门监督社员们哭泣的表现，给会场每一个社员打分，哭得不真切、哭得不伤心、哭得不厉害的人不及格。那些没哭及格的人当晚就被留下来接受批斗。

母亲的哭是发自内心的，母亲的哭在监督者笔下得了高分。

毛主席逝世后，公社、大队、生产队层层召开悼念会，每次悼念会上都是悲泣声和泪水的海洋。

母亲和乡亲们一样都忧心忡忡——没有了伟大领袖毛主席，帝国主义会欺负我们吗？他们会把战火烧到我们的国土来吗？张目桥的山里会突然出现日本鬼子、美国鬼子吗？

公社的悼念会后不到一个月，庄子湾的两个贫农高声唱山歌被抓住，生产队对这两人进行了严肃批评。正在考虑对这两人作出何种处分的时候，传来了振奋人心的消息：中央粉碎了江青反革命集团，“四人帮”被绳之以法了。

在“打倒江青”“打倒四人帮”的口号声中，社员们获知：“文化大革命”结束了。

江青和“四人帮”倒台是全体庄子湾人都感到高兴的，轰轰烈烈的“文化大革命”的结束却有人欢喜有人愁。欢喜的人看到闹剧收场，感觉如冬天过去。忧愁的人像久居惊涛边却突然搬到寂静的荒漠里。

母亲肯定地对爹爹说：“十年的垃圾，终于要开始彻底清理了！”

爹爹缓缓地点点头，紧紧地握住母亲的手，说：“走了十年的弯路，终于开始走直道了！”

大队规定，毛主席逝世后要加强出集体工，不准旷工，不得随便请假。这个规定对各类工匠有强大的束缚力，他们原先总是以各种理由请假。即使是学徒工挣的钱都比挣工分强。

我家盖房的计划搁置了一段时间，现在遇到更大的困难了。

说是盖房，其实就是盖一间茅草屋、一间茅草偏房，再盖一间茅厕杂屋，这实在是寒碜透了。但这对毛坨和我家来说却是非常重要的。大哥大嫂分家后，我家的堂屋由爹爹、母亲带着清波、乐怡和我住着。毛坨住在一半是厨房一半是卧室的偏房里。新盖的茅草屋将和堂屋一起成为毛坨和刘放云的两间新房。偏房将成为爹爹、母亲和清波、乐怡、我的住房。

没有新盖的房，毛坨就无法把堂客娶进门。

虽然偶尔有邻里乡亲一早一晚来帮忙，但主要还得靠自家的力量。母亲和毛坨利用出工前后的一早一晚运石头、打地基，毛坨还借来了夯墙的工具。泥水匠请的是我的远房堂叔刘光顶。但只是夯墙，不需要砌墙，光顶叔只需一早一晚来，带水平量与垂直量帮我家量墙和梁。光顶叔提出：“一早一晚加起来，每天算半个工。”

母亲说：“那挺好！有时间你就在我家吃饭，一天算半个工，再加一天一包烟。”

当时一个工是五块钱，每天半个工就是两块五。但家里一时拿不出钱，母亲跟光顶叔商议：“一家人不说两家话，工钱可能要请光顶叔等个把月，你良哥发了工资我就立即送过去。”

光顶叔憨厚地呵呵笑，说：“行咧，行咧。”

光顶叔一共来帮忙量了八次。

毛坨像将军一样，命令清波和乐怡在上学前和放学后抬土、抬石头，还要堆墙。他没办法命令我，因为那年我才三岁多，跟着爹爹住在鸭婆嘴学校里。

清波和乐怡生怕迟到，因为她俩为了盖房已不止一次迟到了。毛坨给她俩布置的任务是定额的，完不成不许上学。当时清波和乐怡的班主任龚敏行老师曾批评她俩：“你家天亮比别人迟些吗？你家被喜马拉雅山挡住了太阳吗？”

同学们哄堂大笑。关于我家住在喜马拉雅山脚下的话题直到今天还有人记得。清波和乐怡当时委屈地哭了，但回家还是得完成毛坨布置的定额任务。第二天早上依旧如此。

半个多月没下雨，我家的新屋就建好了，但欠下光顶叔 20 元工钱。

新屋建好后，光顶婶娘来过我家两次，问母亲索要工钱。母亲赔着笑解释：“手头实在拿不出，等你良哥那边发了工资，即刻给你送过去，不好意思麻烦你亲自来取。”

光顶婶娘两次都是阴着脸走的。

不久，新屋迎来了大姐刘清沅和大姐夫陈嘉泉，爹爹带着我回了家。大姐夫妇说普通话，那是我第一次听到与荷塘土话不相同的语言。

母亲热情接待，杀了一只洋鸭婆。爹爹还拿出一块钱，叫母亲去肉食站买回一斤二两肉。

母亲刚把买回的肉切好，就听到屋外响起骂声：

“有的女人不要脸咧！没钱还账，有钱买肉呷！”

“老子的男人不是你的野男人，老子的男人不是给你家白白做工的！”

这是光顶婶娘的声音。她一边高声骂，一边走进了我家地坪，走到我大哥家的门口。

她一见家里有客人，脸上飘过一丝诧异，但她依然面不改色，口里不停，在大哥家门口的竹椅上坐下来。

爹爹是个读书人，很喜欢家里清静。堂弟媳骂上门来，令他很气愤。他问明原因，和大姐、大姐夫一起凑满20元，叫乐怡立即把钱送给光顶婶娘，光顶婶娘接过钱就走了。

不久，母亲得了一场病。

我家的自留地里收获了不少半边豆，除了留下小部分必要的半边豆外，母亲准备把大部分半边豆卖掉。

半边豆换来钱就还账。还账是我家延续多年的主题。除了还账，还有一处要用钱的地方：毛坨要娶堂客。毛坨的对象刘放云答应嫁过来，但提出要两套的确良衣裤。的确良是上上等的布料，两套的确良衣裤得花十块钱。

母亲把十斤半边豆装在边筐里，往县城走去。过了枳木山，离县城还有三四里路的地方叫雷公岩，那里有一个氮肥厂，还有一个玻璃厂。这两个厂相邻，各竖着一个高高的烟囱，烟囱口常有浓烟翻滚。那翻滚的浓烟、高耸的烟囱和厂门外偶尔走出的工人，无不让进城的农民羡慕。这就是城镇的标志，这里的工人大部分吃国家粮。很长时间内我每次经过那里，闻到两个烟囱里呛人的烟味，便会忍不住地自卑。我多么渴望有朝一日通过读书跳出农门，把家安在烟囱下啊！我不止一万遍地想："如果我的对象和岳父母闻到烟味，他们还能不满意我吗？"

初二那年的寒假，我跟清波姐、乐怡姐去舅舅家。途经修山街时，清波姐说："弟弟要是以后能在修山街上工作就好了，找个弟媳在修山街上摆个水果香烟摊，那该多好啊！"我心里迅速闪过一丝不甘，我的思绪飞到了靠近县城的那两个诱人的烟囱。

张目桥大队有一个令人羡慕的小伙子在氮肥厂上班。他叫刘庆余，是大队支书刘桂生的大儿子，在氮肥厂厨房当伙工。桂生支书跟我家是本家，他的堂客，即桂生婶娘，跟母亲很要好。

桂生支书在大队留下很多笑话。这一是因为他识字少，二是因为他为人憨厚。村民找他开条子，说要砍一根杂木。他会说，我不懂写，你自己写吧，我签名。有的村民狡诈，把杂木写成樟木，结果就砍回值钱的樟木。后来桃江出台新的政策，允许农户自家杀猪，但要经过大队批准。公社专门请中学老师教各个大队支书写四个字：同意屠宰。谁知桂生支书既不知道加标点符号，又不知道签名要另起一行。他写给农户的杀猪条子是“同意屠宰刘桂生”。

那天，母亲为了省路程和时间，决定到氮肥厂碰碰运气，看刘庆余在不在。母亲希望在氮肥厂卖掉她的半边豆。

母亲刚进氮肥厂的大门，一眼就见到桂生婶娘坐在厨房门口，旁边还坐着正在抽烟的刘庆余。

母亲说明了来意，刘庆余说不要。他说半边豆难弄，他只喜欢买大白菜，切十几棵大白菜就是一大锅菜。

桂生婶娘对他说：“你良伯娘这么远来，你就买下嘛！”

刘庆余便全买下了母亲的十斤半边豆。

在刘庆余称秤和算账的时候，好客的桂生婶娘走到厂门外买回一根白糖冰棒给母亲吃。

那时的冰棒有三种：白糖冰棒、绿豆冰棒、奶糕冰棒。奶糕冰棒最贵，价格是绿豆冰棒的两三倍，一般只有县城里有卖。绿豆冰棒的价格是白糖冰棒的两三倍。白糖冰棒里没放任何东西，最便宜，却很甜，桃江话叫“甜得蜜爽子人”。其实山村深处的农民一般都没吃过任何一种冰棒，花钱的东西，谁肯这么浪费呢？桂生婶娘买白糖冰棒给母亲是极大的热情了。

母亲来氮肥厂走了 15 里山路，没喝一口水，正渴着。她感激地把白糖冰棒吃完，收了半边豆钱，道了谢，就往家里赶。

母亲走进荷塘境内就在山路上拉稀，过一会儿就拉一回。

母亲连续拉了半个多月，很厉害。半夜都要上厕所，但肚里已无物可拉出来了。

母亲拉稀拉到浑身酸软，双腿撑不起身子。她的身子有时像霜打过的茄子，透身冰凉，有时却烫得像刚从淬火桶里提出来的铁器，冒着热气。她白天躺在凉床上，晚上躺在床上。人已消瘦不堪，手已摇不动驱蚊的蒲扇了。

这样拖了半个多月，没有请医生，没有吃药，母亲自己逐渐康复了。

白糖冰棒肯定不是用白糖做的，是否用了有毒的工业原料就不得而知了，制冰的水大概也不是干净的水。

这可恨的冰棒！

母亲因白糖冰棒生病的时候，在鸭婆嘴学校的厨房做事的才妈来看望母亲，拜托母亲办一件大事。从这件大事开始，母亲又多了一门“技艺”。

才妈拜托母亲帮她的儿子刘常生找个对象。刘常生二十多岁了，在鸭婆嘴学校当数学教师，民办教师身份，但比务农强多了。因为家贫，一直没找到对象。

母亲虽然摇不动驱蚊的蒲扇，但她能开动脑筋。母亲从来没想过做媒，她原来是不喜欢媒婆的。她对媒婆们有成见，认为她们言过其实，亦真亦假，喜欢串男家串女家混吃混喝，有点不务正业。另外，做媒责任大，万一牵错了线就会伤害男女双方家庭。但母亲同情才妈，想帮这个忙。

母亲把她脑海里跟刘常生年龄相当的姑娘筛了一遍，想到了邻大队曹家嘴一个十八九岁的姑娘李淑娥。淑娥的娘跟母亲熟，母亲叫她彩姐。这彩姐跟爹爹是本家，彩姐的哥哥弟弟是爹爹刚出五服的堂兄弟。

母亲跟爹爹商量，爹爹认为刘常生这小伙子不错，是应该帮他找个对象了。爹爹不认识李淑娥，但认识彩姐。爹爹支持母亲做这个媒。爹爹劝慰母亲：“这有什么不好呢？你不当媒婆，只当月老嘛！你只说真话，不说假话，不去串他们的门就是嘛！成不成功，合不合适，都让双方自己去定嘛！”

这是母亲第一次做媒。从那以后，母亲一发不可收拾。

母亲常去鸭婆嘴学校，她认识民办教师刘常生。母亲也见过李淑娥，觉得那姑娘家教好，长得端正俊俏又健康。她感觉这事有戏。但她毕竟是初出茅庐的媒婆，心里不踏实。拉稀的病一愈，母亲便走到庄子湾生产队罗放羊家，邀罗放羊的堂客李爱秀一起做这个媒。母亲找李爱秀是深入思考过的，因为李淑娥是李爱秀娘家的侄女。如果李爱秀一起做媒，这事胜算就更大了。

母亲和李爱秀一炮而红。李淑娥和刘常生两家一见面，便商定扎根的日期了。刘常生是民办教师，既有自留土，又能拿工资，这对农村姑娘而言是有极大的吸引力的。

母亲只是简简单单地牵了根线。次年开春，刘常生就把李淑娥迎进了洞房。才妈高兴得合不拢嘴。

李淑娥出嫁前，曹家嘴的一个刘奶奶就到我家来，请母亲帮她娘家侄子找个堂客。

这刘奶奶是清波、乐怡的同学刘红玉的奶奶，跟母亲认识。刘奶奶耳闻母亲帮李家找如意郎婿的事，佩服母亲有眼力，媒事做得四平八稳皆大欢喜。她娘家侄儿是三堂街郭家洲人，贫农家庭，二十六七岁了，那年龄已让他掉入单身汉行列了。但他有优势，他在县氮肥厂旁边的玻璃厂做事，是农村人无比羡慕的能天天看到烟囱闻到烟味的工人。

母亲提出得先见见小伙子，不能盲目行事。如果可行，刘奶奶得一起参与做媒。

次日，母亲去县城看望舅外婆，顺道拐进玻璃厂，跟那小伙子见了面。母亲从县城回村时，又找借口见了小伙子一次。两次见面，母亲觉得小伙子是个敦厚人，性格温良，是个遇事愿跟堂客商量的可靠角色。

母亲在从玻璃厂回家的山路上就想到了一个理想的人选：刘正夫的女儿——“亚毛乌”。亚毛乌十七八岁了，既长得丰满漂亮，又能干，有当管家婆的潜质。刘正夫家的门槛快被各路媒婆踏烂了，但亚毛乌都看不上。母亲估计亚毛乌是想挑个有工作的。

母亲先跟刘正夫商量。刘正夫家成分不好，正想攀个贫农家庭。玻璃厂那个小伙子无疑是最理想的女婿人选了。刘正夫回去跟亚毛乌一说，亚毛乌便有了兴趣：“将来结婚了，也住到玻璃厂那里去。如果能进厂最好，进不了厂也可以在那里卖冰棒，一天卖几块钱，比种田啃土强多了，天天有烟闻，还能天天逛县城，多带劲儿！”

那年入冬，喜孕在身的亚毛乌和玻璃厂工人的婚期就到了。他俩从相识到相爱很顺利，结婚当天却甭提多曲折了。

郭家洲那边接亲搞得热闹气派，他们提前在舒塘租了一只柴油发动的大乌篷船。篷上结了红绸带，装饰喜庆。

舒塘离庄子湾六七里路，这段路得步行，嫁妆得人挑。一行人在刘正夫家吃过甜米酒煮圆蛋，上午 10 点半左右出发，12 点过后便在舒塘上了船。船行资江，逆流而上，引人注目。船上有新郎、新娘、上卿即新娘的父母兄嫂和近亲们，郭家洲的接亲队伍，还有母亲和刘奶奶两位媒人。新娘亚毛乌轻轻捂着肚子望着两岸，不禁陶醉了。

不料冬天江水浅，大乌篷船得绕开河里的礁石走，所以行进缓慢。

入夜了，船才到修山黄荆洲。郭家洲的晚宴得等新娘到了才能动筷，吃完晚宴还要闹洞房。这样拖延下去，男方家会越来越着急的，或许他们会以为沉船了呢。母亲建议新郎上岸步行回郭家洲报信。开船的船主把乌篷船靠了岸，新郎跳上黄荆洲，像个夜行盗一样，黑灯瞎火地摸回郭家洲了。

第二天天亮，船才到沾溪。一船的人饿得发了慌，人们叫船主靠岸，要上岸买米粉吃。

一船的人上了岸。个个黑着脸——柴油把人们的脸熏得像土灶上挂着的腊肉。人们互相看着，嘻嘻哈哈，狼狈不堪。

吃了米粉，人们看到越上游水越浅，滩越多，只能弃船，步行到郭家洲。

那几个挑嫁妆的郭家洲接亲人本以为拣了个轻松活，不料反而爬坡走山路，累个半死。

到达新郎家，百客们早于前一天就散去了，只有十几个近亲还在。高宾们一到，家里才勉强热闹起来。闲聊时，新郎那边的人向母亲透露了他们的忧虑："洞房之夜在船上落难，恐怕这婚姻有麻烦咧！"

第二年开春，亚毛乌顺利生下双胞胎男婴，日子过得甜蜜美满。新郎那边的忧虑看来是多余的。

母亲后来还做了七八桩媒，母亲举重若轻，次次都取得成功。

后来，毛坨的好兄弟刘建仁夫妇请母亲做媒，给他们的儿子刘向华找对象。那时刘向华家很穷，母亲出人意料地帮他物色了庄子湾一个富裕的贫农家庭的女儿刘芳芳。人们很诧异，认为门户并不对，但母亲却坚信小伙子有前途，刘芳芳嫁给刘向华不会亏。刘芳芳一家信赖母亲有远见，婚事就成了。若干年后，刘向华到广州芳村做不锈钢门窗，后转型开了很多大工厂，业务做得很大，成为亿万富翁，一家人生活得幸福美满。

母亲总结她的做媒经验：一是不主动做媒。必须有一方相求，这就先有了五成胜算；二是了解双方，包括了解男女双方和双方家庭，了解他们所需，尤其是双方的要求、喜好和性情脾气，这就会有超过七成的胜算；三是不掺和，由双方自由交往，自主决定，此举既能把胜算提高到八成，又能防范今后可能的纠纷；四是如果没有绝对大的把握，就邀男女一方的亲戚共同做媒，胜算就能达到九成以上了。

第二十九章
乐怡辍学

时间像春风一样拂过。家庭小喜和国家大喜从天而降。

家庭的小喜是我小哥毛坨结婚生女。

毛坨终于在快满二十五岁、快掉入单身汉行列的坎前的年初把官冲生产队的刘放云娶进了门，并且乘胜追击，在年末就生了女儿当上了爹。

爹爹给毛坨的女儿取名刘广宇，希望她能学业有成，视野开阔，在广阔的宇宙中纵横驰骋。

那年年初，在毛坨结婚前，母亲和爹爹商议，把家分了。

我们那一排屋子，靠西两间归大哥大嫂，中间的堂屋及新盖好的一间茅屋给了毛坨。爹爹、母亲带着清波、乐怡和我，五个人挤在新盖的偏屋里。新改建的茅厕杂屋由毛坨和我家共用。

农村人家，每个儿子结婚，分一次家，这家就穷下去一大截。

我家大哥大嫂结婚分家，爹爹和母亲还没来得及享受宽敞的住房、客房、厨房，就退化到几个人挤一间房、毛坨住厨房旮旯的窘境里。刚新盖了土墙茅房，毛坨和刘放云成家，爹爹母亲带着我们只能住厨房旮旯了。

可悲的是，几千年来农村人对此不以为苦，反以为乐。儿子成家，把家分出去，再拥挤再穷苦也觉得快乐。即便生儿子是负担，农村人砸锅卖铁也要生一个甚至一堆儿子出来。

顺便说一下，我从小学读到大学毕业，我家都一直住在这个房子里。虽然这房子有过调整，有过局部模样的改变，但它始终只是一个破房子。从小学到大学，最令我感到紧张和难堪的事情之一就是同学到我家来玩。爹爹就是在那个破房子里病逝的，爹爹到死的那一天也没享受到红砖房和楼房。

国家的大喜是恢复高考制度。

这无异于一声响彻云霄的春雷！

荷塘公社有不少青壮年报了名，参加了高考。一件值得大书特书、一直传颂至今——也将永载桃江县乃至中华人民共和国高考史册的事件——在荷塘公社发生了。

那个能在春凳上跪着坚持很长时间、经常抽时间去向我龙舫叔爷请教的书呆子邢强兵终于等来了机会！他毅然中止他利用无数个夜晚，抵抗蚊虫叮咬赶写长篇小说《雄鹰展翅》的宏伟行动，向更高的目标进发——报名参加高考。

那年是 1977 年。

那年的高考机会来之不易。恢复高考的政策也是一波三折：那年 8 月，邓小平同志在北京主持召开了科学与教育工作座谈会，座谈会讨论的重点逐渐转移到高校招生这个热点问题上来。而在此之前，教育部以“来不及改变”为由，决定仍然维持“文化大革命”中推荐上大学的办法，并刚刚将方案送出上报中央。不少同志在座谈会上旗帜鲜明地反对教育部的做法，揭露推荐上大学的弊病，主张立即恢复高考。这些意见得到邓小平同志的支持，他要求教育部立即把报送中央的报告追回来。教育部再次召开高等学校招生工作会议。之后有关部门紧急研究并作出了恢复高考的决定。

10 月下旬，恢复高考的消息像疾风一样刮遍神州大地，并吹到书呆子邢强兵和广大青壮年耳朵里。消息还称，时间紧迫，高考将于一个月后在全国范围内进行。

勇于一试的青壮年们赶紧到公社或直接到县教育局报了名，并投入到紧张的复习备考中。

那是很多人难忘的记忆，有人用诗歌记录了当时的情景：

“中央决定复高考，知识青年拍手笑。白天战天并斗地，夜晚擦枪又磨刀。”

“一颗忠心红又红，两种准备牢上牢。身居乡村小茅屋，心怀四化大目标。”

有条件的人干脆向生产队请了一个月的假，专门学习迎考。地主崽子邢强兵没能享有这个福分，他只能“白天战天并斗地，夜晚擦枪又磨刀”。

那年冬天，因“文化大革命”十年积压下来的五百七十多万青壮年男女，从车间，从稻田，从棉土，从军营……走进了曾被关闭了十余年的高考考场，走进了改变自己和国家命运的考场。

整个世界都听到了五百七十多万考生的心跳！

考生赶考的脚步，中国赶考的身影，就此载入世界教育史册。

受教学条件限制，当年全国大专院校录取新生 27.3 万人。

十年精英同场竞技，高考的难度是空前的。

荷塘公社的书呆子邢强兵向生产队请了三天病假，在县城参加了高考。不久，他以益阳地区文科状元的分数被北京大学政治系录取。

邢强兵的北京大学录取通知书在桃江县教育界掀起惊涛巨浪。但在生产队却几乎吹不起一丝涟漪。

“北京是伟大祖国的首都，伟大祖国的心脏，这谁都知道。但北京大学算个鸟啊？还顶不上个北京茅厕！北京大学一年能出几担谷、能出几担红薯、能生几个娃？”生产队干部对邢强兵的事不以为然。在他们的眼里，北京大学远不及荷塘公社武装部威风，甚至还不如大队民兵连。邢强兵考上北京大学，这算个鸟事！他邢强兵得继续老老实实出集体工。啥叫政治戏（系）？他一个“四类分子”能演啥政治戏？“四类分子”老老实实接受改造，这就是政治戏！

生产队队长是个女的，姓穆，人称“穆桂英”，性格就像茅坑里的石头——又臭又硬，她不顾邢强兵及其父母的苦苦哀求，坚持拒绝给这个地主崽子开证明。“穆桂英”的一段话，将永远刻在桃江教育志上。她说：“我允许公猫睡我的裤裆，决不允许邢强兵读大学。邢强兵要想读大学！他要读大学，除非我不当生产队队长！”

邢强兵被“穆桂英”留在了生产队，留在了集体的田地里。他真的没能去读书。开学的那一天，北京大学的师生们可能想不到，没有如期报到的新生邢强兵被生产队队长剥夺了上学的权利。北京大学照章取消邢强兵学籍的时刻，一定想象不到千里之外的邢强兵承受的巨大屈辱。

书呆子邢强兵可以忍受太阳穴上被人狠命一击跌落台下，他绝对忍受不了没有书读。虽然没有人、没有力量帮助他，但他不甘放弃。他坚信，既然中央开启了高考的大门，就一定会继续下去。希望一定还有，他不会绝望。

第二年开春后，冰雪消融。随着第一声响雷，春天如期而至。桃花又一次红艳艳地盛开了，柳丝如少女的秀发在春风中摇曳。

神州大地再一次解冻了。

邢强兵再次报名参加了高考，与全国 610 万人同场角逐。他再次成为益阳地区的文科状元，再次被北京大学录取。只是不再是政治系，而是中文系。

邢强兵能再一次被北京大学录取，要感谢当年教育部门的政策。桃江县教育局遵照上级指示，派专人负责档案和有关证明材料，坚决杜绝类似的悲剧发生。

那个像茅坑里的石头一样的生产队队长“穆桂英”这回没能硬起来。她没能重复那段永远刻在桃江教育志上的话，就被公社撸掉了生产队队长的乌纱帽——这在中国官阶里根本算不得乌纱帽——但它却实实在在拥有剥夺北京大学政治系新生入学权利的无上权力。

这年初秋，瘦成皮包骨的益阳地区双年状元邢强兵挑着破棉絮，满怀崇高的报国之志，脚踩一双烂草鞋，踏地有声地走进北京大学。未名湖和煦的微风洗荡着他饱受屈辱的肌肤和心灵。七八级新生邢强兵，1978 年秋季入学，比春天入学的七七级学生只晚了半年。这是他求学路上不幸中的万幸。

邢强兵从北京大学中文系毕业后，先进了教育部，后进了人民教育出版社。我读初中和高中的时候，语文老师叫我们翻开语文课本，找到“责任编辑：邢强兵”字眼，告诉我们，这是从我们桃江县荷塘乡腾空而起的蛟龙。数以亿计的中国人读过邢强兵编辑的语文课本。

清波、乐怡初中快毕业了。

她俩读初中期间，桃江教育局按上级规定恢复秋季入学制度，害得那时候的学生多读了一个学期的小学、初中或高中。

中考前两三个月，桃江县剧团通知招人，学校李恩赐老师带队去县剧团里面试，整个修山区只有乐怡被县剧团当场录取。13 岁的乐怡五官漂亮，个子已接近一米六六，从幼儿时期开始吟诗的经历带给她明显与一般农村女生不同的书卷气，尤其是声音甜润，高声能高得探入云中，低音能低得沉入河底。面试时乐怡唱了一段她在学校、公社的文艺汇演上多次表演过的花鼓戏《补锅》片段，唱得有板有眼，入情入戏。李恩赐老师带着同学们从县城回来时，特意转到鸭婆嘴学校向爹爹报喜。到县剧团当演员，就是吃上了国家粮啊！不料，爹爹当即就谢绝了李恩赐老师，当着同学们的面跟乐怡说："绝对不许当演员！"

乐怡其实早就预料到了爹爹的反应，因为爹爹平时在家听到她练歌时，既赞叹她遗传了母亲的音乐天赋，也多次表露过只许在家里和学校中哼哼唱唱，但绝不许以演唱为职业的坚决态度。

"音乐也是知识咧！进县城当演员，这是最实际的饭碗问题，你爹真封建！"李恩赐老师领着学生们从鸭婆嘴学校出来时，悄悄地对乐怡说。

那天吃过晚饭后，乐怡才把考县剧团的情况及爹爹的态度告诉了母亲。乐怡很懂事，她知道爹爹的脾气，也知道爹爹是怕她学坏。她担心母亲难过，反过来安慰母亲："我只是去试试，考着玩的。我其实不想当演员，我想考高中。"

"是的！读高中，考大学是更好的出路！"母亲说这话时，内心充满着矛盾。母亲读师范时学的就是艺体专业，也当过音乐教师，她自己很喜欢音乐，她希望乐怡能在音乐演艺方面有所作为。并且，这是一条跳出农门的捷径。乐怡当演员赚钱，找个吃国家粮的男人成家，我家的光景将大为改善。但另一方面，母亲习惯于尊重和服从爹爹，她知道这是爹爹对女儿的一种更切实际的关爱。

清波在一旁听着，心里充满紧张忐忑。她生怕自己说错话，惹母亲和乐怡更加伤心。见乐怡这么坚强，清波稍稍心宽。她轻声对乐怡说："马上就要中考了。莫想剧团的事，抓紧时间复习吧！"

不久，中考成绩公布。

清波、乐怡两人都以优秀的成绩考上了高中——桃江三中。

桃江三中不是重点高中，但当时的高中是分区入学的。荷塘公社归属三区，荷塘的学生不管成绩多好，考上高中就读桃江三中。桃江三中是在母亲的母校湘山中学的原址上加建的。湘山中学从修山街迁到县城并改名桃江一中后，按一区一高中的办学规模，县教育局在湘山中学的原址上加建了桃江三中。

收到高中入学通知书固然可喜，但爹爹和母亲供不起两个女儿读书。爹爹和母亲把清波、乐怡喊在一起召开家庭会议。

爹爹先说了他的意见："高中要寄宿，吃饭不在家，餐餐都得花钱。家里经济困难，实在供不起两个人读高中。读高中是为了考大学，但考大学是一件顶难的事情。如果考不上大学还得回生产队种田，高中读了也没多大作用。清波和乐怡之间，只能一个人继续上学。"

乐怡紧咬着嘴唇，认真听着爹爹讲完，她看到母亲眼睛里闪烁着晶莹的泪光。无须通过抽稻草或抓阄的方式，爹爹话音刚落，乐怡便像个请命上战场的战士一样说："让清波姐上学，我不上！"

"不上学意味着将面临比失学更大的牺牲和付出，"爹爹说，"不上学就要参加生产队的集体工，就要跟大人一起下田、上山、出工，养活一家人，太阳晒起、冷雨淋起都不能躲避的，这是一个需要面对和克服的很大的困难。"

谁上学谁不上学的问题，虽然是第一次在清波、乐怡面前公开讨论，但其实爹爹和母亲已私下讨论过无数遍了。爹爹和母亲很纠结。如果当初一个女儿读高中考大学，一个女儿当演员吃国家粮，那就不存在谁升学谁失学的问题。但在县里当演员这条路被爹爹堵死，根本没有讨论的余地。清波和乐怡，谁该继续上学呢？论学习成绩，清波更好一点儿，但这是清波更刻苦的缘故。教了几十年书的爹爹很清楚，调皮好动的乐怡的学习后劲更足；论劳动能力和适应社会的能力，乐怡更强一些。清波性格文静内向，体力不如乐怡强，做事的速度也不如乐怡快；论年纪，则应该是清波更合适一些。清波满了 15 岁，乐怡才 13 岁多不到 14 岁。出集体工需要经常负重，清波毕竟骨头长大了一点儿，乐怡正在往上蹿个子，腿杆子细得像田里的鹭鸶。

见妹妹乐怡提出休学，清波感觉肝肠寸断，她掩面而泣。清波对学业百般不舍，也对妹妹的学业百般不舍。她是多么渴望继续读书！但此时读书已不再是件简单愉快的事情，它竟突然与对家庭的愧欠和对妹妹的愧欠交织在一起了。

乐怡休学，就意味着她立即会成为庄子湾生产队的社员。远远超出她瘦小的肩膀和她的"鹭鸶腿"负荷能力的重担，立即会毫不客气地向她压过来。

让乐怡休学务农，这对乐怡是不公平的。前不久堵了她进剧团的路，她满以为通过读高中能改变命运。现在只能让一人继续读书。她不愿意看到姐姐清波失学，她宁愿把机会留给清波，把生活的重担留给自己。

见清波哭得伤心，乐怡起身抱住清波抽搐的肩膀。两姐妹抱在一起失声痛哭。

母亲再也控制不住泪水。她紧紧地抱住两个女儿，泣不成声："两个好孩子——爹爹和妈妈对不住你们——"

满头银发的爹爹也在一旁默默垂泪。教书数十年的爹爹，平素最不忍见他的学生因贫穷而辍学。他最不愿看到的辍学事件，此时竟发生在他的家里、他的女儿身上。作为父亲，他望着女儿渴望上学的眼睛却无能为力，他明知乐怡的身体还承受不了生活的重担却无能为力，他怎能不心如刀绞？！

生产队因穷辍学的"童农"，远不止乐怡一个。小学毕业，甚至小学还未毕业就辍学的孩子，过去有，当时有，将来还会有。

有的"童农"运气好，生产队让他们跟老婆婆们一起负责集体的棉花：挖坑、撒籽、填土、锄地、打药、摘棉、撕皮——那时候开始有人收购棉花树皮，据说那是一味上好的中药材——棉花就是那样默默地无私奉献——籽榨油，桃吐棉，皮入药，枝干为柴。

乐怡鹭鸶般的细腿没能博得生产队丝毫的怜悯和照顾。辍学后的乐怡，来不及有过多的思考，就投身于火热的早稻收割和晚稻种植的"双抢"任务中。

收早稻，新"四类分子"乐怡接受的任务之一是挑谷，即从打禾桶里把谷挑到生产队的晒谷坪。乐怡挑谷的箩筐是成年男子用的箩筐，这是生产队统一编制的箩筐。为了尽可能节省挑谷往返的工夫，生产队把箩筐的尺码定得很大。踩打禾机的大汉给箩筐扒谷，那大汉没有因为乐怡是新社员、是小孩子而少装一点儿。只要是箩筐来了，就是满满一筐。刚收下来的一担湿谷压得乐怡细长的腰直不起来。她想径直往前走，但沉重的箩筐一会儿左边重一会儿右边重，一会儿前边重一会儿后边重。她像一个喝醉了酒的人，挑着稻谷颤颤悠悠，东偏西倒。母亲和毛坨没有跟乐怡分在一块儿，所以没有见证乐怡第一次以社员身份挑谷的情景。

那天中午回家吃午饭，母亲问乐怡吃不吃得消。浑身是泥的乐怡像一头负重的老牛，直喘粗气，她告诉母亲：“担子有好暗狠①！”

母亲担心乐怡砸坏腰，她来不及做饭，跑到官冲生产队吉高叔爹家，请吉高叔爹帮乐怡编制一对尺寸稍小一点儿的箩筐。

第二天出工时，乐怡忐忑不安地挑着自家的新箩筐去挑谷。新箩筐比生产队的略小一点儿，一筐约少装十多斤湿谷，一担就能少装二三十斤。但乐怡担心踩打禾机的大汉不肯接受她“私物公用”。

果然，大汉拒绝往乐怡的新箩筐里扒谷，胆怯的乐怡灰溜溜地换上生产队的大箩筐。这天中午，她不再跟母亲说好暗狠，她咬紧牙关坚持下来了。

但她咬紧牙关的代价是砸坏了腰。在一次准备起肩的时候，她哎哟一声，从扁担下痛苦地蹲在地上，怎么使劲儿也站不起来了。

人们叫唤田垅另一边的毛坨。毛坨把砸坏了腰的乐怡背回了家。

大队的郎中给母亲开了一坨田七，叫母亲回去拿擂钵磨碎后给乐怡冲水喝。

母亲跑到生产队队长家，央求队长暂时不要安排乐怡挑谷。母亲说：“她还在长个子，腰砸坏了，再压重担，我这女儿就废了！”

喝田七养伤的乐怡，被生产队安排上山挖土。手掌手指磨出一个个血泡，但这比挑谷砸腰好多了。

乐怡腰伤治愈后，又继续挑担。挑晚稻，挑红薯，挑马铃薯，挑白萝卜……

实际上，腰伤不是治愈了，而是永久地栽在身上了。往后只要天气由晴变雨，乐怡就会感到腰疼痛。这终生的腰痛，大队的郎中治不好了，扁鹊华佗也治不好了。

① 好暗狠是桃江土话，十分厉害、让人吃不消的意思。

第四十章

清波接班

春的气息越来越浓了。

爹爹教书，母亲、乐怡挣工分，分家后的毛坨经常抽空来帮忙，只有清波和我读书。母亲相信，三四个劳动力供一两个学生是没有多大困难的。

乐怡原来念书，只能靠捡些牛屎换点工分，主要还得靠家庭的哺养。现在倒过来了，她能以工分养家了，但这是以休学为代价的。她的辛勤劳动换回了家庭越来越充足的稻谷。

这是我家迎来的春天。

全国范围内激荡的春风在北京刮起。

1978 年 12 月 18 日至 22 日，中国共产党第十一届中央委员会第三次全体会议在北京举行。全会的中心议题是讨论把全党的工作重点转移到社会主义现代化建设上来。这次全会让神州大地江河解冻，山峦披绿，百花绽开。

这次全会前，召开了历时 36 天的中央工作会议。在中央工作会议上，党的许多老一辈革命家和领导骨干，对“文化大革命”结束后两年来党的领导工作中出现的失误提出了中肯的批评，对党的工作重点的转移，党的优良传统的恢复和发扬等，提出了积极的建议。邓小平在会议闭幕式上作了题为《解放思想，实事求是，团结一致向前看》的重要讲话。这次中央工作会议为随即召开的十一届三中全会做了充分准备。邓小平的讲话实际上成了三中全会的主题报告。

十一届三中全会结束了粉碎“四人帮”之后两年中党的工作在徘徊中前进的局面，实现了新中国成立以来党的历史性伟大转折。这个伟大转折，是全局性的、根本性的。全会冲破了党的指导思想上存在的教条主义和个人崇拜的严重束缚，坚决批判和否定了“两个凡是”的错误方针，高度评价了关于真理标准问题的讨论，指出“实践是检验真理的唯一标准”是党的思想路线的根本原则。三中全会果断地作出把全党工作的重点和全国人民的注意力转移到社会主义现代化建设上来的战略决策。会议提出的“对内改革、对外开放”的战略决策，是中华人民共和国成立以来第一个对外开放的基本国策。这一决策使中国进入了经济高速发展时期。

十一届三中全会的春风吹到荷塘公社时，已是1979年春天。那年元旦后，益阳地委、桃江县委相继召开常委扩大会议，传达学习十一届三中全会和中央工作会议的文件精神，围绕党的工作重点转移，解决历史遗留问题，巩固安定团结局面，进一步解放思想，肃清“左”的影响，带领干部群众一心一意进行社会主义现代化建设。益阳地区的各县迅速成立落实政策办公室，审理和纠正“文化大革命”中及以前的冤假错案。

我的堂叔爷刘龙舫分析说，中国共产党已经开始拨乱反正了，国家前进的航线在纠正，“四类分子”的帽子马上就要摘掉了。

有人问刘龙舫：“你恨这个社会吗？”

刘龙舫是一个比别人站得高看得远的人，这些年的世景变迁幅度之大让人恍若隔世，但刘龙舫却显得冷静，他不管别人是不是在故意逗他，诚诚恳恳地回答：“国家的春天再次来临，我怎么会恨这个社会呢？中华民族上下五千年的历史，没有什么比中国共产党成立以来更值得大书特书的。短短几十年来，打败日本侵略者、推翻三座大山、建立新中国、打败美帝国主义、造出原子弹，如今又提出改革开放。所有这些都是秦皇汉武唐宗宋祖远远不及的。这个社会是红色的社会，这个社会是充满希望的社会。从长远来看，我对我们的社会充满了信心！”

刘龙舫并非共产党员，但这席话出自他的肺腑。在帮邢强兵辅导功课时，他也常这么说。后来我才知道，刘龙舫的这个见解和观点，写入了邢强兵1977年高考的作文里。

这年入秋，爹爹被分配到了许道学校，我跟着爹爹在许道学校吃住。

清波开始读高中二年级。

但清波不用再熬寒窗，她得到了一个机会：接班。

那年年底，爹爹快 62 岁了。按当时的政策，区联校催 60 岁以上的教师办理退休。因为上面出台了子女可以接班这一新政策，各行各业的干部职工为了等孩子长到接班年龄，有很多人都想往后拖拖再退休。

清波、乐怡都已年满 15 岁，都达到了接班年龄。

接班就意味着跳出农门，吃国家粮，过上万民羡慕的生活。但接班有个门槛——考试。教师接班考试的政策是：父母一方为教师的，可以也只能选一个儿子或女儿参加接班考试。达到教师合格线就可当教师，达不到教师合格线但达到食堂工人线就可以当食堂工人，达不到食堂工人线则接班指标作废，接班指标变为民办教师指标向社会招考，或转给县教育局或区联校有门路的领导享用；父母一方为食堂工人的，可以也只能选一个儿子或女儿参加接班考试。但不管成绩多好，都只能接班当食堂工人。如果达不到食堂工人线则接班指标作废。

接班这件事对于我家来说，不那么简单，甚至很揪心。

对一般家庭而言，按我家的情况，肯定是考虑让女儿接班：大儿子岁数已超，不符合接班条件。退一步说，就算岁数符合条件，已生儿育女，生活已基本定了型，况且大儿子才念到初中一年级，辍学已二十多年，八成考不到教师线，可能连食堂工人线也考不上，白白浪费指标；二儿子非亲生，一般不考虑，且只念了不到五年书，不合适接班；给两个未婚的女儿中的任何一个接班都是不错的选择。两个女儿都漂亮，任何一个接班都能找个好女婿，小两口都吃国家粮。清波正读高二，接班是一条捷径，考试也肯定没问题。如果清波接了班，一定会关照妹妹，妹妹多半也能嫁个吃国家粮的。弟弟和侄儿侄女读书都能沾光。乐怡正务农，也刚丢下课本，能考上高中就肯定能通过接班的考试。况且乐怡泼辣能干，接了班一定会大力帮扶哥哥姐姐弟弟的。

清波和乐怡都不过问接班的事，她们都很懂事，都懂得谦让。

母亲也不过问接班的事。她心里清楚，大哥一定渴望得到这个珍贵的机会。如果通过疏通关系大哥能获得这个机会，母亲是会替大哥高兴的。她觉得大哥从小没了亲娘，很可怜，他是长子，更应该接班。

在外面的同父异母的姐姐们也知道了接班的事，三姐从长春赶回来，帮助大哥疏通关系。

大哥准备接班的进展，母亲一直不知道。

母亲谁也不问，包括爹爹，她是为了避嫌。

有一个晴朗的星期六的下午，一家人在家聚得很齐：爹爹带我回了家，清波也从桃江三中回了家，母亲和乐怡也在家——农闲时生产队常放假。汉寿的姑翁妈那段时间也在我家，与我们挤在那间唯一的偏屋里。

突然，一个从桃江三中回家途经我家的二区学生匆匆来我家传话："三中的老师捎信来，你家今天再不到修山报名接班的话，就接不成班了。"

已是下午3点多钟了。消息来得突然，时间非常紧迫。母亲跟爹爹说："良哥，我赶紧去修山一趟。"

爹爹心情也急切，说："道任报名的事看来果真没弄成。你去一趟是好，但这个时辰了，你可能会白跑一趟。"

母亲一边听爹爹说话，一边到米坛里抓起一小把米撒在地坪里，口里高声召唤："哦喃——嗒来来~嗒来来~"

我家的鸡及大哥家的鸡、小哥家的鸡闻声齐跑过来啄食。母亲一躬腰，双手逮住我家的一只母鸡。爹爹从晒衣竹竿上拣了一根棉绳递给母亲，母亲熟练地把鸡的双腿缠住打了结。她左手高提着鸡，低头用嘴把绳咬断，又迅速把鸡的翅膀绑住。

母亲把只能扑腾不能行走的鸡丢进边筐，一边背在肩上，一边问爹爹："你看让哪个接班呢？"

爹爹为了难，他叫清波、乐怡自己说。

爹爹虽然对子女极为严厉，甚至说一不二，但在他认为的大事面前却习惯于尊重子女。他这样做，也为了避免今后遭子女怨恨。这次接班的事，他先任由大哥。哪怕大哥只有一丝报名希望甚至没有希望，在他得到确切消息之前断不会叫哪个女儿顶上。

又是乐怡抢先回答："让清波姐接班，我不接！"

"我不要接班，让乐怡接！乐怡现在太苦嗒！"清波着急地说。

爹爹和母亲对两个女儿谁接班都没意见。清波接班有清波接班的好处，乐怡接班也有乐怡接班的好处。两个女儿跟着他们都吃了不少苦，但说实话，他们更怜惜乐怡一些，更觉得愧欠乐怡一些。

乐怡说："清波姐身体没我好，她做不了农活。并且我只读了初中，知识全丢生了，千万不要报我的名。报我我就缺考！"

清波是绝对不敢缺考的。

母亲和爹爹无奈又充满感动地对视了一眼。来不及更多讨论，母亲背起装着一只母鸡的边筐就往修山赶。

坐筏子过了河，就到了桃江三中。母亲先到了我的大姑家。大姑的丈夫、母亲的同学钟作舟在桃江三中教语文。

母亲说明来意，大姑父钟作舟说："报名的事由李栋才校长负责。"

大姑父立即领母亲去李栋才校长家。大姑父一边走一边告诉母亲："溪桃[①]和道任来找过我，也找过李校长。但年龄超得多，条件不符合，那怎么能行呢！"

桃江三中校长兼区联校校长李栋才和师母都认识母亲，见到母亲就喊刘师母快请坐。李栋才校长是黄南村青坡寺旁边的人。母亲生下清波后，曾跟爹爹在黄南村的青坡寺学校住过一段时间。那时候，母亲和他们常见面，熟得很。

"刘师母你捉个么子鸡啰？"李校长责怪母亲太客气、太见外，但他对母亲的到来感到高兴，"我这几天一直在替你家着急！你家那个刘道任年纪太大，不能报名，名字填上去还得被教育局刷下来，接班的指标就会浪费。请你和刘老师谅解。"

李校长把母亲和大姑父引进屋，说："这里的报名已经截止，明天即星期天上午就要到县教育局开会。你家现在报名还来得及！"

那时报名不用电脑，所以不会设置冷冷的程序，不会冷冷地定时打开或关闭报名软件。只消在手写的报名表上补个姓名，填上家长姓名、单位、出生日期、学历之类就行了，既不要户口簿，也不要复印件——那时候桃江没有复印机，更不要身份证——那时候全国还没有身份证呢。

"你家里还有两个女儿。准备让哪个接班？"李校长和大姑父几乎同时问。

"报我家四女儿刘清波吧。"母亲回答时，忍不住鼻子一酸，"小女儿不

---

① 三姐名溪桃。

肯接班，要让给姐姐。”

李校长和师母留母亲吃饭，母亲谢绝了。大姑和大姑父留母亲吃饭，母亲也谢绝了。母亲急急忙忙过了渡，晚霞已彻底消退了原来的红色，西边的天际最后一瓣叉开的黑幕即将全部合拢。

母亲从渡船上走到岸上，正准备沿着大路往家赶时，看见一辆头朝县城方向的货车刚卸下水泥，发动了柴油机。母亲赶紧走过去想请驾驶室的人捎一程。母亲走近驾驶室，看见车门上写着“灰山港水泥厂”，赶忙问：“小师傅，你们认识刘凤姣不？”

刘凤姣是母亲的表侄子刘雪芬的女儿。

驾驶室里的两个小伙子回答：“水泥厂的刘凤姣啊？认得啊！”

母亲马上说：“我是凤姣的姑翁妈。你们这是回灰山港不？”

“我们去土巷子。”两个小伙子答完，接着热情地问，“你要去哪里？”

母亲喜出望外，去土巷子得从张目桥走。母亲说：“我住张目桥，凤姣屋旁边。”

小伙子热情地邀请母亲上车，副驾驶座的小伙子赶忙出来让母亲坐驾驶室，自己爬到货厢上去。

母亲推辞不了，只好坐进驾驶室。

本来摸黑要两三个小时的步程，坐车只一刻多钟就过了公社中学。母亲突然看到满头白发的爹爹出现在前方的灯光照射区，立即请司机停了车。

“这是我家老倌子来找我的，我得下车。”母亲说，“感谢两位小师傅，下次再欢迎你们到我家喝擂茶！”

爹爹看到母亲突然从一辆货车上下来，一阵惊喜，他一边询问接班报名的事搞好了没有，一边告诉母亲得横过担水坝去万霄垅那边与女儿们会合。

原来，见天黑了，为了保障母亲的安全，家人分路接母亲。爹爹走大路，两个姐姐走小路。母亲与爹爹分享了报名成功的欣喜，在万霄垅山脚下一家拉着银幕准备放电影的地坪外听到了清波、乐怡的声音。

“帮清波报好了名！就等清波金榜题名嗒！”母亲兴奋地告诉女儿们。

爹爹和母亲及清波、乐怡热烈地拥抱在一起。

准备放电影的人家是在为他家接媳妇而庆祝，邻里为看电影而喜悦，我家为清波报名接班而激动。

是啊，如果清波当上了教师，全家人都会沾光。清波一定会有幸福美好的生活，全家人都可以扬眉吐气了。爹爹和母亲为有一对懂事的女儿而深感欣慰。很多人家的兄弟姐妹为了接班而争得不可开交，甚至大打出手，头破血流，家长解决不了只能求助于公社、大队。清波和乐怡却互相谦让，尤其是乐怡，一次次无私地把机会让给姐姐。

可惜我没能在万霄垅山脚见证和分享那激动人心的幸福时光。我和姑翁妈留在家里等待着母亲带来好消息。

但我见证和分享了清波金榜题名的那一刻。那是母亲替清波成功报名半个多月后的一个星期六的晚饭后，当时只有清波和我在家。张目桥学校的刘鹏飞老师来报喜：

“恭喜刘清波老师——全区第一名！”

修山区四个公社，两百多人参加教师和食堂工人接班考试，清波名列全区第一。

清波心里的一块石头落了地。虽然爹爹和母亲知道她考试不会有问题，但清波还是担心自己考砸了，浪费接班指标，愧对父母和乐怡。

清波请刘鹏飞老师坐下喝茶，她叫我到灶下烧火，给刘鹏飞老师煎了两个荷包蛋。

“刘清波老师考试是拿手好戏，煎荷包蛋还差点儿劲咧！”刘鹏飞老师皱着眉头说，“蛋里放多了盐，咸得开不了口咧！”

第四十一章
光景一天比一天好

与母亲和爹爹预期的一样，清波接班后，我家的光景一天比一天好。

特别值得庆贺的是，我家与广大“四类分子”同期摘帽，彻底洗清了政治上的耻辱，结束了“四类分子”长达数十年受歧视的屈辱的历史！

清波刚办完入职手续，爹爹就办理退休手续了。

清波在许道学校开始了她三十多年第一站教学生涯。

刘志彬、李爱珍、刘述东、刘俊跃、龚端英、龚桂英……成为刘清波老师的第一批学生。

刘清波老师教学风格的最大特点是要求严格，对自己、对学生都是高标准严要求。从她的第一批学生开始，她任教的班级的语文课平均分排名、高分排名在全公社乃至区联校都基本是第一名。她当班主任的班级的其他科目成绩也很突出。

家长们都要找关系，千方百计把孩子放到刘清波老师的班里。进了刘清波老师的班里，跳出农门就多了一份保障——后来的事实证明，刘清波老师的学生真的很多都跳出了农门：刘志彬在广州市公安局当了处长、龚端英后来留学并定居美国、刘述东成了益阳市地产界超级富豪……

清波的工资全部交给了母亲。

爹爹退休后，在我的满姑刘惠珍和满姑父杨泽东的帮助下，在益阳市冶金机械局谋到一份传达室的工作。爹爹既有一份退休工资，又有一份守传达室的工资。

一天，刘正夫娶儿媳妇。母亲代表我家去喝喜酒。

中午，喜宴即将开始的时刻，刘正夫家里来了一位穿军装的军人——也可能是公社武装部的人，到刘正夫家送平反证书。证书的大致内容是：刘正夫夫妇、刘鹤生夫妇，你们被划为“四类分子”是不正确的，从此摘掉你们“四类分子”的帽子，你们跟贫下中农一样是社会主义公民，你们的子女与贫下中农的子女一样享有升学、参军、工作的权利。

庄子湾生产队的每一家几乎都在刘正夫家喝喜酒，因此那个军人无须挨家挨户送证书，他手上的证书被在场的“四类分子”一抢而空。

刘正夫家娶儿媳的喜宴，因“四类分子”集体摘帽而喜上加喜。刘正夫家是名副其实的双喜临门，所以喜酒不够喝，刘正夫家赶紧派人到供销合作社买酒。

母亲的惊人酒量，在刘正夫家的喜宴上首次展露。

四方桌，四条春凳，八个人。

与母亲同坐一桌的有原来的“四类分子”，也有原来的贫下中农，大家都兴奋地喝酒。酒席上的话题是平反、摘帽、十一届三中全会定下的政策。

住在马圈子盖上的悦会计和母亲在同一桌，他对原来的“四类分子”道歉：“你们受了不公平的待遇，原先的政策是错嘎嗒！”

那一桌，八个人喝了12斤白酒，喝倒了七个人，唯独母亲没有醉。

后来那一桌的人都证明：母亲一个人喝了不下三斤白酒。

我长大以后，经历过无数宴席，见过无数“酒仙”，但没亲眼见过真正能喝两斤白酒的人。母亲那次真的喝了三斤以上吗？是大家记错了母亲喝酒的多少，还是刘正夫家白酒的度数太低呢？

但我后来亲眼见过，在我家和亲友家过年、过节或喜庆的场合，清波的对象、乐怡的对象，以及亲友们敬母亲的酒，母亲总是一饮而尽。无数次，我只见他们醉过，没见母亲醉过。

可惜我没有遗传母亲能喝酒的基因，我像爹爹一样滴酒不能沾。

后来我知道，当时农村喝的酒，除了自酿的谷酒及个别较高档的瓶装酒外，凡买来的散装和瓶装白酒，几乎可以肯定都是工业酒精兑水而成的。无数农民慢性中毒，个别农民“醉酒”身亡，却没有人怀疑过酒有问题。真是可怜！

到处都在平反、摘帽。那阵子，四处鞭炮响。噼噼啪啪的鞭炮声，是

“四类分子”们挺直腰杆时骨骼发出的欢愉。

庄子湾人很快听出了南边二区鞭炮声的奇怪：一般的鞭炮声，东边响一会儿，就跳到西边响一会儿，表明是东边平了反，西边摘了帽。但南边二区那地方的鞭炮，断断续续地在一个地方响。这不是平反、摘帽的鞭炮声。

庄子湾人很快证实了：南边二区一个叫王乐乐的残疾人死了。他的死令人唏嘘不已。

王乐乐是乐死的。

王乐乐原本是县城的一位官员，后来被打倒，贬到二区农村，戴了“四类分子”的帽，一戴就是十几年。这些年里，老婆甩下他，跟村上一个贫农出身的单身五保户结婚生了一堆儿女，王乐乐的儿子也离开他心甘情愿当了这五保户的继子。王乐乐出工砍柴摔断了一条腿，没钱治疗成了残疾人。娶了王乐乐老婆的贫农把五保户的指标让给了王乐乐，于是，王乐乐成了五保户。但村里人都瞧着王乐乐不顺眼——贫农转让的五保户，哪配贫下中农救济！

谁知突然间，王乐乐平反了。听说县里给他安置了工作，还要官复原职。最让人惊讶的是县里派来干部给他送来补发的十多年的工资。村里人连同他的儿子和老婆闻讯都挤进他的五保户茅房里。那些工资是装在面粉袋子里提到王乐乐跟前的。王乐乐抱着装钱的面粉袋子又是笑又是哭，笑着哭着不一会儿就跌倒在地。

人们吃惊地叫起来。赤脚医生俯身把手指放在王乐乐的鼻孔口，还揭开他的眼皮子看了看，最后权威地说：“死了。”

王乐乐是乐得突发心脏病而死的。

一个饱受歧视和屈辱，承受住失去妻子、儿子和一条腿的悲痛，在心痛、伤痛和艰苦劳动中没有倒下去的人，在光明到来时却被平反的尊严和迟来的欢乐夺去了生命。

乐死的王乐乐，死后的灵魂却乐不起来——他的老婆和儿子放着王乐乐的后事不管，却和王乐乐那个从县城赶来的弟弟为着分面粉袋子里的钱大打出手。

亲人之间的骨肉之情到哪里去了？人与人之间最起码的感情到哪里去了？

是刚刚过去的那场浩劫，扭曲了一部分人的人性，吞噬了他们的良心。

荷塘这边的“四类分子”平反、摘帽后不久，修山麻竹垸那边也传来平反、摘帽的喜讯。

一天，母亲的堂嫂贺佑宾拄着一根茶树棍子颤颤悠悠地走到我家，找母亲商量给她的丈夫钟发湘平反。

贺佑宾说，钟发湘无论是到黄埔军校读书，还是后来当乡长和保障所所长，没做过坏事，是被错误地枪毙的。她想叫我母亲陪她一起去县里，如果县里不接受，她就要去北京，找她的童年好友、刘少奇主席的夫人王光美。

母亲留贺佑宾在家住了两晚，母亲劝她打消了给钟发湘平反的念头。母亲说："嫂子你七老八十嗒，平反不是一个月两个月搞得了的，可能跑个三五年最终遂不成愿。再说，你和海涛哥[①]膝下无子无孙，你千辛万苦平反得来的赔偿款还不是只能让堂侄、侄孙们得啊？从古到今多少人冤杀错死，哪能都平得了反啊？王光美的丈夫还不是冤死的啊？她自家的事还忙呢，哪顾得上你啊？"

贺佑宾无可奈何地点头称是，怏怏而去。

望着贺佑宾的背影，母亲的心里似打翻了五味瓶。能给海涛哥平反当然好啊，能给曾庆云、曾庆德平反当然好啊，能让章甫活过来当然好啊，但那可能吗？！

清波接班后，媒婆蜂拥而来，大有踏破我家门槛之势。

在别人眼里，清波家庭教养好，做人做事有规矩，正式公办教师，教书认真成绩出众，长得漂亮，性格温柔，节约朴素……这在整个荷塘公社都是打着灯笼都难找的好姑娘。

人们似乎都忽视了我家一堆人挤在一间茅草偏屋子里、吃饭时常有一种"饭泥虫"从屋顶的茅草里掉下来掉进我们的饭碗菜碗里的现实。

我见过媒婆们拿来的一寸左右的黑白相片，不同的相片中的小伙子，有的穿着威武的海军服站在海边的礁石上，有的像外国人一样打着领带，有的穿着中山装像个干部，有的穿着印有"八一"的白汗衫露出健美的臂膀……

母亲谢绝了所有的媒婆，因为那时清波才 17 岁。母亲说："清波还小，20 岁后再考虑找对象。"

---

① 钟发湘又名海涛。

母亲和爹爹当时的内心，大概是既不愿清波过早恋爱影响工作，也是想等等看看，希望找个超出一般的，还有一个担心就是怕清波恋爱结婚后，不会上交全部的工资了。

清波的工资按月全部交给母亲，爹爹只是不定期地把一部分钱交给母亲。母亲从不问爹爹留钱做什么——她知道爹爹有照顾我大哥的责任。

依靠爹爹、清波的工资，加上母亲、乐怡出集体工的工分，我家迅速还清了所有债款。在我家努力还债的过程中，有亲友向母亲借钱，母亲都会尽可能地慷慨解囊。

秋天，趁着干燥无雨，还清债务一身轻的我家把屋顶腐烂的茅草换掉，全部盖上了瓦片。

我欢呼雀跃："一箩穷，二箩富，三箩四箩住瓦屋……"

"箩"是手指圆形的指纹。桃江农村传唱的谚语，十根指头如果有三个箩或四个箩，可以住在瓦屋里享福。

我家和毛坨家同时告别了茅房，住上了和大哥家一样的瓦屋。

我再也不担心"饭泥虫"突然掉进饭碗里了。

我家茅草换瓦片的房间一共是三间，因为在我家趁着秋干天气换掉茅草的同时，我的篾匠小哥、庄子湾生产队队长毛坨夫妇靠勤劳所得及向亲友借了些钱，在与道光冲大队相邻的均田冲建了四间宽敞明亮的泥砖瓦屋，把原来的两间旧房子低价卖给了我家。

与我家瓦片换茅草同期，母亲前夫曾章甫的侄女、嫁在三堂街的淑玉家正趁着好光景好天气加盖房子。淑玉曾跟曾章甫和母亲到常德市里念书，跟母亲关系很好。淑玉家加盖房子需要大块的平面瓦，而那种平面瓦当时只有荷塘红茶厂旁的砖瓦厂有卖。淑玉安排丈夫留在家里张罗，自己带着女儿温爱贞到荷塘买瓦。母女二人先到砖瓦厂定好2000块平面瓦，然后沿路问"张目桥的刘孟良老师"，找到我家。

淑玉与母亲、毛坨相见，又是眼泪又是欢笑。母亲留淑玉母女在家住了一晚，促膝谈心到深夜。后来，淑玉与母亲、毛坨常有走动，淑玉那个美胜天仙的女儿温爱贞被荷塘公社曹家嘴大队的拖拉机司机刘跃军追到并娶进门。再后来，温爱贞与丈夫到广州打工，母亲跟随我住在广州，温爱贞一家常去看望母亲。这是温暖的后话。

现在，让我回过来说说乐怡的故事。

清波当了教师，乐怡立即尝到了“沾光”的滋味——她走在路上，常有背书包的学生喊她“刘老师”。

两姐妹虽然脸型和五官长得像，但体型差别较大。乐怡一米七，清波一米六。孩子们如果不是清波班级的学生，往往弄错，常让乐怡“当”老师。

乐怡为家里作出了巨大的贡献，家里吃的每一碗饭、每一棵菜、还的每一块钱债、盖的每一片瓦，都有乐怡的汗水。她从 1978 年夏天开始当社员，以 13 岁的细嫩之肩挑起家庭沉重的大梁，落下了永久的腰伤。

1981 年夏，联产承包责任制在荷塘正式实行，田和山按人头分到各家各户。生产队集体出工的生产方式随之瓦解，刚当选为生产队队长的毛坨还没尝够当队长的滋味就已基本“失业”。

“失业”的生产队队长不只毛坨一人，全国的生产队队长基本都已经或面临下岗。这事缘起安徽省凤阳县小岗生产队。1978 年 11 月 24 日晚上，在小岗生产队的一间破草房里，18 个穿着破烂棉袄的农民，围着一盏昏暗的煤油灯，饥黄的脸上露出紧张而庄严的神情，他们用颤抖的手指，在一张“大包干”契约上按下血红的手印。谁都不曾料想到，这 18 个小人物，把中国变成了一个巨大的试验场，把分田搞包干的实验迅速推广到全中国农村的每一个角落。

承包到户的生产关系完全符合国情民意，极大地解放和发展了生产力。种自己的田跟种集体的田是相距甚远的两种心态，也是相距甚远的两种态度。对乐怡而言，对普天之下的农民而言，都是如此。

庄子湾那年承包到户后的秋季稻产量几乎是集体状态下的春季稻产量的两倍。农民们不再磨洋工，不再需要天天耗在田里，供应一家的口粮原来是一件再轻松不过的事情！母亲和乐怡用自己田里丰收的稻谷不断地还原先欠别人家的口粮。

自家的菜土深耕细作，菜的产量也大大增加。况且有了充足的饭，菜的需求量也减少了。各家各户自己种棉花，“掐油条”“扯棉裤”“剪尖帽”[①] 及锄

① “剪尖帽”指在棉花树苗长到一定高度后，须把树尖部分剪去，防止棉花树长高不长壮。

土，以家为单位足够了。五分棉花地，就能收两百多斤皮棉花。

那年冬闲时节，乐怡跟着母亲到益阳陪爹爹，住在益阳市冶金机械局的传达室里。局工会主席跟母亲聊天，无意中说起：“有个很好的缝纫培训班正在招生，你家小女儿为什么不试试呢？当缝纫师傅比种田好得多啊！”

母亲和爹爹一听就来了兴趣。当缝纫师傅当然好！在益阳大城市学缝纫比在荷塘和桃江学强多了。

母亲问：“得多少钱学费？”

工会主席说：“学 45 天，45 块钱。师傅是有名的老师傅，但得自己带缝纫机去！”

我家没有缝纫机，那不要紧，赶紧买！

好牌子的缝纫机我家买不起，也买不到。母亲和爹爹帮乐怡买了一台“标准牌”缝纫机，花了 145 块钱。

缝纫机加学费共 190 块钱，母亲和爹爹一下子拿不出这么多，不够的是找我满姑借的。当时满姑刘惠珍在益阳市政府工作，满姑父杨泽东在益阳市科委工作，经济条件比我家强得多。

那个缝纫培训班是个超短课程班，说是 45 天，开班报名及毕业不算，元旦还放了一天假，实际上只有 42 天。乐怡虽然听课很认真，但挑着缝纫机回庄子湾实操不了，只能根据听课笔记一五一十地重新学一遍。

乐怡的笔记本上都是公式和要领：袖长多少得加多少，腰长多少得减多少，这样折，那样裁。衬衫是这样，棉裤是那样，西装上衣又是另一样……上课时乐怡认真看着师傅用旧报纸急匆匆地演示过，学习结束回庄子湾后竟把很多都忘记了。

乐怡急得直哭。

母亲在一旁鼓励她：“哭什么？写得明明白白怎会不懂呢？”

母亲就当起乐怡的师傅来，她按乐怡笔记本上的内容，带着乐怡尝试着裁剪，带着乐怡尝试着把裁剪过的布片缝结起来。

母亲镇定地用双脚踩动缝纫机踏板，机子发出“喳喳喳”连续不断的响声，一枚锃亮的针飞快地上下蹿动，马上就把布片结起来了。

母亲学过绣花，学过纺纱，学过织毛衣，学过打草鞋……但没学过一天缝纫。

乐怡打内心里佩服母亲，她说："我妈真的聪明透顶！"

在母亲的辅导下，乐怡把笔记本上的所有内容都实操了几遍。在实操过程中，帮我家及大哥、小哥家的老老少少都免费做了衣裤。

在益阳大城市学的缝纫手艺到底不一般。款式是大城市的时兴款式，设计和制作都比乡里师傅强。

乐怡从益阳学习回来时，大哥家的新屋已经建好了。

大哥的新屋比小哥的新屋晚建两年多。

大哥的新屋坐落在我家的西南边，离我家约两百米，更靠近官冲和叔叔家。

建新屋前，大嫂过来请母亲帮忙："他翁妈，请你老人家到厨房帮忙。"

母亲很高兴地应承下来，她本已做好不请自去的准备了。大哥没能接班，母亲很同情大哥，也有深深的愧疚与不安。大嫂能主动跟母亲打招呼，邀请母亲去帮忙，这让母亲很感动。

建新屋是一项庞大的工程，先拆老屋，后建新屋，拆和建都需要请人。母亲尽心尽力地做好每天每餐两三桌人的饭菜茶：每天是早、中、晚三餐饭及上、下午两顿茶。

我和大哥的儿子刘耀、女儿刘蓉正读小学一年级。我没有参与小哥建新屋的工程，但大哥建新屋有我的一份贡献。

我记得旧屋的砖、瓦、木头堆在新址上，新址上搭了个简易棚，放了一张简易床，大哥晚上就睡在上面守着旧屋拆下来的旧材料，以及源源不断运来的新材料。有时候大哥需要走开，我便带领刘耀、刘蓉守在简易棚里。

秋风也刺骨般寒冷。棚里的床上有厚厚的棉被，我们三人便睡上去。材料下边就是路，路上常有人来来往往。我们既怕有人正儿八经地专门来偷东西，也怕行人顺手牵羊把东西带走。我想出一个主意：只要听到有脚步声，便叫刘耀、刘蓉像拉家常一样尽量自然地喊爸爸，我假装是爸爸，硬着喉咙学大人回应："唉！"

大哥的新屋有四间全部盖瓦的正房：两间卧室、一间书房、一间厨房。还有一间盖着瓦的偏房是猪圈和厕所。特别值得称道的是，卧室后带有像城里人家那样的洗漱间——外面那三个姐姐最不能忍受乡下没地方洗澡。

还有，新屋的门锁全是扭锁，就是那种在外面看不出到底是锁了还是没锁的门和锁，也不知道屋里有人还是没人。这完全是城里高档人家的做派，时髦得很。

大哥拆了旧房子后，我家的西边就成了空地，这空地属于大哥家。我跟爹爹和母亲还住在我出生的那个房间里，那间房与大哥家的旧房只一墙之隔。我清晰地记得，大哥拆除了隔壁的房子后，墙顶上梁部位一直没法补砌，只是用木板钉上，用报纸糊着。一到冬天，寒风从那些木板缝里灌进来。爹爹和母亲晚上睡觉都戴着毛线帽，我也常把头藏进被子里。墙若不严实，冬天很难挨，我对此有切肤之感。

第四十二章 乐怡收徒

1982年春夏之交，是我家甩脱贫困转向小康的有历史意义的时间节点。

创造这个重大转折的最大功臣是乐怡。

其实，造成当时我家经济状况最低谷的也是乐怡。为了给她学缝纫及买缝纫机，我家入不敷出，债台高筑。穷到什么地步呢？

那年的元月底是春节。腊月二十八的晚饭后，母亲带乐怡去找大队信用社的蒋会计，想贷点钱款过年。

蒋会计家在九房坪，离我家两三里山路。母亲并不怕走山路，但怕贷了款后遭人抢，所以叫乐怡陪着。爹爹、清波和我在家等消息。

家里穷到买不起过年的菜了。母亲心想，只要能贷到五块钱，就能买几斤过年的肉。如果能贷到十块钱，就多买几斤肉，吃不完的熏成腊肉，甚至可以买两条鲢鱼——鱼肉煎得干干枯枯的，鱼头鱼尾煮汤做成我最爱吃的鱼冻。

但那天晚上，母亲和乐怡却空手而回。蒋会计说没钱。母亲和乐怡都知道，这几天有好些人家在他那里贷到款了，便跟他说好话："麻烦你帮忙凑凑，看明天有没有，我们明晚再来。"

第二天，大年二十九了。晚饭后，天上下着冷雨。母亲带乐怡提着灯盏，打着油纸伞，穿着冰冷的塑料胶鞋再次到了蒋会计家。又空手而回。

第三天，大年三十了。晚饭后，母亲和乐怡踩着泥泞到他家，既是空手拜个年，又是贷款。母亲心想，这次应该可以贷到款了。听说这两天还是有人从他那里贷了款，而他们不会在年三十晚上再贷款了。虽然款贷得有些迟了，但总比没有强。初一上午去买肉，家里中午就有肉吃。

到了蒋会计家，只有他堂客在。母亲和乐怡一边跟他堂客聊着天，一边等他回家。我家与他家不属于同一个生产队，且成分差异大，母亲跟他堂客不是很熟。虽然已经摘了“四类分子”的帽子，但隔阂和歧视的彻底消除或许还需要一些时间。母亲和乐怡在他家等了一个多钟头，他回来了。

遗憾的是这次依然没有贷到款。

回家的路上，乐怡很气愤，怨恨那人只贷给别家不贷给我家。但母亲在路上教导乐怡：“做人应学会体谅别人，信用社的钱肯定不充裕，否则他不会不贷给我们；应有包容之心，即使他待人不公正，但他并没有恶意要与我们作对；要与人交善，不要与人交恶，不要自己堵自己的路。以后还可能找他贷款，他家也可能请你做衣服。”

乐怡的悟性很高，在母亲的辅导下，经过约两个月的实践，就能熟练操作了。或许是益阳大城市师傅的公式和要领确实不同凡响，乐怡缝制的衣服比荷塘公社原有的缝纫师傅的更好看，更受好评。

乐怡能凭缝纫手艺挣钱了。

人家自己买布，交给乐怡做。做成一件褂子收八角钱，如果用料是的确良就收一块二。做一条长裤也收八角，的确良长裤收一块二。的确良要用熨斗熨，所需成本高一些，功夫也大一些，所以收费贵一些。

我见过乐怡用过的第一代熨斗：铁质的，很沉，它其实就是一只盛木炭的容器，只不过它的底是溜滑的。乐怡在熨斗里放入数根未燃的木炭，再将一块燃得正旺的木炭放进去，用蒲扇猛扇一会儿。然后将熨斗盖子拧紧。衣服在熨前要洒些水，将布打湿，以免布被熨斗烧坏。乐怡熨衣服时，熨斗后壁透气的“小屁眼”常冒出黑烟。所以，乐怡熨衣服时总是微闭着双眼，经常被熏得满眼泪流。

那台标准牌缝纫机的质量不好，只能车得动薄薄的布，车不动稍厚一点儿的布，如果是布夹棉就更应付不了了。母亲很有魄力，她卖掉了那台用了不过三个月的标准牌缝纫机。

母亲的同学，即毛坨原来的班主任老师钟家厚主动帮我家买回来一台上海产的蝴蝶牌缝纫机。

钟家厚是个小学教师，他自己是没能力买到蝴蝶牌缝纫机的。但他儿子在县供销社，能想办法弄到——钟家厚老师想让清波嫁给他儿子，于是先让我家吃了买到蝴蝶牌缝纫机的甜头。蝴蝶牌缝纫机买回来后，钟家厚老师跟母亲和爹爹挑明了想法。母亲和爹爹没同意："还是那句话，不想让恋爱影响清波工作，20岁以后再考虑。"

有了上海产的名牌缝纫机，乐怡如虎添翼，她制作的衣服征服了张目桥的农民。

有些人请乐怡收徒，给他们家女儿或堂客传授缝纫技术。

经母亲、爹爹与乐怡的短暂商议后，我家作出一个决定。那年春季稻抽穗前，即乐怡从益阳回来仅三个月后，我家对外宣告：刘乐怡师傅将举办缝纫培训班，学制三个月，学费每人40块钱，学会随时可出师，学不会免费再学。

消息放出去后一个星期内，报名者就有15人。这些人中有的是庄子湾人，比如罗国兵的大孙女凤妹子和刘玉科的女儿菊香满；有的是藕塘人，比如我堂哥刘欣焕的堂客胡喜莲，还有的甚至是二区那边的。

应报名者的要求，缝纫培训班第一期立即开班。

17岁的乐怡，成了缝纫培训班的师傅。

她的徒弟——当然都是女弟子，共15人，学费就是600块！这在农村是天文数字了，而这还未含乐怡继续帮人做衣服的工钱。600块除以3个月，平均每个月工资就是200块。这相当于五六个刘清波老师的月薪了，甚至比省长的月薪还高呢！

每个月200块的收入，事实上是不可能的。徒弟们不是入学前就全部交清学费的。她们有的提出要开班后才交，有的说要学完后才交，有的说先欠着等有钱了再交。母亲一概答应。

具体的开班日期已记不清了，但我们都记得开班一段时间后才迎来春季稻的收割期。

乐怡的徒弟中，有的家庭劳动力充足，她们在家搞完农忙就来我家帮忙。在这些娘子军的帮助下，我家的春季稻在一片哈哈声中愉快而又快速地收割回来了。

收棉花就更快了，我家只种了两分地棉花，乐怡和她的女徒弟们像风一样扑进棉田里，一茬棉花就进筐了。再过个把星期，她们又一阵风似的把第二茬棉花搬回了家。

那年我家的两分地就收了差不多一百斤皮棉花。

这么多棉花根本用不完，再加上棉花买卖放开了，布匹的买卖也放开了，整个桃江县也难找几台打棉机和纺车了，农村人早已习惯上街买新衣裳新棉被了，母亲决定不再种棉花了——庄子湾里其他人的想法跟母亲都一样——庄子湾的山里田里几乎再也看不见棉花了。

那年年底，经与爹爹商量，母亲把我家的田和山土承包给小哥，我家不再种田垦土了，小哥每年给我家1500斤晒好的谷，并负责替我家交公粮和农业税。

我记得，乐怡的缝纫班从来都不是统一进度的。总有人插班进来，也有人因出嫁等原因须提前毕业——这些特殊情况也会带来学费的特殊情况。还有些人学得慢，跟了一期又一期。

办了培训班后，就有人闻风来收税。

交税是应该的，本无在此叙说的必要，但当时桃江农村的税款标准基本处于无序的状态，收税人的权力也近无条条框框限制，用现在话来说就是"有权就任性"，所以还是值得一记。

自解放以来，我家还不曾跟税务打过交道。

有一天，有两个男青年来收税，也不说是哪个单位的，更不会主动亮证——后来我们猜是公社或区里搞税务的——他们问我家带了多少徒弟，乐怡如实回答。

为首的那个不信，慢悠悠地说："隐瞒一个罚款200。"

母亲赶紧给那两人搬来竹椅，送上热茶，说："真的是15个徒弟，不信可随便打听。但只有3个人交了钱，只收到120块学费。"

为首的那个把集中摆放的缝纫机数了两遍，眼睛一瞪："16个！想罚200是吧？"

"这台机子是我的！"乐怡急着分辩，"我的机子是蝴蝶牌的，徒弟们没有上海牌子。"

他自嘲地"哦"了一声，算是同意了15个徒弟的说法。

看为首的那个坐下喝了一口茶，母亲便上前问他要交多少税。

他说："不管你家收到了多少学费，按徒弟的人头学费计算，每个人头收 20%。"

他算了算，板着脸说："120！"

乐怡吓了一大跳，她说："我家总共才收到 120，要交 120？怎么要收这么多？"

"150！"为首的那个板着的脸更往下一沉。

乐怡正要争辩，母亲立即赔笑插话："同志，你莫误会，我女儿不懂你们的政策，只是向你请教。既然按政策要交 120，我们如数交！"

"如数交？150！"另一个男青年恶狠狠地说。

乐怡急了："我刚才没说半个不交钱，我也没还你半分钱。为什么突然加 30？"

培训班上十几个大姑娘小媳妇都很气愤，年轻的把气愤摆在脸上，掺在话语里，年长的赶紧圆场，上前说好话。

母亲赶忙到卧室把 120 块钱交给那个为首的。那为首的说："算了！算了！"领着另一个人扬长而去。

看他们走了，徒弟中年长的赶紧告诉母亲和乐怡："刚才吓死人咧！'税老虎'有特别厉害的两招，你们不晓得吧？"

母亲和乐怡由此得知，收税人的两招：一是"坐地起价"，随便他出价，他爱出多少就出多少；二是"坐地加价"，稍不如意就随便加价，对方如果反对或争辩，他就越加越多。

后来，据母亲和乐怡回忆，不仅那次交税没有收据，之后很多次都没有收据。我家是从第一次收到收据后才知道交税是有收据的，但后来再次遇到没有收据的情况时也绝不开口要，因为担心他们"坐地加价"。

那年秋天，我跟着清波到曹家嘴学校读书。那一年，我深刻感受到有工作的好处，我很羡慕清波和她的同事们。

清波跟爹爹一样，经常被分配到不同的学校。这对于力争全公社乃至全区教学成绩第一的清波来说，是一个不小的挑战。正是由于频繁调动，经常中途接手基础优劣不一的班级，很多教师彻底放弃对课堂成绩的追求，但清波却持之以恒地追求期期第一。每个学期她都带回来一两张奖状和洗脸毛巾、水杯，甚至开水瓶之类的奖品。

曹家嘴学校离我家大概三里路，我跟清波住校，但我俩也常回家。

清波回家都会尽量帮助家里做事，也会去帮助大哥和小哥。但她无须日晒雨淋，也不需要下田上土，她一般就是到灶下烧烧火，顶多到猪圈喂喂猪、到晒谷坪翻翻谷。

那年深秋，乐怡帮清波做了一件呢子外套。

呢子是当时风靡全国的布料。我后来才知道，呢子其实也可以有红、蓝、绿等色彩。但当时在桃江范围内，只有黑色的。

我第一次见到清波的呢子衣，便惊诧于它卓尔不凡的高贵气质。它明显不同于我平时见过的布料。我用手指轻轻摸着清波的呢子衣，立即感受到它挺括中不失柔软，像威严的女皇对我莞尔一笑。

它是那么的厚，那么的暖和。穿上它，再冷的寒风也奈何不了清波。入冬后，农村人在织绒衣外面加两三件化纤毛线衣，再套上笨重的棉袄依然瑟缩，清波只需在呢子衣内穿一件薄毛衣就行，冬风里依然保持着苗条玲珑。

那件漂亮的呢子衣很难侍候，但我那时候还不懂，这其实跟漂亮的女人难侍候是同一个道理。它极容易沾灰，却不能水洗。清波每次都得麻烦乐怡。我见乐怡先把它平铺在桌上，扯齐扯平，再将一条厚毛巾在温水中浸湿后，稍稍拧干，小心地平铺覆盖在呢子衣上，然后用细棍进行拍打。拍打也不是普通的拍打，乐怡似乎点到为止，像打在弹簧上一样迅速弹起，给我的感觉是深怕伤了呢料的筋骨似的。这样的效果是呢子衣内的脏物全转移到热毛巾上了。反复几次把毛巾洗涤干净，竟然等于把呢子衣洗涤干净了。

有了呢子衣不久，美丽动人的清波收到公社联校的通知，她被作为荷塘公社的优秀青年教师，推荐去桃江县教师进修学校参加培训，脱产带薪学习半年，学习期从 11 月至次年 5 月底。

我家离县城有 18 里山路，如果走大路得二十多里。当时从张目桥到县城基本靠步行，除非愿意倒走五六里路到红茶厂再花四角钱坐汽车，但有时可能要站在红茶厂傻等半天却等不到车。爹爹和母亲下决心给清波买了一辆小巧的松鹤牌自行车。

有了自行车，清波就能星期六放学后骑车回家，星期天早上骑车回进修学校。

第四十三章
红色的铁链锁

春节过后，清波满20岁了，她到了恋爱的年龄。

在荷塘公社乃至修山区小学教师队伍中，刘清波老师享有较高的知名度和美誉度。这，一是因为她教学成绩期期过硬；二是因为她漂亮温柔，品行端正；三是因为她所在学校的同事特别是校长经常在各种场合说赞美她的话。

近两三年来，有的男教师有意主动靠近她，她都装傻。如果对方挑明，她会不好意思地亲自或请好朋友传话说她还小，暂时不考虑，请对方谅解。

张目桥大队及附近大队的媒婆们一直记着爹爹和母亲的话：清波要满20岁后才考虑谈对象。一些“忠心耿耿”的媒婆牢牢记着清波的生日，她们下决心帮清波找个好人家。清波终于年满20岁了，各路媒婆又来踏我家的门槛了。

她们带来好多的相片，介绍好多的小伙，提供好多的机会。

爹爹和母亲有些急了，一味地拒绝别人让他俩感到难为情，感到愧疚。

他俩早已密谋好了，清波的婚姻大事由他俩做主。

半年前，母亲到益阳探望爹爹，跟爹爹商量清波找对象的事。他俩一致认为，要把清波嫁到益阳大城市来。

嫁到益阳大城市，那是连跃好几级龙门啊！从荷塘公社到修山街上，再到桃江县城，然后才能到益阳市，离省城长沙只差一点点了。我家在省城倒不是没有亲戚熟人，但把清波嫁到省城似乎太不现实，并且太远，爹爹和母亲嫁女入城的蛇心吞不下到省城联姻的大象。益阳市有满姑和满姑父，离桃江也不算远。清波嫁到益阳市是父母能想到的感到基本可行的最理想的办法了。

爹爹守传达室的冶金机械局就有不少单身小伙，但爹爹不方便找人做媒。除冶金机械局外，益阳那么大，多的是好小伙！爹爹郑重地拜托满姑，请她帮忙留意。

当然，在满姑物色到合适的小伙之前，爹爹和母亲是不会透风给清波的。爹爹和母亲像地下党员一样，兴奋而焦急地等待着他们的“上线”满姑的好消息。

爹爹在庄子湾过完春节后回益阳守传达室。寒假结束后，清波回桃江县教师进修学校。

爹爹和妈妈不知道，清波也像地下党员一样，在兴奋而焦急地等待一个人的消息。

清波等待的那个人叫徐令军，是她在教师进修学校的同班同学。

徐令军是沾溪公社人，恢复高考后的首批益阳师范毕业生，在荷塘中学教初中语文。师范毕业生在当时的桃江教师队伍中算得上是百里挑一的才子了。徐令军在益阳市学习过两年，但没能留在益阳市，所以他不可能是我爹爹和母亲满意的女婿人选，他当然也不知道我爹爹和母亲的择婿标准。

徐令军分配来荷塘中学后不久，在公社联校教师会议的会场见到清波，第一眼就被清波吸引了。但他是个性格偏内向的人，迟迟没有表白，只是处处留意清波，尽可能找机会接近清波。

有时候在会场，他会主动坐到清波旁边的凳子上，跟清波聊天，他们聊文学，聊美术，聊对学生素养的培养，聊改革开放和时代变迁等。他分几次送过他画的画、他写的诗歌给清波。他不是那种说话滔滔不绝的人，切入话题不深，扯得也不远，每次都只是点到为止。送画和诗也只悄悄地说请刘老师点评。慢慢地，清波对这个徐令军产生了好感。

徐令军不是美术教师，但他画的画却那么出众。他送过清波一幅牡丹图、一幅鸳鸯图、一幅葡萄图。清波曾把那几幅画拿给我欣赏，我叹为观止。我当然不知道作者是谁，也不知道三幅画有何含义。现在，我要是不避牵强，我会这么分析：他在说清波是天下最美丽最高贵的鲜花，他希望与她成双成对如鸳鸯，生很多漂亮可爱的子女。

徐令军不是专业诗人，但他写的新体诗似乎很不错。我记得有几首诗是用毛笔小楷书写的，诗的形式跟我读过的郭沫若的新体诗差不多。当时我已潜心跟爹爹习书法三年，感觉那小楷功力竟远在我之上。诗的内容我记不清了，只记得他写一头水牛老是到井里喝水，它不知道井里的小青蛙是否明白它的向往。水牛不停地喝水，但止不住地渴。

我记得诗尾的两句："不是口渴，是心渴。"

清波给我看那首两页纸的小楷诗的时间，是我四年级上学期开学不久的初秋。我当时跟清波住在曹家嘴学校里。凭我当时的语感，我看那首诗后对清波姐说："这是一首情诗！"

清波的脸"唰"地一下红了。

清波和徐令军是荷塘公社联校推荐去县教师进修学校培训的仅有的两人：一个是小学语文教师，一个是初中语文教师，都是优秀青年教师。

中秋前，他们都不知道即将会有同学一场的缘分。因为他们一个在曹家嘴学校，一个在公社中学。徐令军的一次感情的试探在清波那里碰了一次小小的壁。

清波的拒绝，不是因为她不满意徐令军，也不是因为爹爹和母亲的反对，而是因为徐令军表白的时间不对，试探的方式也不妥——那年的中秋节恰好是国庆节，也正是他父亲六十寿诞，他在国庆前找借口到曹家嘴学校，对清波说："刘老师，我们去外面散散步好吗？"

清波心如鹿撞，她的潜意识里或许一直在等候他的表白。但他的表白似乎并不是清波所幻想的那样。她怕同事和学生看到，怕他们误传，也怕我看到后向母亲和爹爹告状。她为难地说："徐老师，两个人出去散步，影响不好……"

徐令军愣了一下，尴尬中迟疑了约半分钟，他再次鼓起勇气，问："我想请你中秋节去我家玩，好吗？"

清波用低得仿佛只有她自己听得见的音量说："徐老师，我还没满二十岁……"

清波不知道自己在说什么。她想告诉徐令军，她不满二十岁，爹爹和母亲不允许她恋爱，但她就快满二十岁了。她想告诉他，如果他在她二十岁生日后才说出来该多好！但她说不出口。

见徐令军似乎遭到重挫，像霜打的茄子，清波很不忍。她想补充说点儿什么，但又不知道该怎么说。

徐令军起身准备离开，她想送，却也没去送。她站起来，鼓起勇气抬起低垂的头，说：“徐老师，你的诗和画都很好，我很喜欢……”

一个半月后，徐令军带着感伤，带着遗憾，也带着新的希望一大早就赶到了教师进修学校。他报到时，清波还没到校。

等到快中午的时候，他才等到清波。清波骑着她的新自行车，载着简单的行李到了学校。

他依然是那副稳重内敛的模样，他告诉清波报到处在哪里、女学员寝室在哪里、食堂在哪里，问清波要不要帮忙。现场报名的人并不多，清波不需要帮忙，他便离开了。

进修学校教室有限，只能借用桃江一中的教室。桃江一中离进修学校两三里路，原以为只是用于往返于庄子湾与县城的自行车又有了新用场，成了清波往返于教室与寝室的交通工具。

清波幸亏买了自行车，因为学员们几乎个个都是自行车代步，住在县城的学员也不例外。

有一天中午放学，准备和同学们一起骑车回进修学校食堂吃饭。清波发现她的自行车前轮上多了一把红色的铁链锁，铁链锁把她自行车的前轮锁在树干上了。

“清波！让我载你回吧！”有男同学献殷勤。

清波选择了步行。

路上有骑车的男同学打招呼，请清波上车。但清波微笑着谢绝，依然步行。

从那以后，清波发现她的自行车车轮总是被锁在树干上。今天锁住前轮，明天锁住后轮。

清波继续微笑着谢绝男同学的邀请，她谁的车也不坐。

在步行往返的路上，她瞥见自行车上的徐令军慌乱的眼神。

徐令军没有邀请她坐他的自行车，只是往前逃去，似乎把车蹬得更快。

2 月，寒假一天天近了。

那年的春天来得早，教师进修学校放寒假的那天，正是立春。

清波的自行车还是会和树干锁在一起，今天前轮，明天后轮。

她依然步行，还是总有男同学献殷勤。

放寒假那天，语文科代表徐令军分发本学期的语文作业簿。清波看到她的作业簿内页露出一张纸条的一个角。她心跳突然加速，看到纸条上用楷书工工整整地写了一首小诗，小诗的题目是“请刘清波同学指正——等待”。

那张纸条，清波本来是留着的，但两年以后，被她烧掉了，用她珍珠般的眼泪殉伴。

那首“等待”，清波至今还能背诵：

漫长的冬天终于过去
微风掀起春的潮声
我不知道怎么开启春天
让片片桃花点缀原野
于是我紧捂含苞的花蕾
生怕风铃把她摇痛

我把耳孔撑得老大
生怕错过阳光绽放的声音
穿透墙壁和黑板的眺望
点亮我欲言又止的眸

我蹚溪涉水而行
绵绵不绝的渴盼
像泰山压顶一般砸向我
一分分一秒秒
在等待的含义里捕捉她的单纯
我心怀雷雨闪电
把等待遗落在她心上

就像花朵交给了春光
我把心交给了她
让魂里梦外
琢刻等待不老的岩画

纸条的背面，用流畅的行书写了一句话：“江河等来冰融，田野等来蛙声，学期等来放假，我要等到何时？！”

学员们归心似箭，老师一宣布放假，同学们就一哄而散。清波的好姐妹、桃江三中的同班同学、同期接班又成为进修学校同班同学的钟爽清约清波去县城的亲戚家寄放行李，她们担心进修学校的寝室失窃。

清波和徐令军没能道声别，没能互祝新年快乐，便各自回了家。

清波满 20 岁的生日过后，进修学校又开学了。在这个学期，她埋葬了刚要萌芽的爱情。

如地下党员一般的清波，在等待来自徐令军的消息。

等徐令军的什么消息呢？她自己也说不清。

清波心想，满了 20 岁，就拥有了恋爱的权利，她可以认真考虑恋爱和婚姻的大事了。

新学期第一次发作业簿。儿童心理科代表刘清波在徐令军的作业簿上夹了一张纸条，纸条上写着：“你不用再等待了。”

这句话，让清波遗憾一生，后悔一生。

那张纸条是清波发作业簿前匆匆写的，她来不及多想，只是想告诉徐令军：我跟上个学期不一样了，我满 20 岁了，我可以恋爱了。但她没想到那句话是有歧义的——第一种解读：你不用再等待了，你已经等到了机会！第二种解读：你不用再等待了，你不可能有机会！

她在忐忑和甜蜜的等待中，只想到第一种解读。一个多月的时间里，她都没有意识到她的那张纸条还可有另一种解读。一个多月的时间里，她曾悄悄地向徐令军抛去疑惑的目光。

徐令军除了尴尬和拘谨，没有其他任何表示。

清波的自行车也不再有红色的铁链锁了。

不久，一个喜讯在教师进修班上炸开：徐令军的散文《红色的铁链锁》在《年轻人》杂志上发表了。

《年轻人》当时虽然创刊不久，但它由沈从文题写刊名，刊物风格顺应改革开放的新潮流和20世纪80年代青少年的心理，在青年教师群体中影响很大。徐令军的作品居然在《年轻人》上变成铅字，这让进修学校的教师和学员们惊叹不已。

徐令军的《红色的铁链锁》写了他“坚持不懈地”锁住某个女孩的自行车的故事。他那样做的目的是渴望自己有机会载那个女孩。他渴望那个女孩坐在他自行车的后架上，紧紧地搂着他的腰，任他在县城兜圈，任风把女孩的乌黑浓密的长头吹起。但他一直没能开口，也就没能载上那个女孩。

他永远也不会知道，他笔下的那个女孩在她的日记本里写过一首诗：

那个笨诗人从来都没有明白
为什么在他无数次地
把我的自行车锁在树干之后
我却从不会换个他找不到的地方停车
甚至还会让自行车与树干贴得更紧
为什么自行车在锁住之后
我宁愿在寒风中走路而不愿让别人载
那是因为我有一个期盼
偷偷希望有那么一次
他在锁住我的自行车之后
对我说：上来吧，我载你回
笨诗人啊笨诗人
你的铁链锁锁的不是自行车的轮胎
而是锁在有情人的心坎上！

第四十四章
违心的相亲

那年春天，爹爹和满姑带给母亲一个消息，把清波的这段朦胧的爱情推入了隆冬。

爹爹和母亲的“上线”满姑经过一段时间的观察和思考，终于反馈了消息。她到冶金机械局传达室跟爹爹说了一个小伙子的情况，完了补充道：“这个情况供你和嫂子参考。”

对爹爹来说，满姑的意见就是圣旨，还参考个啥呢！他请满姑找人捎信回荷塘，叫母亲带清波近期过来一趟。

满姑那时已从益阳市政府调到市供销社当工会主席。在物质紧缺的当时供销社是最炙手可热的单位，桃江经常会有亲戚熟人找她帮忙买个啥东西，她找人捎信回去比爹爹方便多了。

满姑的“圣旨”到，母亲兴奋极了。关于清波将嫁到益阳市去的消息，迅速从捎信人口中向四周扩散。

收到“圣旨”的当天下午，母亲就赶到了进修学校，再到桃江一中找到清波。母亲对清波说：“你去向老师请假，我和你明天一早坐最早的一班轮船去益阳！”

“啥事这么急？”清波紧张地问。

母亲说：“你满姑捎信回来，给你介绍了一个益阳市的对象，叫我们赶紧去看！”

清波吓坏了。

虽然红色铁链锁还没有下文，“等待”也没答案，但她的心里已有了那个集诗人、画家、散文家、优秀青年教师、语文科代表、锁自行车轮胎的笨蛋于一身的徐令军，她不要任何人给她介绍任何人。但她情急之下找不到其他理由拒绝母亲，脱口而出：“我还小！我不要影响学习和工作！”

母亲笑了：“虚岁二十一了，不小了。”

说话间，母亲已感觉到一丝异样，便接着警告说：“你爹爹和满姑费了很多心，你不要惹你爹爹生气！”

清波向来惧怕爹爹，她只得答应了母亲。

陪清波向老师请了假，母亲满心欢喜地去满姨家看望舅外婆了。她叫清波晚饭后也去满姨家睡，以便第二天一早同时去码头乘船。

母亲离开后，清波魂不守舍。

上课、下课、再上课、放学、骑自行车、回进修学校，清波心事重重。

她想找徐令军谈谈，但徐令军许久没有回音，清波实在不敢主动去找他。

“徐令军笨蛋，到这个时候了，还像根木头！”清波心里着急地骂。

她想跟好朋友钟爽清、刘伯英商量，但她害羞，也开不了口。

她回到进修学校时，心里有了一个主意。

她来不及吃晚饭，匆匆骑着自行车到满姨家，跟母亲说她急着要先回一趟曹家嘴学校处理些工作上的事情，然后立即赶回满姨家。

当时从县城到荷塘的公路没有装路灯，天黑就看不见了。为了避免骑夜车，她来不及吃晚饭。当时也没有牛奶和面包——她从出生到那天，还没尝过牛奶和面包的滋味呢——只得空着肚子，快速朝曹家嘴学校驶去。

她赶回曹家嘴学校，不是为了处理工作上的事情，而是为了取徐令军的那三幅工笔画和那首用小楷书写的诗。她想让爹爹和母亲了解徐令军，接受徐令军。

她犹豫了一下，把用小楷书写的诗夹回书页中——她怕这首诗反而惹爹爹和母亲不满。她把三幅画夹在另一本书的书页中，再用旧报纸包好，放到黄布书包里。来不及跟曹家嘴学校的同事细聊，便挎上黄布书包，骑上自行车往县城赶。行至氮肥厂附近时，天就完全黑了。

爹爹没给母亲和清波喘息的机会，就把她们带到市供销社，满姑又给他们介绍了一遍那小伙子的情况。

小伙子是市供销社下属的日杂公司的售货员，兼公司团支部书记，他父母都是市航运公司的职工。小伙子叫朱世祥，比清波大一岁。

满姑说，小伙子是复员军人，长得高高大大又英俊，对人有礼貌，能说会道，做事利索，是市供销系统的培养对象。

满姑每停顿一下，母亲便见缝插针，“那几多好”“那几多好”地不停地赞叹。

“小朱家庭状态不算富，家有五兄弟和一个妹妹。”满姑补充道。

母亲这下不好赞叹“那几多好”，她和爹爹几乎异口同声：“不算富也肯定比我们家好，兄妹多是好福气！”

满姑对爹爹和母亲的这个表态很满意：“说得很对！他家要是富能看上乡下姑娘吗？”

谢过满姑，爹爹带母亲和清波回冶金机械局传达室。

一路上，爹爹和母亲都在分享喜悦。

满姑约了朱世祥，第二天上午到她办公室见面聊，她叫爹爹、母亲和清波都到。清波想，必须立即把自己的状况和想法端出来，否则，事态一步步滑向她不愿意的方向，就会越来越被动，越来越不利于解决。

趁母亲在传达室侧门外的蜂窝煤灶上做午饭，清波准备向爹爹如实汇报了。

清波小心翼翼地把三幅画捧给爹爹，请爹爹欣赏。

爹爹看了看画，看了看清波，立即警惕起来：“这是什么人画的？”

清波如实回答说这是荷塘公社中学的一个男教师画的，他现在是她在进修学校的同班同学。

爹爹冷冷地说：“李元旦的画比这几幅还强吧？”

爹爹拿李元旦来作比较令清波猝不及防。李元旦是荷塘的一个花匠，一辈子打光棍，形象猥琐，贫困潦倒。实事求实地说，李元旦确实擅长画工笔花鸟，水平确实很高，他的花鸟图确实不会比这三幅画差。但李元旦是什么人，徐令军是什么人，这怎么能放在一起比呢？

爹爹问：“他在追求你吗？”

清波不知怎么回答。她不明白青年男女之间朦胧的美丽的感情为何一点儿也不能博得爹爹的欣赏和认可。她只能如实说："上个学期感觉他有那个意思，但这个学期他好像没有那个意思了。"

"那不就是嘛！人家说不定喜新厌旧、朝三暮四，昨天喜欢你，今天喜欢她，后天又喜欢别人。"爹爹抓住机会往狠里说。

"爹，不是那样的！是我拒绝过他，他还……"

"你拒绝过他，现在又打算接受他吗？！"

"爹，他现在好像没有那个意思，他还没向我挑明……"

"他没向你挑明，你要反过来找他挑明吗？！"

"爹……"

"别说了！你一个姑娘家要懂得自尊、自重、自洁、自爱！他没挑明最好，挑明了也不能要……"

母亲闻声走进来。爹爹心里责怪母亲没及时全面掌握女儿的情况，明天上午就要相亲了，现在还得做女儿的思想工作！

一边吃午饭，一边开说教会。

把徐令军当作假想敌人其实没有用，因为他们不知道徐令军到底有没有这个想法，但爹爹和母亲明白，清波的心快被徐令军扯走了，必须立即扯回来。

爹爹把说教的重点放在城乡差别上，母亲则负责不停地附和爹爹的观点。

爹爹激动地说："益阳大城市，物质丰富，生活无忧，吃的穿的用的哪一样愁过？生活在益阳，自己幸福，家人沾光，人人羡慕。有机会到大城市却放弃，那是愚蠢、自私、不孝！更可笑的是，为谁放弃大城市呢？为一个画技不如李元旦的人！为什么放弃大城市呢？为一份似是而非的所谓感情！"

爹爹越说越生气，开始咳嗽，越咳越厉害。每说完一句半句，便要停下来剧烈地咳一阵儿。他断断续续地说："她这个……蠢家伙……生怕……我们和哥哥……妹妹……跟着她……沾光，生怕……给家里带……好处……生怕她自己……享福啊……"

清波越听越害怕，她感觉自己犯下了滔天大错。

事实上，她是一个十分孝敬的女儿，从等着妹妹乐怡一起读小学一年级，边在灶下烧火边摇我睡着的摇窝，从学校回家按母亲在土墙上的指令迅速出去收牛屎，吃不到白米饭吃红薯饭不哭，挑土挑石头夯土墙，插田担谷，到接班后期期争第一，20岁前不跟小伙子交往，处处体现了她的忠诚可鉴的孝心。她放弃大城市的生活，是心里割舍不下，不是因为她不孝啊！

“别说那个姓徐的后生是……一个农村教书匠……就算他是益阳市里的教书匠……我家也不要！教书匠……就不如其他任何职业。”爹爹的咳嗽稍稍好了一点儿，又开始说教。他觉得这些话还不够狠，就索性抛出他的杀手锏：“你不听你满姑的安排，不听我们的劝，我们就不认你这个女儿！就当我们没有生养你！你嫁给那个姓徐的后生去，永世不得踏我家的门！别认我做爹！”

清波感觉五雷轰顶，她不敢丢下碗筷，强忍着心里的剧痛，胡乱地扒了几口饭，强撑着端正的坐姿——自小坐姿不端正就要挨爹爹的打——坐在椅子上哽咽，渐渐地上身开始抽搐。

她怨那个徐令军，红色的铁链锁没有下文，让她现在抓不住目标，看不到方向。

她又想，幸亏红色的铁链锁没有下文，爹爹和母亲是不可能接受他的，因为他生活在农村。

但不管如何，她不能让父母和家庭遗弃她，不能让爹爹和母亲不认她这个女儿！

传达室有人进来拿信，也有人进来打电话，还有退休职工进来跟爹爹聊天，清波懂事地抹干眼泪，停止哭泣，不再抽搐。

下午，爹爹从严父变为慈父，他以平静的口吻喊清波聊天。

爹爹慈爱地说：“农村买不到尿素，你大哥、小哥、叔叔他们每年都为买尿素伤脑筋，他们每年都来烦你满姑。你如果找个供销系统的，买尿素找你就行了！不仅买尿素方便，买自行车、缝纫机都容易。不仅买得到，而且能买好牌子。这是你的光荣，也是我们整个家族的光荣。你嫁到农村有什么好呢？婚姻不是两个人的事，是两大家族的事。农村家族一根苦瓜藤，你嫁过去就是一根藤苦到底，三亲六戚都指望着你们，而你们泥菩萨过江——自身难保。那个姓徐的后生会画画，但画画不能当饭，更不能当尿素。再说，他有没有那心都不知道，你哪能为了他而错过大好机会，葬送你和我们整个家族的大好前程呢？”

母亲也语重心长地开导："你接你爹的班，没有你爹，你哪来的书教呢？大哥和乐怡把班让给你，是希望你过得好，能给家里带来光荣。如果你接了这个班，翅膀硬了就不听话了，把你爹活活气死，人家会怎么评价你呢？我们如果不认你这个女儿，万一闹矛盾受人家欺负，你后悔都没用了。你满姑不会害你，给你介绍的小伙子也是百里挑一的，人才好，能力强，还是单位的重点培养对象，哪一点配不上你？不管怎么样都得去看看，实在不行咱们可以请满姑重新介绍一个嘛。你看你中午把你爹气得半死，差一点儿缓不过气来。你还不去跟你爹表个态？"

清波怕爹爹真被她气死了，便跟爹爹和母亲说同意明天去满姑办公室——后来清波常抱怨说，爹爹和母亲以她一生的幸福和健康为代价，换回几包尿素，她的价值等于几包尿素。

第二天上午，他们在满姑的办公室里见到了朱世祥。

与满姑描述的一样，朱世祥的情况令爹爹和母亲抿开嘴笑。他长得高大威武，五官英俊，浑身上下一股干净利索、精明能干的味道。他说话热情，有礼貌，那口纯正的益阳市区口音让爹爹和母亲立感崇拜。

选女婿不能只看相貌，阅历丰富的爹爹和母亲虽然一见着面就有了六七分满意，但还得往深里了解。

母亲问朱世祥日杂公司有什么货。他回答说日杂公司全称是日用杂品公司，除了飞机、大炮、汽车、轮船，全是日常用品，南货北货，吃的喝的穿的盖的用的平时看得见的，他们公司都有。他们公司不仅要供应益阳市区十万老百姓的生活用品，还要向周边乡镇农村供货。

他一边回答，一边拿余光打量清波。回话间，朱世祥已大致明白母亲生活的困境和期盼。他自信地微笑着望望满姑，再转过来对着母亲和爹爹，接着说："益阳市日杂公司是市供销社下属的第一大公司，刘主席常去我们公司视察指导，对我们公司最重视，也非常了解。我们那里吃的不仅有白米、面粉、面条、红糖、白糖、红枣，还有人参、枸杞、桂圆、荔枝、鱿鱼、墨鱼；穿的不仅有棉布、麻布、化纤布，还有呢料、绸料、真丝料。"

母亲对他的满意度已达八九成，但还是不放心地问："你家里有些什么人啊？"

朱世祥回答说："我家是航运公司的，我爸开了几十年轮船，上海、山东、海南跑遍了。我妈也在航运公司工作，基本上每次都跟我爸在同一条船上……"

母亲插话问："你爸爸妈妈身体都好吧？"

朱世祥回答说二老身体好得很，然后接着介绍："我们五兄弟，我排行老四，哥哥和弟弟都工作了，当官的、经商的、开船的，各行各业都有。我爸妈连生了五个崽，想生一个女，想得跟命一样，生第六个真的生了一个女，妹妹马上高中毕业，我大哥已帮她挑好工作了。如果她考上了大学，那就去读大学啦。"

益阳话里"大学"的"大"字发音就是普通话的音，跟桃江土话念"奈"的音相去甚远。母亲第一次听这样的发音，佩服得几乎五体投地。

母亲满意地看了爹爹一眼，轮到爹爹发话了，爹爹问："你哪年的兵，在哪个部队？"

朱世祥立即如实回答。爹爹点点头，又问："你现在当团支部书记主要干些什么？"

"团支部书记就是管单位的团员的，还要发展培养优秀青年入团。平时的主要任务就是认真配合刘主席的工作，按刘主席的指示组织团员和青年职工开展丰富多彩的工会活动，比如学雷锋活动、敬老活动、五四青年活动……"朱世祥从容不迫地回答，并很自然地转过去，面对着清波说，"各单位团员青年的活动都差不多，清波老师肯定很熟悉，看样子就知道，清波老师应该是活动积极分子！"

满姑见双方大概感觉不错，便起身对爹爹和母亲说："来！让小朱和清波在这里好好认识一下，我带你们到院子里看看。"

爹爹和母亲跟着满姑下楼后，朱世祥跟清波聊了起来。朱世祥问清波培训班几时结业、原来教几年级、学生听不听话、上班累不累、想买点儿什么农村地区稀罕的东西等。清波一一回答。突然，她问朱世祥："你最近在看什么书？"

朱世祥显然没料到清波会问这样的问题，吃了一惊，尴尬地笑着回答："平时工作挺忙的，没时间看什么书，最近在认真学习《售货员守则》。"

第四十五章
我家出了个荒货佬

从满姑单位出来时，母亲和爹爹在心里完全接受了朱世祥。

那天下午，满姑下班回家途中专门转到冶金机械局传达室，告诉爹爹和母亲，朱世祥表示对清波很满意，他乐意继续交往，他想知道清波的态度。

“清波对小朱也很满意！我们都很满意！希望他们能继续交往下去！”爹爹和母亲答复满姑。

从益阳回桃江县教师进修学校后，清波的心里像打翻了五味瓶。她经常揣摩徐令军的心思，但徐令军没有任何表示。同学们问徐令军锁的是哪个姑娘的自行车，他回答说那是虚构的情节。清波揣摩不出徐令军的心思。

清波更多的是拿朱世祥与徐令军作比较。但比来比去的结果是，人与人是不同的，完全没有可比性。她索性不再比，告诉自己：“如果徐令军无意，比较有何意义呢？”

过了几天，朱世祥的信便来了。信中，他很体贴地叮嘱清波：“学习辛苦，要吃好一点儿”“天气还比较冷，睡前用热水泡泡脚”“春天天气多变，要注意增减衣服”。

朱世祥几乎每天一封信来。清波班上的同学都发现了这个情况：自清波请假去益阳回来，每天都有益阳市日杂公司的信。他们叫清波请吃糖。

又过了几天。一天中午放学，清波和同学们骑自行车回进修学校，朱世祥居然在她寝室门口等着她。

朱世祥穿着一件很时尚的米黄色长款风衣，让人眼前一亮。同学们起哄，清波已无法辩解。朱世祥请清波全寝室的女同学不要到食堂吃午饭，他要请大家到馆子里吃火锅。

清波本不想让朱世祥这样安排的，她觉得还需要冷静考虑，也不想花朱世祥的钱，但同寝室的几个女学员都像馋猫，一个劲儿说去吃鱼籽火锅。

吃完火锅，起身回进修学校。路上，吃得肚子撑的女同学们悄悄对清波说："这小伙子挺好，你眼光不错！"

朱世祥这次回益阳，带着一堆"光荣任务"——吃火锅时，他主动问起要不要帮忙买一些在桃江不好买到的紧俏货，价格还是平价。

朱世祥在桃江与益阳的往返变得频繁而备受欢迎。他帮清波的同学们带一批平价紧俏货物来，再带一堆"光荣任务"回去。请他带东西的人除了清波的室友，已迅速扩大到其他寝室的女同学，并扩大到男同学甚至老师了。

在进修学校的老师同学的认知里，朱世祥是刘清波的男朋友。

春季早季稻秧插下去以后，在母亲的招揽下，我叔叔家和大哥、小哥家及部分亲友乡邻通过朱世祥轻松地买到了尿素。亲友乡邻都赞叹母亲找了一个如意郎婿[①]，都感叹好姑娘清波有好命。

母亲嫌房子太寒碜，在清波的进修学校培训班结业前，母亲叫毛坨找师傅把堂屋和偏房的墙刷白，迎接朱世祥首次登门。

母亲完全臣服于城乡生活差别上存在的巨大鸿沟。其实，我家那时候在庄子湾乃至整个桃江农村都已算比较富裕的了：爹爹拿一份退休工资和一份守传达室的工资；清波当教师也有工资；乐怡光是带徒弟的收入就非常可观，还帮人做衣裤也能赚钱。在母亲的主导下，乐怡又增添了一项可观的收入——她带领徒弟们制作成衣出售，卖成衣赚的钱比帮人做衣服赚的钱高出一截。我家不仅有缝纫机，还新买了一台昂贵的三线锁边机。当时，全公社也只有两台三线锁边机：一台在舒塘，另一台在我家。半个公社的人都拿着上档次的布料来我家锁三线。这又是一个赚钱的活儿！

母亲却担心朱世祥不习惯土墙的颜色，她认为朱世祥习惯了钢筋水泥和石灰墙的颜色。

西边那间卧室朝南及面对地坪的墙是木板墙，没法刷白。堂屋、偏房的

---

① 郎婿是桃江方言，即女婿。

泥砖墙和土墙从底往上刷了约两米。刷墙师傅肯定想把活儿做得更漂亮一点儿，但泥砖墙和土墙实在不好刷，就像麻袋上绣花——底子太差了。

我回家看到粉饰一新的墙壁，感觉还不如没刷时好看。因为从地坪看，左边是木板经日晒雨淋的灰黑色，右边的墙上面是土的原色下面是白色，显得不搭和滑稽。母亲说："咱家的样子太穷了，刷白一点儿显得好看些。"

朱世祥毫不在意我家墙壁的不搭和滑稽，他反而脸上写满感激和受宠若惊，对母亲说我家接待太隆重让他受之有愧。

朱世祥是先到进修学校帮师生们带去一批平价货物，帮清波办完结业手续后，才和清波一起来庄子湾的。

母亲接待朱世祥首次登门的规格之高，令清波和乐怡叹为观止。

鸡鸭已宰好，腊肉腊鱼已取下洗好。朱世祥刚进家门，母亲即递上一盆热水。热水盆洗了又洗，洗脸毛巾是新买的，母亲用山泉水洗净后又在太阳下晒干了的。吃饭时，母亲不停夹菜给朱世祥并给他盛饭，朱世祥再三谦让也无济于事。

清波和乐怡对母亲的做法提出质疑，但母亲说："爱崽敬先生，爱女敬郎婿。"

朱世祥很体贴地叫母亲把腊肉腊鱼收起来，他说他带我晚上出去弄好吃的。

晚上，他果然带我出去弄了很多好吃的——青蛙。

他显然是有备而来，他从他的包里取出一支装有三节大电池的手电筒，一束强光能照射到吉高叔爹家后面的土丘上。

我说青蛙是益虫，是人类的好朋友。

朱世祥说皇帝还打猎呢，青蛙繁殖能力太强了，益虫多了也会因害虫不够吃而饿死，适当抓捕青蛙其实有利于生态平衡。

我觉得他的话有道理，比老师讲的更深奥，并且白天收了他给我的见面礼——一套我特别特别喜欢的运动衣裤，我只好答应跟他出去弄好吃的了。

我的任务是提尿素袋子，当然是清洗了的干净袋子。朱世祥走在前面，我跟在他后面。他用手电筒一扫，我便看到路上到处有三三两两鼓动的白肚皮。

那是我第一次目睹和参与捕青蛙。青蛙很笨，手电筒一照，它就不动。

朱世祥左手拿手电筒，照着青蛙的眼睛，然后轻轻弯下腰，右手不急不慢地从青蛙的头顶垂直下去就把青蛙抓在手里。

庄子湾好久没人捕过青蛙了，除了20世纪60年代初社员们连树皮和土都吃的时候。朱世祥是庄子湾自70年代以来的第一个捕蛙者。第二天、第三天我还帮他提过两回尿素袋子，但后来清波看到报纸上说青蛙体内有虫，食青蛙可能致病的报道后，不再允许我当朱世祥的“帮凶”，并对朱世祥的捕蛙行动下了禁令。

那次，朱世祥跟大哥、小哥都很聊得来。他跟大哥、小哥喝酒，三个人都喝得满脸通红像关公似的。

朱世祥一边不停地端着酒杯跟大哥、小哥碰杯，不停地递上他从益阳带回来的“银象牌”高档香烟，一边说：“时势造英雄，改革开放的春潮席卷全国，顺应时势就能拔得头筹。不管是城里人还是农村人，苦怕了，穷怕了，邓小平就是要让我们大胆富起来。谁不想富啊？想富就得动脑筋，就得动作快。”

走南闯北见过大世面的朱世祥还讲了千里之外的事。他说，江苏省有个叫吴仁宝的人，搞集体出工时，每逢检查组来，就安排农民在田里插红旗，检查组一走，他就带领农民转进生产队的五金厂，赚了不少钱，现在成了全国的先进典型。朱世祥激动地说：“吴仁宝为什么要办五金厂？因为他知道，种田挣不到钱，做生意才挣得到钱！”

朱世祥这些话深得母亲认可，也赢得了母亲、大哥、小哥和我全家人的由衷感激。他的话引起大哥、小哥的强烈共鸣。大哥因为有外面三个姐姐从未停歇的帮助而缺乏投身于时代浪潮的勇气和锐气，但小哥却从朱世祥的言语中坚定了勤劳致富的信心。

朱世祥的首次登门取得了完胜。他赢得了母亲、乐怡、大哥大嫂、小哥小嫂及叔叔婶娘和几个堂哥堂嫂们一致的认可，也赢得了邻里的一致好评。清波也看到了朱世祥的很多优点，从内心愿意与朱世祥继续交往下去。朱世祥也越来越爱看书，他常在书摊上租金庸、梁羽生的长篇武侠小说。

那次所有见过朱世祥的人都深信朱世祥聪明能干，体贴心疼人，孝敬长辈，都深信他能发大财。特别是大哥和小哥，深信清波跟着朱世祥会迅速过上幸福富足的美好生活。

后来的事实令人遗憾，朱世祥虽然也曾官居益阳市日杂总公司销售部总经理，也曾与人合伙开过酒楼办过宾馆，但总是不得要领，也缺少韧劲，一直未能发家致富。直到他 50 岁以后才在广州开始略有积蓄，但他已经不再是我的姐夫——他跟清波的婚姻最终走向解体。

小哥毛坨却真真切切地迅速脱颖而出，成为张目桥的首富。

小哥在均田冲建新屋后，靠种田垦土和篾匠手艺养家糊口。生产队队长不能带领社员创造幸福生活，不能成为勤劳致富的榜样，是一件丢脸的事情。形势逼人，刚开始毛坨不仅未能成为勤劳致富的领头羊，还有不断落伍的可恼态势。庄子湾的刘信辉、藕塘的刘孟之先后买回手扶拖拉机，靠帮人拉货赚了不少钱。庄子湾除刘信辉外，退伍军人殷古仪家承接各种业务，罗放羊家在路边的家里开了个私营百货商店。张目桥田家冲那边，甚至有人通过大哥牵线找到我那位在长春汽车制造厂工作的同父异母的三姐，千里迢迢开回一辆货车干起了运输的大业务。小哥不甘落后，却一时想不出好路子。

母亲给小哥指了一条路，后来小哥就是靠这条路迅速发财的。

均田冲的山那边，属于道光冲大队的地盘里有一户收废品出名的曾姓人家，一直过得殷实。母亲发现他家并没有别的门路，唯一的门路就是收废品。母亲跟曾家夫妇聊天得知，收废品收入很可观：一斤纸皮一分钱买进，两分半卖出；一斤烂铜一角五买进，四角钱卖出……

曾家那个长年收废品的男人年纪已大，挑不动担了。他的几个儿女都不愿继承其衣钵。因为挑担收废品的人，被乡亲们叫作“荒货佬”，这个称谓含有轻视、嘲讽之意。他虽然对收废品情有独钟，但力不从心，正在逐渐退出“废品江湖”。母亲请他当毛坨的“业务指导”。

得到曾家男人的欣然应允后，母亲又去做小哥的思想动员工作。母亲跟小哥说：“你读书少，也缺钱做成本，你做废品生意吧。篾担虽小但能发财。你亲爹曾章甫就是靠着一担篾筐养活一家人的！”

母亲给小哥的布局是：先挑担沿家沿户收废品，慢慢摸清门路后，争取过一年左右开一个废品收购站。这既不要成本，又能赚回可观的利润。

小哥毛坨对他身为生产队队长竟然挑担沿家沿户收废品感到难为情，嫌“荒货佬”名声不好，遭人轻视，有失体面。母亲说：“一不偷二不抢，你怕什么？收废品，废物利用，既利于社会，又能赚钱，这是极光荣的事。你先试试看，赚不到钱就另找路子！”

小嫂刘放云虽然咯咯咯不停地笑，但她说她不怕别人说她是“荒货佬堂客”。

小哥是篾匠，家里篾筐多的是。他挑着担，带一杆秤，揣着清波给他的第一笔本钱——清波第一次去益阳朱家时，朱世祥的父母送给清波的20块钱——在母亲鼓励的目光中扭扭捏捏地上路了。

他很快就尝到了甜头。

酒瓶、旧书、烂铜、烂铁、烂塑料……他把第一天收到的货送到红茶厂那边的废品收购站，付出的成本立马翻着倍儿进了他的口袋。他算了又算，他第一天轻轻松松地就赚了12块6角8分钱。这比他以往种田种菜或做篾匠十天八天赚的钱还多，这也是清波小半个月的工资了！

毛坨很快摸索出收废品的经验：烂铁五六分钱一斤收进来，卖到收购站也就八分钱的价，挑着重，赚得少；玻璃瓶也是，费力不赢利；塑料轻，但占篾筐空间大，大半担也赚不了几块钱；好东西是烂铜，有时候收几个破铜壶烂铜锁，就够给堂客和女儿买件的确良衣服了；遇到单位卖旧书旧报纸也不错，利润也很高。

他知道了在每天晚上收购站关门之前把当天收到的废品卖掉，回均田冲前到我家向母亲汇报收入情况。

毛坨向母亲汇报时，咧开嘴兴奋地笑。

母亲的心里像喝了蜜一样甜，她鼓励毛坨：“放下面子，好好干！‘荒货佬’的箩筐筐就是你的钱囊囊！”

然而，小哥始终没有摆脱作为“荒货佬”的尴尬。我和同学刘争春、范旭兵、颜劲松、戴启元、罗向荣、刘耀他们一起放学回家时，曾经撞见挑担的小哥。我停下，高兴地问小哥今天收了什么好货，我还充满好奇地翻看他的篾筐。同学们也一窝蜂地跟着我翻看小哥的战利品。我看到小哥憨笑中难为情的表情。

第四十六章 废品收购站

荷塘公社这个山旮旯里不断发生着翻天覆地的变化。

沿着从石桥坝到田家冲的公路的两边，开始不断出现新屋。张目桥大队范围内的茅草屋顶已经很少见了，取而代之的是瓦屋顶。土墙被不断地推倒，人们开始建红砖房——一家人一般建三四间房，左边、右边、后边的墙基本上用泥砖砌成，前边即正面的墙用红砖砌成。从正面看去，红砖墙，瓦屋顶，竹篙上晒着的确良衣服，漂亮极了。退伍军人刘恩佑和知识青年孙姿云夫妇新盖了前后左右四面墙都完完全全是红砖的新屋，简直像城里的房子一样，气派极了！

道光冲生产队有个叫吴适东的能人成立了一支基建队，他家推翻前几年盖的泥砖瓦屋，新盖起了两层半楼房。这是荷塘公社境内除公社社址和公社中学外的第一座民居楼房。吴适东的儿女们后来成为我的初中同学，他们穿戴得像公主和太子一样漂亮。

庄子湾已经有了三辆手扶拖拉机，不少人家买回自行车代步。

那年，张目桥大队的成人基本上形成了四拨。

一拨勇敢能干的人在本乡本土挣钱，他们有的拉运输，有的开打米厂，有的养鱼，有的加工红薯粉葛粉。后来，在本乡本土致富奔小康的事迹被县作协的诗人描述为“乡土是金，创意是银。只要洒下汗水，我们就能赢”。

一拨敢于远走他乡的青年男女在亲友的介绍和鼓动下不断地涌入广东，集中到一个叫广州三元里的地方和一个叫东莞厚街的地方打工。据说在电子厂打工的人一天可赚二三十块钱——这相当于张目桥学校一个教师大半个月的工资。据说在发廊打工的人赚钱更多，有时一天收小费就能收上百块——一天的收入就抵得上一个教师三个月的工资——但没人知道啥叫发廊啥叫小费。这些人有的确实发了大财，有的却听说被扔进了大牢，原因不详。

一拨人守着千想万想承包来的田地，日出而作日落而息，吃穿不愁，但就怕家里有谁生病。小病拖，大病也拖。他们处于两难境地：要么拖病人，有病不治，越拖越重；要么拖家庭，借钱治病，越拖越穷。

一拨人是空巢老人带着留守儿童。他们是由于家庭的青壮年长年在广东打工形成的。这拨人最苦，他们为在外的青壮年担心，长期不了解在广东的亲人的讯息，有时突然得到坏的讯息如同遭遇当头一棒。

但不管是哪一拨人，都深切地感受到十一届三中全会以来的巨大变化，感受到了实惠。当然也有个别人感叹，社会又出现了贫富不均且似乎无人治理，感叹资本主义尾巴越来越长。

小哥毛坨属于第一拨人，他选择在本乡本土挣钱。

不知是他拼劲太足，还是想迅速结束做“荒货佬”沿家沿户挑担收废品的尴尬，总之，他提前实现了母亲的计划。母亲曾给他提出，挑担做一年左右后开一家废品收购站，他只当了五个多月的“荒货佬”就开了一家废品收购站。

母亲叫毛坨开一家废品收购站的构想是富有智慧和远见的。且不说母亲对收废品这条路的选择是另辟蹊径和独出心裁，单说她叫毛坨成为个体户的这个想法就很了不起。

改革开放初期，国家对个体经济实行的是限制型发展政策，与后来的大力支持和扶植不同，政府在那一时期对个体户主要是管理和限制。当时的人们特别是农民，思想还不够解放，再加上传统观念的影响和解放以来个体经济发展政策的不断变化，人们对个体经济心有余悸，生怕政策突然改变，所以对个体经济敬而远之。

1981 年，中央明确提出：“国营经济和集体经济是我国的基本经济形式，一定范围的劳动者个体经济是公有制经济的必要补充。”随后，国务院颁布《关于城镇非农业个体经济若干政策性规定》，对个体经济重新定位，个体经济逐步得到恢复和发展。再接着，五届全国人大第五次会议上通过的《中华人民共和国宪法》中写道："在法律规定范围内的城乡劳动者个体经济，是社会主义公有制经济的补充。国家保护个体经济的合法的权利和权益。"

从此，个体经济的地位正式得到了认可。

母亲帮毛坨设计的虽然是不太有面子的废品收购，但让毛坨成为第一批敢于吃螃蟹的"个体户"。

毛坨的废品收购站选址在修山街尾。选址的问题，他思考了很久。荷塘公社已有一家废品收购站，开在舒塘，刚由公社管理改由私人承包。荷塘的各个挑担收废品的人都习惯了送货到舒塘。并且舒塘那家收购站买卖比较公平，较少短斤少两，现买现付，信誉较高。

选址在修山街尾，他认为最合适。这个选址得到了母亲的认可。

修山街在资江北岸，是三区即修山区的中心，也是三堂街、九峰从陆路乘轮渡过资江到县城的必经之地，地理位置显赫，车来车往，很热闹。

但"荒货佬"是不在乎热闹与否的，也不会舍近求远，除非利润确实划算。修山区管辖修山、荷塘、三官桥、沾溪四个公社，除修山公社外，修山街与荷塘之间隔着一条宽阔的资江，行人及自行车来去需要坐木船，机动车来去需要坐轮渡。荷塘的"荒货佬"一般不会挑担到修山街卖。修山街离三官桥和沾溪也远得很。三官桥在资江下流，沾溪在资江上游。三官桥和沾溪的"荒货佬"也不愿挑担到修山街卖。所以，毛坨就只打算做修山公社的买卖。街中心房租太贵，街尾就便宜多了。

在修山街开设废品收购站还是有优势的。修山公社原有的废品收购站在农村，口碑也不太好。修山公社比荷塘公社富裕一些，农民家里的废品比荷塘多，"荒货佬"也多。此外，修山街上有桃江三中、修山公社中心小学及区供销社、肉食站、粮站、税务所、工商所、邮政所、派出所等众多单位。用现在的话来说，这叫"货源充足"。

县城的废品收购站来者不拒，毛坨不用愁他收来的废品卖不出去，这叫"销路无忧"。

小哥毛坨的废品收购站开张前，母亲和舅父及表哥们去帮忙。修山邮政所的刘所长来拜访母亲并提前祝贺毛坨。刘所长是荷塘人，跟我家有点亲戚关系，比爹爹小一辈，叫母亲婶娘。

闲聊中，毛坨对刘所长说，邮政所的废品可以直接卖给他的收购站，收购价可以按收购站的优惠价格支付。母亲立即制止了毛坨的做法。

刘所长离开后，母亲教导毛坨：“做生意先做人，做人应怀施济之心。为官不可得罪绅士，开废品收购站不可得罪‘荒货佬’。那些单位的废品原来一定是‘荒货佬’的固定的经济来源，你直接收购就会损害‘荒货佬’的利益。”

她再三叮嘱毛坨：“一定要宽厚对待‘荒货佬’，不少秤，不压价，该给的钱，一分一毫不少人家。原本只给几角几分钱，你不妨补上几角几分，给他一个整数。人家来了，你泡碗热茶，递支烟，拉拉家常，真心真意交朋友。你只要这么坚持做下去，你挣的钱不会比买大汽车跑运输的人少！”

自他的废品收购站开张之日起，每天都有二三十个“荒货佬”挑担来卖货。小哥很听母亲的话，他按母亲教导的那样做，生意很红火。

很快，小哥一个人已忙不过来：各类废品要分门别类地整理打包。收来的有些废品，如酒瓶，可能很脏，要提到河边清洗。还要请车拉废品去县城收购站卖。

小哥回庄子湾喊来两个帮手：一个是他的篾匠师傅吉高叔爹。实行联产承包责任制后，各家各户不再像生产队出集体工一样不爱惜劳动工具了。再加上吉高叔爹制作的篾筐、竹篮之类的东西质量太好，七八年甚至十年都用不坏，所以吉高叔爹的篾工活越来越少。毛坨从篾工“改行”搞废品，便让师傅也跟着他“改行”了。另一个是庄子湾嫁到公社中学附近的狮子山大队当入赘女婿的刘拉灯。刘拉灯个子矮小，力气小，又干不了重活，没手艺，且少言寡语，不受岳父母和堂客喜欢，常回庄子湾的娘家哭诉委屈。

小哥的废品收购站真是一个赚钱的好宝贝！

一斤纸皮一分钱买进，两分半卖出；一斤烂铜一角五买进，四角钱卖出……

每收一担货，他赚的利润就跟一个“荒货佬”差不多。也就是说，平均每卖一担废品，一个“荒货佬”能挣十几块钱，那么毛坨也能赚十几块钱的利润。一天只要有十个“荒货佬”挑货来卖，毛坨就能赚十个十几块钱。

毛坨的废品收购站也带动了“荒货佬”们致富。毛坨会按他在县城卖货的行情，告诉“荒货佬”们重点收什么种类的废品。遇上烂铜烂锡卖价上涨的时候，毛坨就叫他们重点收烂铜烂锡。遇上玻璃瓶卖价下降的时候，毛坨就告诉他们暂时别收玻璃瓶。有的“荒货佬”兴趣很高，中午挑一担卖掉，立即又四处转悠，晚上时又能挑一担来。

毛坨的收购站名气越来越大，资江南岸荷塘公社的“荒货佬”宁愿花两角钱坐船过渡费，挑担卖给他。毛坨对此很感激。凡是过资江来卖货的，毛坨都会在按价付款后再加一两块钱给他们，以补偿他们的过渡费，并补贴他们一点儿辛苦费。

渐渐地，三官桥和沾溪一些临近修山的“荒货佬”也宁愿多走路，把货送到毛坨的废品收购站。

毛坨不晓得开着大汽车跑运输的人一天能挣多少钱，他只晓得他自己经常会不相信钱挣得这么多这么快。那房东也不会想到，他家临街两间破旧房子租给毛坨后就变成了摇钱树。

后来有人发现，趁改革开放的春风，桃江县最早发家致富的农民中，“四类分子”家庭子女占绝大多数。有人感叹：“地主崽子到底还是聪明些！原先的地主又成了地主。社会主义又被这些地主崽子搞得不成体统了！”

有人反驳说，并非地主崽子真的聪明一些。地主崽子们因为阶级斗争、政治斗争失去了学习的机会，但他们有家学渊源，更加珍惜来之不易的好时光，更善于把握和利用上面的好政策，所以比常人更能迅速寻到好路子。社会主义绝对不是人人贫穷才成体统，社会主义的农民吃不饱穿不暖才叫不成体统！

第四十七章
毛坨遇见何黑岩

乐怡继续从事她的缝纫事业。

她成为我家经济生活的顶梁柱。我家从益阳买来 14 英寸的黑白电视机。每到晚上，邻居们就到我家来看电视。我家凳椅不够，他们自带小板凳来。我记得，电视连续剧有《八仙过海》，后来有《上海滩》。母亲一般不允许我看电视连续剧，我常听到隔壁传来乡亲们“嗬——嗬——”的喝彩声。

我家还买回洗衣机及台式、立式电风扇，清波和乐怡早就有了手表，乐怡还有一辆上海产凤凰牌女式自行车呢。

购买这些高档货，用的大部分是乐怡赚的钱。乐怡还出资让爹爹带着母亲去了一趟长沙和武汉。那次在长沙，母亲第一次见到了湘绣展品。爹爹对母亲说：“你当年如果学下去，比这还要绣得好咧！”

离开长沙，爹爹和母亲到了武汉。那是母亲第一次走出湖南省。母亲在爹爹的陪同下坐公共汽车去了她的堂兄钟具兴家。钟具兴家住汉口，解放前夕他曾在我外婆手中借走了我外公清华大学的毕业证书。

乐怡自从当缝纫师傅起，就不断有媒婆上门。母亲以“满 20 岁以后才考虑”为由，一次次谢绝热情似火的媒婆们。等到乐怡满 20 岁后，媒婆们不惧在帮清波做媒上受到打击的事实，执意要帮歌声美过刘三姐、漂亮胜过李谷一、身高一米七、收入超过省委书记的乐怡找个好小伙。那时候已经出现彩色照片，媒婆们拿着小伙子们的彩色照片给母亲欣赏。母亲对各路媒婆统一采取“拖”的战术。

爹爹和母亲从武汉回庄子湾不久，家里来了一位不速之客——母亲在湘山中学的同学、曾任荷塘公社革委会副主任的刘石柏。

刘石柏原来一心想当革委会主任，但那年革委会主任钟吉丘交流到县农业局当局长后，县水利局的局长交流来荷塘公社当革委会主任。

“文化大革命”结束后不久，刘石柏从荷塘乡党委副书记的位置上退了休。他的五个儿女都已长大成人，较大的三个女儿在县城，老四到广西当兵后不久就牺牲在对越自卫反击战的战场上。

刘石柏从失去老四的悲痛中走出来时，他家老五刘上进已经到了该找老婆的年龄。刘上进在乡中学的食堂工作。

有一次，刘石柏的堂客拿着几块布料来我家锁三线，见到乐怡后，就动了心思，她想让乐怡当她家的儿媳。

她回去后找老伴刘石柏商量，刘石柏一听，心里有些打鼓[①]。他记得自己原先嫌母亲成分不好，在公社会场外故意不理母亲，他感觉给母亲的内心肯定带来了不小的伤害。但那事发生在特定的年代：以阶级斗争为纲，并不是他瞧不起人。他满儿子刘上进虽然只是个炊事员，但毕竟是个正式职工，而他大小也是个国家干部，乡党委副书记呢。那个乐怡虽然长相不错，会裁缝，但说到底还是个农民呢。他左思右想，觉得这事靠谱。

在老伴的怂恿下，他鼓起勇气来我家，亲自为刘上进和乐怡牵线，并向母亲诚恳地道了歉。

母亲热情地接待了他，母亲一边做擂茶款待他，一边笑着说：“老同学有出息，我为你高兴咧！你如果不说那个事，我早不记得了！那不能怨你，要怨也只能怨那害死人的‘文化大革命’。”

母亲真的没有记他的仇，但他为儿子提亲的事，母亲既不反对，也不支持。她说：“清波找男人是我和她爸当了家，乐怡的事由她自己当家咧！”

乐怡认识刘上进，她对刘上进没有感觉。

刘石柏夫妇的心思，刚冒了个头便再也没有下文了。

乐怡在自家办了几期培训班后，张目桥周边地区的大姑娘小媳妇愿意学缝纫的都学完了，招生开始出现困难。母亲跟舅父商量，把乐怡的缝纫培训班办在修山镇麻竹垸村的舅父家。

---

① 打鼓是桃江话，形容内心忐忑，拿不定主意，或想办事却没有把握。

那里的大姑娘小媳妇蜂拥而至，她们带着缝纫机来，不几天就把舅父家的堂屋挤满了。

那年秋天，乐怡在大姑刘静琴的介绍下，与修山粮站的职工钟世辉认识、相恋了。母亲和爹爹对钟世辉非常满意，认为他虽然不如朱世祥灵活，不如朱世祥能说会道，但读书比朱世祥多，性格比朱世祥沉稳，有固定工作，有会计、审计专业技术，更重要的是，粮站是当时最好的单位之一，家里买面粉、面条、菜油、茶油，再也不用找朱世祥从益阳带过来了。

但乐怡的缝纫事业不久就遇到霜冻，缝纫行业开始大面积滑坡。让母亲始料不及的是滑坡首先在县城出现。仿佛一夜之间，县城就出现了很多装修华丽的时装店铺，卖的衣服款式新颖，色彩鲜艳，充满都市活力。再加上店铺门口的大喇叭不停地播放《月光下的迪斯科》《冬天里的一把火》等流行歌曲，吸引男女老少驻足。时装店顾客盈门，生意兴隆的同时，城里的缝纫师傅就冷了场。

时装店铺从县城迅速蔓延到镇上，甚至荷塘乡交通要道上的舒塘、红茶厂也出现了时装店铺。

不久，一个令人激动的消息像细胞分裂一样迅速传递：县城十字街市场从外国进口了数不清的“洋垃圾”，有西服、牛仔服，料子很好，款式新颖，全是崭新的，价格却便宜得吓人——不论款式和大小，每套都只要十块钱。人们从四面八方赶到县城抢购。人们穿着抢购的“洋垃圾”喜滋滋地结伴回家，一边走一边赞叹外国的垃圾衣服居然比桃江的高档衣服还好。

那阵子，农村爱美的姑娘小伙有事没事常到县城，也常到镇上逛。他们谈情说爱的阵地从山村田野、茶山竹林转移到了城镇，也开始舍得花钱：啃雪糕，看电影，买时装……

烫发的潮流从城里姑娘开始，迅速蔓延到农村姑娘。紧接着，这股潮流以迅雷不及掩耳之势把城乡男青年也卷进去。年轻人不分男女，到城里的烫发店一坐。店里的师傅便把烧得通红的鸭嘴形火钳从煤炉里取出，迅速插入一旁的水桶里，然后飞快地把白气腾腾的火钳往端坐着的年轻人的头上夹。一股股焦味嗤嗤地冒出，头发就变成了卷毛。

年轻人在自己浪漫享受的同时，也记得讨好准岳父母或准公公婆婆，于是农村老头老太也穿上了时尚的衣服。如果不看那晒得皲裂的脸和粗糙的手，光看衣裳的话，已渐渐分辨不出谁是城里人谁是乡下人了。

这样，乐怡和她的徒弟们就日益没有了用武之地。作为“家庭三大件”之一的缝纫机也成了摆设，顶多在需要缝缝补补的时候才偶尔派上用场。渐渐地，缝缝补补也成为历史——人们再也不会穿磨破了膝盖的裤子了，再也不会穿磨破了肘关节的衬衣了。

“生活富裕了，大家都愿意花钱买新衣，你也落个轻松吧！”母亲豁达地安慰乐怡。

小哥毛坨的废品收购生意却一直红火。

在吉高叔爹和刘拉灯两个忠实、勤劳的帮手的操劳下，小哥的生意做得既愉快，又轻松。

“荒货佬”来了，吉高叔爹和刘拉灯过秤、算账，小哥付钱。后来付钱的工作也交给了吉高叔爹和刘拉灯——小哥叮嘱他们按母亲的教导，以各种名目给“荒货佬”们添点钱。小哥自己则只需请“荒货佬”坐下歇息，再递上一支烟，端上一碗茶，问他们家里的收成和老人孩子的情况。遇上某个“荒货佬”家里有成绩优异的儿女，小哥会捐几块钱给他们作为奖学金。

他爱交朋友，人缘好，依法纳税，遇到找上门来借钱求助的，他尽量满足人家——当然有很多钱借出去收不回来。修山街上的无业青年向他讨几块钱，要他请个火锅什么的，他都能满足。他后来常叫那些无业青年帮他送废品押车到县城，再给他们一点儿劳务费。

不久，篾匠、“荒货佬”出身的毛坨刘式农当选为桃江县工商联修山镇分会副会长。

沾溪乡废品收购站那个姓符的老板见修山街上的毛坨抢了他的生意，曾经带领沾溪河边的几个地痞来闹事。那几个地痞提着铁棒大摇大摆地走到小哥的收购站，正准备开砸打人，不料见到他们混世的“师父”、修山街上无业青年的头儿们在武松一般高大威猛的毛坨的指挥下正忙得不亦乐乎地往货车上装废品，吓得脚底抹油——溜了。

正当沾溪乡废品收购站的符老板也想溜时，被毛坨热情地喊住。毛坨向他表达了歉意，真诚地与他交流了生意经验。后来，毛坨帮符老板中考落榜的儿子联系进了桃江三中读高中，还举荐符老板当了桃江县工商联沾溪乡分会理事。

母亲曾替毛坨的生意担心过，她担心农村家里的烂铜烂锡烂铁被收购光了，废品收购就难做下去了。但后来的事实证明，母亲的顾虑是多余的。烂铜烂锡烂铁固然是越来越少，但农民家里的生活越来越好，旧电器之类的东西越来越多，旧书旧报纸旧衣服也越收越多，啤酒瓶一两天就能收满满一货车。

不久，小哥毛坨的废品收购站从街尾搬到了最繁华的中心地段——轮渡渡口上下坡处的第一间大店，面积由原来的两间房一百多平方米扩大到五六百平方米。三堂街、九峰、沾溪那一带乡镇的废品收购站嫌跑县城太远，他们不再送货到县城，而是就近送到毛坨这里。毛坨买下他们的货后，再集中运到县城。

无论是手扶拖拉机家庭，还是大汽车家庭，都众口一词地公认毛坨刘式农成为张目桥村“首富”。母亲欣慰地对毛坨说：“荒货里流出油来嗒！”

那年春，康家山缺红薯种，不仅康家山缺，整个汉寿县都缺。康家山派农民张国安到桃江找红薯种，张国安童年时跟毛坨关系很好。毛坨随母亲离开康家山时，才八岁，张国安七岁。张国安一路问红薯种，一路找毛坨。当时，张国安不知道毛坨已改名为刘式农，也不知道母亲已不再常用钟祝华的名字。他从三堂街进入桃江县境内，仅凭“从汉寿改嫁”“娘屋里是修山的”“小名叫毛坨”等信息，居然找到了我家。母亲喜出望外，像桃花源里“乃不知有汉，无论魏晋”的人一样向张国安询问康家山的人和事，还匆匆派人把毛坨从修山喊回来叙旧。

母亲从张国安的嘴里得知了康家山的很多情况：夏主任快七十岁了，还健在；“慧堂姨”家刚建了新屋，两口子过得很幸福；曾耀武在广东的部队里曾被打成了“右派”，平反后在汕头一家部队医院当军医……

毛坨与张国安二十多年未曾见面，他俩有太多的话题聊，在庄子湾聊了两天两晚还嫌不够，毛坨邀请张国安到修山参观他的收购站，说去修山接着聊。

毛坨带张国安回到他的收购站时，房东家出了大事。

那天中午，房东家办扎根酒——房东的小儿子与汉寿女朋友扎根。扎根酒不请百客，也不请亲戚，只是男女双方及两边的父母和媒人一起吃个饭。

扎根酒结束后，房东的小儿子带他的女朋友到修山轮渡口欣赏乌篷船上的鸬鹚。一辆货车从轮船上冲下，把那汉寿姑娘撞飞几丈远后逃之夭夭。

来不及送县城，被撞飞的汉寿姑娘被立即抬进修山中心医院止血抢救。进医院不到一个时辰，姑娘便断了气。

毛坨赶紧去医院，听说那姑娘是汉寿太子庙人，张国安也跟着毛坨进了医院。

张国安一眼看到，趴在姑娘尸体上失声痛哭的老汉，竟然是康家山的何黑岩！

毛坨没有料到，自己与那个曾经重重打了母亲一耳光的何黑岩的重逢，竟然会在这样的地方、这样的场合。

多少年来，毛坨一日未曾忘记何黑岩！毛坨当生产队队长之前，一直深深地记着何黑岩的仇。他恨何黑岩，害得他的亲生父亲曾章甫含恨上吊身亡，害得母亲远走他乡！

母亲那些年一直努力消除毛坨对何黑岩的仇恨。母亲常对他说："那个年代里的何黑岩并不是真实的何黑岩。当年的何黑岩其实也是当年政策的受害者。事情过去几十年了，我们都应该原谅过去所有的事情。"

此刻，毛坨眼前的何黑岩正在承受丧女之痛，他是那么悲痛，那么可怜。他为了给女儿扎根体面穿了一件新棉袄，但棉袄里藏着的烂毛衣透露出他的贫穷，毛衣领口露出来的衬衫领子洗得发了黄，软塌塌地蜷缩着。何黑岩的老伴穿着一件路边地摊上常见的大花夹棉衣，头发稀稀疏疏的，快要掉光了。

毛坨心里一软。那一瞬间，他在内心彻底原谅了何黑岩。

毛坨不仅原谅了何黑岩，还主动为他家提供了帮助。当他得知何黑岩家经济状况不好时，塞给何黑岩500块钱，还请一个朋友开车送姑娘的尸体回康家山。

500块钱是他全家一年的收入了，何黑岩两口子对毛坨充满感激。让他们更感激的是毛坨请朋友帮忙把他们女儿的尸体运回康家山——谁都认为运尸体不吉利，不花几千上万块钱，谁肯干这不吉利的事呢？

那天，缠着几层白布的尸体装上车后，房东一家充满负罪感地送太子庙的人上车。毛坨也在场，他吩咐开车的朋友把车子开稳些。

何黑岩的老伴和其他家人都上了车，何黑岩却迟迟不上车。

房东一家很纳闷，不知何黑岩有什么想法。房东老汉不安地揣摩，何黑岩是不是想索讨一大笔赔偿金?

谁也没有料到，何黑岩当着这么多人的面，双膝往毛坨跟前一跪，磕起了响头。

毛坨忙乱地抱他起来。

何黑岩不肯起来，眼泪和鼻涕一块儿流了下来。

何黑岩的老伴在车上也大哭起来，一边哭一边喊："毛坨！你黑岩叔这些年后悔打你翁娘，后悔害死你爹！他这人嘴笨，有话说不出来！他是在向你家里人悔过咧！你回去要跟你翁娘讲咧！"

清波给爹爹与母亲带来巨大的欣慰，她完全按照爹爹与母亲为她指定的路线规规矩矩地前行——她与朱世祥的恋爱进展顺利，教学工作兢兢业业，赢得乡联校领导同事们及广大家长、学生的好评。

从与清波认识以来，朱世祥表现出色，逐渐赢得美人心，与清波确立了恋爱关系。经过长达四年的交往和恋爱，清波与朱世祥领了结婚证，并在益阳市举行了婚礼。

举行婚礼那天是一个星期日，我们毕业班在学校补课，我没能参加他们的婚礼。

那天我放学回家，听邻里说新郎官派的喜烟是"万宝路"，他们舍不得立即点燃，拿回家要美美地闻几天再抽。

在益阳市，爹爹和满姑、满姑父，及大姑、大姑父参加了清波与朱世祥的婚礼。大姑父钟作舟从桃江三中退休后，托满姑和满姑父的关系，在益阳市科委传达室工作——益阳市扯得上关系的单位的传达室，几乎被我家的亲人"承包"了。

清波与朱世祥的婚礼上，爹爹和母亲对满姑说了几箩筐的感谢话——他们的女儿终于嫁到益阳市来了！

其实在清波出嫁前，爹爹和母亲不得不接受了一个残酷的现实：清波虽然跟益阳市的职工结婚，但她的工作并不能调进益阳市。也就是说，清波的工作单位并不随着婚姻走——让清波成为"益阳大城市人"的希望像肥皂泡一样无情地破灭了。

清波婚后还是在荷塘乡境内教书，在张目桥、担水坝等不同村级小学调来调去。

清波嫁给“益阳大城市人”的待遇，就是在益阳市人民医院生了娃，在益阳市公公婆婆家一间热得像蒸笼的狭窄的偏房里坐了月子。满月后，她带儿子朱沁回了庄子湾继续休产假。产假结束后，她还是在荷塘农村当教师。

清波自己没享受到“益阳大城市人”的实惠，但她恋爱结婚的“路线”被张目桥有条件的两个姑娘照仿。

几年前，满姑托人捎信叫母亲带清波去益阳市相亲的消息，经捎信人四处宣传，弄得张目桥村人人皆知。张目桥人暗暗佩服我爹爹和母亲这些年来总是能“下出一盘好棋”。这一消息在张目桥有未婚未恋女儿的家庭中如石子投池，引起阵阵涟漪，他们也开始想方设法把女儿嫁到益阳大城市去。张目桥村里与清波一样嫁给益阳人的女青年还有我的堂叔刘光顶的女儿刘伴喜、村支书刘桂生的女儿刘艾春——刘艾春的娘曾经热情地叫刘庆余买下母亲的半边豆，并热情地送给母亲一支白糖冰棒。

这是城市对农村的一种“爱情掠夺”，城市男青年轻而易举便可抢走农村最出色的女青年，令农村男青年恨得咬牙切齿却又无可奈何。城市男青年到农村掠夺爱情的资本，既不是才华，也不是长相，甚至不用拼爹，是户籍制度给他们添了分量。

后来，也许是农村男青年在咬牙切齿时下了狠咒、施了巫法，总之，清波也好、刘伴喜也好、刘艾春也好，都在出嫁几年后离婚。对这些曾经年轻、漂亮、优秀、引人注目的女人来说，嫁给城里人而后离婚，是她们的父母，包括我的爹爹和母亲，造成的悲剧，更是时代造成的悲剧。

第四十八章
沸腾的村庄

随着时间的推移，爹爹日渐苍老，母亲也日渐显老了。母亲和爹爹日渐退出人生拼搏的主舞台，他俩腾出主角位置，让小村的故事在后代们身上不停地演绎。

爹爹在益阳市守了整整八年传达室。他先在益阳市冶金机械局传达室干了五年多，后来又在益阳市桥南废旧物资购销店、益阳市干部疗养院传达室干了近三年。

爹爹像一头垂垂老牛一样再也迈不动耕田的步伐，他离开益阳，告老还乡回到了庄子湾。他回来时近69岁了。爹爹早生华发，从20岁起就显得比他实际年龄大，40岁时就像年届花甲，69岁时已像耄耋老翁了。

桃江农村对老人家的寿诞有个说法：男做高，女做满。意思是，男人的生日应提前一年庆，女人的生日则在满岁时才庆。这个说法是符合老年男女生理差异的事实的。女人往往比男人长寿，所以把男人的生日提前一年庆，这样既有利于提升男人的长者威严和地位，又可弥补男人老得快的不足。69岁的父亲，即将迎来的便是桃江传统民俗认定的“古稀大寿”了。

母亲在爹爹古稀大寿前两三个月，允许我养一条狗。这是条棕黄色的龙狗[①]。母亲有言在先：“这狗是你为你爹爹生日准备贡献的一道菜，外面的几个姐姐、姐夫回来，就要杀了它。”

我不管狗的命运如何，从它进我家开始，我和它就成了亲密无间的伙

---

① 龙狗是桃江话，即公狗。

伴，我给它取名“啸虎”。

见我养了狗，刘耀、刘蓉也准备贡献一道菜——也养了一条龙狗，他俩给它取名“长毛”。

母亲已年过57岁，她历经千磨万砺，饱尝人生甘苦。可能是她喜欢喝擂茶的缘故，她的满头发丝竟一根未白。

她从汉寿太子庙康家山到桃江荷塘庄子湾，眨眼已过27年。

这些年来，母亲常庆幸嫁给爹爹，夫妻和睦，跟着爹爹生儿育女。她还庆幸爹爹视毛坨为己出，让毛坨得以在这里立足立家立业。如今，这些儿女个个听话争气，个个成为庄子湾里的好角色。唯一遗憾的是毛坨执意要生一个儿子，却连续生了三个女儿：刘广宇、刘宏宇、刘伟宇。母亲叫小哥小嫂别再生了，小哥小嫂心里不甘，但也听话。村妇女主任叫小嫂刘放云去做结扎手术，但刘放云有心脏疾病，医院给她开了一张不能结扎的证明。

农村男人是主劳力，况且把男人拉去结扎不符合桃江人的观念，当时桃江虽然严格执行计划生育政策，但只结扎女人。

母亲再三叮嘱毛坨不能违反计划生育，但她冥冥之中却又感觉她的前夫曾章甫坚持要给他添一个男孙。

人生七十古来稀。爹爹古稀大寿，我们做儿女的准备好好庆贺。

外面的三个姐姐给爹爹来信，说将带着丈夫儿女回庄子湾过年，并提前为爹爹庆生。

春节前，外面的三个姐姐同时回来了，小小的庄子湾沸腾了。

三个姐姐衣锦还乡，队伍壮观：大姐刘清沅带着丈夫陈嘉泉及一对儿女，二姐刘新絮带着丈夫冷河及一对女儿，三姐刘溪桃带着丈夫许致惬及一对儿女。

三个姐夫都带着名片，他们向稍有来头的人派发名片。三位姐夫的名片上都印有相同的字：“高级工程师”。

我不得不自卑地承认，20世纪80年代桃江农村的发展速度虽然让桃江县天问诗社的会员们在诗歌创作中热血沸腾，但事实上桃江农民无论从衣着、容貌、气质、富裕程度等任何方面比，都远远不及我从南昌、武汉、长春回来的三个姐姐的家庭。虽然我与我班上的大多数男同学相比，如同家犬与流浪犬，但我在我的外甥们面前，就如同土狗见到牧羊犬。在巨大的城乡差别面前，庄子湾人不得不服。

或许我比他们年龄都小的缘故，三个姐姐的儿女都不怎么搭理我，更不喊我舅舅。看他们与他们的表弟刘耀、表妹刘蓉玩得那么开心，我既自卑，又不快。

我内心越不快，就越舍不得我的“啸虎”了。虽然母亲早就说过我养狗是为了杀给姐姐、姐夫们吃的，但我与“啸虎”之间已建立了深厚的感情。它非常聪明，能听从我的指令卧倒、站立、打滚，它每天下午都会坐在我家池塘边的土丘上等候我放学回家。只要听到我的自行车铃声，它就会飞奔出来迎接我，站立着扑到我身上。

刘耀、刘蓉跟他们的“长毛”也建立了浓厚的感情。

我向大姐夫陈嘉泉恳求不杀狗，大姐夫爽快地答应我：“好！不杀狗！你的狗和耀耀、蓉蓉的狗都不杀。”

但是，我的“啸虎”最终还是变成了盘中餐。

那天，我跟着几个姐姐、姐夫到叔叔家。回家时，发现毛坨和清波的丈夫朱世祥、乐怡的男朋友钟世辉一起把“啸虎”杀死了。“长毛”却躲过一劫。

我难过得偷偷掉了很多泪。

爹爹古稀大寿的那个春节，庄子湾因我家而沸腾，荷塘乡及南边二区境内不断传来比我家更沸腾的大喜事：有些人家的亲人从台湾回来了。

所有人，包括从大城市回来的姐姐、姐夫们都意料不到，闭塞的桃江农村，竟然与祖国的宝岛台湾扯上了关系，而且是欢笑、眼泪、悲戚交织的浓烈的关系！

爆炸性的消息不断传过来——某某人家的台湾亲戚回来，给原配堂客一只大金手镯，给堂侄孙以内的亲戚每人一只金戒指，给村里人按人头计，每人一张崭新的百元大钞。

那个寒假，我没有亲见台湾亲戚回来的场景。新学期开学，同学之间最热的话题就是台胞返乡。遗憾的是我班的同学里没有一个人有台湾亲戚。但有同学的邻居家有台湾亲戚回来，他们亲眼见到台湾人与本地亲人 40 年甚至更长时间未见。近半个世纪，夫妻、父子、兄弟、姐妹、叔侄、姑嫂……被一湾浅浅的海峡阻隔，音讯全无，一朝重逢，家庭团聚，流多少眼泪都是值得的。

不知道台湾到底有多富裕，总之，所有关于台胞返乡的消息，都有一个共同情节：回乡后向亲人甚至全村人派发钱财。还有人说，有台湾人给这边的亲人带回来一个小箱子，小箱子里装着全套家具。那是什么箱子呢？家具怎么会缩小呢？没有人想得明白。

听说荷塘和二区有女青年跟着台湾亲戚去了台湾，嫁给了台湾人。我们一听可羡慕她们了！嫁到台湾，那比嫁到益阳市，嫁到省城甚至比嫁到北京、广州还好得多啊！

课余我们聚在一起，尽情发挥我们的想象力，议论那些嫁到台湾的幸运姑娘的生活：金碗吃饭，吃山珍海味；牛奶洗澡，洗得一身细皮嫩肉，脸上身上白里透红；不用自己洗衣，不用自己做饭，不用自己给孩子喂母乳；住的肯定是楼房，房子里到处嵌着金和玉器，出门就是汽车。有人说："坐什么汽车呀，坐私家飞机！"

那些有台湾亲戚的人家成为人们羡慕的焦点。没福气嫁到台湾去的女青年很多都盼着嫁到那些有台湾亲戚的人家，期盼着经常能得几个金戒指，过上富足的生活，还能常去台湾串门。毛坨的好哥们儿刘建仁的女儿瑶瑶后来嫁到修山镇，她夫家的叔爷爷就是一位台湾老板。听说瑶瑶结婚前，台湾的叔爷爷就给这位"准侄孙媳妇"寄过彩礼，后来又送过金器。

我跟母亲逗乐说，我家两朵金花不该这么早找对象，给她俩定的恋爱年的底线太小了，定 25 岁多好啊，嫁到台湾去，我去台湾喝喜酒当上卿。母亲认真地跟我说："我一点儿也不羡慕人家嫁女到台湾，婚姻生活没那么简单，没有必要一口吃成个大胖子，我和你爹对你两个姐夫哥非常满意！"

告老还乡的爹爹在庄子湾没住多久，就离开家乡外出"云游"了。

春节过后，三个姐姐同期动身离开庄子湾回外地，她们把爹爹也带去了。

三个姐姐说，她们成家这么多年，爹爹从没在她们家打住[①]。

---

① 打住是桃江话，留宿一段时间，好好享福的意思。

爹爹跟着姐姐们离开家乡后，不断给家里写信，信中总会夹带着相片。他在信中详细地告诉我们，他到了江西庐山、武汉黄鹤楼、吉林长白山……

母亲说："你爹爹辛苦大半辈子，难得有机会到外面享享清闲，看看外面的世界。"

母亲说这话时，脸上洋溢着幸福，她为爹爹的幸福而幸福。

我当时想："母亲也辛苦了大半辈子，一直没享过清闲，没看过外面的世界。我一定要早日跳出农门，接母亲到我那里打住，好好享福！"

我那时并不太清楚母亲过去所受的苦难，只记得她的艰辛。从我有记忆起，母亲就像一台永不知疲倦的机器，几乎从来没有停过：有时我睡了一觉醒来，看到母亲仍在煤油灯下缝缝补补。冬天天冷时，她用棉绳把煤油灯吊在蚊帐上，怕影响我和姐姐们睡觉，她把煤油灯的亮度调到最低。姐姐们长大前，母亲包了全家人的换洗衣裤。每天早上，我都能穿上既净又干的衣裤和鞋袜。

我曾问母亲："为何你晚上帮我洗的胶鞋，第二天一早就能干？"

母亲告诉我，她帮我把鞋子洗干净后，两只手各抓一只鞋子，不停地甩，不停地甩，甩到再也滴不出水，再把鞋子放在灶口的两边，用灶里盖得严严实实的柴灰烘烤。母亲总是充分利用晚上柴灰的热量，把我和姐姐们的湿鞋子放在灶口，把湿衣服铺在反复拭擦干净的灶面。我常见母亲给外面的三个姐姐及她们的家人织毛线衣，等她们回来或村里有谁出去时送给她们。

外面的三个姐姐回庄子湾前，母亲买回很多狗皮，请人先做了防臭处理，再缝成狗皮毯子。狗皮很硬，很难穿透，母亲一针一针下去，都十分费劲，大头针顶得右手的中指通红，右手在狗皮上面用力按，左手在狗皮下面用力扯。母亲经常刺伤手，我看到母亲手指头上一颗颗细小的血珠子慢慢渗出来，很心疼也很难过，我责问母亲为何一定要这么折腾。母亲答非所问："垫着狗皮毯子睡觉能去风湿，这是最好的东西！"

母亲送给外面三个姐姐每家两床狗皮毯子，这六床狗皮毯子花了母亲大半年工夫。看到狗皮毯子大功告成，母亲高兴地说："你三个姐姐从小没了亲娘，小小年纪就一起出去读书闯世界，吃尽了苦头，一定要让她们尝尝狗皮毯子的温暖，尝尝有娘的幸福！"

第四十九章

毛坨病逝

不久，一场政治风波席卷而来。

那是一个春夏之交的星期天，我从学校回了家。我去离家一里多路的泉水井里打了一担水，挑着正往家里走，路上遇到老农民刘壮娃。刘壮娃与我爹同辈分。我跟他打招呼："壮叔！"

刘壮娃扯住我的水桶，笑着问我："重五，你恨不恨邓小平哦？"

我诧异："我干啥要恨邓小平吗？"

"长沙好多人游行骂邓小平咧！你还不晓得？"

"不晓得！干啥要骂？"

"骂他把我们都搞乱嗒咧！骂我们都吃了他的亏！"他轻蔑地笑着走了。

我心里突然很沉重：十一届三中全会以来，邓小平领导中国从"文化大革命"的废墟中站了起来，让我们吃饱饭、穿暖衣、住瓦屋、有书读，他搞乱了啥呢？我们吃了他么子亏？

回到家，我闷闷不乐。刘壮娃有亲戚在长沙，他可能刚从长沙回来。他每次从长沙回到庄子湾时都摆出一副自以为是的模样。

我把刘祥娃的话说给母亲听，母亲气愤地说："邓小平摘了刘壮娃一家'四类分子'的帽！如果不是托邓小平的福，他家还不被人批斗啊？还不得挨饿啊？他忘了他爹是怎样活活饿死的了！"

但我还是要感谢刘壮娃，是他最先把那场政治风波的消息告诉了我。

回到学校没几天，听老师说，桃江已经乱了。紧接着，县城的学生串联到修山镇来了。我们的课堂上，一个年轻老师"痛心疾首"般"针砭时弊"，骂邓小平。

母亲在张目桥也听到了风声，她专门跑到学校来找我："你千万别跟着他们胡闹！邓小平是好人，是好领导！如果不是邓小平，全国人民还在过紧巴日子咧！"

"放心吧！你回去告诉我爹，我清醒着咧！不仅没跟他们胡闹，还劝告班上同学不要参与咧！"

母亲见我立场非常坚定，满意地点点头，朝我笑了笑："乖崽！"

那真是一场可怕的政治风波啊！那些看似血气方刚、忧国忧民的年轻人，他们不辞劳苦地从县城呼啸而来，又不辞劳苦地叫嚷着转移。他们糊涂的大脑没有意识到，他们正在那些不愿意看到中国国富民安、不愿意看到中国发展强大、不愿意看到中国秩序井然的人精心设计的圈套里，做着可笑、可怕、可恨的胡闹和瞎折腾。

所幸，我们伟大的党以英明的政治智慧，迅速稳住了局势，迅速解除了那场危机。

那是一次深刻的教训！

希望人们都能吸取那次教训，保持清醒的头脑！

乐怡嫁给了她的如意郎君——修山粮站的会计师和审计师钟世辉。乐怡与钟世辉的婚礼非常低调。婚礼只摆了三桌，也就是双方的亲人们聚在一起吃了个饭。

乐怡出嫁后，爹爹微薄的退休工资成为我家唯一的经济来源，我家从小康线降至温饱线。家里的电视机、缝纫机、洗衣机、三线锁边机、自行车全作为嫁妆转移到钟家。我家三间砖木瓦屋内，又显得空空荡荡和寒气逼人了。

不久，母亲尝到了初当外婆的喜悦。

那是一年中最热的日子。俗话说"六月六，晒红绿"，就是说六月初六那天，家家户户要把红的绿的衣服或被褥拿出来晒。那天，清波在益阳市人民医院生下一个健康的男婴。一星期后，清波母子转移到朱家的偏房里坐月子。偏房很矮，房顶盖着薄薄的大棚瓦，骄阳烤着，热得透不过气。暑天的热气及房里的热气不利于婴儿的健康，也与婴儿缺水的五行不合，清波和朱世祥商量，给男婴取名朱沁，小名就叫沁沁。后来沁沁到广州工作，他的一些同事不认识“沁”字，读成“心”，把好端端的“朱沁”念成“猪心”。

清波生下沁沁后缺少乳汁，姐夫朱世祥就到商店买一种母乳化奶粉。那种奶粉很便宜，三块五一包，一包有一斤多重。沁沁喝着这种奶粉泡的奶长大，倒也健康聪明。

清波生朱沁前的春天，乐怡生孩子。母亲高兴坏了，她一边在家张罗着第一次当外婆的准备工作，一边焦急地等钟家人来我家放鞭炮报喜。谁知乐怡在钟家的卧室里折腾了一天一夜还是生不出来。小姐夫钟世辉找来一辆三轮车把乐怡送到修山镇卫生院，卫生院的医生护士们让乐怡打针吃药，折腾了两天一夜，婴儿还是生不出来。家人只好把乐怡送到县人民医院，到县人民医院的当晚乐怡生了一个女婴。但生下来时，女婴已断了气。乐怡躺在医院的产床上伤心落泪，母亲安慰乐怡：“不幸中有万幸，大人平安无事，留得青山在不怕没柴烧，明年生个胖小子。”

那年深秋，小哥毛坨第四次当爹。小嫂刘放云在接连生下三个女儿后，生下一个健康的男婴。有着“不孝有三，无后为大”封建思想的毛坨终于得到一个儿子，他高兴得逢人就笑着递烟。母亲在心里说，她早就预感毛坨两口子会瞒着她不遵守计划生育，她总感觉到毛坨的亲爹曾章甫会给毛坨送一个崽来。爹爹给新添的孙子取名“刘达宇”。

第二年暮春，乐怡再次生娃。这次她和小姐夫吸取上次的教训，肚子刚发作就坐三轮车赶到县人民医院。

乐怡顺产生下一个男婴，这是钟清宇老先生的第三个孙子。钟清宇老先生给这个男婴取名为“钟琨”。“琨”是美玉，也许是名字的缘故，钟琨长大到了广州，成了一名玉雕工艺师。

小哥毛坨终于生了个儿子，自己却在不久后病逝了。小哥病逝时，他的儿子刘达宇才 11 个月大。

达宇满月后，小哥准备到县城郊开一家大型废品收购站，面向全县收购各乡镇的废品，修山那家收购站继续保留。他相信，新开一家大型收购店的收入将大大超过他在修山的收入。就在他认真酝酿他的宏伟蓝图之际，他感到脑部疼痛难耐。他先以为是感冒发烧，后来又以为是若干年前在庄子湾摘梅子时石头砸着头留下的后遗症。疼痛让他难以走路，躺在废品收购站的床上辗转反侧。他原以为熬几天就会康复的，没料到痛了半个月还不见好转。他去修山镇卫生院看病，卫生院建议他去县人民医院。

小哥接受了修山镇卫生院医生的建议，在吉高叔爹的陪同下，从修山街坐车到了县人民医院。医院用刚买进来的设备给他诊治，怀疑他患了“恶性脑肿瘤”。医生说，这是绝症，活不了多久了。

吉高叔爹匆忙赶回庄子湾告诉爹爹（当时爹爹已从三个姐姐那里“云游”回来）和母亲。吉高叔爹说得含混，但越是说得含混，越让母亲焦急。母亲立即安顿好家里的事，叫上小嫂一起赶到县城。

60岁的母亲和小嫂及姐夫朱世祥一起照顾小哥。母亲回忆说，她一到医院，医生就说这病治不好，病人活不了多久了。母亲强忍着巨大的悲痛照顾小哥，希望能延长小哥的寿命。母亲想的不仅是儿子的性命，更有孙子孙女们的成长。

毛坨住院的时候，他的三个女儿分别才十二岁、六岁、一岁半，儿子才两个月。

县人民医院治不好，就往省城医院送。母亲叫车把小哥送到湘雅医院，湘雅医院也说治不好。

湘雅医院的病人告诉母亲：“你们如果不缺钱，可以到广州治治看。有些在长沙治不好的病人，到广东省人民医院就治好了。”

有一线救治的希望也要极力争取！

母亲和小嫂商量，决定租一辆车把小哥送到广州去。

朱世祥和小嫂陪护小哥到了广东省人民医院，并迅速给小哥办了住院手续。

小哥在广东省人民医院肿瘤科的墙上的“医生榜”上看到一位叫“曾耀武”的医生！

小哥没见过曾耀武，但他知道他的亲爹爹曾章甫有一位最要好的朋友叫曾耀武，听说过曾耀武留在他爹爹和母亲的新婚洞房过夜的往事，但同名同姓的人很多，他估计这位曾耀武医生不大可能是康家山的曾耀武，因为张国安说曾耀武在汕头的一家部队医院里。

小哥把康家山曾耀武的事跟朱世祥讲了。朱世祥说：“部队要转业的，那个张国安掌握的情况未必准确。如果他就是康家山的曾耀武，那你的病就能更快治好了！”

但那天上班的医生里，没有曾耀武。

朱世祥找护士打听，护士说：“曾主任到美国开研讨会去了。”

“请问您知道曾主任老家是哪里的吗？我有个湖南亲戚也叫曾耀武。”

“曾主任就是湖南的呀！”

“他湖南哪里的？”

“不知道！”

“这位曾主任什么时候回来上班？”

“他昨天还上班呢。得三个星期后才能回来。”

“医生榜”上有照片，可惜小哥不认得。他们没有照相机，没办法照下来带回庄子湾让母亲辨认——四十多年过去了，母亲也未必认得出来。

朱世祥跟小哥说，可以去曾主任家找他家属证实一下。小哥却灰心地说不要折腾了，八成是同名同姓的。

广东省人民医院对小哥的病做了诊断，医生说这病已到了晚期，治愈的可能性不大，要么冒风险做开颅手术，要么回家保守治疗。医生倾向于保守治疗。

朱世祥和小嫂给小哥办了出院手续。办完手续后，朱世祥写了一张字条交给护士，请护士转交给曾耀武医生。

字条上写的是：“尊敬的曾主任：请问您是汉寿县太子庙镇康家山人吗？如果是，康家山曾章甫的儿子在您这里住个（过）院。请您打个电话给我。朱世祥”。

我家那时候没电话，为了保险起见，朱世祥在字条上留了两个电话号码：一个是益阳市日杂公司业务部的公家电话号码，另一个是满姨家的电话号码。

小哥出院时，医生告诉朱世祥和小嫂：“估计活不过今年了，除非有奇迹出现！”

小哥转回桃江县人民医院。

小哥转回桃江不久，满姨夫到医院里来，告诉了母亲一好一坏两个消息。

好消息是，那个曾耀武医生就是康家山人，就是曾章甫的好朋友，他留了他家的电话号码。坏消息是，曾耀武在电话里说他回单位上班后立即调取了小哥的材料，他说小哥的病确凿无疑是恶性肿瘤的晚期了。

母亲在满姨家给曾耀武回了电话。曾耀武在电话那头再次确认了小哥的病情，并叫母亲坚强面对事实，提前准备后事。

母亲天天守护在桃江县人民医院，怀着绝望与悲痛，她常背着小哥流泪。她恨命运如此不公，硬要把她和曾章甫生育的好孩子一个个地逼上不归路。

在桃江县人民医院又住了半个月后，小哥出院回到庄子湾。他自己并不知道他的病情。经过在医院几个月的吊瓶吃药，他又能走路了，又能逢人就递烟闲侃了。人们欣喜地说："毛坨的病治好嗒！"

小哥、小嫂带着四个孩子在我家过了中秋佳节。小哥的孩子们不知情，年幼的侄女们在我家开开心心地吃月饼，一边哼唱着"月亮哆哆糯米粑粑"的民谣。

那是小哥保持着俊朗、热情、欢快的外形，度过的最后一个中秋节。节后一个星期，小哥晕倒在他家的睡椅上，小嫂喊人帮忙把小哥抱上床，小哥再也没离开那张床。

小哥睡在床上，一直昏迷不醒。

清波不再住在学校，她带着儿子沁沁住回我家，每天放学就匆匆赶去看望小哥。乐怡把儿子琨琨交给婆婆，也赶回来陪护小哥。

母亲更是每天一早就到小哥家，深夜才回来匆匆睡个觉。

秋天的一个星期六中午，我向老师请了假，跨上自行车直往家里奔。强烈的直觉告诉我，小哥生命垂危。

我急匆匆赶回家，家里只有爹爹孤零零地在家守屋。我放下书包一路疾跑到均田冲的小哥家。

听到我的声音，母亲和姐姐们忙高声对床上的小哥喊："重五回来嗒！重五来看你嗒！"

我疾步走到小哥的床边，看到小哥紧闭着双眼，一动不动。

后来，母亲和姐姐们告诉我，小哥一直是深度昏迷的，但他听见我去看他，竟然奇迹般地动了动放在棉被外的左手的手指头。

我两只手赶紧握住他的左手，我感觉到他的手掌粗糙而温暖。他也用力握紧我的手，拉着我的手在他的胸口徐徐地移过去又移回来。我大声呼唤他，我以为他能开口说话。但他只能用宽大的左手拉着我的双手徐徐移动，却睁不开眼睛。他的嘴唇微微张开，但发不出一点儿声音。

“毛伢子，你跟重五讲话啊！”母亲在一旁大声喊。

数双眼睛紧紧盯着，数双耳朵竖着，我们希望他开口说话，但他一直没能说话。我们看到他的眼睛里流出了泪水。

那两天，我守在小哥身边，只有晚上才回我家睡觉。

那两天，田家冲有个中年农民来小哥家，他说他很佩服毛坨的人品和能力，他希望能施法帮毛坨治病。他到床边煞有介事地看了看小哥的手，问了小哥的生辰八字，然后当众翻看一本他随身带着的书。

“这病保证能好，书上都写着咧！”他对我们说。

没错，那时候书上写着的东西，淳朴的农民是不会怀疑的。那时候在桃江农村，人们还不知道什么叫非法出版物。他们只听说过圣贤书，虽然也曾经对我的堂叔爷刘龙舫读圣贤书表现得不屑一顾。

但我们几姐弟是不相信他那本书的，母亲也不信，只有小嫂信。她兴奋地说：“要是救得好我男人，我送你两只母鸡和一个大大的红包！”

星期天的早上，在病魔折磨下熬过又一个漫漫长夜的小哥，抛下他心爱的家人与世长辞了。

一朵跟随母亲从康家山移植而来、饱经风霜雪雨打击的不屈的生命之花正在蓬勃怒放的时候，猝然间凋谢了。

花甲之年的母亲再次承受失去爱子的痛楚。

白发人送黑发人。

小哥的三个女儿跪在床前哀泣，11个月大的儿子在摇窝里使劲地号哭。小嫂感觉家里的大梁瞬间坍塌，她没有准备好，她不知道该怎么带活小哥抛下的四个儿女。

屋里老老少少都在哭泣。我虽然万箭穿心，但没有流泪，只是紧紧咬着嘴唇。这是我自懂事以来第一次面对失去亲人的痛苦。

我站在小哥的遗体旁，看着他沉睡般的脸。我在心里默默地对他说：“最最亲爱的小哥，你的四个儿女交给我吧！我会尽到一个叔父应尽的责任！”

处理完小哥的后事，一家人商量该怎么帮助小嫂母子五人。

清波和朱世祥商量后提出，他俩愿意抚养小哥的二女儿刘宏宇，带她做女儿。这个想法却引发了异议。我的一个远房堂姐说：“清波你接的是你爹爹的班，你在你小哥刘式农的女儿刘宏宇身上花一块钱，就应该在你大哥刘道任的女儿刘蓉身上花一块五！否则你就对不起你大哥！”

清波性格一贯懦弱，对堂姐的话一时竟无言以对。

母亲考虑到这事关爹爹的亲儿与继儿的关系，她不便开口。

爹爹替清波解了围，他说：“清波接的是我的班，但她挣的钱是她自己流的汗，不是我的汗。她帮助嫂子和侄女理所当然，这跟道任一家扯不上关系。”同时，爹爹也表达了对清波和朱世祥带刘宏宇做女儿的忧虑：“带作女儿麻烦多，矛盾也多。帮助侄女是应该，不如按期资助她一些钱，这是看得见的帮助。很多带孩子当崽女的家庭，最后闹得不欢而散，恩情没得反得仇。你们应该再想清楚一点！”

清波和朱世祥还是坚定地带刘宏宇做了女儿，把她带在身边，作为家庭的一员，并送她念完了大学。这期间，朱世祥下岗，清波抱病，家里生活陷入贫困，清波和朱世祥宁愿少吃一口，也要让两个孩子吃饱。那些年，清波和朱世祥几乎没买过新衣，他们把一分钱掰成两分钱花，省吃俭用地把钱用在两个孩子身上。有时候过新年，他们没钱给两个孩子各买一件新衣，会毫不犹豫地买给刘宏宇。后来朱世祥做了对不起清波的事，导致两人婚姻破裂。刘宏宇依然把朱世祥视为爸爸，她从内心深处感激朱世祥对她十几年的抚育之恩。母亲虽然对清波的不幸婚姻充满愧疚，但她怎么也恨不了朱世祥。母亲说：“朱世祥这孩子咯样多年尽心尽意抚育我的孙女宏宇，他的心地很善良。”

第五十章 南国红棉

毛坨病逝后，小嫂刘放云数次坚定地拒绝了媒婆们让她出嫁的劝说。母亲跟小嫂谈过一次心。母亲说："你才三十多岁，还很年轻，应该再婚。你如果愿意带三个崽女（小嫂的二女儿刘宏宇已被清波收为女儿抚养）出嫁，孩子们永远是我的孙，是叔叔姑姑们的侄子侄女，我们会尽力帮助你们。你如果嫌三个崽女拖累你，你可以把他们留在我们家，我们负责带，欢迎你随时回来看他们。"

小嫂向母亲坚定地表态说："我嫁出去怕别人对崽女不好，我不嫁。如果有合适的，我挑一个男人上门来！"

张目桥村学校附近、离小嫂家三四里路的地方有个叫刘国兴的木匠，丧妻几年，正想找一个堂客，他找媒婆说，他愿意上门。

母亲和小嫂都认识这个木匠刘国兴，知道他心肠好，木工手艺出众，又勤劳。虽然小嫂有点儿嫌他个子矮，但她自己拖儿带女的不能太挑剔，于是答应了。两家的亲人围成两桌吃了个饭，一对半路夫妻就算正式结合了。我在外地读大学，没赶回家庆贺。

就这样，木匠刘国兴上门当了我的哥。国兴哥自己的崽女大了，不需要他抚养了，他光身一人来到小嫂家，全心全意抚养小哥与小嫂的三个崽女。

国兴哥刚上门，他的三个木工徒弟就跟着来了。小嫂家里又充满了生机活力。

国兴哥很勤奋。他做木工、教徒弟、种田垦土，小嫂养猪、养鸡、种菜、带孩子，他们共同支撑着那个家。每次春收、秋收过后，国兴哥都会送儿麻袋米给清波，清波叫他留着自己吃。他说："队上给宏宇分了一份田，这米是宏宇应得的米。宏宇在你家吃饭穿衣，已让你们花了不少钱，能省点儿米钱就省点儿米钱吧！"

母亲和我们对国兴哥很满意，也很感激，最让我们感动的是他视三个孩子如己出。最小的儿子刘达宇常像调皮的小猴子一样骑在他的脖子上。

刘乐怡作为粮食系统职工家属，以优异的成绩考入修山粮站，成为正式职工。虽然"吃国家粮"已经不再特别让人羡慕，但她的单位粮站可是当时最炙手可热的好单位。

我同父异母的二姐刘新絮的两个女儿相继出国，成为庄子湾最令人瞩目的外孙。那时候，出国潮正热。大学里、社会上甚至中学生中都有人废寝忘食考这考那，目标只有一个：出国。二姐的两个女儿相继随夫出国。大女儿冷茵随夫去了美国亚特兰大。接着，小女儿冷焕随夫去了英国伦敦。这让爹爹感到万分欣慰和自豪。

生活日渐富裕之后，人们茶余饭后开始自豪地讨论"富贵病"。朱世祥与清波结婚后，常在农村的亲戚们面前自豪地拍抚他的大肚腩。他的肚腩越来越大，越大越垂。他自豪地认为大肚腩是富贵的体现，是能餐餐吃肉食鱼的体现，挺着大肚腩就像是个大干部。我还看过三姐给爹爹的信，她在信中告诉爹爹，她的血糖偏高，脂肪偏高，血压也偏高。她说这些毛病并不是真的病，这就是穷人们说的"富贵病"。大城市长春的三姐有定期体检的福利，能及时发现穷人们说的"富贵病"。小城市益阳的姐夫朱世祥不知道体检，不知道自己很可能也患上了"富贵病"。当然，如果他当时得到体检的权威确认，他一定会更加自豪和骄傲。

大肚腩的朱世祥当上了酒店老板。他顺应改革开放大潮，与几个私交甚好的同事合伙承包了日用杂品公司地处资江大桥下的一栋楼房，热热闹闹地办起了酒店。一楼经营餐饮，二三楼经营宾馆。朱世祥在益阳市当老板的特大喜讯，不仅传到了母亲的耳朵里，也传到了庄子湾每一个人的耳朵里。我曾在假期呼朋唤友到姐夫的餐饮部吃过免费大餐，同学们很羡慕我有这么一个当大老板的姐夫。遗憾的是，酒店办了不到两年就亏损倒闭了。

国有企业启动改革，一个姐姐、两个姐夫相继下岗。首先是益阳市日用杂品公司大量裁减人员，朱世祥下岗。紧接着，桃江县粮食系统改革，乐怡和钟世辉先后下岗。下岗的结果是买断工龄，缴纳社保，从“单位人”转为“社会人”。下岗后的姐姐、姐夫倒是阿Q似的整天一副无所谓的表情，母亲和爹爹的脸上却写满了愁云。

我读大四那年冬天在湖南日报社实习。

一天晚上，我们听到噩耗：邓小平同志逝世了。

听到这个噩耗，我万分悲痛。我回忆自我有记忆起，小平同志的丰功伟绩与我的农村、我的学校、我的亲人们生活息息相关的事情。我深深地感激这位朴实无华的伟人，这位承受过政治运动残酷迫害的领导人，为全党、全国各族人民作出的巨大贡献。

母亲曾对我说过，邓小平同志是她心目中中国上下五千年的第一伟人，是她的大恩人，是爹爹的大恩人，是我们全家的大恩人，也是全国人民的大恩人。

那一晚，我辗转反侧，久久不能入眠。

第二天上午，乐怡姐打电话给我：“妈妈昨晚胸口痛得有蛮厉害！她看到电视里讲邓小平同志逝世了，她的胸口就开始痛，一直痛到后半夜！现在已经好了。”

“到底好了没有？要不要我赶回去？”我顿时慌了神。

乐怡姐告诉我，她上午听到信，赶回家。爹爹请了郎中到家里，给母亲打了吊针，胸痛症状已减轻，母亲心情仍是悲痛，但无大碍。她已从荷塘回修山了，叫我不必赶回去。

几天后，我结束实习，回到学校。

全校师生在大礼堂的电视屏幕上收看了邓小平同志的追悼大会。电视里，江泽民总书记致悼词时五次拭泪。大礼堂里，师生们也不停地拭泪。

又过了几天，我们得知，小平同志的骨灰已经撒入大海。一代伟人，就这样融入大海，与日月山河同在。

十余年寒窗苦读之后，我终于参加工作了。

出乎庄子湾人的意料之外，我没有留在省报，而是到广州工作。庄子湾人不懂实习的含义，以为进了省报实习就一定会在省报继续工作。

其实，庄子湾人对广州比对长沙更熟悉，年轻人大部分在广州及其周边城市打工。

庄子湾人对广州爱恨交加。

爱是发自内心的。广州一栋栋崭新的楼房拔地而起，农民工建楼房的钱从广州寄回。一批批年轻人在广州赚到十万百万甚至更多，刘建仁的儿子刘向华靠制作不锈钢门窗起家在广州赚得亿万身家。在广州打工者寄回来的衣服、鞋袜不仅款式好，质量也比桃江货强得多。很多人不知道长沙阿波罗，却知道广州天河城；弄不清黄兴路步行街是在长沙哪个位置，却敢说闭着眼睛也能从广州火车站走到广州百货大厦。村里的年轻人不再喜欢吃麻辣烫，提起萝卜牛腩就流口水。

恨也是发自内心的。几乎家家户户只剩老人和孩子，老人在家想念儿孙，孩子在家想念父母。田里地里没有劳动力，双季稻变成单季稻还找不到人种。有的年轻人发财心切不走正道被扔进了花都、番禺、增城的监狱，听说还有一些漂亮姑娘赚回来的是不干净的钱。

每逢过年，在外地打工的男女青年回到庄子湾，他们把粤语当作除桃江土话外的第二种通用语言。有人戏称：庄子湾的官方语言有两种：桃江话、广州语。

在广州市文化局的安排下，我进入广东民间工艺博物馆工作，成为张目桥村有史以来第一个广州市的“国家干部”。

参加工作半年后的春节，我回桃江看望我的高中班主任、桃李满天下的贺友中老师。

贺老师得知我在广州工作，很高兴。他问我：“你到广州工作是你外面那几个姐姐帮的忙吧？”

我告诉贺老师：既不是几个姐姐帮的忙，也无须找关系。

回桃江找工作要拼关系，到沿海发达地区找工作不需要任何关系——这是沿海发达地区与内地的区别。

我南下广州之前，湖南的老师、同学及亲人们担心我赶上打仗——香港马上就要回归祖国了，他们担心中国与英国发生战争，担心由此引发世界大战。

我大学的班主任刘席珍教授宽慰我和即将赴广州工作的同学们，说广州绝对安全，绝不会有战事的。

那年6月底，我比规定的报到时间提前了两天到达广州。我感叹处处花团锦簇，欢歌笑语，楼高路阔，秩序井然。我感受不到丝毫有战争来临的气氛。

刚在越秀区西湖路的宿舍里安顿下来，我就跑下楼去公用电话亭，我急着完成母亲交办的任务——拨打广东省人民医院肿瘤科主任医师曾耀武的家庭电话，但那个号码已是空号。

我怀疑楼下的公用电话被人做了手脚，往广州百货大厦方向另找了几家公用电话，结果仍是一样，话筒里传来相同的话："您所拨打的号码是空号，请查正后再拨。"

我索性向路人打听广东省人民医院在哪儿，结果发现离我并不远。我跑到医院打听，得知曾耀武医生夫妇三年前就已移民，跟儿女们一起住到了新西兰。

7月1日，我正式上班。

我的单位广东民间工艺博物馆是广州最美丽的单位，馆名系郭沫若亲笔题写，是广州最著名的旅游景点之一。我参加工作之前，广东民间工艺博物馆及其馆址陈家祠（又名"陈氏书院"）刚刚获评"羊城十大旅游美景"之首景。

不久，国庆佳节到了。

国庆那天一大早，我去广州火车站，接爹爹、母亲、乐怡、钟世辉四人坐7路公共汽车到我位于西湖路的宿舍。

在7路公共汽车上，母亲指着车窗外一辆与我们同向平行前行的公共汽车车身，像发现新大陆一样问我："那是不是红棉花？！"

我诧异地回答："是的！广州的市花，红棉花！你老人家怎么知道的？"

母亲像大梦初醒似的，目光紧追着车窗外那辆公共汽车，好一阵儿才说："我还没出嫁时就绣过它！广州十三行最喜欢收购的绣品。我原先不知道它就是红棉花！"

下了车，我指着路边几棵参天的木棉树告诉母亲："这就是开红棉花的树！它叫红棉树，也叫木棉树！"

母亲仰起头，痴痴地看着它们，半晌才说："真高啊，真的十个人叠起也够不着啊！”

那次可惜没让母亲看到树上盛开的红棉花，但在商场、候车亭、建筑工地围墙、博物馆展厅等地随处可见的红棉花图片让母亲大饱眼福。

母亲却总像看不够似的，只要见着红棉花图片，都要定定地看上半天。她问了我很多关于红棉花的问题——几月开花？几月吐棉？摘不摘棉？煲不煲汤？田里土里种不种？……

我才到广州没多久，对红棉花也才一知半解，我请单位的同事宝姨耐心给母亲解答。

近八十岁的爹爹对我的工作非常满意。

爹爹晚年得子，盼星星盼月亮，望子成龙盼我有个好工作。我到广州工作的喜讯让他高兴得合不拢嘴。他到过我外面几个姐姐工作的城市，但他没到过广州。后来母亲对我说："你爹爹自感身体一日不如一日，才那么迫切地要到广州亲眼看看你的单位，看看你的住处，看看你工作的城市啊！"

爹爹、母亲和姐姐、姐夫到广东民间工艺博物馆欣赏了广东的民间工艺精品，欣赏了全国重点文物保护单位陈家祠美轮美奂的建筑装饰艺术，看了我的办公室。爹爹看到我的单位每时每刻都有那么多中外游客，看到我的单位每年都要与国内外著名博物馆交换展览，高兴地对我说："重五！你们几个姐弟里，你的单位最好！"

爹爹和母亲在我与姐夫、姐姐的陪同下，利用国庆三天假去了一趟深圳，后又回广州住了几天。爹爹赞叹道："羊城纵横百里都是城，广深沿线数百里也是城，真是天下难得的好地方啊！"

那一次，爹爹和母亲亲眼看了我的好单位，亲耳听了馆领导和同事们对我的好评，还亲口品尝了广式美食。他们心满意足地返回湖南。

返湘前的一天，我陪爹爹和母亲参观西汉南越王墓博物馆（后来这家博物馆把其馆名中的"墓"字去掉，更名为"西汉南越王博物馆"）和越秀公园。参观了公园内的五羊雕像后，我陪爹爹和母亲坐在公园里的长椅上。爹爹、母亲与我谈了很长时间。他们说清波教书快二十年了，她的月薪还不到我的三分之一，叫我一定要珍惜这么好的工作单位和工作环境，好好工作，报答组织和领导。

爹爹和母亲耐心地教诲我。他们说，广州人才济济，竞争激烈。我们出身农村，不要与别人比物质条件。他们教导我以五点赢得人生：忠诚、谨慎、勤奋、锻炼身体、找个好堂客。

那次爹爹和母亲对我的五点教诲，我会铭记一生，也将会受益一生。

我记得我们起身离开公园时，我半开玩笑半认真地对爹爹和母亲说："这五点很重要，但有一点更重要。"

爹爹和母亲问我是哪一点，我答道："孝悌！'其为人也孝弟[①]，而好犯上者，鲜矣。'只有孝悌的人，才能忠诚。等我分到房子后，我要把你们接到广州来跟我一起享福。"

爹爹和母亲听我这么一说，呵呵笑个不止。

① 弟，通"悌"。

第五十一章
爹爹离世

爹爹从广州回到庄子湾后就病倒了。爹爹最初以为是舟车劳顿所致，没料到四肢乏力，一日不如一日。

爹爹在家休养，他对母亲做的可口的饭菜提不起兴趣。母亲请郎中到家里给爹爹看病，郎中说我爹爹年纪大了，可能是广东湖南两地奔波引起水土不服，调养调养就会好的。

郎中开了几服药，母亲按时给爹爹煲好。一段时间后，爹爹四肢添了些力气，能在母亲的搀扶下走到外面晒太阳了。

爹爹用他颤抖的手，给我写了信。他这才告诉我："从广州回家后稍感不适，现已痊愈，家里一切都好，不必挂念。"

那年春节前，我从广州回庄子湾，陪爹爹和母亲一起过年。爹爹的身体只是虚弱，似乎并无大碍。

春节后我回广州上班，紧接着去了一趟香港。我给爹爹和母亲各买了一只金戒指，戒指很小，所以不贵。

我从香港回到广州后的一天，馆长办公室叫我去接电话（当时博物馆各部门没装外线电话）。电话那头乐怡姐告诉我："爹爹因病住进了县人民医院，妈妈在医院照顾，你赶快请假回桃江。"

我惊恐不已，如果不是重病，爹爹是不会住院的。我火急火燎地向领导请了假，买了车票，坐火车再转汽车赶到桃江县城，立即跑到县人民医院。

爹爹见到我，很高兴。他安慰我说，年纪大了，偶感风寒，不碍事的。

我给爹爹戴上我在香港买给他的金戒指。给爹爹戴上后我才发觉我太吝啬了——戒指太小，就像一根金丝线缠在爹爹的无名指上。但爹爹很满足，他说他以前从来没有戴过金戒指。

给爹爹和母亲各戴上金戒指后，我便去医生办公室问爹爹的病情，医生告诉我："你爹肝腹水，肚子已凸起，活不久了。"

我不懂医学，只好请教医生，肝腹水是不是绝症？有没有得救治？

医生说，如果打进口的白蛋白针，能拖一段时间，但仍无法治愈。

我立即说："就打进口的白蛋白针！"

我把身上全部的钱交给母亲保管，请姐姐们支持我的意见——给爹爹打进口白蛋白针。清波姐和乐怡姐当即表态："三姐弟各负责一个疗程，不停地打针！"

我们和医生都向爹爹瞒着病情，爹爹一直以为他染了风寒，他担心我耽误工作，催我迅速返回广州上班。

见爹爹生命近期无大碍，我服从爹爹的命令，返回广州上班。临行前我向两位姐姐说："如果爹爹身体出现不好的状况，请立即送到广州治疗！"

过了一个星期，乐怡姐再次打电话给我：爹爹病危。

我立即向领导请了假，再次坐上火车。

那一天，北上的火车因铁轨故障而延误，我在火车上坐立不安。那时我没有手机，家里也没有安装固定电话，我只能焦急地等待火车重新启动，我默默地祈祷爹爹能够转危为安。我想象着爹爹见到我，既高兴又生气地指责我不应该影响工作跑回家。

我在火车上睡了两晚，在接到乐怡姐电话后的第三天上午，我到达长沙火车站。我匆匆忙忙坐公共汽车转到长沙汽车西站，再坐长途汽车到桃江县城。在县城戏台坪坐下乡中巴车时，我见到同学刘可珠，他告诉我，我爹爹已经去世了。

中巴车在坑坑洼洼的泥泞毛公路上颠簸着，我在中巴车上默默流泪。爹爹55岁生下我，耗尽最后一滴血抚育我，把我送进大学，等着我毕业参加工作，却没享过我一丁点儿福就离我而去了。

子欲孝而亲不在！

苍天如此残酷无情！

爹爹撒手西去后的一段时间里，母亲再一次陷入人生的低谷之中。

我赶回庄子湾，奔跑进家里，一眼看见爹爹的遗像。满头白发的爹爹在堂屋正中央台桌上流泪的白蜡烛后面朝我慈祥地微笑。

母亲和姐姐们哭着告诉我："重五啊！你回来迟了，爹爹已经入土为安了！"

我跪在爹爹的遗像前失声痛哭起来。我没赶上见爹爹最后一面，也没赶上为爹爹送行。

母亲在我的头上缠上白布。头缠白布，是孝子孝孙的装扮。母亲和姐姐们哭着告诉我，爹爹是在乐怡姐打电话给我的那天下午 5 点 30 分逝世的。爹爹弥留之际，一直在等我回来，但他终究没有等到我。

母亲和大哥、国兴哥及五位姐姐带我来到爹爹的坟前。姐姐们劝母亲不要陪我到坟前，但母亲执意要来。我知道，母亲既是执意要陪我，也是执意要再看看爹爹，更是执意要促成我们一家子在爹爹坟前的"大团聚"。

爹爹的坟是旧坟，并不是新坟。爹爹去世前几年就亲自指挥用红砖、水泥、木炭砌好了坟，坟前的山坡口留有一扇门，用于日后安放棺材。爹爹的棺材就是那天从那扇门放进早已砌好的坟内的。爹爹越老越豁达，他在世时那几年喜欢在夕阳下牵着母亲的手，爬到山坡上的坟前。爹爹喜欢在坟前与母亲聊聊天，回忆几十年来两人风雨丽日下走过来的路。爹爹常对母亲说："不消几年，我就钻进坟里睡大觉了。你还年轻，你要多活一百年，不要急着来陪我。"

爹爹还对母亲说："一百年后，你可能不能土葬了，你可能要火葬了哦。但火葬仍要埋的，不管百年之后你土葬还是火葬，都埋到我的旁边陪我。"

我十天前见到爹爹时，爹爹还是一位头脑灵活充满智慧的慈祥的老人。等我再次赶回来，爹爹已在九泉之下的坟墓里一睡不醒了。

我跪在爹爹的坟前，向爹爹哭诉：

"我自从离开家读高中起，别的同学不用担心父母的生命，我却时时担心，我生怕某个星期六回到家得知爹爹或母亲已经老去。您一直健康快乐地活着。这次为何突然老去呢？

"生我养我 25 年，从艰苦的岁月，到拨云见日，本应该享我的福，本应该接受我的孝敬，为何不给我孝敬的机会呢？

“您传给我优秀的基因，教给我高洁的品德，指给我光明的前景。您那么喜欢广州，您那么满意我在广州，您为何不多活几年，看看我的成长，看看广州的变化呢？

“您还没完成任务，您还没给我娶堂客，没看到我给您生孙子，您怎么就不留下来等等呢？”

当大哥扶我起来的时候，我看到乐怡的两手紧紧搀扶着母亲，清波一只手扶着母亲，一只手帮母亲拭泪。母亲双目无神，浑身微颤，无法自行站稳。我赶紧走过去扶住母亲，我发觉母亲突然衰老了许多。我一阵内疚，刚才的哭诉一定再次引发母亲的悲伤。

母亲与爹爹相濡以沫三十八载，两人爱得深沉。爹爹仙逝，母亲怎能不悲痛欲绝！

处理完爹爹的后事，我们便离开了庄子湾。

我是和五对姐姐、姐夫们一起离开家的。除乐怡姐和姐夫钟世辉往北回修山外，我们都往南。外面的三对姐姐、姐夫到益阳市看望满姑和满姑父。清波姐和姐夫朱世祥回益阳市谢林港镇（当时清波姐已调到谢林港镇中心小学）。清波和朱世祥把母亲接离庄子湾，让母亲跟他们同住。

后来，母亲和姐姐们告诉我，爹爹得知医生给他打的针是进口的，很生气，说糟蹋崽女的钱，说他的身子没那么娇贵。他提出要出院，母亲不依，恳劝爹爹继续住院。爹爹生气了：“你们爱住你们住！反正我不住！”

回到家没几天爹爹就不行了。他到临终前一刻头脑都异常清醒。他等我回去。感觉再也熬不住了的时候，他微笑着断断续续对母亲说：“老婆子啊……我享不成崽女的福嗒……福都留给你享嗒……”

爹爹说罢就与世长辞了。

母亲后来享受我们对她的孝敬时，总会叹着气念叨：“你们的爹爹说过，福留我给享嗒哦……可惜你们的爹爹没得这个命哦。如果他能活到今天，看到你们的日子这么兴旺，不晓得该多高兴咧……”

但爹爹逝世后不久，母亲不但没有享到福，反而饱尝苦楚。这是爹爹生前没有预料到的，也是母亲始料不及的。

清波姐与朱世祥的感情在爹爹逝世后不久迅速滑落。也许他俩原本就没有过深厚的感情。朱世祥在做酒店生意时伤害过清波，清波提出离婚。严厉的爹爹和慈爱的母亲虽然极力不允，强劝清波原谅朱世祥，但终没能帮他们修复感情。爹爹一走，清波和朱世祥感情的裂缝无外力维系，两人相处越来越艰难了。

他俩在家里时而冷战，几天甚至几个星期互不说话；时而吵架，提高嗓门嚷，甚至摔东西。

母亲看着清波和朱世祥生活在一起这么痛苦，感到非常痛心和愧疚。她也曾劝告清波冷静，说夫妻之间要包容，要谅解。但每次她的话还没说完，清波便恶言顶撞母亲。清波大声嚷："就是你！为了自己享福，为了自己当'街上人'，为了给你的崽买尿素，不惜出卖自己女儿！"

清波自从与朱世祥恋爱结婚以来，对母亲和爹爹的怨怪一直没有消失过。

这种怨怪，开始是一颗埋在火堆里的炭火，被厚厚的火灰覆盖着，看不见。后来是一粒灶火里飘出的火星，飘出就灭。再后来是一只小小的萤火虫，忽明忽灭。最后像一团火焰，呼呼燃烧。

从张目桥嫁到益阳的刘伴喜、刘艾春相继离婚后，清波对婚姻的不满和反抗情绪与日俱增。爹爹逝世后，这种情感再也无法遏制了。

清波的儿子朱沁和养女刘宏宇得知清波和朱世祥在闹离婚，哭着哀求爸爸妈妈不要丢下他们，他们要一个完整的家。朱世祥木着脸瘫坐在沙发上，清波哭着抱着两个孩子："妈妈实在过不下去了，如果不离婚，妈妈就去死。"

两个孩子吓得不敢说话，只能哇哇哭着像流浪狗一样乞怜地望着他们的外婆。

母亲请谢林港镇中心学校的教师帮忙劝解清波和朱世祥，母亲实在不愿意清波离婚。母亲不明白，朱世祥伤害清波是几年前的事了，近些年来他们两人之间并没有新的矛盾，夫妻一场，什么矛盾不能化解呢？离婚对清波、对朱世祥有什么好处呢？对两个年幼的孩子有什么好处呢？

不久，母亲请的几个教师告诉母亲：两人铁意离婚，没有办法了。他们还劝母亲理解女儿女婿，说离婚不一定是什么坏事，还说现在社会风气都是这样。母亲没有其他办法了。

至此，改革开放后庄子湾第一批嫁到"益阳大城市"的三个女人的婚姻全部解体。当年益阳市对庄子湾的“爱情掠夺”以城市、农村两败俱伤的感情悲剧落幕。

事情变得越来越坏。

朱世祥和清波离婚后搬离谢林港，南下广州打工。清波的情绪并没有因离婚而好转，反而变得更加郁郁寡欢。她的脸上不再有过一点儿笑容。她不愿跟人交流，包括母亲和儿女。她把自己关在房间里，独自承受着煎熬和痛苦，任凭母亲和一对儿女怎么敲门怎么叫喊也不愿开门。

清波先是在精神上出现了问题。她情绪变得越来越不好，常闷声不响，或突然号啕大哭。上课时也会突然泪流不止。其他教师和学生们都发现，刘清波老师神情恍惚，表情木讷，像个怪人了。

接着，清波身体上也出现了问题。她给学生们上课时不止一次晕倒在讲台下。

清波的经济也越来越紧张。她一人抚养儿子朱沁和养女刘宏宇，母亲没有经济来源，也只能花她的工资。我当时正筹钱交福利房的房款，把母亲的几万块钱全借走了。乐怡姐和小姐夫钟世辉两人已下岗，日子也过得紧巴巴的，无法资助清波。

清波在她的好朋友刘红玉的陪同下多次去益阳市人民医院检查，医生说她患了更年期综合征，后又说她患了抑郁症，还发现她有子宫肌瘤。

清波因为子宫肌瘤住院开过两次刀（当时益阳市还不会做微创手术），第一次没割完全，只能又住院开了一次肚。

清波的身体越来越差，脾气也越来越坏。可怜的朱沁和宏宇整天紧张兮兮，生怕说错一句话惹得清波发火。母亲更是成天大气不敢出。

虽然母亲和朱沁、宏宇极力忍让清波，竭力避免触怒她，但环境总是不如人愿：清波家住在五楼即顶楼，楼房年久失修遇雨天就漏水；房里水管生锈，饮水只能到操场对面的学校厨房里提；学生们调皮捣蛋不听话；家长们偶尔会提这样那样的问题，甚至误解老师，学校领导、老师有时拉帮结派，欺软惧硬……种种这些，无不引发清波一轮又一轮的发病。

那段时期，不仅清波在苦水里泡着，母亲也在苦水里泡着。虽然母亲常常独自流泪，常常想如果爹爹在世她不会这么凄凉，但她更为清波担心。她担心清波的身体在两次手术后越来越虚弱，担心清波情绪有时低落有时狂躁，担心清波不知道何时晕倒在马路边引来伤残。看着小沁沁和小宏宇无辜可怜的眼神，母亲如万箭穿心。

乐怡想接母亲去修山，想让母亲换个环境，想请母亲帮忙照看儿子钟琨。但母亲没答应，母亲说："我要守着清波，我怕她有个三长两短！"

母亲听红玉和其他好心人悄悄说过，严重的抑郁症患者很容易选择自杀。

母亲要守着清波，她再苦再累也不能让清波找到机会自杀。清波从小跟着母亲吃了不少苦，参加工作后为家庭作出了不可磨灭的贡献，两个孩子还小，家里绝不能没有清波！

我在广州经常给清波家打电话，我想跟母亲说说话，也想跟清波姐聊聊天。

清波有时不愿接我的电话，她听到电话铃声就烦躁不安。但有时她愿意向我诉诉苦。我觉得清波姐太孤独了，我劝她找个对象。但我发现她极度自卑——清波姐生活得好时，也不曾骄傲过，婚姻破裂后身体和精神不好，都在无情地吞噬着她越来越少的自信。

我在广州接待过清波的同学，我请他们帮清波物色一个对象。他们说自然会尽力，但难度很大。

那时，我未婚未恋，涉世未深，对当时社会的婚恋情况不甚了解，因而不理解他们为何说难度很大。他们直言告诉我，在婚姻问题上，男强女弱是残酷的现实。很多"剩女"堆积，难以找到理想的对象，离异的中年女人更是难上加难。40岁的男人可以找与他年龄相近的，也可以找比他小10岁的、甚至小20岁的。但近40岁的女人却很难找到40岁左右的男人。找六七十岁的，清波肯定不愿意，找没文化的，她肯定也不愿意。就是没钱、没文化、没工作的男人，也不愁找不到老婆。

他们的话让我顿悟。他们还有话没说出来，我能想到——清波容颜老去、身体欠佳、情绪不好、温柔不再，哪会那么容易找到对象呢？要再找一个像她的初恋徐令军那样的男子，是绝不可能的了。

现实就是那么残酷！80年代初期的清波，如一朵初绽的艳丽芬芳的桃花，万蜂争宠；90 年代末的清波，像一片飘零在泥泞里的落英，无人问津。

那段时期，乐怡和钟世辉的婚姻生活也不宁静，也常有争端，也常让母亲焦虑不安。

年近古稀的母亲的头发每天都在变白。母亲每天早上照镜子，都发现前一天晚上还青黑的头发变白了。她常觉得胸闷，提一桶饮用水爬上五楼也需要歇几次脚了。

我还听宏宇和朱沁说，母亲有时胸口会痛，痛得难受时，母亲就往胸口、太阳穴、额头上涂很多风油精。整个屋子都弥漫着风油精的气味——直到若干年后，广州的医生才诊断出来，母亲患有严重的冠心病——邓小平同志逝世时母亲胸口痛，清波生活失意时母亲胸口痛，这种痛的医学术语叫“心绞痛”“心肌梗死”。

母亲陪伴着哀怨悲戚、体弱多病的清波，惦记着闷闷不乐的乐怡，一天一天显著地变老。

母子连心。我在广州常牵挂着母亲，为她的处境感到焦虑，上班时也常会想着母亲。我没料到母亲在走出含垢忍辱之后，在耗尽心血把儿女们甚至孙辈们拉扯大之后，竟还会品味生活的苦涩，还要承受生活的煎熬。

第五十二章
有情人终成眷属

母亲跟着我移居广州，在广州找到了她人生的又一个暖春。

跟满崽一起住广州是她步入晚年以来最大的梦想之一。母亲的梦想终于成真了。

那两年，母亲在益阳谢林港正渐渐走出低谷。

清波的情况略有好转：刘红玉、谌红等几个真心的好朋友经常陪伴她、开导她；评上了小学高级教师，这期间因业务水平高还曾调到中学教语文；两个孩子都很听话懂事，宏宇刚考上吉首大学医学院，朱沁在读初中，成绩优异，全面发展。但遗憾的是清波一直没找对象。母亲和乐怡交代我："在广州帮清波留意，让清波嫁到广州去。"

乐怡两口子也走出婚姻的"七年之痒"，家里渐渐恢复和睦。母亲说，家和万事兴。只要和睦，夫妻同心，家就能搞好。

2001 年暮春，广州市最后一批福利分房——崭新漂亮的芳村花园终于交钥匙了。

我拿到钥匙后，即找装修师傅装修新房。

早就听说装修难弄，找个让人省心的装修师傅比找野生华南虎还难。正好市文化局团委书记余勇家正在装修，他向我推荐："我家那个装修师傅是你湖南老乡，原来是个中学教师，做事蛮讲诚信的。"

我跟着余书记去他家。

第一眼见到那个装修师傅，我就感觉好像在哪儿见过他。但我没在意，湖南男人很多都长得差不多。

我问他什么时候能帮我开工，大概需要多少钱。他一一作答，满脸诚恳，让人不由得产生信赖感。

他说话带着浓厚的湘方言口音，我好奇地问他是湖南哪里人。

“益阳的。”他回答。

“咱们是益阳老乡咧。你是益阳哪里人？”我来了兴趣。

“桃江的。”

“桃江哪里的？我荷塘的！”我有点儿激动了。

“我沾溪的。我在荷塘乡中学教过五年书。”他说。

“我是荷塘乡中学毕业的。您叫什么名字？”面对母校曾经的教师，我忍不住追问，并对他尊敬起来。

“徐令军。”

那一瞬间，我感觉时光倒流！

我忍住没有告诉他，我是刘清波的弟弟。事情来得太突然，我需要冷静地想一想。

“你是荷塘哪里人？”徐令军问我。

我不想告诉他我是庄子湾的，我只告诉他：“张目桥的。”

他“哦”了一声，两眼思考着，疑惑地凝视着我。

“那就有劳徐老师装修我的房子吧！”我打断了他的思考。

就这样，我的房子交由徐令军装修。

芳村花园同期有太多人家搞装修，徐令军的工程队业务很大，常在这家开个工，就转移到另外的人家施工。

我心里很着急，母亲提出要来广州过年。

我一直在深思，我要不要告诉他我是谁的弟弟。

我偶尔去房间监工，也会催促装修进度。

见面的次数多了，徐令军主动告诉我他的一些情况。

20世纪80年代中期，徐令军从沾溪乡中学离职下海，南下广州。起初在海珠区南洲一个私立中专学校教书，后来索性离开讲台，进了公司，再后来自己做起了生意。他凭书生意气在生意场上沉沉浮浮，做过学生教学培训，做过广告代理，还做过广式红木家具销售，都没找到感觉。近几年来转行做室内装修，凭他的美术功底竟闯开了市场，拉起了几支装修队伍，在芳村、天河、白云等地方搞装修，发了点儿小财，在桃江县城盖了一栋五层的洋楼。一年半前，他女儿考上长沙雅礼中学，到长沙住读。就在他广州的事业稳步发展的时候，不料后院出事——女儿刚到长沙读书，他堂客就跟一个私通多年的同村男人去了海南三亚。无奈之下，徐令军与堂客离了婚。

徐令军的话引发我一阵儿伤感，但我来不及有更多的想法，我一个劲儿地催他赶工。迎接母亲入住是我的当务之急，尽一个儿子的孝心是我最大的任务。

说实话，我考虑过清波嫁给徐令军的问题，但我担心徐令军与清波的误会难以消除，也担心他看不上已经人老珠黄的清波，并且，母亲原本叫我在广州帮清波找一个本地人，安安稳稳过日子，而徐令军只是一个施工游击队队长。清波如果嫁给他，还得跟着他折腾。

我没有把徐令军在广州的事告诉清波，也没有告诉母亲。我跟乐怡在电话里交换了意见，乐怡和我的观点一致。

我希望我房子的装修工程快点儿结束。那样，母亲来广州时不会与徐令军见面。

徐令军的工程队实在太忙了，我房子的简易装修竟然花了大半年时间。

第二年元旦过后，母亲和清波、乐怡不停地打电话催问我的新房装修的进展，母亲急着要来广州与我住，清波姐也急着让母亲离开湖南到广州来。

腊月中旬，清波姐打电话告诉我，母亲、清波姐将带外甥朱沁、钟琨到广州过年，已经买好星期天晚上的火车票。

我只能请徐令军更加抓紧时间，把此前耽误的工夫抢回来，星期六之前务必完工。他的施工队很配合，但毕竟耽误太多，还欠下很多工程。

我选了一间靠近客厅和厕所的朝南的房间作为母亲的房间，我叫徐令军首先装修母亲的那间房。

母亲的房间刚铺好地板砖及粉刷了天花板、墙壁，我便买了一个衣柜和一张大单人床放在母亲的房间。广州美术馆党支部书记、我的益阳老乡汤胜利阿姨乐意帮我尽孝心，她利用双休日陪着我逛北京路的商场，帮母亲挑了春秋衣、睡衣、毛衣、羽绒衣、袜子、围巾、鞋子等。

我特意买了一幅红棉花图的景泰蓝工艺画，请徐令军的装修师傅挂在母亲床头的墙上。

母亲的整间房布置得温馨宜人。

那是我完成的一份最浪漫的孝心。

星期天晚上，母亲、清波一行登上火车时，我房子的墙还没刷完，客厅及三间卧室的墙脚砖还没开始安装。

星期一上午，我去火车站接母亲他们时，徐令军和他的工人们还在紧张地施工。

我原本希望母亲不见到徐令军，但房子装修的实际情况让母亲一定会见到徐令军，还会让清波见到初恋。“该怎么样就怎么样吧，让缘分来主宰一切吧！”我去火车站的一路都在悻悻地想。

我把母亲一行带到我的“家”时，几个装修工人正用大纸箱往客厅外的走廊里运施工垃圾，还有几个装修工人正猫在地上费力地铲除地板砖和墙脚砖上的石灰、水泥。

徐令军一眼就认出了清波。

清波也一眼就认出了徐令军。

清波的眼泪顿时就哗哗地流了出来，我慌忙地把她带进母亲的房间，让她在窗台的大理石上坐下。我把房门关上，开始向她解释。谁知她无心听我解释，大声哭起来，她担心哭声太大，趴到母亲床上，用被子蒙住头。

母亲不知发生了什么事，急得直敲门，焦急地喊：“清波！你怎么啦？哪里不舒服？重五伢子！你搞么子鬼？”

一切都瞒不住了。

我开门出来，对母亲说出了实情：“妈！他是徐令军！”

我没有料到，清波见到徐令军反应会那么大。是因为清波太在乎徐令军，还是因为更年期综合征与抑郁症让她控制不住感情呢？

“让你姐尽情哭吧，”母亲一边说，一边拭着眼泪，“积压在她心里十几年的悲与欢，都要用眼泪洗个痛快！”

两个外甥和装修工人一起蹲在地上铲石灰、水泥。

除了母亲的房间基本像个样子外，客厅及其他房间可以说是家徒四壁，一无所有，屋子里还乱七八糟的，母亲却迫不及待地来“享福”了。母亲要来广州与我同住，并且要赶来过小年。

没有沙发，没有桌椅，没有电视机，没有饮水机，没有煤气炉，没有锅碗……这完全不像一个“家”，但家的生活就这样开始了。

母亲从身上掏出钱来，叫我去把必要的东西迅速买回来。

那天立春，恰巧也是过小年，母亲用新买回来的煤气炉煮了饺子，并炒了几个菜。其中，有母亲给我从湖南带来的腊肉、腊鱼和芋荷梗。

母亲喊徐令军在我家吃饭。

小年夜，喝了点儿酒。徐令军向母亲，也是向清波，把他的情况详细讲了一遍。清波也讲了她的情况。

清波讲她的情况时，已不见抑郁症和更年期综合征的影子了。

我相信，那个小年夜清波一定失眠了。

那个寒假结束时，清波与徐令军明确了恋爱关系。

母亲对清波感叹：“这是命！命中注定是你的，再何嘎都会是你的！”

清波依依不舍地离开徐令军，带着朱沁和钟琨回湖南了。母亲留在广州，变成新岭南人。

母亲来到广州后，就深深地喜欢上了广州。

母亲在湖南时总感觉畏寒，常感叹冬天难熬。她到广州度过了她有生以来第一个温暖如春的春节。她喜欢广州的气候，说：“在春天里过冬天！”

那个春节，母亲发现广州不仅气候好，空气也比益阳和桃江县城好得多。

母亲饶有兴趣地对比“芳村”与“桃花江”的名称。她原以为桃花江是花的世界——桃花开在村前屋后，油菜花开在山坡田野，映山红开在河岸崖边，不料芳村的花比桃花江有过之而无不及——花农土里的桃花一开就是上百亩，金橘聚在一起成千上万盆，珍贵的蝴蝶兰从这边望不到那边。

广州迎春花市开张后的一天晚上，徐令军陪母亲、清波及两个孩子一起逛了西湖花市。

母亲回家后由衷地赞叹：“花城名副其实，芳村名副其实！”

我听后心里暗想：“等红棉花全城开放，那才叫壮美咧！”

最让母亲欣赏的是广州人的文明有礼。母亲一一数来：每天早上见面就说“早上好！”；坐公车、购物甚至上厕所都自觉排队；地铁里、公交车上让座成风，没人抽烟……

刚到广州那几天，母亲不时到小区里的红棉树下，欣赏红棉树的雄伟。她越欣赏越纳闷，她对我说："不等到亲眼见它们开花，我不敢相信这么高大的老树，能开出那么娇艳的红棉花。"

有一天，母亲惊喜地对我说："我看见棉桃了！那些树上真的长棉桃了！"

在母亲的守候下，那年农历正月刚过，芳村花园里的红棉树竞相绽放。这是母亲第一次见到真正的红棉花。火一样的红棉花挂在枝头，像一团团烈焰在熊熊燃烧。

风雨天，红棉花从树上翩然飘落。母亲撑着伞，一塑料袋一塑料袋地捡回来，按她新结识的朋友们教的办法，用线把红棉花一朵一朵串起来，晾干，送给邻舍，还留了一些给我们煲汤。

我知道，跟我相比，母亲喝红棉花汤一定品出了更多的味道。她一定想起了曾章甫，想起了他对她说过的校园的操场一角盛开红棉花的故事。

清波和徐令军经过大半年的异地恋，领了结婚证。

按桃江近年的风俗，离过婚的人再恋爱，一般都不领结婚证，只是住在一起。一旦发现感情出现问题，随时可以分开，不会造成第二次离婚。他们认为这样可以减轻对当事人及双方家人新的伤害。

我发现广州也是这样。

乐怡也建议清波不要冲动，不要领证。

母亲自知她和爹爹在清波的恋爱问题上，给清波带来了无尽的烦恼，她对清波、徐令军充满了愧疚，这次她不敢再表达任何意见了。母亲内心深处，希望清波和徐令军成为合法的正式夫妻，希望徐令军成为她光明正大的女婿。

清波和徐令军都坚持要领结婚证，清波说："只有领了结婚证，才是合法夫妻。虽然我和徐令军是再婚，但我们的感情不同于大多数再婚的人。我不要为自己留什么退路，如果跟徐令军的感情以后还有三长两短，那我死不足惜。"

我支持清波的想法，对母亲说："清波姐熬过了十几年的苦，终于有机会嫁给徐令军，我们家应该支持她光明正大地结婚！"

清波39岁生日那天，她和徐令军在桃江县民政局领了结婚证。

从民政局出来，清波带着丈夫徐令军回到庄子湾，爬上爹爹的坟山，跪在爹爹的坟前磕了三个响头。

“姻缘天注定！清波命里是徐令军的堂客，转再多的弯儿也是徐令军的堂客！”母亲很高兴，她感慨万端，“我和你爹爹当年不应该阻挠清波啊，我们害得她吃了这么多年冤枉苦！”

正式成为母亲的女婿的徐令军回到广州后，隔三差五地跑我家，陪母亲聊天，给母亲买菜。

母亲越来越喜欢徐令军，觉得他有情有义，不计前嫌，不怨恨岳父岳母，不嫌弃清波人老珠黄。母亲得意地在我面前炫耀：“徐令军对我比你对我还亲咧！”

母亲总心疼他，叫他注意休息，不要光顾着挣钱。母亲嗔怪地说：“工程队人手不够，就别揽那么多房子来搞。少挣一点儿钱，多睡几个安稳觉！”

有一天，母亲又这么嗔怪徐令军，徐令军“呵呵呵”地傻笑，然后俯下身子，贴着母亲的耳朵说：“不多挣点儿钱怎么养你老人家的外孙呀？”

“沁伢子能花你几个钱？”母亲话音一落，恍然大悟。

清波有喜了。徐令军又要当爹了！

第二年春，徐令军把待产的清波接到广州，他担心清波高龄生育有麻烦。后来，清波在芳村区妇幼保健院剖腹产下一个健康漂亮的女婴。

喜得一千金，徐令军像初为人父一样激动，他给女儿取乳名“锁锁”。

“这名字好丑！‘锁’在粤语里的发音，是傻瓜的意思！”我对徐令军说，虽然我知道“锁锁”是指他与清波的那条红色的铁链锁，他是因铁链锁打开而喜悦。

清波在床上虚弱地说：“丑名自有丑福咧，名字叫丑一点儿，孩子才好带，长大才漂亮咧，总比叫‘狗剩’好听，就叫‘锁锁’吧。”

母亲说：“锁锁是在广州出生的，大名应该体现广州特色。女孩子乳名丑一点儿，大名就应该漂亮一点儿。正是红棉盛开的季节，大名就叫徐红棉吧！”

徐令军一听立即拍他丈母娘的马屁：“徐红棉！妈这名字取得好！既有地域特色，又有季节特色，还有性别特色！我最爱红棉花了！这名字恰到好处地体现了我中年得女的喜悦之情和我对这个满女的疼爱之情！”

若干年后。

我与湖南籍女同事黄艳结了婚，生了聪明可爱的女儿刘呱呱。

我与妻女的和睦相处与勤奋努力，给母亲带来极大的慰藉。妻子工作出色，成为广州市非物质文化遗产研究与保护领域的权威专家和领军人物。母亲说，她在我妻子身上看到了我外公的影子。

母亲入户广州，正式成为广州人。

接着，徐令军的户口也进了广州。

不久，清波和锁锁也获得了广州户籍。清波提前办理了病休手续，在广州养病、带女，与她心爱的丈夫徐令军朝夕相伴。徐红棉像她的大名一样漂亮，聪明伶俐，能说会道，双休日常跑到广州少年儿童图书馆当义工。

又过了若干年，乐怡和钟世辉双双来广州打工，他们在芳村花园里买了一套二手房，与我家成了邻居。

清波的儿子朱沁、徐令军的大女儿徐徐、乐怡的儿子钟琨、毛坨的三女儿刘伟宇、毛坨的小儿子刘达宇等大学毕业后纷纷来了广州。他们有的考上了广州的公务员，有的进了广州的学校，有的进了广州的国企。

庄子湾三分之二的家人来到广州，成为新广州人。母亲却偶尔会念叨：“道任一家要是也能来广州该多好啊！耀耀和蓉蓉要是能融入我们广州的大家庭中，一定会过得更好！”

2014 年开春。

小区的红棉花开始了又一度的绽放。

母亲的孙伢子、外孙伢子们的爱情之花同期结果：清波的儿子朱沁和徐令军的大女儿徐徐，毛坨的满崽刘达宇和广州市越秀区一所重点小学的教师侯梅喜结连理。两对新人把婚礼凑在一起——日期同在 3 月 18 日，地点同在庄子湾。两对新人恭请母亲回庄子湾参加他们的婚礼。

清波和徐令军不仅是恩爱夫妻，还成了亲密的亲家。

母亲虽然忧虑自己年纪太大行动不便，但还是没能拒绝孩子们的盛情。她高兴地答应了回庄子湾。

赶在回老家参加孩子们的婚礼之前，母亲终于把她在汉寿太子庙康家山的长长的故事讲述完了，浩老爷、金姑娘、曾章甫、繁纯、饱饱、七人六墓及舅外婆、爹爹、叔叔等人物和情节深深地感染了我和姐姐们，也深深地感染了我们的子侄们。

我问母亲："您离开康家山54年了，想不想趁这次回老家去康家山看看呢？"

母亲轻轻地叹了一口气说："我哪会不想回去看看呢？但哪里还找得到原来的痕迹呢？"

母亲说出了她的担忧："这么多年了，原来的熟人最少也有七八十岁了，可能都不在世了。这些年农村变化那么大，到处建新屋、修公路、修水库，甚至挖坟开山，哪里还找得着原来的曾家祖屋呢？哪里还找得到曾章甫的坟呢？哪里还找得着七人六墓呢？"

我能理解母亲的心情和想法。是啊，半个多世纪的时光如流水一样无情地洗刷着康家山的记忆，母亲年纪这么大了，如果白跑一趟，那会让母亲伤身又伤心。

但如果不回去找，那将是母亲永远的遗憾。

我开始暗地里寻找线索。我找到曾经和我一起借调在中央宣传部工作的同事文典。文典是汉寿县人，曾经长期在常德市委工作，他在汉寿一定有一些熟人。

文典很热情，立即联系汉寿县委某部门的刘部长。刘部长很快帮忙联系了太子庙镇，找到了缸儿口村（康家山现已并入缸儿口村）的干部。巧得很，刘部长帮忙找到的缸儿口村负责接洽我们的干部，竟然就是60年前拆自家门板帮助掩埋曾庆云、曾庆德的李春舫的儿子！

文典和刘部长打电话告诉我喜讯：已经找到了曾章甫的邻居和亲戚，找到了毛坨童年时期的好朋友，找到了曾章甫的坟。康家山不少人还记得我的母亲钟祝华，他们热烈欢迎钟祝华回去！

我大喜过望，把这个喜讯告诉母亲："妈，康家山的乡亲们在等着钟祝华回去！"

母亲简直不敢相信自己的耳朵："还有熟人在世啊？找到了章甫的坟啊？他们还记得我啊？"

"是的！曾章甫的坟在山上好好的。康家山的乡亲们还记得钟祝华，就像钟祝华还记得他们一样！”我贴着母亲的耳朵，激动地说。

“那我们先不回庄子湾，先回康家山。让达宇带侯梅先拜章甫爷爷，再回庄子湾结婚。要让章甫先看一看孙子、孙媳……”母亲激动地安排着，泪水悄悄地湿润了她那双浑浊的眼睛。

后　记

在这本书由东方出版社出版之前，有很多亲友和同事流着热泪读完了这本书的初稿。他们当中很多人问我：康家山之行结果如何？真的找到了康家山的故地和故人吗？

我在这里统一回答：母亲带着我们一大家子回康家山，受到当地长者们的热情接待。在热情的康家山乡亲们的帮助下，我们找到了曾家的“七人六墓”，也找到了曾章甫的坟。母亲还见到了曾家原先的伙夫、已 89 岁高龄的“四叔”曾国治，见到了与曾庆云争当乡长打过官司的曾宪鼎的媳妇儿、92 岁高龄的宪鼎婶，以及李春舫的儿子李长荣、“慧堂姨”的儿子曾宪仔、代四翁妈的孙子代学开、毛坨童年的小伙伴张国安。毛坨的儿子刘达宇、儿媳侯梅婚礼后不久，赶在清明之前，在康家山乡亲们的帮助下，将曾家祖坟及“七人六墓”修整一新……康家山的故事没有结束，康家山的后人在改革开放的浪潮中将不断演绎新的故事。讲述这些新的故事的任务，就交给我的子侄们及他们的后代吧。

请让我的思绪回到这本《白棉花，红棉花》上来。

首先，我希望亲爱的读者像我一样，接受并喜欢以“白棉花，红棉花”作为书名。我认为这个书名很好地统领了整本书的故事。

然后，我想跟亲爱的读者再探讨一下“白棉花”与“红棉花”在这本书里的含义和意义。在这本书里，白棉花的花开花落，伴随和见证了各式各样的人物及各种各样的事件。有游击队队员、有地主、有日寇、有解放军战士、有农民、有农民工、有从农村涌进城市的老老少少，还有抗日、土改、“大跃进”“文化大革命”、改革开放……这些人物的逐一出场和事件的逐一展现，是这本书的一条明线，也是我着重泼墨的地方。

红棉花的花开花落，同样也伴随和见证了数不清的人和事。即便是写湖南的故事，也几乎处处折射出广州的影子，也展现了自清朝以来直到改革开放广州对湖南的强大的辐射力和影响力：益阳的绣庄为十三行组织绣工刺绣、反清革命义士刘楷东跟随黄兴在广州策划和领导黄花岗起义、钟发湘为革命理想报考黄埔军校、曾章甫负笈求学广州，特别是改革开放以来，湖南农村几乎倾巢而出奔赴广州打工，海外赤子把广州作为回国报国的首选城市之一……我是把它当作一条暗线来展示的。

当然，在我的笔下，赋予了白棉花、红棉花更深刻的象征意义。

读者不难领会，对白棉花而言，无论它是在田地里盛开、被佩戴在胸前，还是在风中战栗、在鲜血中凝结，它都成为湖南的一个个事件的象征，成为一个时代的象征，也成为一段段历史的象征。在它的身上，我们感受到的有暴风雪、有寒冷、有贫穷、有饥饿，还有勤劳、坚韧、对命运的不屈和对社会的奉献……

对红棉花而言，在这部作品里，它象征着革命、象征着爱情、象征着广州、象征着先行先试、象征着中国改革开放前沿地人民的火热生活，也象征着中国特色社会主义建设的伟大成就。

最后，我由衷地感谢人民东方出版传媒、东方出版社，从总编辑李斌，到编辑部主任鲁艳芳，再到责任编辑梁欣，还有其他幕后的老师，对这部作品给予了厚爱和巨大的支持；我由衷地感谢著名学者、第四届茅盾文学奖获得者刘斯奋先生为本书题写书名，九十高龄的雕塑艺术大师潘鹤先生与广州亚运会亚残运会博物馆馆长张泽明先生为本书联袂创作插图；我由衷地感谢广州市宣传文化出版资金管理审核小组对本书出版给予的大力资助。

此外，这部作品的创作和出版，还得到了中央宣传部、中央文明办、国家新闻出版广电总局、人民日报社、中国青年出版社及湖南省委宣传部、广东省委宣传部等部门有关领导和老师们的关怀和鼓励，在此一并致以诚挚的谢意。

刘　鉴

2015 年 9 月于广州